光文社文庫

白昼鬼語
探偵くらぶ

谷崎潤一郎
日下三蔵・編

光　文　社

目次

秘密 7
前科者 32
人面疽 78
呪われた戯曲 104
ハッサン・カンの妖術 166
途上 219
私 245
或る調書の一節 266
或る罪の動機 286
病褥の幻想 299
白昼鬼語 329
柳湯の事件 426
日本に於けるクリップン事件 454
編者解説 日下三蔵《くさかさんぞう》 470

探偵くらぶ

谷崎潤一郎　白昼鬼語

秘密

其の頃私は或る気紛れな考から、今迄自分の身のまわりを裹《つつ》んで居た賑やかな雰囲気を遠ざかって、いろいろの関係で交際を続けて居た男や女の圏内から、ひそかに逃れ出ようと思い、方々と適当な隠れ家を捜し求めた揚句、浅草の松葉町辺に真言宗《しんごんしゅう》の寺のあるのを見附けて、ようよう其処の庫裡《くり》の一と間を借り受けることになった。

新堀の溝へついて、菊屋橋から門跡《もんぜき》の裏手を真っ直ぐに行ったところ、十二階の下の方の、うるさく入り組んだ Obscure な町の中に其の寺はあった。ごみ溜めの箱を覆《くつがえ》した如く、彼の辺一帯にひろがって居る貧民窟の片側に、黄橙色《だいだいいろ》の土塀の壁が長く続いて、如何にも落ち着いた、重々しい寂しい感じを与える構えであった。

私は最初から、渋谷だの大久保だのと云う郊外へ隠遁するよりも、却って市内の何処かに人の心附かない、不思議なさびれた所があるであろうと思っていた。丁度瀬の早い渓川《たにがわ》のところどころに、澱《よど》んだ淵が出来るように、下町の雑沓する巷と巷の間《あわい》に挟まりながら、極めて特殊の場合か、特殊の人でもなければめったに通行しないような閑静な一郭《いっかく》が、なければなるまいと思っていた。

同時に又こんな事も考えて見た。――己は随分旅行好きで、京都、仙台、北海道から九州までも歩いて来た。けれども未だ此の東京の町の中に、人形町で生れて二十年来永住している東京の町の中に、一度も足を踏み入れた事のないと云う通りが、屹度《きっと》あるに違いない。いや、思ったより沢山あるに違いない。そうして大都会の下町に、蜂の巣の如く交錯している大小無数の街路のうち、私が通った事のある所と、ない所では、孰方《どっち》が多いかちょいと判らなくなって来た。

何でも十一二歳の頃であったろう。父と一緒に深川の八幡様へ行った時、

「これから渡しを渡って、冬木《ふゆぎ》の米市《こめいち》で名代のそばを御馳走してやるかな。」

こう云って、父は私を境内《けいだい》の社殿の後《うしろ》の方へ連れて行った事がある。其処には小網町や小舟町辺の堀割と全く趣の違った、幅の狭い、岸の低い、水の一杯にふくれ上っている川が、細かく建て込んでいる両岸の家々の、軒と軒とを押し分けるように、どんよりと物憂く流れて居た。小さな渡し船は、川幅よりも長そうな荷足りや伝馬《てんま》が、幾艘も縦に列んでいる間を縫いながら、二た竿三竿ばかりちょろちょろと水底《みなそこ》を衝いて往復して居た。

私は其の時まで、たびたび八幡様へお参りをしたが、未《いま》だ嘗《かつ》て境内の裏手がどんなになっているか考えて見たことはなかった。いつも正面の鳥居の方から社殿を拝むだけで、恐らくパノラマの絵のように、表ばかりで裏のない、行き止まりの景色のように自然と考えていたのであろう。現在眼の前にこんな川や渡し場が見えて、其の先に広い地面が果てしもなく続い

ている謎のような光景を見ると、何となく京都や大阪よりももっと東京をかけ離れた、夢の中で屢々出逢うことのある世界の如く思われた。

それから私は、浅草の観音堂の真うしろにはどんな町があったか想像して見たが、仲店の通りから宏大な朱塗りのお堂の甍《いらか》を望んだ時の有様ばかりが明瞭に描かれ、其の外の点はとんと頭に浮かばなかった。だんだん大人になって、世間が広くなるに随い、知人の家を訪ねたり、花見遊山《ゆさん》に出かけたり、東京市中は隈なく歩いたようであるが、いまだに子供の時分経験したような不思議な別世界へ、ハタリと行き逢うことがたびたびあった。

そう云う別世界こそ、身を匿すには究竟《くっきょう》であろうと思って、此処彼処といろいろに捜し求めて見れば見る程、今迄通った事のない区域が到る処に発見された。浅草橋と和泉橋は幾度も渡って置きながら、其の間にある左衛門橋を渡ったことがない。二長町の市村座へ行くには、いつも電車通りからそばやの角を右へ曲ったが、あの芝居の前を真っ直ぐに柳盛座の方へ出る二三町ばかりの地面は、一度も踏んだ覚えはなかった。昔の永代橋の右岸の袂から、左の方の河岸《かし》はどんな工合になって居たか、どうも好く判らなかった。其の外八丁堀、越前堀、三味線堀、山谷堀の界隈には、まだまだ知らない所が沢山あるらしかった。

松葉町のお寺の近傍は、其のうちでも一番奇妙な町であった。六区と吉原を鼻先に控えてちょいと横丁を一つ曲った所に、淋しい、廃れたような区域を作っているのが非常に私の気に入って了った。今迄自分の無二の親友であった「派手な贅沢なそうして平凡な東京」と云う奴を置いてき堀にして、静かに其の騒擾を傍観しながら、こっそり身を隠して居られるのが、愉快でならなかった。

隠遁をした目的は、別段勉強をする為めではない。其の頃私の神経は、刃の擦り切れたやすりのように、鋭敏な角々がすっかり鈍って、余程色彩の濃い、あくどい物に出逢わなければ、何の感興も湧かなかった。微細な感受性の働きを要求する一流の芸術だとか、一流の料理だとかを玩味《がんみ》するのが、不可能になっていた。下町の粋と云われる茶屋の板前に感心して見たり、仁左衛門や鴈治郎の技巧を賞美したり、凡べて在り来たりの都会の歓楽を受け入れるには、あまり心が荒《すさ》んでいた。惰力の為めに面白くもない懶惰《らんだ》な生活を、毎日々々繰り返して居るのが、堪えられなくなって、全然旧套を擺脱《ひだつ》した、物好きな、アーティフィシャルな、Mode of life を見出して見たかったのである。

普通の刺戟に馴れて了った神経を顫い戦《おのの》かすような、何か不思議な、奇怪な事はないであろうか。現実をかけ離れた野蛮な荒唐な夢幻的な空気の中に、棲息することは出来ないであろうか。こう思って私の魂は遠くバビロンやアッシリヤの古代の伝説の世界にさ迷ったり、コナンドイルや涙香《るいこう》の探偵小説を想像したり、光線の熾烈な熱帯地方の焦土と緑野を恋い慕ったり、腕白な少年時代のエクセントリックな悪戯《あくぎ》に憧れたりした。

賑かな世間から不意に韜晦《とうかい》して、行動を唯徒らに秘密にして見るだけでも、すでに一種のミステリアスな、ロマンチックな色彩を自分の生活に賦与することが出来ると思った。私は秘密と云う物の面白さを、子供の時分からしみじみと味わって居た。かくれんぼ、宝さがし、お茶坊主のような遊戯――殊に、其れが闇の晩、うす暗い物置小屋や、観音開きの前などで行われる時の面白味は、主として其の間に「秘密」と云う不思議な気分が潜んで居るせいであったに違いない。

私はもう一度幼年時代の隠れん坊のような気持を経験して見たさに、わざと人の気の附かない下町の曖昧なところに身を隠したのであった。其のお寺の宗旨が「秘密」とか、「禁厭《まじない》」とか、「呪咀《じゅそ》」とか云うものに縁の深い真言宗であることも、私の好奇心を誘うて、妄想を育《はぐく》ませるには恰好であった。部屋は新らしく建て増した庫裡の一部で、南を向いた八畳敷きの、日に焼けて少し茶色がかっている畳が、却って見た眼には安らかな暖かい感じを与えた。昼過ぎになると和やかな秋の日が、幻灯の如くあかあかと縁側の障子に燃えて、室内は大きな雪洞《ぼんぼり》のように明るかった。

それから私は、今迄親しんで居た哲学や芸術に関する書類を一切戸棚へ片附けて了って、魔術だの、催眠術だの、探偵小説だの、化学だの、解剖学だのの奇怪な説話と挿絵に富んでいる書物を、さながら土用干《どようぼし》の如く部屋中へ置き散らして、寝ころびながら、手あたり次第に繰りひろげては耽読《たんどく》した。其の中には、コナンドイルの The Sign of Four や、ドキンシイの Murder, Considered as one of the fine arts や、アラビアンナイトのようなお伽噺から、仏蘭西の不思議な Sexuology の本なども交っていた。

此処の住職が秘していた地獄極楽の図を始め、須弥山《しゅみせん》図だの涅槃像《ねはんぞう》だの、いろいろの、古い仏画を強いて懇望して、丁度学校の教員室に掛っている地図のように、所嫌わず部屋の四壁へぶら下げて見た。床の間の香炉からは、始終紫色の香の煙が真っ直ぐに静かに立ち昇って、明るい暖かい室内を焚きしめて居た。私は時々菊屋橋際の舗《みせ》へ行って白檀《びゃくだん》や沈香《じんこう》を買って来てはそれを燻《く》べた。

天気の好い日、きらきらとした真昼の光線が一杯に障子へあたる時の室内は、眼の醒めるような壮観を呈した。絢爛な色彩の古画の諸仏、羅漢《らかん》、比丘《びく》、比丘尼《びくに》、優婆塞《うばそく》、優婆夷《うばい》、象、獅子、麒麟などが四壁の紙幅の内から、ゆたかな光の中に泳ぎ出す。畳の上に投げ出された無数の書物からは、惨殺、麻酔、魔薬、妖女、宗教――種々雑多の傀儡《かいらい》が、香の煙に溶け込んで、朦朧と立ち罩《こ》める中に、二畳ばかりの緋毛氈を敷き、どんよりとした蛮人のような瞳を据えて、寝ころんだ儘、私は毎日々々幻覚を胸に描いた。

夜の九時頃、寺の者が大概寝静まって了うとウイスキーの角壜を呷《あお》って酔いを買った後、勝手に縁側の雨戸を引き外し、墓地の生け垣を乗り越えて散歩に出かけた。成る可く人目にかからぬように毎晩服装を取り換えて公園の雑沓の中を潜って歩いたり、古道具屋や古本屋の店先を漁《あさ》り廻ったりした。頰冠りに唐桟《とうざん》の半纏を引っ掛け、綺麗に研《みが》いた素足へ爪紅《つまべに》をさして雪駄《せった》を穿《は》くこともあった。金縁の色眼鏡に二重廻しの襟を立てて出ることもあった。着《つ》け髭《ひげ》、ほくろ、痣《あざ》と、いろいろに面体《めんてい》を換えるのを面白がったが、或る晩、三味線堀の古着屋で、藍地に大小あられの小紋を散らした女物の袷が眼に附いてから、急にそれが着て見たくてたまらなくなった。

一体私は衣服反物に対して、単に色合いが好いとか柄が粋《いき》だとかいう以外に、もっと深く鋭い愛着心を持って居た。女物に限らず、凡べて美しい絹物を見たり、触れたりする時は、何となく顫い附きたくなって、丁度恋人の肌の色を眺めるような快感の高潮に達することが屢々であった。殊に私の大好きなお召や縮緬を、世間憚らず、恣に着飾ることの出来る女の境遇を、嫉《ねた》ましく思うことさえあった。

あの古着屋の店にだらりと生々しく下って居る小紋縮緬の袷《あわせ》――あのしっとりした、重い冷たい布《きれ》が粘《ねば》つくように肉体を包む時の心好さを思うと、私は思わず戦慄した。あの着物を着て、女の姿で往来を歩いて見たい。……こう思って、私は一も二もなく其れを買う気になり、ついでに友禅の長襦袢や、黒縮緬の羽織迄も取りそろえた。

大柄の女が着たものと見えて、小男の私には寸法も打ってつけであった。夜が更けてがらんとした寺中がひっそりした時分、私はひそかに鏡台に向って化粧を始めた。黄色い生地《きじ》の鼻柱へ先ずベットリと練りお白粉をなすり着けた瞬間の容貌は、少しグロテスクに見えたが、濃い白い粘液を平手で顔中へ万遍なく押し拡げると、思ったよりものりが好く、甘い匂いのひやひやとした露が、毛孔へ沁み入る皮膚のよろこびは、格別であった。紅やとのこを塗るに随って、石膏の如く唯徒らに真っ白であった私の顔が、潑剌とした生色ある女の相に変って行く面白さ。文士や画家の芸術よりも、俳優や芸者や一般の女が、日常自分の体の肉を材料として試みている化粧の技巧の方が、遥かに興味の多いことを知った。

長襦袢、半襟、腰巻、それからチュッチュッと鳴る紅絹裏《もみ》の袂、――私の肉体は、凡べて普通の女の皮膚が味わうと同等の触感を与えられ、襟足から手頸まで白く塗って、銀杏返しの鬘《かつら》の上にお高祖頭巾《こそずきん》を冠り、思い切って往来の夜道へ紛れ込んで見た。

雨曇りのしたうす暗い晩であった。千束町、清住町、龍泉寺町――あの辺一帯の溝の多い、淋しい街を暫くさまよって見たが、交番の巡査も、通行人も、一向気が附かないようであった。甘皮《あまかわ》を一枚張ったようにぱさぱさ乾いている顔の上を、夜風が冷やかに撫でて行く。口辺を蔽うて居る頭巾の布が、息の為めに熱く湿《うるお》って、歩くたびに長い縮緬の腰巻の裾は、じゃれるように脚へ纏《もつ》れる。みぞおちから肋骨《あばら》の辺を堅く緊め附けている丸帯と、骨盤の上を括《くく》っている扱帯《しごき》の加減で、私の体の血管には、自然と女のような血が流れ始め、男らしい気分や姿勢はだんだんとなくなって行くようであった。

友禅の袖の蔭から、お白粉を塗った手をつき出して見ると、強い頑丈な線が闇の中に消えて、白くふっくらと柔かに浮き出ている。私は自分で自分の手の美しさに惚れ惚れとした。此のような美しい手を、実際に持っている女と云う者が、羨ましく感じられた。芝居の弁天小僧のように、こう云う姿をして、さまざまの罪を犯したならば、どんなに面白いであろう。……探偵小説や、犯罪小説の読者を始終喜ばせる「秘密」「疑惑」の気分に髣髴《ほうふつ》とした心持で、私は次第に人通りの多い、公園の六区の方へ歩みを運んだ。そうして、殺人とか、強盗とか、何か非常な残忍な悪事を働いた人間のように、自分を思い込むことが出来た。十二階の前から、池の汀《みぎわ》について、オペラ館の四つ角へ出ると、イルミネーションとアーク灯の光が厚化粧をした私の顔にきらきらと照って、着物の色合いや縞目がはッきりと読める。常盤座《ときわざ》の前へ来た時、突き当りの写真屋の玄関の大鏡へ、ぞろぞろ雑沓する群集の中に交って、立派に女と化け終せた私の姿が映って居た。

コッてり塗り附けたお白粉の下に、「男」と云う秘密が悉く隠されて、眼つきも口つきも女のように動き、女のように笑おうとする。甘いへんのうの匂いと、囁くような衣摺《きぬず》れの音を立てて、私の前後を擦れ違う幾人の女の群も、皆私を同類と認めて訝《あや》しまない。そうして其の女達の中には、私の優雅な顔の作りと、古風な衣裳の好みとを、羨ましそうに見ている者もある。

いつも見馴れて居る公園の夜の騒擾《そうじょう》も、「秘密」を持って居る私の眼には、凡べてが新しかった。何処へ行っても、何を見ても、始めて接する物のように、珍しく奇妙であった。人間の瞳を欺き、電灯の光を欺いて、濃艶な脂粉とちりめんの衣裳の下に自分を潜ませながら、「秘密」の帷《とばり》を一枚隔てて眺める為めに、恐らく平凡な現実が、夢のような不思議な色彩を施されるのであろう。

それから私は毎晩のように此の仮装をつづけて、時とすると、宮戸座の立ち見や活動写真の見物の間へ、平気で割って入るようになった。寺へ帰るのは十二時近くであったが、座敷に上ると早速空気ランプをつけて、疲れた体の衣裳も解かず、毛氈の上へぐったり嫌らしく寝崩れた儘、残り惜しそうに絢爛な着物の色を眺めたり、袖口をちゃらちゃらと振って見たりした。剝げかかったお白粉が肌理《きめ》の粗《あら》いたるんだ頰の皮へ滲み着いて居るのを、鏡に映して凝視して居ると、廃頽した快感が古い葡萄酒の酔いのように魂をそそった。地獄極楽の図を背景にして、けばけばしい長襦袢のまま、遊女の如くなよなよと蒲団の上へ腹這って、例の奇怪な書物のページを夜更くる迄翻すこともあった。次第に扮装も巧くなり、大胆にもなって、物好きな聯想を醸させる為めに、匕首《あいくち》だの麻酔薬だのを、帯の間へ挿んでは外出した。犯罪を行わずに、犯罪に附随して居る美しいロマンチックの匂いだけを、十分に嗅いで見たかったのである。

そうして、一週間ばかり過ぎた或る晩の事、私は図らずも不思議な因縁から、もッと奇怪なもッと物好きな、そうしてもッと神秘な事件の端緒に出会した。

其の晩私は、いつもよりも多量にウイスキーを呷って、三友館の二階の貴賓席に上り込んで居た。何でももう十時近くであったろう、恐ろしく混んでいる場内は、霧のような濁った空気に充たされて、黒く、もくもくとかたまって蠢動《しゅんどう》している群衆の生温かい人いきれが、顔のお白粉を腐らせるように漂って居た。暗中にシャキシャキ軋《きし》みながら目まぐるしく展開して行く映画の光線の、グリグリと瞳を刺す度毎に、私の酔った頭は破れるように痛んだ。

時々映画が消えてぱッと電灯がつくと、渓底《たにそこ》から沸き上る雲のように、階下の群衆の頭の上を浮動して居る煙草の烟の間を透かして、私は真深いお高祖頭巾の蔭から、場内に溢れて居る人々の顔を見廻した。そうして私の旧式な頭巾の姿を珍しそうに窺って居る男や、粋な着附けの色合いを物欲しそうに盗み視ている女の多いのを、心ひそかに得意として居た。見物の女のうちで、いでたちの異様な点から、様子の婀娜《あだ》っぽい点から、乃至《ないし》器量の点からも、私ほど人の眼に着いた者はないらしかった。

始めは誰も居なかった筈の貴賓席の私の側の椅子が、いつの間に塞がったのか能くは知らないが、二三度目に再び電灯がともされた時、私の左隣りに二人の男女が腰をかけて居るのに気が附いた。

女は二十二三と見えるが、其の実六七にもなるであろう。髪を三つ輪に結って、総身をお召の空色のマントに包み、くッきりと水のしたたるような鮮やかな美貌ばかりを、此れ見よがしに露わにして居る。芸者とも令嬢とも判断のつき兼ねる所はあるが、連れの紳士の態度から推して、堅儀の細君ではないらしい。

「……Arrested at last. ……」

と、女は小声で、フィルムの上に現れた説明書を読み上げて、土耳古《トルコ》巻のM. C. C. の薫りの高い烟を私の顔に吹き附けながら、指に嵌めて居る宝石よりも鋭く輝く大きい瞳を、闇の中できらりと私の方へ注いだ。

あでやかな姿に似合わぬ太棹《ふとざお》の師匠のような皺嗄れた声、――其の声は紛れもない、私が二三年前に上海《シャンハイ》へ旅行する航海の途中、ふとした事から汽船の中で暫く関係を結んで居たT女であった。

女はその頃から、商売人とも素人とも区別のつかない素振りや服装を持って居たように覚えて居る。船中に同伴して居た男と、今夜の男とはまるで風采も容貌も変っているが、多分は此の二人の男の間を連結する無数の男が女の過去の生涯を鎖のように貫いて居るのであろう。兎も角其の婦人が、始終一人の男から他の男へと、胡蝶のように飛んで歩く種類の女であることは確かであった。二年前に船で馴染みになった時、二人はいろいろの事情から本当の氏名も名乗り合わず、境遇も住所も知らせずにいるうちに上海へ着いた。そうして私は自分に恋い憧れている女を好い加減に欺き、コッそり跡をくらまして了った。以来太平洋上の夢の中なる女とばかり思って居た其の人の姿を、こんな処で見ようとは全く意外である。あの時分やや小太りに肥えて居た女は、神々しい迄に痩せて、すッきりとして、睫毛の長い潤味《うるみ》を持った円い眼《まなこ》が、拭うが如くに冴え返り、男を男とも思わぬような凛々しい権威さえ具えている。触るるものに紅《くれない》の血が濁染《にじ》むかと疑われた生々しい唇と、耳朶《みみたぶ》の隠れそうな長い生え際《ぎわ》ばかりは昔に変らないが、鼻は以前よりも少し嶮《けわ》しい位に高く見えた。

女は果して私に気が附いて居るのであろうか。どうも判然と確かめることが出来なかった。明《あか》りがつくと連れの男にひそひそ戯れて居る様子は、傍に居る私を普通の女と蔑《さげず》んで、別段心にかけて居ないようでもあった。実際其の女の隣りに居ると、私は今迄得意であった自分の扮装を卑しまない訳には行かなかった。表情の自由な、如何にも生き生きとした妖女の魅力に気圧《けお》されて、技巧を尽した化粧も着附けも、醜く浅ましい化物のような気がした。女らしいと云う点からも、美しい器量からも、私は到底彼女の競争者ではなく、月の前の星のように果敢《はか》なく萎《しお》れて了うのであった。

朦々と立ち罩めた場内の汚れた空気の中に、曇りのない鮮明な輪郭をくッきりと浮かばせて、マントの蔭からしなやかな手をちらちらと、魚のように泳がせているあでやかさ。男と対談する間にも時々夢のような瞳を上げて、天井を仰いだり、眉根を寄せて群衆を見下ろしたり、真っ白な歯並みを見せて微笑んだり、其の度毎に全く別趣の表情が、溢れんばかりに湛えられる。如何なる意味をも鮮かに表わし得る黒い大きい瞳は、場内の二つの宝石のように、遠い階下の隅からも認められる。顔面の凡べての道具が単に物を見たり、嗅いだり、聞いたり、語ったりする機関としては、あまりに余情に富み過ぎて、人間の顔と云うよりも、男の心を誘惑する甘味ある餌食《えじき》であった。

もう場内の視線は、一つも私の方に注がれて居なかった。愚かにも、私は自分の人気を奪い去った其の女の美貌に対して、嫉妬と憤怒を感じ始めた。嘗ては自分が弄んで恣《ほしいまま》に棄ててしまった女の容貌の魅力に、忽ち光を消されて踏み附けられて行く口惜しさ。事に依ると女は私を認めて居ながら、わざと皮肉な復讐をして居るのではないであろうか。

私は美貌を羨む嫉妬の情が、胸の中で次第々々に恋慕の情に変って行くのを覚えた。女としての競争に敗れた私は、今一度男として彼女を征服して勝ち誇ってやりたい。こう思うと、抑え難い欲望に駆られてしなやかな女の体を、いきなりむずと鷲掴みにして、揺す振って見たくもなった。

君は予の誰なるかを知り給うや。今夜久し振りに君を見て、予は再び君を恋し始めたり。今一度、予と握手し給うお心はなきか。明晩も此の席に来て、予を待ち給うお心はなきか。予は予の住所を何人にも告げ知らす事を好まねば、唯願わくは明日の今頃、此の席に来て予を待ち給え。

闇に紛れて私は帯の間から半紙と鉛筆を取出し、こんな走り書きをしたものをひそかに女の袂へ投げ込んだ、そうして、又じッと先方の様子を窺っていた。

十一時頃、活動写真の終るまでは女は静かに見物していた。観客が総立ちになってどやどやと場外へ崩れ出す混雑の際、女はもう一度、私の耳元で、

「………Arrested at last.………」

と囁きながら、前よりも自信のある大胆な凝視《ぎょうし》を、私の顔に暫く注いで、やがて男と一緒に人ごみの中へ隠れてしまった。

「………Arrested at last.………」

女はいつの間にか自分を見附け出して居たのだ。こう思って私は竦然《しょうぜん》とした。

それにしても明日の晩、素直に来てくれるであろうか。大分昔よりは年功を経ているらしい相手の力量を測らずに、あのような真似をして、却って弱点を握られはしまいか。いろいろの不安と疑惧《ぎぐ》に挟《さしはさ》まれながら私は寺へ帰った。

いつものように上着を脱いで、長襦袢一枚になろうとする時、ぱらりと頭巾の裏から四角にたたんだ小さい洋紙の切れが落ちた。

「Mr. S. K.」

と書き続けたインキの痕をすかして見ると、玉甲斐絹《たまかいき》のように光っている。正しく彼女の手であった。見物中、一二度小用に立ったようであったが、早くも其の間に、返事をしたためて、人知れず私の襟元へさし込んだものと見える。

思いがけなき所にて思いがけなき君の姿を見申候。たとい装いを変え給うとも、三年此のかた夢寐《むび》にも忘れぬ御面影を、いかで見逃し候べき。妾《わらわ》は始めより頭巾の女の君なる事を承知仕候。それにつけても相変らず物好きなる君にておわせしことの可笑しさよ。妾に会わんと仰せらるるも多分は此の物好きのおん興じにやと心許なく存じ候えども、あまりの嬉しさに兎角の分別も出でず、唯仰せに従い明夜は必ず御待ち申す可く候。ただし、妾に少々都合もあり、考えも有之候えば、九時より九時半までの間に雷門までお出で下されまじくや。其処にて当方より差し向けたるお迎いの車夫が、必ず君を見つけ出して拙宅へ御案内致す可く候。君の御住所を秘し給うと同様に、妾も今の在り家を御知らせ致さぬ所存にて、車上の君に眼隠しをしてお連れ申すよう取りはからわせ候間、右御許し下され度、若し此の一事を御承引下され候わずば、妾は永遠に君を見ることかなわず、之に過ぎたる悲しみは無之《これなく》候。

私は此の手紙を読んで行くうちに、自分がいつの間にか探偵小説中の人物となり終せて居るのを感じた。不思議な好奇心と恐怖とが、頭の中で渦を巻いた。女が自分の性癖を呑み込んで居て、わざとこんな真似をするのかとも思われた。

明くる日の晩は素晴らしい大雨であった。私はすっかり服装を改めて、対《つい》の大島の上にゴム引きの外套を纏い、ざぶん、ざぶんと、甲斐絹張りの洋傘に、滝の如くたたきつける雨の中を戸外《おもて》へ出た。新堀の溝が往来一円に溢れているので、私は足袋を懐へ入れたが、びしょびしょに濡れた素足が家並みのランプに照らされて、ぴかぴか光って居た。夥しい雨量が、天からざあざあと直瀉《ちょくしゃ》する喧囂《けんごう》の中に、何も彼も打ち消されて、ふだん賑やかな広小路の通りも大概雨戸を締め切り、二三人の臀端折《しりはしお》りの男が、敗走した兵士のように駈け出して行く。電車が時々レールの上に溜まった水をほとばしらせて通る外は、ところどころの電柱や広告のあかりが、朦朧たる雨の空中をぼんやり照らしているばかりであった。

外套から、手首から、肘の辺まで水だらけになって、漸く雷門へ来た私は、雨中にしょんぼり立ち止りながらアーク灯の光を透かして、四辺《あたり》を見廻したが、一つも人影は見えない。何処かの暗い隅に隠れて、何物かが私の様子を窺っているのかも知れない。こう思って暫く佇《たたず》んで居ると、やがて吾妻橋の方の暗闇から、赤い提灯《ちようちん》の火が一つ動き出して、がらがらと街鉄《がいてつ》の鋪《し》き石の上を駛走《しそう》して来た旧式な相乗りの俥がぴたりと私の前で止まった。

「旦那、お乗んなすって下さい。」

深い饅頭笠《まんじゆうがさ》に雨合羽《あまがつぱ》を着た車夫の声が、車軸《しやじく》を流す雨の響きの中に消えたかと思うと、男はいきなり私の後へ廻って、羽二重の布を素早く私の両眼の上へ二た廻り程巻きつけて、蟀谷《こめかみ》の皮がよじれる程強く緊め上げた。

「さあ、お召しなさい。」

こう云って男のざらざらした手が、私を摑んで、惶《あわただ》しく俥の上へ乗せた。

しめっぽい匂いのする幌の上へ、ぱらぱらと雨の注ぐ音がする。疑いもなく私の隣りには女が一人乗って居る。お白粉の薫りと暖かい体温が、幌の中へ蒸すように罩《こも》っていた。

轅《かじ》を上げた俥は、方向を晦《くら》ます為めに一つ所をくるくると二三度廻って走り出したが、右へ曲り、左へ折れ、どうかするとLabyrinthの中をうろついて居るようであった。時々電車通りへ出たり、小さな橋を渡ったりした。

長い間、そうして俥に揺られて居た。隣りに並んでいる女は勿論T女であろうが、黙って身じろぎもせずに腰かけている。多分私の眼隠しが厳格に守られるか否かを監督する為めに同乗して居るものらしい。しかし、私は他人の監督がなくても、決して此の眼かくしを取り外《はず》す気はなかった。海の上で知り合いになった夢のような女、大雨の晩の幌の中、夜の都会の秘密、盲目、沈黙――凡べての物が一つになって、渾然《こんぜん》たるミステリーの靄《もや》の裡《うち》に私を投げ込んで了って居る。

やがて女は固く結んだ私の唇を分けて、口の中へ巻煙草を挿し込んだ。そうしてマッチを擦って火をつけてくれた。

一時間程経って、漸く俥は停った。再びざらざらした男の手が私を導きながら狭そうな路次を二三間行くと、裏木戸のようなものをギーと開けて家の中へ連れて行った。

眼を塞がれながら一人座敷に取り残されて、暫く坐っていると、間もなく襖の開く音がした。女は無言の儘、人魚のように体《たい》を崩して擦り寄りつつ、私の膝の上へ仰向きに上半身を凭《もた》せかけて、そうして両腕を私の項《うなじ》に廻して羽二重の結び目をはらりと解いた。

部屋は八畳位もあろう。普請《ふしん》と云い、装飾と云い、なかなか立派で、木柄《きがら》なども選んではあるが、丁度此の女の身分が分らぬと同様に、待合とも、妾宅とも、上流の堅気な住まいとも見極めがつかない。一方の縁側の外にはこんもりとした植え込みがあって、其の向うは板塀に囲われている。唯此れだけの眼界では、此の家が東京のどの辺にあたるのか、大凡その見当すら判らなかった。

「よく来て下さいましたね。」

こう云いながら、女は座敷の中央の四角な紫檀《したん》の机へ身を凭せかけて、白い両腕を二匹の生き物のように、だらりと卓上に匍《は》わせた。襟のかかった渋い縞お召に腹合わせ帯をしめて、銀杏返しに結《ゆ》って居る風情の、昨夜と恐ろしく趣が変っているのに、私は先ず驚かされた。

「あなたは、今夜あたしがこんな風をして居るのは可笑《おか》しいと思っていらッしゃるんでしょう。それでも人に身分を知らせないようにするには、こうやって毎日身なりを換えるより外に仕方がありませんからね。」

卓上に伏せてある洋盃《コップ》を起して、葡萄酒《ぶどうしゅ》を注《つ》ぎながら、こんな事を云う女の素振りは、思ったよりもしとやかに打ち萎れて居た。

「でも好く覚えて居て下さいましたね。上海でお別れしてから、いろいろの男と苦労もして見ましたが、妙にあなたの事を忘れることが出来ませんでした。もう今度こそは私を棄てないで下さいまし。身分も境遇も判らない、夢のような女だと思って、いつまでもお附き合いなすって下さい。」

女の語る一言一句が、遠い国の歌のしらべのように、哀韻《あいいん》を含んで私の胸に響いた。昨夜のような派手な勝気な悧発《りはつ》な女が、どうしてこう云う憂鬱な、殊勝な姿を見せることが出来るのであろう。さながら万事を打ち捨てて、私の前に魂を投げ出しているようであった。

「夢の中の女」「秘密の女」朦朧とした、現実とも幻覚とも区別の附かないLove adventureの面白さに、私は其れから毎晩のように女の許に通い、夜半《よなか》の二時頃迄遊んでは、また眼かくしをして、雷門まで送り返された。一と月も二た月も、お互に所を知らず、名を知らずに会見していた。女の境遇や住宅を捜り出そうと云う気は少しもなかったが、だんだん時日が立つに従い、私は妙な好奇心から、自分を乗せた俥が果して東京の何方《どっち》の方面に二人を運んで行くのか、自分の今眼を塞がれて通って居る処は、浅草から何《ど》の辺に方《あた》って居るのか、唯其れだけを是非共知って見たくなった。三十分も一時間も、時とすると一時間半もがらがらと市街を走ってから、轅を下ろす女の家は、案外雷門の近くにあるのかも知れない。私は毎夜俥に揺す振られながら、此処か彼処かと心の中に臆測を廻らす事を禁じ得なかった。

或る晩、私はとうとうたまらなくなって、

「一寸でも好いから、この眼かくしを取ってくれ。」

と俥の上で女にせがんだ。

「いけません、いけません。」

と、女は慌てて、私の両手をシッかり抑えて、其の上へ顔を押しあてた。

「何卒《どうぞ》そんな我が儘を云わないで下さい。此処の往来はあたしの秘密です。此の秘密を知られればあたしはあなたに捨てられるかも知れません。」

「どうして私に捨てられるのだ。」

「そうなれば、あたしはもう『夢の中の女』ではありません。あなたは私を恋して居るよりも、夢の中の女を恋して居るのですもの。」

いろいろに言葉を尽して頼んだが、私は何と云っても聴き入れなかった。

「仕方がない、そんなら見せて上げましょう。……其の代り一寸ですよ。」

女は嘆息するように云って、力なく眼かくしの布を取りながら、

「此処が何処だか判りますか。」

と、心許《こころもと》ない顔つきをした。

美しく晴れ渡った空の地色は、妙に黒ずんで星が一面にきらきらと輝き、白い霞のような天の川が果てから果てへ流れている。狭い道路の両側には商店が軒を並べて、灯火の光が賑やかに町を照らしていた。

不思議な事には、可なり繁華な通りであるらしいのに、私は其れが何処の街であるか、さっぱり見当が附かなかった。俥はどんどん其の通りを走って、やがて一二町先の突き当りの正面に、精美堂と大きく書いた印形屋《いんぎょうや》の看板が見え出した。

私が看板の横に書いてある細い文字の町名番地を、俥の上で遠くから覗き込むようにすると、女は忽ち気が附いたか、

「あれッ」

と云って、再び私の眼を塞いで了った。

賑やかな商店の多い小路で突きあたりに印形屋の看板の見える街、――どう考えて見ても、私は今迄通ったことのない往来の一つに違いないと思った。子供時代に経験したような謎の世界の感じに、再び私は誘《いざな》われた。

「あなた、彼《あ》の看板の字が読めましたか。」

「いや読めなかった。一体此処は何処なのだか私にはまるで判らない。私はお前の生活に就いては三年前の太平洋の波の上の事ばかりしか知らないのだ。私はお前に誘惑されて、何だか遠い海の向うの、幻の国へ伴れて来られたように思われる。」

私が斯う答えると、女はしみじみとした悲しい声で、こんな事を云った。

「後生だからいつまでもそう云う気持で居て下さい。幻の国に住む、夢の中の女だと思って居て下さい。もう二度と再び、今夜のような我が儘を云わないで下さい。」

女の眼からは、涙が流れて居るらしかった。

其の後暫く、私は、あの晩女に見せられた不思議な街の光景を忘れることが出来なかった。灯火のかんかんともっている賑やかな狭い小路の突き当りに見えた印形屋の看板が、頭にはッきりと印象されて居た。何とかして、あの町の在りかを捜し出そうと苦心した揚句、私は漸く一策を案じ出した。

長い月日の間、毎夜のように相乗りをして引き擦り廻されて居るうちに、雷門で俥がくるくると一つ所を廻る度数や、右に折れ左に曲る回数まで、一定して来て、私はいつともなく其の塩梅を覚え込んでしまった。或る朝、私は雷門の角へ立って眼をつぶりながら二三度ぐるぐると体を廻した後、此の位だと思う時分に、俥と同じ位の速度で一方へ駈け出して見た。

唯好い加減に時間を見はからって彼方此方の横町を折れ曲るより外の方法はなかったが、丁度此の辺と思う所に、予想の如く、橋もあれば、電車通りもあって、確かに此の道に相違ないと思われた。

道は最初雷門から公園の外郭を廻って千束町に出て、龍泉寺町の細い通りを上野の方へ進んで行ったが、車坂下で更に左へ折れ、お徒町《かちまち》の往来を七八町も行くとやがて又左へ曲り始める。私は其処でハタと此の間の小路にぶつかった。

成る程正面に印形屋の看板が見える。

其れを望みながら、秘密の潜んでいる巌窟の奥を究めでもするように、つかつかと進んで行ったが、つきあたりの通りへ出ると、思いがけなくも、其処は毎晩夜店の出る下谷竹町の往来の続きであった。いつぞや小紋の縮緬を買った古着屋の店もつい二三間先に見えて居る。不思議な小路は、三味線堀と仲お徒町の通りを横に繋いで居る街路であったが、どうも私は今迄其処を通った覚えがなかった。散々私を悩ました精美堂の看板の前に立って、私は暫く佇んで居た。燦爛とした星の空を戴いて夢のような神秘な空気に蔽われながら、赤い灯火を湛えて居る夜の趣とは全く異り、秋の日にかんかん照り附けられて乾涸《ひから》びて居る貧相な家並を見ると、何だか一時にがっかりして興が覚めて了った。

抑え難い好奇心に駆られ、犬が路上の匂いを嗅ぎつつ自分の棲み家へ帰るように、私は又其処から見当をつけて走り出した。

道は再び浅草区へ這入って、小島町から右へ右へと進み、菅橋《すがばし》の近所で電車通りを越え、代地河岸を柳橋の方へ曲って、遂に両国の広小路へ出た。女が如何に方角を悟らせまいとして、大迂廻をやって居たかが察せられる。薬研堀《やげんぼり》、久松町、浜町と来て蠣浜橋を渡った処で、急に其の先が判らなくなった。

何んでも女の家《うち》は、此の辺の路次にあるらしかった。一時間ばかりかかって、私は其の近所の狭い横町を出つ入りつした。

丁度道了権現《どうりようごんげん》の向い側の、ぎっしり並んだ家と家との庇間《ひあわい》を分けて、殆ど眼につかないような、細い、ささやかな小路のあるのを見つけ出した時、私は直覚的に女の家が其の奥に潜んで居ることを知った。中へ這入って行くと右側の二三軒目の、見事な洗い出しの板塀に囲まれた二階の欄干から、松の葉越しに女は死人のような顔をして、じっと此方を見おろして居た。

思わず嘲けるような瞳を挙げて、二階を仰ぎ視ると、寧ろ空惚《そらとぼ》けて別人を装うものの如く、女はにこりともせずに私の姿を眺めて居たが、別人を装うても訝しまれぬくらい、其の容貌は夜の感じと異って居た。たッた一度、男の乞いを許して、眼かくしの布を弛めたばかりに、秘密を発《あば》かれた悔恨、失意の情が見る見る色に表われて、やがて静かに障子の蔭へ隠れて了った。

女は芳野と云う其の界隈での物持の後家であった。あの印形屋の看板と同じように、凡べての謎は解かれて了った。私は其れきり其の女を捨てた。

二三日過ぎてから、急に私は寺を引き払って田端の方へ移転した。私の心はだんだん「秘密」などと云う手ぬるい淡い快感に満足しなくなって、もッと色彩の濃い、血だらけな歓楽を求めるように傾いて行った。

前科者

一

己は前科者だ。そうして而も芸術家だ。己のあの忌まわしい破廉恥罪が暴露して、いよいよ監獄へ送られた時、平生己の芸術を崇拝して居た世間の奴等は、どんなにびっくりしただろう。せめて犯罪の性質が、女にでも関係があるなら、何とか彼とか同情のしようもあろうけれど、純然たる金銭上の問題で詐欺を働いたのだから、総べての人が愛憎をつかしたのも無理はない。最後の最後まで、己に好意を持って居てくれた二三人の友だちも、あの時以来すっかり己を見放してしまった。いや己自身ですら、己を見放したくらいであった。

「なんだ馬鹿々々しい、僅かばかりの金を欲しがって、何と云う浅ましい、愚劣な真似をしたものだ。己はこれでも芸術家だと云う事が出来るのか。やれ新進の美術家だの稀世の天才だのと、人にも云われ、自分でも己惚れて居た癖に、こんなみじめな態《すがた》を演じて、恥かしいとは思わないか」

己は自分で斯う云って見た。己は何よりも、此の事件に依って、自己の優越の傷つけられたのが口惜しかった。世間の奴等から、詐欺だの、悪党だの、破廉恥漢だのと呼ばれる事は必ずしもそれ程口惜しくはない。(己は実際、生れつき悖徳性《はいとくせい》を持って居るのだから、そう呼ばれたって不都合だとは思わない) 詐欺だろうが悪党だろうが、己は世間の善人よりも遥かに勝れた天才と叡智《えいち》とを持って居るのだから、その点に於いて、己は彼等よりも優越な種族だと信じて居た。(信じない迄も、そう云う風に、自己弁護を試みて居た) ところが、優越な種族であるべき筈の人間が、彼等の拵えた法律に触れて、彼等の社会の制裁を受けるべく、暗い牢屋へ入れられても、己自身の胸の中に、優越の感情が残ってさえ居れば、己はまだ「優越」を叫ぶ権利があるかも知れないが、悲しいかな、己はすっかり自分で自分を見下げ果ててしまった。獄屋に繋がれると同時に、己の日頃の傲慢はあとかたもなく消えて行って、臆病な、意気地のない、弱々しい気持ばかりが己の頭に巣喰うようになった。己は世間に対し、詐欺を働いた相手に対し、顔向けのならないような心地がする。今迄彼等より優越であると思って居た己は、その実彼等よりも遥かに劣等な階級に属する、智力の足りない、勇気の乏しい、哀れむべき痴呆であるように感ぜられる。第一、あの時まで己を憎んだり呪ったりして居た人間が、あれ以来、急に態度を一変して、却って己の先天的欠陥に、憐愍の情を催して居る。全く己を不具者扱いにして、一段高い所に立って、己の性癖を気の毒がり、己の犯罪を笑い草にして居る。彼等から敵視されて居た己は、いつの間にか彼等から滑稽視されてしまって居る。そうして己は気の毒がられたり滑稽視されたりするのを、我ながら尤もな事だと思い、いよいよますます自らを卑しゅうして居る。実際こうなっては、人間もおしまいだ。……

二

あの時、己があんなになってまでも猶己を捨てないで居てくれたのは、己の女房と友人の村上とだけだった。己はほんとうに、あの二人にだけは心の底から感謝しなければならない。あの二人が居なかったら、己は事に依ると、首をくくって死んで居たかも分らない。

「君が牢屋に這入ったについて、君と云うものをよく知らない世間の人が驚いたのは当然の事だ。けれども、何も、君自身までがそんなに失望したり落胆したりする理由はないじゃないか。君が破廉恥罪を犯したと云う事は、平生の君の性格と少しも矛盾してはいない。君の生涯に、今度のような事件の起り得ることは、前々から分って居た。僕は君がそう云う人間であるのを承知で、而も君の天才を信じて居たのだ。そうして今でも信じて居るのだ。僕にさえ予想の出来たことが、君自身に予想の出来なかった筈はない。君は今度の事件に依って、始めて憐むべき人間になったのではない。君は以前から非凡の芸術家であると同時に、憐むべき欠陥を備えた人間だったのだ。ただ、今度の事件が起るまでは、君は平生自己の優越の方面ばかりを正視して、劣等の方面を忘れて居る日が多かった。しかし、君は其れを忘れて居ても、知らなかったとは云われまい。知らないどころか、君は随分、持って生れた自分の悪い性癖を呪ったり嘆いたりして居たじゃないか。……要するに、今更うろたえたり口惜しがったりするには及ばない。殊に今度の事件の為めに、自信をなくしたなどと云うのは滑稽千万だ。君の自信は始めから、君の芸術に対してのみ存在の理由を持って居たのだ。君はややともすると、その旺盛な自信力を知らず識らず不正当な範囲にまで拡大して、君の人格全体に賦与する傾向があったけれど、其れはちょうど、或る食物を美味であるから滋養があると考えるような間違いだった。君の人格は最初からゼロであるが、君の芸術的天分は最初から偉大であった。君は前科者になった今日でも、君の芸術に対しては依然として自信を把持するに差支えはない。人格上の不具者は真の芸術家たる能わずと云う議論は、一往尤ものようだけれど、畢竟君の天才を嫉視する凡庸の徒の俗説に過ぎない。君のような卑しむべき悖徳漢にして、猶且偉大なる芸術的作品を世に示して居ると云う事実が、雄弁に彼等の俗説を打破して居る。君の頭の中にある悖徳性も、芸術的空想も共に天から授かって居る以上は、人為的に其れをどうする訳にも行かない。われわれは、地球の回転を止める事が出来ないと等しく、君の犯罪的傾向や芸術的感興を如何ともする事は出来ない。君は此の後とても、たびたび牢へ入れられるような悪い事をするだろう。そうして又、天下を驚倒するような創作をも発表するだろう。君はすりや巾着切りと同じ種属の人間であり、同時にダンテやミケランジェロの住んだ世界にまでも飛躍する。君は社会の公道を大手を振って歩く事の出来ない、肩身の狭い不具者なる事を自覚しつつ、一面に於いて、自己の天才を飽く迄も恃んで居るがいい」

三

こんな文句を、村上は長い長い手紙に書いて、己の許に送って来た。己はあの手紙を読んだ時、生れて始めて、真に感激の涙と云うものを味わった。(己は全体、多くの罪人がそうであるように、生来涙もろい性分で、泣く事は上手だったが、ほんとうに、腹の底から涙を流したのは、あの時だけだった)己はたしかにあの手紙のお蔭で救われた。あの手紙を読んでから、己は急に命が惜しくなり、自殺するのを思い止まった。一旦己を見捨ててしまった自信力が、再び俄に、涌然として己の胸中を襲って来た。「己は社会的不具者なるが故に」と云う前提から「憐むべき劣等人種である」と云う結論を発見して悲観して居たのが、今度は同じ前提から、「己の芸術は天才的である」と云う結論を引き出す様になった。己は自ら省みて、過去の犯罪を恥ずると同時に、ますます自己の芸術的天分を信ぜずには居られなくなった。己の勇気は百倍した。

己は村上の手紙を膝の上に乗せてじっと其れを視凝めたまま長い間いろいろのことを考えて

見た。――

成る程、村上の云う通り己が憐むべき悖徳漢であることは、己自身にも、また或る一部の友人の間にも以前から分り切って居た事だ。現に今迄に幾度となく、己は他人の物を欺き取り盗み取った覚えがある。にも拘わらず、今度の事件が起るまで、其れが格別大した問題にならなかったのはなぜだろうか。己の友人や崇拝者や保護者たちは、今日まで己の不徳義を許して置きながら、たまたま己の行為が法律に触れただけの事で俄に己を軽蔑するのはなぜだろうか。己が獄に投ぜられたと云う事実は、己が罪人としての立派な形式を備えたと云うだけで、格別己の内容に変化が起った訳ではない。彼等の己を好愛し、崇拝し、保護した所以のものは、己の天才にあるのだとすると、己の境遇が外面的に変ったからと云って、遽々然として己を擯斥し忌憚するのは、全く理由のないことである。其処へ行くと、村上の態度は飽く迄も徹底して居る。少しく己惚れの強い言い草かも知れないが、彼は己の天才を認めて居る点に於いて、彼自身の天才を証拠立てて居る。

多分、世間の奴等は、今迄己を此れほどの破廉恥漢だとは思って居なかったのだろう。己がちょいと不都合を働くのは、芸術家に有りがちのズボラの結果であって、腹からの悪人ではないと極めて居たのだろう。一体文明社会の人間は、めったに人を悪人だと思いたがらない。石川五右衛門や村井長庵のようなブリリアントな悪党が出て来ない限りは、大概の罪人を善人の部に入れようとする。彼等は、「自分たちの住んで居る世の中には、善人が多いのだ」

と信じなければ、不愉快で溜らないのだろう。だから彼等は、自分の周囲に罪人を発見すると、いろいろの方面から其の男の心理状態を弁護し、説明し、結局何とか彼とか口実を設けて、彼を善人にしてしまう。そうして而も、そう解釈するのが近代的だと心得て居る。

四

例えば彼等の知人の一人が何か悪事を働いて検事局へ送られた場合に、彼等は必ずこんな事を云う。

「あの男も人はいいんだけれど、つまり馬鹿なんだよ」

こう云って無理にも罪人を善人であったとする。「好人物」とか「馬鹿」とか云う性質は、その人を善人だと信ずるのに、最も有力な口実となるのである。

彼等の口実は、まだ此の外にも沢山ある。怒りっぽいと云う事、臆病と云う事、神経質と云うこと、——此れ等の特質は皆彼等の抱いて居る「悪人」と云う概念には、あて嵌まらないものであるらしい。

「悪党がって居る癖に、あの男は直きに腹を立てる。やっぱり彼奴は人がいいんだね」とか、「あの男は悧巧だけれども、胆ッ玉が小さいからとても悪い事は出来やしない」とか、そんな簡単な理由の下に、造作もなく人を善人にしてしまう。前にも断っておいた通り、彼等が人を善人にしたがるのは、弱者に対する深い同情の結果ではなく、自己の不快を蔽わんが為めなのである。

己は、自分が悖徳漢である事は、十分に知り抜いて居たのだけれど、幸か不幸か、彼等の拠って以て善人なりとする特徴を具えて居た為めに、長い間悪人の部類へ入れられずに済んで来た。己は馬鹿ではなかったがしかし確かに或る点に於いて、怒りっぽくもあり、臆病でもあり、神経質でもあり、好人物でもあった。お蔭で己は悪事を働く度毎に「君は人がいいんだけれど………」と、彼等に云われた。それを結句いい事にして、己は益々増長したものだった。

折角世間が善人にして置いてくれるものをたって悪人になりたくはないが、何と云っても己は悪人に相違ないのだ。一体好人物であるが故に、臆病であるが故に、或は又怒りっぽいが故に、彼は善人であると云う理窟は何処にあるのか。善人と悪人との間に劃然たる区別はないと云う事は勿論或る程度まで真理には違いない。問題は其の程度にあるのだが、己は善人悪人の区別を、世間の人が考えて居るほど、曖昧なものだとは思わない。見方によっては、両者の間に可なり「劃然たる」区別があるのだ。

己に云わせると、善人悪人の区別は、どうしても「誠意」若しくは「愛情」の有無に帰さなければならない。こんな事を云ったら、中にはきっと反対する奴があるだろう。「世の中に誠意のない人間は居ない。どんな悪人でも、心の底の何処か知らに、必ず一片の誠意が潜んで居る筈だ」と云うだろう。ところがそれは飛んでもない間違いなのだ。「少くとも、微塵の誠意も愛情もない人間が一人だけはたしかに居る。それは己だ」と云ってやりたい。

「しかしお前は、他人の不幸を見て涙を流したことがあるだろう。それはお前に愛情があり、誠意がある証拠ではないか」

こんな詰問をする奴があったら、よっぽどおめでたい人間だ。涙なんて云うものは、田舎芝居の寺小屋を見たって、だらしがなく流れ出すことがあるものだ。涙が「誠意」や「愛情」の証拠になって溜るものか。

五

己も最初は涙に対して多大の信用を置いて居た。親父にしみじみと意見された時や、たった一人の妹が死んだ時や、そういう場合に、「ああ悪い事をした」「ああ可哀そうな事をした」と思って、さめざめと泣きくずれた覚えがある。「こんなに涙が出る以上は、現在己の胸の中に湧き上った感情も真実に違いない。己は今度こそ、ほんとうに後悔したのだ。ほんとうに善人になったのだ。己にもやっぱり誠意があったのだ」――そう思って喜んだのも幾度だか分らない。ところが生憎にも、涙と云うものは人間の魂の深い所に源泉を発するのではなく、極めて上ッ面の、気分とか情調とか云うものに支配されるのだ。畢竟、自分の周囲を取り巻いて居る情調に対して、最も感覚の鋭敏な者が、涙もろいと云う事になるのだ。

己の経験に拠ると、不思議にも善人よりは悪人の方が、気分に対する感覚が鋭敏に出来上って居る。すべて犯罪性を帯びた人間には、独立した自己の情操と云うものがなく、全然周囲の気分に依って左右されて居る。彼等は実に相手の顔色を読むことが上手である。相手が悲哀の感情を抱いて居れば、自分も直ぐに悲しい気持になり、相手が高潔なる道徳的のセンチメントを持って居れば、自分も忽ち善人であるような心地がする。だから涙脆い人間は、善人よりも悪人の方に多いのである。

気分に対する感覚が鋭敏であるが故に、彼等は往々にして神経質だと思われ、怜悧だと思われる。自分で悪事を働いて置きながら、その時の気分に依っては、彼等は随分悪を憎み攻撃する事がある。かかる場合の彼等の感情は決して偽りではなく、心からそう思い込んで居るのである。

己も悪人の御多分に洩れず、相手次第でいろいろに気分の変る男である。善人と話をして居ると、己はいつでも自分が善人になった気で居る。そうして相手の一言一句に賛成し、同感する。しまいには其の善人の云おうとする事や、考えて居る事が、工《たく》まずして自然と此方の胸中にも浮かび出るようになる。たまたま先方の腹の中を、此方からぴたりと旨く云いあてて、相手の賛同を得たりすると、己はいよいよ図に乗って、自分を善人だと信じてしまう。

だから一度でも己と会話をした人は、大概己が好きになるらしい。

悪人が人を欺くのは、欺く事に興味があるのではなく、寧ろ人に好かれたいと云う希望から、相手の気分に順応する結果であろうと思う。悪人は人を欺く事よりも、人に好かれる事が愉快な為めに、心にもない嘘をつくのである。

「そんな矛盾した理窟はない。人に好かれることを望むならば、なぜ悪事を働くのだ」

こう云う疑問に対しては、

「悪人であればこそ人に好かれたいと思うのだ」

と、答えるより仕方がない。恐らく此の気持は、己のような悪人に生れて来なければ、ほんとうに理解する事は出来ないだろう。

悪人は善悪種々の気分に対して鋭敏なる感受性を具えているけれども、其の気分たるや、極めて上ッ面なもので、決して彼等の魂の奥までは浸潤しない。彼等の魂の奥の方には、「自分は忌まわしい悪人である」と云う意識が、時々刻々に変化する気分とは無関係に、ちゃんと潜在して居るのである。此の故に総べての悪人は、心中常に孤独を感じ、寂寞に悩んで居る。彼等が人に好かれたいと願うのは、其の為めなのである。

六

しかし、いくら他人に好かれても、他人の感情に融合しても、要するに何処迄行っても気分の範囲を出る事は出来ない。人に好かれれば好かれるほど、感情が一致すればするほど、彼等はますます孤独の感を深くする。自分と相手とは、表面上どんなに親密らしく見えても性格の本質には踰ゆる事の出来ない相違があって、自分は先天的の悖徳漢であると云う僻み根性が、絶えず彼等に附き纏って居る。己は悪人だから、善人の心理状態はよく分らないが、善人にはいかに孤独な場合でも、神とか良心の慰藉とか云う者があるそうである。して見ると、真に孤独の意味を知って居る者は、悪人だけではないだろうか。彼等の孤独の背景には、神だの良心だのと云う光明や色彩は寸毫もなく、ただ真黒な、暗澹たる闇があるばかりである。その堪え難い孤独から紛れようとして、彼等は頻りに世間との交際を求める。従って彼等の交際は、ただ賑やかに冗談を云い合ったり、酒を飲み合ったりするのが目的で、芝居を見たり、うまい物を食ったりするのと、あまり大した違いはない。

けれども、人間は気分ばかりで附き合って居る訳には行かない。長い間にはいつか必ず、気分の奥に隠れて居る魂と魂とを、見せ合わなければならない時機が到来する。そうなると悪人は善人に捨てられてしまう。己なんかは悪人のうちでも余程聡明な方だから、成るたけ魂を見せ合わなければならないほどの、親密な関係を作らないように、始終気をつけて交際して居た。その為めに己はどんなに頭を使い、神経を痛めたか分らない。己の方では相当の距離を保って出来るだけ上っ面の交際を続けようとしても、中には先方からどしどし距離を踏み越して、魂をさらけ出して親密な交際を挑んで来る奴がある。「己は悪党なのだから、そうされては困るのだ」と、腹の中では呟きながら、己の方でも拠んどころなく本性を現わす。結局其の男に不義理を重ね、不徳義極まる行為を示して、絶交される迄もなく、此方から遠ざかるような始末になる。殊に己は普通の悪人と違って、諸方面に崇拝者だの保護者だのを持って居るのだからそう云う危険が非常に多い。金があって、正直で、熱心な芸術の愛好者だと云うような篤志家が、己の盛名を慕って接近して来る度毎に、己はいつでも一種の不安を感ぜずには居られない。

「いずれ此の男とも、絶交しなければならないようになるのかなあ」

そう思うと、やる瀬ない淋しさ悲しさが込み上げて来る。そんな男が現れた場合には、構わずどんどん悪事を働いて早く絶縁してしまうか、然らずんば極めてアッサリと附き合って誘惑に脅かされぬように、予防線を張るのである。

七

そんな次第であるから、己は己の知人を最初から二た通りに分けて置く。不義理をして絶交されてもいい人と、不義理をせずに体裁よく交際を続けて行く人と、こう云う風に分類して、その積りで附き合うのである。此の計画を実行するには、なかなかの苦心が要る。第一、己は始終前者に属する友人と、後者に属する友人とを接触させないように努めなければならない。前者に対しては赤裸々に己の悖徳性を発揮し、後者に対しては飽く迄芸術家の面目を維持しようとする。

断って置くが、己は何も故意に、金のありそうな奴とか、欺すに都合のいい奴とかを、知人の中から択び出して前者に加えるのではない。彼等が二つの種類に分けられるのは、多く偶然の機会に因るのである。此の男には今迷惑をかけそうだなと思っても、どうかした工合で、何事もなく済んで行く事もある。此の人とは清く交って行きたいと考えても、ヒョイとした弾みで、悪癖を出す事もある。だから大体二種類に分けてあるとは云うものの、前者に属して居た人が段々後者に加わったり、後者の一人が突然前者に変ったりする。彼等の運命は、己にも全く分らない。ところで、此の計画が成立する為めには、「己の知人は己の悪事に対して、何等の復讐をも摘発をもする筈がない」と云う、一箇の仮設的条件を必要とする。若しも彼等が、己の悪徳を感づいた際に、秘密を守ってくれるだけの親切がなかったら、後者に属する友人もみんな己の陋劣なる品性に愛憎をつかして、遠ざかってしまうだろう。つまり、「己の知人は悉く親切であり、善人である」と云う予想を基礎にして、己の友人操縦策が成り立つのである。己は自分を悪人であると信ずると共に、世間の人を善人だと極めて居るのである。

おかしな事には、悪人ほど他人の善を信じたがる者はない。彼等は、自分が年中嘘をつくから、他人も嘘をつくのだろうとは思って居ない。嘘をつくのは自分ばかりで、他人は皆正直だと考えて居る。（それ故に彼等は孤独を感ずるのである）此の意味に於いて彼等は至極おめでたく出来上って居る。悪人は屢々人を欺く代りに、自らも欺かれ易い人間である。悪人の性質に、おめでたい所がなかったとしたら、彼等の悪は成功する訳がない。

「彼奴はおめでたいから善人だ」

と云う、世間の常識判断は、悪人の心理を解せざること夥しいものである。世間の常識は善人の常識であって、悪人の常識ではないのである。

さて、上に述べた二種類の友だち以外に、一人で此の二種類を兼ねて居る友達がある。己が忌まわしい悖徳漢であることを知りつつ、己の為めに一再ならず迷惑を蒙りつつ、猶且己を見放さないで、誠心誠意を以て己と交際しようとする。たとえば彼《か》の村上のような男である。彼等はつまり己の人格を疎んじながら、己の天才に未練を繋いで居るのである。

「君は不思議だ、恥知らずだ」

こう云って、ぶつぶつ不平を鳴らしながら、彼等は辛抱強く己に喰ッ着いて来る。己の悪癖につくづく惘《あき》れ果てながら己の創作に接すると、「あッ」と驚嘆の声を挙げて、そのまま己の罪悪をも不都合をも忘れてしまう。

八

そう云う連中に対しては己は何処までもずうずうしくなる。「此れでもか、此れでもか」と云わんばかりに畳みかけて悪事を働く。己のように意志の薄弱な人間に、彼等のような寛大な、なまじっか理解に富んだらしい態度を示すことは、お互の不幸であって、要するに、己の犯罪をますます多くさせる結果に終るのであるが、そう気が付いた時分には、既に両方とも引くに引かれないはめになって居る。「また欺されたか、糞いまいましい！」彼等がこう思う時は己の方でも、「また彼の男を欺してしまった。悪いことをしたなあ」と思う。それで両方とも容易に絶縁しようとはしない。「あれ程の天才芸術家と、金の為めに分れなければならなくなるのは悲しい事だ」と彼等は考える。「あれ程己の芸術を愛して居てくれる人に、不信を重ねなければならないとは、何と云う辛いことだろう」と己も考える。己も彼等も共々に、己自身の悪性に就いて嘆声を発しながら、極めて不愉快な、重苦しい感情を抱いて交際を続けて行く。………

己が今度、牢屋へ這入るようになったのも、元はと云えばそう云う関係の友人と、絶交すべくして絶交せずに、あまり深く附き合い過ぎた為めなのだ。己は勿論、あの友人に対して、少しも恨みを云う筋はない。恨むどころか手を合せて、感謝するのが当然である。だが己もあの友人も、あまり不愉快を忍び過ぎた。あの人は、途方のない己のずうずうしさに対して、もう少し断然たる処置を執ってくれればよかった。こんな事を云うと、自分の不都合を棚に上げて罪咎もない相手の人を批難するように聞えるけれど、己は己自身を不具者と認めて居るのだから、相手の人に頼るより外仕方がないのだ。

己があの人――K男爵と懇意になったのは、今から三四年前、己の油絵が始めて文展に出品された年のことである。K男爵の名は、その以前からディレッタントの青年貴族として、己たちの仲間に知れ渡って居ただけに、あの油絵が男爵に買われたことは、他の何人に買われるよりも、己に取って光栄であり幸福であった。あの当時、絵の具の費用にまで窮して居た己は、一挙にして三百円と云う大金が手に入ったのみならず、美術批評家として定評のある男爵に認められた事によって、世間一般からも認められる事が出来た。

「君ぐらいの技倆があれば、西洋なら立派に喰って行かれるのだが、日本ではまだ油絵が流行らないから仕方がない」

男爵は折々こう云って、己の貧乏に同情を寄せてくれたけれど、しかし兎に角、女房を貰って一家を構え、粗末ながらアトリエを建てて、どうやらこうやら暮して行けるようになったのは、全く男爵のお蔭である。そればかりか、男爵は機会のある毎に諸種の美術雑誌で己の芸術を賞揚し、己の前途を祝福してくれた。

己は男爵と交際する初めに当って、特に自分の悪癖を警戒して已まなかった。男爵の邸を訪ねて珍しい泰西の名画の複製を見せられたり、美術上の意見を聞かされたりする度毎に、年に似合わぬ男爵の該博なる学識と、典雅なる人品とに多大の敬意を払わずには居られなかった。

九

「こう云う立派な人と万一絶交しなければならなくなったら、己はどんなに悲しいだろう。己の頭の奥に、此の人の夢にも想像することの出来ない、忌まわしい悪い魂が宿って居ると云うことは、何と云う情ない事実だろう。己は生涯、少くとも此の人に対してだけは、悪い魂を見せてはならぬ。何とかして、清く美しい交際を保たねばならぬ」己は男爵の前へ出るといつもそう思った。いつも誘惑と戦って居るような危険を覚えずには居られなかった。だがほんとうの浄い交際、親密の間にも自《おのずか》ら尊敬があり、馴れ馴れしい内にも一と通りの礼儀のある、真にうるわしい友誼が続いたのは、ほんの一年くらいではなかったろうか。二人は間もなく最後の遠慮を撤廃して赤裸々で向い合うようになった。二人の関係を其処まで進ませた罪は、どうしても双方にあると己は思う。せめて男爵が十も二十も歳が上で、年長者としての圧力を持って居たらば、あんなにまで恥知らずの交際をするようにはならなかったろう。何を云うにも男爵は己と同年の青二才で、しかも非常な平民主義の、極端に正直な好人物であった。彼は己から恩人扱いにされたり、華族扱いにされるのを嫌って、何処までも芸術家の仲間へ入れて貰いたがった。お互に名前を呼び捨てにして、乱暴な書生気質を発揮して居るうちはまだ好かったが、己はいつしか、彼が男爵である事を忘れてしまい、彼はまた己の芸術を真面目臭って褒めたりなんかしなくなった。此れが一番悪い事だった。爾来三四年の間に、己は幾度彼を欺いて金を借り倒したか分らない。多い時は百円、少い時は五十円——額は大概そのくらいだが、Kは其の金を惜しむよりも、寧ろ己に欺されるのを喜ばなかった。殊にその欺し方の、あまり空々しく、狡猾で、鉄面皮を極めて居るのが、彼には溜らなく不愉快であったらしい。己が借金を申し込みに行くと、最初の五六回は気持よく貸してくれたのに、だんだん手数が面倒になって、しまいには二人共、黙然として睨み合って居るような光景が屢々演ぜられた。

「君にしても僕にしても、こう云う話をするのは決してお互に愉快ではない。君にしたって、こんな話を持ち込んで来る時は嘸かし厭な思いをするのだろう。それは僕にも無論よく分って居る。………」

Kは、息苦しい沈黙に堪えられないと云う風に、こう云って口を切るのが常であった。

「………恐らく僕と同じ程度に、君は不愉快を感じて居るに違いない。君は僕が、人から借金を申し込まれると、断り難い性分だと云う事を知って居る。その弱点を知って居られるだけに、僕は誰よりも、君から頼まれた時に一層断り難く感じる。その事は君はよく知って居る筈だ」

一〇

「そう云われると、僕は何だか君の弱点に附け込んで居るように聞えるけれど、僕はなまじっか君の性分を知って居るだけ、余計気持が悪いんだよ。僕はいかにも、君が人から金を貸せと云われると、断り切れない性分なのを知って居る。君に云わせれば、その弱点を呑み込まれて居るだけ、僕に対して余計断り難いと云うだろうけれど、僕の方では其の為めに却って頼み難いのだ。君の弱点を知って居ると云うことが、今度は僕の弱点になるのだ。僕に対して、君は最も断り難い事情を持ち、君に対して、僕は最も頼み難い地位に立って居る。だからいつでも金の話が持ち上ると、二人は散々梃擦《てこず》らなければならなくなる。それを承知で、こうして君に頼むのだから、よくよくの場合だと思ってくれ給え」

己がまた長々と、こんな調子で弁明する。KはKの好人物をさらけ出し、己は己の薄志弱行を告白し、双方がヘルプレスな状態になって助け船を待って居る。そうして孰方も積極的に動こうとしないから、話が容易に片附かない。そのうち二人はいよいよ胸糞を悪くする。

「話をすれば話をするほど、いやな気持になるばかりだから、いつも好い加減に切り上げて、結局君に用立てる事になってしまうんだが、しかしよくよくの場合と云うのが、そう君のように度々起るのはどう云う訳だろう。こう云うと君の言葉を疑うようで悪いけれど、……」

と、Kは妙に改まった口吻で、遠廻しに質問の矢を放つ。平生なら可なり思い切った人身攻撃を試みる癖に、借金の問題が搦まって来るとお互にギゴチない物の云いようをして、猶更わざとらしい、不自然な情勢を作り上げてしまう。

「よくよくの場合と云うことを委しく説明するとなると、僕は此の上にも不愉快な気持を忍ばなければばならないから、その事情は大凡そ推察して貰うより仕方がない。だが兎に角よくよくの場合なのだ。度々起るにしても、やっぱりよくよくの場合なのだ」

己はまるでだだっ児のように、条理の立たない返辞をする。けれどもこんな事を云う時に限って、だだを捏ねて居る積りでなく、自分の腹の中では、たしかによくよくの場合だと信じ切って居るのである。

「そんなら君、そのよくよくの場合に、若しも僕が承知をしなかったら、どうなるんだね。誤解してくれては困るが、僕は決して、君が嘘をついて居ると云うのではない。君は全く自分でよくよくの場合と信じて居るのだろう。だが、よくよくの場合であるような気がして居ても、案外よくよくの場合でないことがありはしないかと、僕は思うのだ。君は今日僕のところへ金を借りに来れば、大概成功するだろうと予想している。そうして多分その予想は、的中することになるだろうが、（Kはこう云って如何にも悧巧そうにニヤリと笑うのが常である）若しその予想がなかったら、君は恐らくよくよくの場合になるまで、ポカンとして放って置きはしないだろう、つまり事態がよくよくの場合にまで漕ぎつけるのは、僕から金を借りられる予想があるからではないのかね」

二

「しかし君、何処までがよくよくの場合で、何処までがよくよくの場合でないと云う、劃然たる区別がある訳じゃないのだから、君から金を借り得られると云う予想があった為めに、故意によくよくの場合を作ったと云うことは出来ない。任意の二つの事件が、相前後して存在する場合に、後者を前者の結果であるとする訳には行くまい」

己はつい躍起《やっき》になって、こんな屁理窟を云う。尤も、屁理窟である点は、Kの説も己と同様なのだが、金を借りようとする弱味があるので、兎角己の方が受け太刀になり易い。それが又Kに取っては、一つの愉快であるらしい。なぜかと云うと、彼は学識の点において、己に勝って居るにも拘わらず、芸術的感覚が己より遥かに鈍いために、美術上の議論を闘わすと、近頃は往々己にやりこめられる事がある。Kは此の際を利用して、其の鬱憤を晴らすことが出来るのである。Kのやり方は卑怯ではあるが、己もK自身も、それを卑怯だと感づくだけの余裕がなく、やはりいつもの美術上の議論をする時と同じ気持で、互に言い捲くられまいとする。

「そりゃ、君はそう云う風に思って居るだろうさ。——けれどもだね、よくよくの場合と云う事は外に方法がないと云う窮境にあることを意味するだろう。そこで若し僕から金を借りられると云う予想がなかったら、そうして実際僕が金を貸さなかったら、君は一体どうするのかね」

「どうすると云って、………僕は君から金を借りられない場合を考えて置かなかったから、どうしていいか自分にも全く分らないが、ただもう途方に暮れると云うより外、仕方がないだろう。少くとも、僕は君にこんな話を持ち出すまでに、出来るだけの手段を講じて見たのだ。八方へ駈け擦り廻って金策をしても、遂に成功しなかったので君の処へやって来たのだ。だから君に断られれば、今度は誰に頼もうと云うあてもないのだ」

己はこう云って、話題を屁理窟から実際問題の方へ向き直させる。それをKはまた屁理窟の方へ引っ張って行く。

「君のよくよくの場合が、僕から金を借り得ると云う予想とは、何等の関係もなく発展したのだとすれば、君は当然、僕に断られた時を考えなければならないじゃないか」

「そう云われればそうかも知れないが、僕は御承知の通り、金の事に就いては行きあたりばったりの人間だから、先の先まで考えるような事をしないのだ。断られた場合にどうするかと云う質問を受けて見ると、成る程己はどうする気だったろうと考える。しかし考えたところで別段方法もないのだから、まあその時に打つかって見なければ分らないのだ」
「そうだろう、君はいつでも、その行きあたりばったり主義で通して来たのだろう。つまり、よくよくの場合で、事態が行き詰まってしまっても、その場になれば自然と解決の道が開けて、思ったよりは何事もなく君は其処を乗っ切って来たのだろう。今度にしても、打つかって見なければ分らないと云うのは、手段が尽きたと云う事ではなく、何とかして凌げない事もないと云う意味になるだろう。だから君のような行きあたりばったり主義の人には、よくよくの場合と云うものはない事になる」

二

全体、Kがこう云う工合に屁理窟を並べるには、いろいろの動機があるのだ。彼は自分が好人物である事——自分の情に脆い性質を、己に看破されて居る為めに、己から借金を申し込まれると、どうしても拒絶する事が出来ないと云う。けれどもそれは一面の真理であって、他の一面から見ると、外の人になら訳もなく貸してやる場合でも、己に対しては、性質を呑み込まれて居る為めに、却って快く貸す事が出来ない。己に金を貸すのは、恩恵を施したような気がしないで、何となく馬鹿にされたような気がするのである。そこで、馬鹿にされまいとする努力が、此のうねうねした屁理窟となって現れる。

そのくらいなら、いっそキッパリと己の頼みを撥ねつけてしまえばいいのに、其処が飽く迄も彼の性質で「いやだ」と云い切る事が出来ない。結局己の予想通り、金を貸さねばならなくなる事は自分にもよく分って居る。大袈裟に云えば、自分の行為が他人の意志に支配されて居ると云う意識――此の意識が彼の自尊心を甚だしく傷けるので、彼は何等かの形式に於いて、己に勝たなければ承知しない。金は取られても負けたくないと云うのが、彼の腹なのである。金を取られる以上は、事実は彼の負けであるかも知れないが、せめて自分が勝ったような気持になり、相手に負けたような気持を与えたいのである。

己の第一の目的は金にあるのだから、早く議論に負けてしまえばいいのだが、己としては、一種のディレンマに陥らざるを得なくなる。己は社会へ顔向けも出来ない破廉恥漢の癖に、非常識に負けじ魂の激しい人間で、他人の恩恵を強請しながら自分を「負けた」と認める事が嫌いである。

「議論には負けましたが、どうぞ金だけは貸して下さい」

こう云って、哀願する気にはなれない。

勿論、Kの意見に反抗して居る間はいつ迄立っても金を受け取る段取りにならないから、出来得る限りは譲歩して、Kの論理を通させるように心がける。実際に又、論理の対象となるものは己の性癖なのだから、勢い己の方が冷静を失して、Kにやり込められる場合が多い。すると、議論に負けるのはまだいいとして、あまり明白に負け過ぎたら、相手が金を貸したくも貸す理由を失いはせぬか、と云うような懸念が、己の胸に湧いて来る。Kの方でも、金だけは取られるものとして、屁理窟を並べて居るのだが、「よくよくの場合でない」と云う彼の意見をあわよくば己に承認させて、借金の口実を消滅させようと云う魂胆が、まるきりないのでもなさそうである。だから己は利害関係の上からも、うっかり負け過ぎる訳に行かない。さればと云って、勝ち過ぎては猶更いけない。それでなくても受け太刀のところへ、そう云う心配がある為めに、己の論理は一層たじたじになり、曖昧になる。Kは得たりと附け込んで、ますます妙竹林《みょうちくりん》な詭弁を発揮する。おまけに彼は不断から論理的頭脳の明晰を以て自ら任じ、ややともすれば其れを誇示する癖があるのだから、始末が悪い。

一三

「………君は先《さつき》、何処までがよくよくの場合で何処からがよくよくの場合でないと云う、はっきりした区別はないと云ったろう。それは君の云う通りに違いない。よくよくの場合と云うのは、外面に現れた境遇に存するのでなく、要するに其の人の気分にあるのだ。気分に依ってはいつでもよくよくの場合だと感ずる事が出来るのだ。若し僕から金を借り得る予想がなかったら、君は現在の難関を、いつもの行きあたりばったり主義で、『よくよく』だとも思わずに、通り過ぎてしまったかも知れない。

「いや、そんな事はない。予想があってもなくっても、実際よくよくの場合なのだ。君に断られれば、僕はほんとうに困っちまうのだ」

「困ると云って、どのくらい困るのだ。失礼ながら、君は年中貧乏で、困る困ると云って居るじゃないか」

「それはそうだけれど、今度は特に困り方がひどいんだよ。絶体絶命に陥って居るんだよ」

「そんなら僕に断られたら、家でも畳んで、夜逃げでもするかね」

「まさか、夜逃げもしないだろうが、諸処方々に不義理があって、顔から火の出るような、恥かしい思いをしなければならない。………」

夜逃げをすると云った方が、目的を達する上に都合がいいのだが、己には妙な虚栄心があって、其れが殆ど本能的に頭を支配して居る為め、利害得失を顧慮する隙もなく、ついつい斯う云ってしまうのである。

「それ見給え。夜逃げもせず、家も畳まずにすむとすれば、今迄の困り方と大した違いはないじゃないか。そりゃ成るほど、恥かしい思いもするだろうけれど、そんな事を苦に病んで居たら、君は此れ迄、こうして世の中を渡って来られはしなかったぜ。君は随分、端から見るとハラハラするような事を、平気でやって来たじゃないか。世間の義理と云うものに対しては、君は可なり無神経な、呑気な人間だと僕は思って居る」

こう云われると、己はひやりとする。Kは明かに己の悪い魂を諷刺して居るのである。『それほど義理を重んずる君なら、借りた金を一遍だって返したことのない僕のところへどの面下げて無心に来られるのだ』――Kの意見は、言外にこう云う結論を暗示して居る。己は黙って、下を向いて、私《ひそか》に憐みを乞うばかりである。

「いつも議論が此処まで来ると、お互にいやな気持になるから、あまり深入りせずにしまうが、僕は兎に角、君を呑気な人間だと思いたい。君もそう思われることに、多分異存はないだろう。だから君に取って、絶対に困るとか、よくよくの場合とか云うものは、存在しないのだ。君はただ、その時の気分で、そう感じたり、感じなかったりするのだ。もっと極端な云い方をすれば、僕から金を借りる事を予想する為めに今の場合をよくよくと感じるのだ。君は其れを自分で意識して居ないかも知れないが、きっとそうに違いないと思う」

一四

Kの顔には、包み切れない勝利の色が輝く。彼は、うつむいて痙攣的に唇をふるわせて居る己の、打ち負かされた姿を尻目にかけながら、いしくも案出した自己の論理に無上の満足を感ずるが如く、新しい葉巻に火を点じて、悠々と安楽椅子に反り返る。………

「Kの云うことが本当なのかも分らない」

と、其の時己は腹の中で考える。己は今まで、たしかによくよくの場合だと信じて居た。けれど詮じつめて見れば、己には真のよくよくの場合というものはない。金のことに就いて、己はどんなに困っても、未だ嘗て痛切に、恥かしいと感じた覚えはない。己はいつでも「どうにかなる」と、たかを括って居た。そうして此の「どうにかなる」の一面には「世間の義理さえ踏み潰せば」と云う条件が含まれて居たのだ。現在の場合、万一Kに断られたとして己はどれほど困るかと云うに、多少きまりの悪い思いをするだけである。そのくらいな極まりの悪さなら、従来幾度となく打つかった覚えがあるが、眼をつぶって通り越しさえすれば、跡に苦労の残るほどの事ではない。

「………そうだ、考えれば考える程よくよくの場合でもなんでもないのだ。それだのに己は何だって、こんなに大騒ぎをしたのだろう、何だって『困る、困る』と思ったのだろう」己は自ら省みて、自分の胸にきいて見る。要するに己が「よくよく」と認めたのは、己の実際の境遇ではなくって、己の空想の産物だったのである。己は勝手に、現実の場合とは異ったものを、頭の中に拵え上げて、其の幻影に悩まされて居たのである。………話は少し横道へ外れるけれども、序《ついで》であるから茲に一言して置くが、総べての犯罪性を帯びた人間には空想家が多い。(その意味に於いて、一般に悪人は善人よりも芸術家である)彼等は世の中を在るがままに見る事が出来ないで、絶えず空想を以て彩色する。故に彼等の見る世界は善人の見る世界よりも、遥かに刺戟に富み、誘惑に富んだ、美しい幻影の世界である。そうして、その刺戟と誘惑とが、殆ど彼等を脅迫せんばかりに度を強めて来た時に、彼等は全く抵抗力を失って犯罪を敢てするようになる。彼等に取って、空想は事実よりも価値があり力がある。彼等は自ら作った幻影に導かれて悪を営み、而もその悪の為めに苦しんでいる。彼等は往々空想によって未来をも現在と信じ、現在をも過去と信じたりする。だから彼等には、はっきりした時間の観念と云うものはない。彼等の頭の中にはただ「永遠の悪」が宿って居るのである。

普通の常識で云えば、悪人の方が善人よりも物質的だとされて居る。悪人自身も、そう云う風に考えて居る場合が多い。ところが事実は反対である。彼等の眼から見れば、物質の世界は空想の世界の反映であって、後者の方が余計実在的なのである。不幸にして、彼等の持って居る魂は悪の魂であるが、その魂の働きのみが、彼等の為めに真実なのである。

一五

さて、己はKに説得されて、今まで己を脅かして居た者が、単なる幻影に過ぎなかった事を悟った以上、もはや金を借りる必要はなくなった訳である。己は宜しく自ら進んで借金の申し込みを撤回すべきである。それだのにおかしな事には己はやっぱりあきらめる気にならない。

「困って居ようが居まいが、何でも彼でも金が欲しいのだから兎に角貸してくれ給え」己の腹の中を率直に表白すれば、つまり斯う云う文句になる。理由も何もない、ただ無闇に金が欲しいのである。「よくよくの場合」と云うのが、たとえ幻影であったにもせよ、幻影は幻影として、己の慾望を刺戟するに十分である。

「成る程君の云う通りかも知れない。僕は事実、そんなに困らないでもいいのかも知れない。けれども何だか僕には困って居るような気持がするので、その気持の為めに、僕は依然として悩まされて居る。そうして見れば僕はやっぱり困って居るに違いないのだ。何処まで行っても、僕の困って居る事だけはほんとうなのだ」

己に斯う云われると、Kはちょっと弁駁することが出来ない。己の此の云い草は、屁理窟ではあるが、一往論理が整って居て、打ち込む隙がないように見える。けれどもKは、一旦己をやりこめて、沈黙させた事に依って、既に溜飲を下げて居るのである。

「金の事に就いて、君と議論を始めると、いつでも此の通り果てしがない。僕はいくら説明を聞いても、金を貸すだけの理由を発見しないんだが、君が飽く迄貸せと云うものを、貸さないと云う訳にも行くまいから、まあ貸すことは貸すとしよう。――だが君、今度だけは一つ是非返してくれ給えな。僕は君から無心を云われる度毎に、一々長たらしい理窟なんぞを云いたくはないけれど、君がいつも『返す、返す』と云って簡単に借りて行きながら、一遍も返した例がないもんだから、その為めに僕は出し渋るようになるのだ。僕は君に貸した物を、返して貰いたくはないんだが、しかし君のように、いかにも大丈夫らしく『返す、返す』と云いながら、返してくれないと、全くいい気持はしないんだよ。それも一度や二度のことじゃないんだからね」

「ああ分った、実際僕が悪かった。僕だって初めから欺すつもりではないんだけれど、ついついそう云う風になってしまうんだ。それは君も知って居てくれるだろうが、何にしても僕が悪いんだから。……」

「悪い善いなぞと云いたくない。兎に角返してくれさえすれば、僕の気持は済むのだからね」

「ああ大丈夫だよ。今度こそきっと返すよ」

「君が大丈夫だと云っても、例に依って初めから欺す気ではないだろうが、少しも信用出来ないから、成るべく早く金を返して、ほんとうに信用させてくれ給え。それじゃ期限は今月一杯として置こう」

「いいとも、今月一杯なら正に大丈夫だ。二十日頃になれば、二百円ばかり這入るのだから」

金が借りられるとなると、己は俄に大きな事を云う。しかも、こんなにまで確からしく威張って置きながら、とうとう返さずにしまうのである。

一六

こう云う風にして、己は此れ迄何十遍となく、Kを欺いては再び臆面もなく借りに行き、例の如く議論を闘わし、例の如く期限を誓い、例の如くスッポかす事を繰り返した。Kと云う好人物の友人がある事は、薄志弱行な己をして、際限もなく背信を重ねさせる因だった。己はどうかすると、「このまま金を借り倒して、絶交されてしまったら、どんなに気が軽くなるだろう」とさえ思うのであった。

そう思うには思っても、二人は決して絶交しそうもなかったのに、期せずして其れが実現されるようになった。いかに寛大な、いかに好人物のKでも、己が彼に対して法律上の詐欺を働き、おまけに其の事件が法廷へまで担ぎ出されてしまっては、彼の欲すると否とに拘らず、世間の手前、己と関係を絶たざるを得なくなったのである。

忘れもしない、それはちょうど去年の秋、十月の末の出来事である。此れが大事件になるとも知らずに、己はいつものようなあつかましい態度で、Kの許へ無心に出かけたほど、其の日の己は、今迄よりも特に一層厚かましかったかも知れない。なぜかと云うと、恰も其の日から十日程前に、「ほんの二三日」と云う条件で、金を借りたばかりだったのである。其の金を返さずに置いて、今度は殆ど其の倍額に近いものを、貸して貰おうとするのであるから、己も直ぐには云い出せなかった。暫らくの間己は己のヴィタ・セクスアリスに就いての告白を、真面目な調子でKに話して聞かせて居た。

その時分、己は半年ばかり前から或る一人のモデル女に惑溺して、彼女の為めに多大な時間と金銭とを浪費しつつあった。彼女は、マゾヒズムの傾向を持って生れて来た己に、始めて十分な満足を与えてくれた異性であった。それまで、己の奇怪なる性慾の要求を、纔かに補塡して居たさまざまな空想。――ありとあらゆる忌まわしい、むごたらしい、血だらけな幻影が、生きた人間の肉体を着けて、頭の中の幻影が実現されると同時に、空想に特有なる美しさは忽ち消然し不思議な事には、其処に実現されたものが己と彼女との関係であった。滅して、現実の醜悪のみが遺憾なく暴露された。

「己の頭の中に描いて居た光景は、こんな浅ましい、こんなあっけない、こんな穢らしいものだったろうか」

己は歓楽に従事しながら、屢々こう考えざるを得なかった。己の歓楽が、空想に依って充たされて居る間は、いつ迄立っても Freshness を失わないのに、それがひとたび現実の世界に移ると、厭倦、疲労、羞恥などの感情が割り込んで来て、潑剌たる快感をどろどろに濁らせてしまう。美しかるべき彼女の肉体と、その肉体の下に虐げられて居る己自身の肉体とは、己の空想が永遠の美しさを以て輝いて居るのと反対に、だんだん生き生きとした光を鈍らせて、遂には鉛のように陰鬱な重苦しい曇を帯びる。それは己にとって意外な悲しい発見であった。

一七

「君はゴオティエの書いたボオドレエル評伝を読んだことがあるかね」

と、Kは己の告白を聞いてから云った。

「ゴオティエは斯う云って居る。――ボオドレエルの詩の中にある女性は、箇々の、現実の女ではなく、典型的な『永遠の女性』である。彼はUne Femmeを歌わないでLa Femmeを歌って居るのだって。――君のようなMasochistの頭の中にある女の幻影も、やっぱり或る一人の女性ではなくて、完全な美しさを持つ永遠の女性なんだろう。だから現実に行きあたると、直ぐに失望するのだろう」

Kの観察はたしかに中って居た。己は此れ迄、極端なる女性崇拝者であったが、その崇拝の対象となって居るものは、己の『悪い魂』が空想して居る女性の幻影に過ぎなかった。己がたまたま、一人の女を恋するのは、その女の中に自分勝手な幻影を見て居るのであった。だから幻影と実際との相違が明かになるや否や、己はその女の中に幻影を求めようとする。こうして己は、次から次へと女を取り換えつつ、常に失望と幻滅の悲哀とを繰り返して居る。己には世間一般の男子が経験するような恋愛の味が分らないのである。強いて己にも恋愛があると云うならば、その相手は己の頭の中に住む幻影の女である。(己は女房を持って居るが、彼女が己の恋愛と何等の関係もないことは断るまでもない)

こう云う風に考えて来ると、己はつくづく、自分を非物質的な人間であると感ぜざるを得ない。徹頭徹尾、己は空想に生きて居るのである。

完全な美しさを具えた空想の世界から、翻って不完全に充ち、醜悪に満ちた現実の世界を眺める時、己はいつでも一種の呪詛と軽蔑とを感ずる。そうして、己の抱いて居る空想を、何とかして此の世に表現しようとする要求を起す。その要求が性慾的衝動となって動き出すと、己は必ず失敗するが、芸術的衝動となって動いた場合に、己の空想は始めて立派に表現される。己のような罪人の脳裡には、嘸かし穢らしい思想の数々が、蛆虫の如く一杯に群がって居るのだろうと想像する人があったら、何卒己が今迄に発表した創作を見てくれ給え。あれ等の絵画の全幅に溢れて居る豊潤な色彩や、幽玄な光沢や、端厳な線条や、ああ云うものが数限りなく、宝石を鏤めたように己の頭の中を塞いで居るのだ。悪の魂が織り出す幻影の世界は、まるで伽藍の壁画のように荘厳なのだ。

己は大体、以上に述べたような意味を、細々とKに語った。

「今度と云う今度こそ、僕はもうほんとうに、女には懲り懲りした。半年の間、彼女の為めに芸術を抛って居たことを、僕はしみじみ後悔して居る。僕の行くべき道は、芸術より外にはないのだ。僕はどうかして、一日も早く彼女と手を切りたいのだ」

こう云って置いて、己は急転直下して、「彼女に百円の手切金をやりたいから、………」と、遂に本音を吐いたのである。

一八

「随分道中が長かったね、大方しまいには、そう云う話になるんだろうと思って居た」

Kの、いかにも好人物らしい平和な眼の球が、苦しそうに光ったけれども、彼は案外驚かずに、こう云って軽く受け流した。己が先《さつき》から、あんなに真面目らしく、深刻らしく語りつづけた告白を、始めから一種の疑惑を以て聴いて居たほど、それほどKが己に対して僻んでしまったと云う事実は、少からず不愉快を覚えさせた。「今日は余程むずかしい。結局貸すには貸してくれても、大分議論が面倒だろう」己は直覚的にそう感じた。

「………君の告白は恐らく真実なのだろう。しかし、いかに真実だからと云って、一旦金の問題と結び着いて来る以上、僕は其の告白を、虚心坦懐で聞いて居る訳には行かない。君が其の告白の真実を、是非とも僕に信用して貰いたいと云う誠意があるならば、特に今日のような、金の話を持ち出す場合には、その話を避けるのが当り前だ。僕にはどうしても金を借りたい為めに、君が其の告白を利用して居るのだとしか思われない。………」

こんな風にして、お極まりの論戦の火蓋が切られた。二人のおしゃべりは此れから何時間続くだろう。どうかすると午前中に始まって、電灯のつく時分までかかるのが例であるから、今日も大概、夜にならなければ埒《けり》が附かない事であろう。今から六七時間の間、論理の梯子段をお互に高く高く継ぎ足して、言葉の数々を山の様に積み重ねて、何処で終りになると云うあてどもなしに、ずるずる引き擦られて行かねばならない。――それを考えると、二人は期せずして、論戦の最初から一種の苦労と圧迫とを感ずるのであった。決して、運動会の遊戯の様に勇気凜々たる競争心を以て従事する訳には行かなかった。

「だが君、僕にしたって此の間君に借りたばかりで、又借りに来るに就いては、その理由を委しく説明しなければならない。説明するには否でも応でも告白をする必要があったのだ。告白その物が真実ならば、金の問題と結び着いたからと云って、急に真実性を失う筈は無いじゃないか」

「それはそうだろう。――けれども僕が滑稽に感じるのは、金を借りる為めに告白をすると云う、根本の動機を忘れてしまって、恰も告白の為めに告白をして居るような、真面目らしい調子になって居る、君のその態度にあるのだ。君が金を借りる必要以上に告白の真実を高調するのがおかしいと云うのだ。君は告白の中に現れた熱誠に依って、僕に痛切な感動を与え、その感動を利用して、僕から金を借りようとする風に見える。――実際はそうじゃなかろうが、何となくそう云うように見える。それが僕には変な気持を起させるのだ。君は何だか告白の真実性から、『友人の金を借りてもいい』と云うジャスティフィケションを生もうとして居るように見えるのだ」

「そう思うのは君の邪推だよ。根本の動機は金にあるのだが、しゃべって居るうちにその動機を忘れてしまって、告白その物の興味に駆られて、ついつい深入りするような事は、誰にだって有り得るだろうと僕は思う」

一九

「だから僕は、君に一往の注意を与えたのさ。君の告白を聞いて見ると僕は君の心境に多大の同情を寄せざるを得ない。君が将来、その女と手を切って、飽く迄も芸術に身を委ねると云う事は非常に結構だと思うけれども、其れと金を貸す貸さぬの問題とは、全然別だと云う事を、十分に知って居て貰いたいのさ。——君の告白がどんなに立派であろうとも、君はその為めに、いつもよりは堂々と、僕から金を借り得る理由はない。よくよくの場合だから貸してくれと云うのと、何等の相違がないと云う事を了解して貰いたいのだ」

「いや、それはそうじゃないだろうと思う。今迄はただ困って居るような気持がした為めに、金が欲しくなったんだが、今度の場合は、僕の気持の為めではなくて、僕の芸術の為め、僕の芸術を救わんが為めなのだ。君が若し、僕の芸術を愛して居てくれるなら、そうして其の健全なる発達を望んで居てくれるなら、今度の金だけは無意義なものではない筈なんだ」

「けれどもだね、君が今、僕から借りた金でその女と手を切ったにしたところが、此れから先、第二、第三の女が出来て、再び肉慾生活に没頭するような事が、絶対にないだろうか。君は恐らく、其れに対して自分自身を保証する事は出来ないに違いない。従来とても、君は度々今度のような後悔をした。而もその後悔が一向役に立たないで、頻々と同じ過ちを繰り返して居るのだから、将来も、君が生れ変って来ない限り、その過ちは始終発生するものと見た方がたしかだろう。そうなると、僕は要するに君の臀拭いをして居る事になるのだ。君の芸術の健全なる発達を期する為めには、此の後永遠に、君が女と手を切る度に金を出さなければならなくなるのだ」

「君がそう思うのは、やっぱり僕の真実な告白を、信用してくれないからだろう。僕は先も云ったように今度こそはほんとうに後悔して居る。何とかして今後は過ちを再びしまいと決心して居る。そりゃ、僕は御承知の通り薄志弱行な人間だから『絶対に』とは云いかねるけれど、同じ後悔でも、今迄の場合とはまるで心持が違うのだから、………」

「それ見給え。結局『心持』と云うことになって来るじゃないか。よくよくの場合でなくても、よくよくのような気持がすると同様に、ほんとうの後悔でなくても、ほんとうのような気持がするのだ。従って僕は今度も、君に金を貸す事に意義があるとは考えられない。よしんば告白と云う景物が附いて居たところで、不愉快を感ずる程度はいつもと同じ訳になる」

Kの不愉快は、寧ろいつもより一層甚だしいようであった。それだけに又、己の方でも余計胸糞が悪かった。なぜ己はこんなにまで、Kに邪推されなければならないのだろう。僅かばかりの金を借りる為めに、こんなにまで自分の弱点をさらけ出す必要があるだろうか。Kには如何なる権利があり、根拠があって己の告白を、己の言葉の一つ一つを執拗に吟味し、穿鑿し、追究するのだろう。——そう思うと、己は忌ま忌ましくてならなかった。

二〇

「そりゃ成る程、僕の後悔は単なる気持に過ぎないかも知れないけれど、兎に角僕が痛切にそう感じて真面目に告白して居るのに、君が傍から其れを覆《くつがえ》して行かなくってもいいだろう。たとえ其れが気持であったにもせよ、何も君から批難されたり攻撃されたりする理由はないように思う。告白をして居る当人が、ほんとうだと云う以上、君もすなおに、ほんとうだとして取ってくれてもいいじゃないか」

「僕は何も、攻撃や批難をする積りではないのだが、その告白が唯の告白でなく、金の問題と関聯して来るから勢い君の本意を疑わなければならなくなる。君にしたって、予め薄志弱行と云う逃げ路を作って置く程のアヤフヤな後悔を、何もわざわざ、金を借りようとする場合に云い出さなくってもいいじゃないか。君の告白する態度が純粋でないから、従って告白その物にも権威がなくなる訳だと思う」

己は勿論、自分の後悔をアヤフヤだと思って居なかったのであるが、不思議にもKの意見を聴いて居るうちに、だんだん自信を失って、「まさにアヤフヤに違いない」と考えるようになってしまう。折角自分で確かだと信じて居る後悔がぐらつき出すと、残るものは「金が欲しい」と云う一念ばかりである。ただ其れだけがたしかなものである。やっぱり己はKから金を借りられると云う予想を抱いて、其の予想を実現せんが為めに後から告白を附け加え、而も其れを痛切なる後悔の結果だと、誤認して居たものらしい。

「そのくらいなら初めから、いっその事いつものように、困るから貸してくれ、よくよくの場合だから貸してくれと、簡単に云ってくれた方が、まだしも僕には気持がいいのだ。君があれほど熱心に打ち明けてくれた告白までも、僕が疑わなければならないようになっては、二人の間の友情と云うものは到底成り立たない事になるが、そうなったのは畢竟君の責任なのだ。君一人ならどうでもいいけれど、君の為めに僕までが、だんだん擦れっ枯らしになって行くのが僕には溜らなく厭なのだ。――僕はほんとに、百や二百の金なんぞ、少しも惜しいと思うんじゃない。君が実際に困って居る場合なら、僕は喜んで貸して上げるのだ。ただ貸した為めに却ってお互の人格を損ずる結果になるような、そんな金だけは貸したくないと思うんだ。君だって今日や昨日の友だちではなし、長年附き合って居るのだから、僕の気持を了解してくれてもいいじゃないか」

Kは泣きたくなったように瞳を潤ませて、訴えるような調子で云った。成ろう事なら、百円の金を己の前へ叩きつけて、不愉快極まる論判を、早く切り上げてしまいたいとさえ思って居るらしかった。

己も、Kの表情を聞いて見れば、涙ぐまずには居られなかった。「ああ、己は何と云う悪党なのだろう。正直で、親切で、斯くまで善良な友人を、こんなに苦しませて何が面白いだろう」己は覚えずKの足下に身を投げ出して、両手を合せて、「僕がつくづく悪かった。どうかゆるしてくれ給え」と云いたいような気分になった。

二一

だが、それ程迄に感動しながら、己はどうしても、借金の申込みを撤回する気にならなかった。己の心中に萌して居る「金が欲しい」と云う一念は、己にはどうする事も出来ないものだった。

二人は何でも、午後の二時頃から晩の八時ごろまで、飯も喰わずにしゃべりつづけて居た。己はもう別に云う事がなくなって、「今度こそはたしかに返すから貸してくれ。ほんの一週間、一週間立てば百五六十円這入るのだから」と云うような文句を、理窟もなしに繰り返して居た。

「一週間立って金が這入るならそれ迄待ったって知れたものじゃないか。女と手を切るのに、一日を争う必要はないじゃないか」

こうはいったものの、Kの方でも道理を以て己を説き伏せるのは、無駄だと考えるようになったらしかった。それに己の涙ぐんで居る顔つきを見て、多少気の毒にもなったのであろう。

「そんなら斯うしようじゃないか。君も自分の薄志弱行を認めて居るのだから、今度は一つ書付を取って置こうじゃないか。――それもただの書付では、君の意志を動かすだけの効力がないから、何か君、担保物を入れ給え」

今度だけは必ず貸したものを取り返して見せる。取り返さなければ承知しない。――そう云う意気込みがKの口もとにありありと現れて居た。

「そうだ、いい事がある。たしか仲通りの大雅堂の七人展覧会に、君の静物が一枚出て居たね。あれを僕に百円で売ったと云う証文を書いてくれ給え。あの会の会期はたしか来月の十日迄だったろう。それ迄に金を返してくれさえすれば、僕はいつでも君に証文を返すとしよう。もしも君が返せなかった場合には、あの絵なら悪くないから、僕が買って置くことにしよう」

「あの絵はそんなに出来がよくないのだから、君の書斎へ飾られては大きに困るな」

己はKの容易ならない決心を見て心中私《ひそか》に愕然とせずには居られなかった。そうして自分が明かに彼から侮辱されて居るのを感じた。が、それでも未だに、例のさもしい初一念を翻そうとしなかった。

「だから決して、僕があの絵を買わなくってもいいのだよ。君に書付を書かせたって、それを世間へ持ち出そうの何のと云う料簡はないのだから、買い手があれば其の人に売って、その金を僕に返してくれてもいい。第一君、一週間以内に金が這入るのなら、何も心配はいらないじゃないか。――僕にしたって、抵当流れとしてあの絵を受け取るより、一週間以内に金で返して貰った方がどんなに気持がいいか分らない。その為めに、君に証文を書かせるのだから、ほんとうに今度だけは約束を守ってくれ給え」

証文を書いてまでも、万一金を返さなかったら、殊にあの油絵が長く此の書斎の壁間に掲げられたら、――その油絵が眼に入る毎に、二人はどんなに不愉快であろう。そう云う危惧と不安とは、Kの胸にも己の胸にも浮かんで居た。証文を書く方も、書かせる方も、等しく背水の陣であった。

「願わくば己の意志が堅固でありたい。こんな危い所まで漕ぎ着けた以上は此れを機会に、せめてKに対してでも、信頼すべき友人となりたい。そうしてKを喜ばせてやりたい」

己は心に斯う祈りながら、証文に印を衝いた。

其の後の事は、普く世間に知れ渡って居るから、改めて書く迄もないだろう。満更あてがないのでもなかったが、一週間立っても、百五六十円の金は己の懐へ這入って来なかった。そればかりならいいけれど、己はあの絵を二重売りして、その金をも使ってしまった。まさかにKがあの証文を明るみへ出すような事はあるまいと、たかを括って居たのである。

後で聞いて見ると、七人展覧会の会期が終った時、Kは箱根の別荘へ行って居たのだそうである。そうして、不断から己を憎んで居たK男爵家の家令が、わざと気を利かせた体裁で、意地悪くも会場へ絵を取りに行ったのだと云う。己を其の筋へ訴えたのも、大方あの家令に相違ない。己は此れでも悪人ではないのだろうか。やっぱり「人のいい、おめでたい」人間だろうか。今ではもう、己は後悔する勇気もない。Kに対してのみならず、己は世間一般の人に対して、ほんとうの告白をして置こう。――

「己はたしかに悪人だ。微塵も誠意のない人間だ。それ故どうか其の積りで、己を出来るだけ卑しみ、疎んじ、遠ざけてくれ。ゆめゆめ己に近づいたり、尊敬したりしてくれるな。ただ其の代り、己の芸術だけは本物だと思ってくれ。己のような破廉恥漢の心にも、あのような素晴らしい美しい創造力があることを認めてくれ。芸術の生命が永遠であるならば、それを生み出す己の魂を、真実の己だと思ってくれ。己が悪人で居るのは、己の肉体が此の世に生きて居るほんの僅かな間だけなのだから」

人面疽

歌川百合枝《うたがわゆりえ》は、自分が女主人公となって活躍して居る神秘劇の、或る物凄い不思議なフィルムが、近ごろ、新宿や渋谷辺《へん》のあまり有名でない常設館に上場されて、東京の場末をぐるぐる廻《まわ》って居ると云う噂を、此の間から二三度耳にした。それは何でも、彼女がまだアメリカに居た時分、ロス・アンジェルスのグロオブ会社の専属俳優として、いろいろの役を勤めて居た頃の、写真劇の一つであるらしかった。見て来た人の話に依ると、写真の終りに地球のマアクが附いて居て、登場人物には日本人の外に、数名の白人が交って居る。日本語の標題は「執念」と云うのだが、英語の方では、「人間の顔を持った腫物《できもの》」の意味になって居る、五巻の長尺で、非常に芸術的な、幽鬱にして怪奇を極めた逸品であると云う評判であった。勿論、百合枝のアメリカで写したフィルムが、日本の活動写真館に現れたのは、今度が始めてではないのである。彼女が帰朝する以前にも、グロオブ会社から輸入された五六種の映画の中に、おりおり彼女の姿が見えて、欧米の女優の間に伍してもおさおさ劣らない、たっぷりとした滑らかな肢体《したい》と、西洋流の嬌態に東洋風の清楚を加味した美貌とが、早くから同胞の活動通《かつどうつう》に注意されて居た。写真の面《おもて》に出て来る彼女は、日本の婦人には珍しいほど活潑で、可なりな冒険的撮影にも笑って従事するだけの、胆力と身軽《みがる》さとを備えて居るらしく、女賊とか毒婦とか女探偵とか、妖麗な、そうして敏捷な動作を要する役に扮するのが、最も得意のようであった。殊に、いつぞや浅草の敷島館に上場された、「武士の娘」と題する一篇などは、キクコと呼ばれる日本の少女が、某国の軍事上の秘密を探るべく、間諜となって欧亜の大陸を股にかけ、芸者だの貴婦人だの曲馬師だのに変装すると云う筋で、女主人公のキクコを勤める百合枝の花々しい技芸は、一時公園の観客を沸騰させたものであった。彼女が去年、東京の日東活動写真会社の招聘を受けて、前例のない高給を以て抱えると云う条件の下《もと》に、四五年ぶりでアメリカから戻って来たのも、あの写真が内地人に多大の人気を博した結果なのである。

しかし百合枝には、「人間の顔を持った腫物《できもの》」などと云う戯曲を、嘗て一度も演じた覚えがないように感ぜられた。その写真を見たと云う人から、劇の内容や一々の場面に就いて、委しい説明を聞かされても、彼女は自分が、いつそんなものを撮影したのか、全く想い浮べる事が出来なかった。仕組まれて居る事件の発端は、或る暖い、広重の絵のようになまめかしい、南国の海に面した日本の港の、――多分長崎か何処かであろう。――入江《いりえ》に沿うた街道の遊廓に住む、菖蒲太夫《あやめだいふ》と云う華魁《おいらん》の話から始まって居る。町中で第一の美女と歌われて居る華魁が、夕暮になると何処《いずこ》ともなく聞えて来る尺八の音《ね》に誘われて、湾内の景色を望む青楼の三階に、龍宮の乙姫のようなあでやかな姿を見せながら、欄干に凭れて恍惚と耳を傾ける。尺八の主《ぬし》は、とうから彼女に恋い憧《こが》れて居る賤しい穢い、青年の乞食なのである。せめて男と生れた効《かい》には、一夜なりとも彼《あ》の華魁の情《なさけ》を受けて、心置きなく此の世を去りたい。――そう云う願いを、人知れず胸の奥に秘めて居る青年は、自分の貧しい境涯を喞《かこ》ち、醜い器量を恥じる余り、いつもたそがれの闇に紛れては、海岸の波止場の蔭にさまよいでて、一管の笛を便りに、よそながら華魁の顔を垣間見《かいまみ》るのを楽しんで居る。此の哀れな乞食の外にも、彼女に魂を奪われる者は多勢あるが、遂に一人も、彼女から真の情熱を報いられた客はない。それもその筈、彼女は去年の春の末に、此の港に碇泊したアメリカの商船の船員と、仮りの契りを結んでから、明けても暮れても其の白人の俤を忘れかねて、再会の約束をした今年の秋を待ち侘びつつ、乞食の尺八が聞える度に、ぼんやりと沖の帆を眺めて、物思いに沈んで居る。………

此れが映画の序幕であって、やがてアメリカの船員が港へ戻って来る事になる。菖蒲太夫の愛に溺れた白人は、如何にもして彼女を故郷へ連れて行こうと焦りながらも、莫大な身請けの金を工面する道がないので、彼女を遊里から盗み出した上、商船の底に隠してアメリカへ密航させようとする。彼は、此の計画を遂行する為めに、例の笛吹きの乞食を説いて、相棒になって貰うのである。或る夜ひそかに華魁が妓楼の裏口から忍んで出ると、其処に待ち構えて居る白人が彼女を大きなトランクに入れて、荷車に積んで、其れを乞食に預けたまま、自分は何食わぬ顔で商船へ帰ってしまう。乞食は町はずれの寂しい浜辺の、彼が毎晩雨露《あめつゆ》を凌いで居る古寺の空家《あきや》へ、荷車を曳いて行って、華魁を入れたトランクを本堂の須弥壇《しゅみだん》の傍《かたわら》に匿《かくま》って置く。数日を経て白人は、夜の深更に及んだ頃、一艘の艀《はしけ》を寺の崖下の波打ち際に漕ぎ寄せて、乞食の手からトランクを受け取り、首尾よく本船へ積み込もうと云う策略である。乞食は喜んで白人の頼みを諾したが、仕事が成功した暁には、どうぞ自分に金銭以外の報酬をくれろと云うのであった。彼は今迄誰にも語らなかった切なる胸の中を打ち明けて、「華魁の為めに働くことなら、私はたとい命を捨てても惜しいとは思いません。かなわぬ恋に苦しんで居るより、私はいっそ、華魁がそれ程までに慕って居るあなたの為めに力を貸して、お二人の恋を遂げさせて進ぜましょう。それが私の、華魁に対するせめてもの心づくしです。けれどもあなたが、此の見すぼらしい乞食の衷情を、若し少しでも可哀そうだと思し召して下すったら、幸い華魁をあの古寺へ匿って置く間だけ、或はたった一と晩だけでも、どうぞ体を私の自由にさせて下さい。後生一生のお願いでございます。………」こう云って、あまたたび額を地に擦りつけて、涙を流して拝むのである。「………去年の春、あなたの船が此の港を立ち去ってから、毎日々々、お部屋の欄干の下に佇《たたず》んで、笛を吹いては華魁の心を慰めて上げたのも私でございます。乞食にしては身の程を知らぬ、勿体ないようなお願いでございますが、お聞き届けて下すったら、私は死んでも本望でございます。万一悪事が露顕しても、罪は私が一人で背負って、何処までもあなた方をお助け申しましょう」こう云って掻き口説かれて見ると、白人は其の願いをにべなく拒絶する訳にも行かない。

自分の大事な恋人ではあるが、どうせ此れ迄多くの男に肌を許した華魁の事であるから、乞食の親切に報いる為めに、一と夜か二た夜の情《なさけ》を売っても差支えはなさそうに考えられた。――けれども、その話を聞かされた本人の菖蒲太夫は、櫺子格子《れんじごうし》の隙間から、乞食の様子を一と目見たばかりで、身顫いをしたのである。お客と云うお客に媚び諂われて、我が儘一杯に振舞って来た驕慢な彼女には、あの垢だらけな、鬼のような顔つきをした青年に、体は愚か袂の端にでも触《さわ》られるのは、死ぬより辛く感ぜられた。そこで彼女は白人と諜《しめ》し合わせ、兎も角も乞食を欺いて、トランクを荷車へ積ませてしまうのである。白人は乞食に別れて本船へ帰って行く。乞食は荷車を古寺へ曳き込んでから、華魁の姿に会いたさに、うす暗い本堂の仏像の前でトランクの蓋を明けようとする。が、蓋には厳重な錠が下りて居て、どうしても開《ひら》かない。彼は鞄にしがみ着いて、中に隠れて居る華魁を相手に、夜中白人の不信を恨み、悶々の情を訴える。「あの白人は、悪気《わるぎ》があってお前を欺した訳ではない。きっと慌ててお前に鍵を渡すのを忘れたのだろう。今にあの人がやって来たら、此の鞄を明けさせて、必ず約束を果して上げる」こう云って、彼女は頻りに乞食を宥《なだ》め賺《すか》して居る。そうするうちに二三日過ぎて、夜の明け方に寺へ駈け附けた白人は、乞食に向って、鍵を忘れた事を幾度か謝罪した後、「もう直き商船が錨を上げて港を出帆しようとして居る。とてもお前の頼みを聞いて居る暇はないから、どうぞ此れで勘弁してくれろ」と、若干の金包を投げ与える。乞食は無論、そんな物を快く受け取る筈がない。「此の後長く華魁の姿を見ることの出来ない世の中に、生きて居ても仕様がないから、私は望みがかなったら、海に身を沈めて死のうとまで決心して居た。それだのにあなた方は、酷くも私を欺したのだ。さほど華魁が私をお嫌いなさるなら、無理にとはお願い申しますまい。その代り、どうぞ今生の思い出に、一と眼なりともお顔を拝ませて下さいまし。せめて華魁の、黄金《おうごん》の刺繡《ぬいとり》をしたきらびやかなキモノの裾になりとも、最後の接吻をさせて下さいまし」彼は繰り返して頼むのであるが、どうしても華魁は承知しない。「何と云っても此の鞄の蓋を明けてくれるな。早く其の乞食を追い払って、私を船へ載せてくれろ」と、彼女はトランクの中から声を上げて、白人を促すのである。「お前には気の毒だが、ああ云って居る彼女の言葉を、私は背く訳には行かない。それに残念ながら、今日も私はトランクの鍵を持って来なかった」と云って、白人も当惑そうに弁解する。「よろしゅうございます。そう云う訳なら、私は今、あなたの眼の前で、此の海岸から身を投げます。ですが私は、死んでも華魁に会わずには置きません。会って恨みを言わずには置きません」と、乞食が云う。「死ぬなら勝手にお死に」と、彼女が再び鞄の中で叫ぶ。(写真では鞄の中の縦断面が映し出されて、眉を逆立てて癇癪を起して居る彼女の表情が、自由に撮影されて居る)「私が死んだら、私の執拗な妄念は、私の醜い俤は、華魁の肉の中に食い入って、一生お傍に附き纏って居るでしょう。その時になって、どんなに後悔なすっても及びませぬぞ」云うかと思うと、乞食は寺の前の崖の上から、海へ飛び込んでしまう。すると白人は漸く安堵したように、急いでポッケットから鍵を取り出して、トランクの蓋を開いて、華魁をいたわりながら、互に謀《はかりごと》の成就したのを喜び合う。——此れ迄が一巻と二巻との内に収めてある。

第三巻以下は、日本を離れた船の中から、白人の故郷のアメリカの事になって居る。先ず現れる場面は、彼女を入れたトランクが種々雑多な貨物と一緒に、船艙の片隅へ放り込まれる光景と、そのトランクの縦断面とである。彼女は、最初から貯えられてある水とパンとで命を繋ぎながら、窮屈な鞄の中に、両膝を抱えて、膝頭の上に項《うなじ》を伏せて身を縮めて居る。二日立ち三日立つうちに、右の方の膝頭に妙な腫物《できもの》が噴き出して、恐ろしく膨れ上って来る。そうして、如何にも柔かそうに、ふわふわとふくれた表面には、更に細かい、四つの小さな腫物の頭が突起し始める。不思議な事に、その腫物は一向痛みを感じないらしく、彼女は脹れ上って居る局部を、手で圧して見たり叩いて見たりする。あまり邪慳に圧し潰そうとしたせいか、柔かであった表面は、日を経るままにこちこちに固まって、其の代り四つの小さな腫物の頭が、だんだんくっきりと、明瞭な輪郭を示すようになる。四つのうちの、上の方にある二箇は球のように円くなり、中央の一箇は縦に細長い形を取り、最下部にある一箇は横にうねうねと、芋虫が這って居るような無気味なものになる。トランクの中は真暗な筈であるが、空気を通わせる為めに、予め作って置いた僅かな隙間からさし込む明りが、彼女の身辺を朦朧と闇に浮べて、殊に右の膝頭の周囲には、やや鮮やかな、月の暈《かさ》のような圏《わ》を描いた光線が、一滴の水をたらした如く、ぼったりと滲《にじ》んで居る。彼女は或る時、其の疾患部をつくづく眺めて居ると、上方にある二箇の突起が、何となく生物《いきもの》の眼玉のように思われて仕方がない。すると今度は、中央の細長いのが鼻のようでもあり、下方の芋虫の形をして居るのが唇のようでもあり、脹れ膨らんだ表面全体が、俄然として、紛う方なき人間の顔になって居る事を発見する。「心の迷いではないか知らん」――彼女は斯うも考えたが、やはり人間の顔に相違ない。而も一層厭なことには、それは恰も子供の画《か》いた戯画のような、簡単な線から成り立っては居るけれど、どうやら彼の乞食《あ》の俤に似通って居る。そう気が付いた瞬間に、彼女は名状し難い恐怖に襲われて、ぐったりと俯向きに卒倒してしまう。………気を失って項垂《うなだ》れて居る彼女の頭《つむり》は、ちょうど例の膝頭の上に伏さって居る。――その間《あいだ》に腫物は刻々と生長して、簡単な線に過ぎなかった眼だの、鼻だの、口だのは、次第に生命を吹き込まれたような精彩と形態とを帯び始め、遂に全く、乞食の顔を生き写しにした、本物《ほんもの》の人間の首になって来る。（尤も、大きさは実物より幾分か小さく、ほぼ膝頭へ当て嵌まる程度に縮写されて、巧妙に焼き込まれて居る）其れは、嘗て笛吹きの青年が今や身を投げようとして呪いの言葉を放った折の、あの幽鬱な、執念深い表情を、すばらしい巨匠の手に依って彫刻された如く、寂然と、黙々と湛えて居るのである。

此れから以後は、その人面疽《じんめんそ》が彼女にさまざまな復讐をする、凄惨な物語で充たされて居る。船がアメリカに着くと、彼女は腫物の事を堅く恋人に秘して、サン・フランシスコの場末の町に、二人で間借りをして暮して行く。彼女と世帯を持ちたさに、船員を罷めて或る会社の事務員に雇われた白人は、彼女が近頃ひどく陰気になったのを訝《あや》しみながら、それとなく注意して居るうちに、或る晩偶然な出来事から、とうとう忌まわしい秘密を発見して、彼女を捨てて逃げ去ろうとする。彼女は恋人を逃がすまいと激しく格闘する拍子に、過って咽喉を緊めて彼を殺してしまう。(彼女の体には、もう怨霊《おんりよう》が乗り移って居て、無意識の間にそれ程の腕力を出させたのである)恋人の死体を前にして、彼女は暫らく失心したように、惘然と佇立《てきりつ》して居る。——その時、格闘の結果ずたずたに裂けた、彼女のガウンの裾の破れ目から、白人の死体を覗いて居る人面疽が、凝然《ぎようぜん》たる顔面筋肉を始めて動かして、にやにやと底気味の悪い笑いを洩らす。(爾来人面疽は盛んに表情を動かすようになって、喜んだり悲しんだり、眼を瞋《いか》らしたり舌を出したり、どうかするとさめざめと涙を流し、唇を歪めて涎《よだれ》をたらしたりする)——此れが最初の復讐であって、その後の彼女の運命は、絶えず人面疽に迫害され威嚇される。彼女は恋人を殺してから、急に性質が一変して、恐ろしく多情な、大胆な毒婦になると共に、美しかった容貌が以前に倍する優婉を加え、一段の嬌態を発揮するようになって、次から次へと多くの白人を欺しては、金を巻き上げ、命をも奪い取る。折々、犯した罪の幻に責められて、夜半の夢を破られる彼女は、何とかして改心しようとするけれど、いつも人面疽が邪魔をして、彼女の臆病を嘲り悪事を唆かす為めに、知らず識らず堕落と悔恨とを重ねて行く。或る時は売春婦になり、或る時は寄席芸人になり、(此の劇の女主人公は、洋装にも日本服にも極めてよく調和する、都合のいい顔立ちと体格とを持って居て、其れが写真に遺憾なく応用されて居る）彼女の境遇が変転するに従って、舞台は桑港《サンフランシスコ》から紐育《ニューヨーク》に移り、欧洲の各国から入り込んだ貴族や、富豪や、外交官や、身分の高い紳士連が幾人となく彼女に魅せられて生血を吸われる。彼女は壮麗な邸宅を構え、自動車を乗り廻して、貴婦人と見紛うばかりの豪奢な生活を送るようになるが、孤独の時は相変らず良心の苛責に悩まされる。而も悩まされれば悩まされる程却って彼女の肉体は水々しく膩漲《あぶらぎ》り、血色はつやつやと燿《かがや》きを増す。最後に彼女は、某国の侯爵の青年と恋に落ちて、首尾よく結婚してしまう。しかし、そのまま侯爵の若夫人として、平和な月日を過す事が出来たら、此の上もない好運であるけれど、決してそううまくは行かなかった。――或る晩、新婚の夫婦が多勢の客を招いて、大夜会を催した折に、彼女はとうとう、夫をはじめ誰にも深く隠して居た人面疽を満座の中で暴露してしまうのである。彼女は始終、腫物にガーゼをあてて、上から固い襪《くつした》をぴったりと穿《は》いて、人の前では如何なる場合でも膝を露わさなかったのに、その夜、彼女が舞踏室で夢中になって踊り狂って居る最中、突然真赤な血が、純白な彼女の絹の襪に縷《いと》を引いて、点々と床にしたたり落ちる。それでも彼女はまだ気が付かずに跳ね廻ったが、平生から夫人が膝に繃帯するのを不思議がって居た侯爵が、何げなく傍へ寄って傷を検べて見ると、――人面疽が自《みずか》ら襪を歯で喰い破って、長い舌を出して、目から鼻から血を流しながら、げらげらと笑って居る。

彼女は其の場から発狂して、自分の寝室へ駈け込むと同時に、ナイフを胸に衝き通しつつ、寝台の上へ仰向きに倒れる。斯うして彼女は自殺してしまっても、人面疽だけは生きて居るらしく、未だに笑いつづけて居る。——

此れが「人間の顔を持った腫物《できもの》」の劇の大略であって、一番最後には、人面疽の表情が「大《おお》映《うつ》し」になって現れるのだそうである。

大概、此の種の写真には、映画の初めに、原作者並びに舞台監督の姓名と、主要な役者の本名と役割とを書いた、番附が現れるのを普通とする。ところが此の写真に限って、作者や舞台監督の名は、何処にも記載してない。ただ、菖蒲太夫に扮する女優の歌川百合枝だけが、れいれいしく紹介されて、開巻第一に、侯爵夫人と華魁との衣裳を着けて挨拶に出る。そうして、百合枝よりも寧ろ重大な役を勤める、笛吹きの乞食になる日本人は、一体誰なのか、どう云う素性の俳優なのか、今迄嘗て見覚えのない顔であるにも拘らず、全然閑却されて居るのである。

以上の話を、百合枝は、自分を贔屓《ひいき》してくれる二三の客筋から聞いた。それが当《とう》の本人の、活きた形を捉えて居る活動写真であるからには、彼女は必ず、いつか一遍、何処かで撮影した事があるに相違ない。けれどもどうしても、彼女にはそう云う劇を演じた記憶が残って居なかった。尤も、フィルムへ写し取る為めに劇を演ずる場合には、普通の芝居のように、戯曲の発展の順序を追うてやるのではなく、その時の都合に因って、台本の中から手あたり次第に場面を選んで、前後を構わず写して行くのである。どうかすると、或る一つの場所で、全然異った戯曲の中の或る光景を、二つも三つも同時に撮影する事さえあって、活動俳優は自分の演じて居る芝居の筋を、知らないで居る例が多い。殊に百合枝の雇われて居たグロオブ会社では、舞台監督が、俳優には絶対に、戯曲の筋を知らせない方針を取って居た。俳優は予め本読みや稽古をする必要がなく、役の性根《しようね》などはまるで分らずに、ただ出たところ勝負で、舞台監督の示す動作を見倣《みなら》って、その型の通りに泣いたり笑ったりしながら、一場一と場を拵え上げて行くのであった。こうすると、俳優の間違った解釈を防ぎ、彼等の技芸から芝居じみた不自然さを除いて、演出に活気を生ずると云う考から、アメリカの会社では、一般に此の方法を取って居るのである。それ故百合枝は、グロオブ会社で働いて居た四五年の間に、殆ど無数の場面を撮影して居るけれど、其れ等の場面が如何なる劇の要素となり、幾種類の戯曲を組み立てて居るのか、当時は自分でも想像することが出来なかった。云わば彼女は、或る大規模な機械に附属する、一局部の歯車だの弾条《ぜんまい》だのを製造して居る職工のようなものだ。成る程彼女は今迄に何回となく、華魁や貴族の婦人に扮装した覚えはある。女賊や女探偵を得意にして居たのであるから、トランクの中へ隠れたり、男を翻弄したり殺害したり、そんな光景を演じた経験は、頻々として、数え切れない程の回数に達して居る。従って、そのうちの孰《ど》れと孰れとが、人面疽の劇の一部になって居るのか、彼女に見当が付かないのも、一往無理はないのである。おまけに此の写真劇には、熟練な技師のトリックが行われて居て、腫物になる乞食の顔を彼女の膝へ焼き込みにしてあるのだから、本人に記憶がないのは、猶更当然であるかも知れない。

しかし、そうは云うものの、後日完成された一巻の映画を見るなり、若しくは筋を聞くなりすれば、大抵あの時写したのが此れであったと、思い当るのが常である。況んや長尺物のうちでも、特に傑出した立派なフィルムを、彼女が今日迄、見たこともなく存在さえも知らなかったと云うような、馬鹿々々しい事実がある訳はない。それに彼女は、アメリカに居た時分、自分の演じた写真劇を見物するのが何よりも好きで、たといどんな短いフィルムでも、一つ残らず眼を通して居る筈だ。日本へ帰ってからも、ロス・アンジェルスの昔が恋いしいのと、東京の会社で拵える写真の出来栄えが思わしくないのとで、たまたまアメリカ時代の映画が、公園あたりへ現れる度に、暇を盗んでは見に行くようにした。だから、全く心当りのない人面疽の写真が、いつの間にかグロオブ会社で製作されて、日本へ渡って来て居ると云う事実は、「人間の顔を持った腫物」以上に、百合枝には不思議に感ぜられたのである。

不思議と云えば、一体それ程芸術的な、優秀な写真が、長く世間に認められずに居て、此の頃ふいと、場末の常設館などを廻って居るのも不思議である。いつ其の写真は日本へ輸入されたのであろう。そうして何と云う会社の手によって、何処で封切りをされたのであろう。東京の場末に現れる前は、何処をうろうろして居たのだろう。彼女は試みに、同じ会社に勤めて居る俳優や、二三人の事務員に尋ねても、誰もそんな物は知らないと云う。折があったら、彼女は一遍見に行きたいと思って居ながら、何分遠い場末の町に懸《かか》って居て、今日は青山明日は品川と云うように、始終ぐるぐる動いて居る為めに、いつも機会を逸してしまう。自分で目撃する事が出来ないとなると、その写真に対する彼女の好奇心はますます募った。グロオブ会社には、ジェファソンと云う「焼き込み」の上手な技師が抱えてあって、盛んにトリック写真を製作した位であるから、人面疽の劇も、恐らく彼の技倆を待って、出来上ったもののように察せられる。あの快活な剽軽《ひょうきん》なジェファソンの性質から考えると、彼女をびっくりさせる積りで、思い切って大胆な細工を施したかも知れない。腫物の箇所以外にも、予想外な、微妙なトリックを、全篇到る処に応用したかも分らない。――だが、そうだとすれば、いよいよ彼女は、その写真を見せられなければならぬ筈である。彼女は又、笛吹きの青年になると云う日本人の俳優に就いても、深い疑惑を抱かずには居られなかった。グロオブ会社に雇われて居た日本人の男優は、当時僅かに三人しかない。その三人の内の一人が、長崎のような港湾を背景に使って、少くとも乞食に扮して、彼女と一緒にカメラの前へ立った事は、断じてないのである。彼女の、白繻子のような美しい膝頭へ、醜い俤を永劫に残して居る日本人は、抑々何者であろう。――空想を逞しゅうすればする程、百合枝は何だか、自分が実際の菖蒲太夫であって、怪しい一人の日本人に呪われて居るような心地がした。此の、解き難い謎の写真の来歴を、日東写真会社の内に、誰か知って居る者はないだろうか。斯う思った彼女は、ふと、会社に古くから勤めて居る、高級事務員のHと云う男に気が付いた。その男は、外国会社との取引に関する通信や、英語の活動雑誌だの、筋書きだのの翻訳に従事して居る人間で、日本に渡って来たアメリカのフィルムの製作年代や、輸入の経路や、中に現れる俳優の素性に就いて、委しい知識を持って居るらしかった。その男に尋ねれば、何等かの手がかりは得られそうに考えられた。或る日彼女は、日暮里の撮影場の傍にある、事務所の二階へ上って行って、其処に執務して居るHの肩を、軽く叩いた。

「………ああ、あの写真の事ですか、………僕は満更知らなくもありませんが、………」

Hは、彼女に質問を受けると、人の好さそうな眼をぱちぱちやらせて、ひどく狼狽した様子であった。そうして、不安らしく部屋の周囲を見廻しながら、百合枝が開け放して這入って来た入口のドオアを、自ら立って締めて来た後、やっと落ち着いたようにしげしげと百合枝の顔を眺めた。

「………そうすると、あなた御自身にも、あの写真をお写しになった覚えがないのですね。それではいよいよ、あれは不思議な、変な写真です。実はあれに就いて、僕もあなたにお尋ねして見たいと、とうから思って居たのですが、他聞を憚る事でもあり、それに少し気味の悪い話なので、ついついお伺いする機会がありませんでした。今日は幸い誰も居ませんから、お話してもようござんすが、聞いた後で、気持を悪くなさらないように願います」

「大丈夫よ、そんな恐い話なら猶聞きたいわ」

と、百合枝は強いて笑いながら云った。

「………あのフィルムは、実は此の会社の所有に属して居るもので、此の間中暫らく場末の常設館へ貸して置いたのです。あれを会社が買ったのは、たしかあなたがアメリカからお帰りになる、一と月ばかり前でしたろう。それもグロオブ会社から直接買ったのではなく、横浜の或るフランス人が売りに来たのです。そのフランス人は、外の沢山のフィルムと一緒に、上海《シャンハイ》であれを手に入れて、長らく家庭の道楽に使って居たと云う話でした。フランス人が買った以前にも、支那や南洋の植民地辺で散々使われたものらしく、大分疵《きず》が附《いた》いて、傷んで居ました。しかし会社では、『武士の娘』以来、あなたの人気が素晴らしい際でもあり、あなたが会社へ来て下さると云う契約の整った時でしたから、――それに又、傷んでは居るが非常に抜けのいい、あなたの物としても特別の味わいのある、毛色の変った写真でしたから、法外に高い値段で買い取ったのです。ところが、買い取ってから間もなく、あの写真に就いて奇妙な噂が立ちました。あの写真を、夜遅く、たった一人で静かな部屋で映して見ると、可なり大胆な男でも、とてもしまいまで見て居れないような、或る恐ろしい事件が起ると云うのです。その事実は、以前会社に雇われて居たMと云う技師が、フィルムの曇りを修正する為めに、此の事務所の階下の部屋で、或る晩、あの写真を映しながら疵を検べて居た、偶然の機会に発見されたのです。最初は誰もMの言葉を信用しなかったのですが、その後、物好きな連中が二三人で、代る代る試して見てから、『たしかに怪しい、あの写真は化け物だ』と云う騒ぎになりました。怪しい事は其ればかりでなく、Mと云う技師は、あの写真に脅やかされたのが原因で、だんだん気が変になり、程なく会社を罷めるようになりました。M以外の、物好きに実験した連中も、それから毎晩、夢に魘《うな》されたり、訳のわからぬふらふら病《やまい》に取り憑《つ》かれたり、合点の行かない出来事が引き続いて生じるのでした。現に社長なども、実験した一人ですが、後で半月ばかり、病名の明かでない熱病に罹って、ひどい目に会わされたのです。御承知の通り、社長はああ云う御幣担《ごへいかつ》ぎの、神経質の人ですから、そうなるともう一日も、あのフィルムを会社に置くのが嫌になったのでしょう、病気が治ると直ぐ秘密会議を開いて、あのフィルムを至急他の会社へ売却する事、あのフィルムに関係のあるあなたに対しても、雇い入れの契約を破棄する事と云う、二箇条の意見を提出しました。しかし社長の此の意見には、大分反対の説があって、あれ程の高価で買い入れた品物を、会社がみすみす損をしてまで、むざむざと外の会社へ売却する必要はないと云う人や、フィルムは兎に角、本人のあなたに対して、折角契約を結び、既に多額な前金まで払って置きながら、破談を申し込むには及ばないと云う人や、議論が頗る紛糾して、結局、一つの妥協案が成り立ったのです。つまり、あのフィルムに怪異が現れるのは、深夜、たった一人で見て居る時に限るのだから、めったに其れを発見する人はないであろうし、公開の席で多数の観覧に供するには、何の差支えもない訳である。だから社長が、どうしてもあれを社内に置くのが嫌なら、当分の間、余所の会社へ貸す事にして、相当の値《ね》で買い手の附くのを待つがいい。それからあなたとの契約は、解除する理由が全くない。勿論写真の怪しい事件が、世間へぱっと拡がるような事になると、あなたの人気にも、フィルムの価値にもけちが附きますにするから、一同堅く秘密を守って、たとい社内の人間にも、成るべく彼の事件を知らせないようにする。――斯う云う案が成り立ちました。ですから、役員や俳優の顔触れに著しい動揺のあった今日では、あの秘密を知って居る者が社内に殆ど一人も居ないのも無理はありません。最初、秘密会議に出席した重役連の意向では、何処かの堂々たる会社へ、高い損料で貸し付けようと云う考だったのですが、ちょうど其の頃は、会社同士の競争や軋轢が激しかったので、予想通りには行きませんでした。そこで拠《よ》んどころなく、京都、大阪、名古屋あたりの、小さな常設館へ貸してやりましたが、新聞へ花々しい広告を出すような、立派な興行主の手にかからない為めに、あれだけの写真が、遂に何処でも、一遍も評判にならずに済んでしまいました。そうして此の頃、関西を一と廻り廻って来て、東京の場末に現れるようになったのです。………僕は其のフィルムの、深夜の怪異に就いては実験者の話を聞いて居るだけで、自分が目撃した覚えはありません。けれども、あれを会社が買い込んで、警察官や新聞記者を立ち合わせて、始めて試写をやった際に、全篇の映画を詳細に見物して居る一人です。その時僕がおかしいと思ったのは、あの中の乞食の役を勤めて居る、日本人の俳優の事でした。あの劇に登場する主な男女優は、あなたを始め、僕には大概顔馴染の、名前の知れて居る人達ですが、ただあの日本人だけが、一度も見覚えのない役者でした。僕は少くとも、あなたと同時に、グロオブ会社に勤めて居た日本人の役者は誰々であるか、よく知って居る積りです。僕の調査に間違いがないとすれば、女優ではあなた以外にEとOとの二人、男優では、S、K、Cの三人だけしか居なかった筈です。………ねえ、そうでしょう？……ところが、其の乞食になる日本人は、Sでも、Kでも、Cでもないんです。それとも此の三人の外に、誰かお心あたりがありますか知らん？　僕があなたに伺って見たいと思って居たのは、その事でした」

Hは斯う云って、長い話の言葉を劃《くぎ》った。

「あたしにしても、三人の外に別段心あたりはないけれど、誰か、あたしの知らない役者を、焼き込みにしてあるような形跡はないでしょうか。………あたしはきっとそうだと思うわ」

「焼き込みと云う事も僕は考えて見ました。トリック写真の名人の、ジェファソンの話も聞いて居ましたから、或はそうかとも思いましたが、いくらジェファソンにしたところで、焼き込みにしたには、どうもあんまりうま過ぎる箇所が、正に一箇所か二箇所はある筈です。若しもあれが全然焼き込みだとすれば、ジェファソンは、殆ど僕等の想像も及ばない、霊妙不可思議の秘法を心得て居るのだとしか思われません。何にしてもいろいろの点に、疑わしい事が沢山ありますから、実は半年程前に、其れ等の疑問を一と纏めにして、グロオブ会社へ問い合せの手紙を出したのでした。するとやがて、会社から寄越した返事と云うのが、此れが又甚だ要領を得ないものでした。会社の云うには、自分の所では『人間の顔を持った腫物』と云う標題の劇を、作った事はない。けれども、其の劇の中に現れて居るような場面をところどころに使って、其れに多少似通《にかよ》った筋の写真劇を、作った事はたしかにある。だから、何者かが、そのフィルムへ他のフィルムの断片を交ぜ込んだり、或は一部分の修正や焼き込みを行って、そう云う贋物《にせもの》を製造したのではないだろうか。まさか当会社に専属中の俳優たちが、会社に内証で、そう云う写真を製作したとは信じられない。彼等は毎日当会社の撮影場に出勤して居て、そんな余裕は絶対にないのである。それから、ミッス・ユリエが当会社に在勤中、彼女と同時に雇われて居た日本人の男優は、仰せの如く、S、K、Cの三人だけである。しかし彼女の在勤以前に日本人が二三人雇われて居た事もあるし、最近には新たに雇ったのが五六人居る。故に当会社に於ても、彼女が顔を知らない日本人を、彼女のフィルムへ焼き込む事は、必ずしも有り得ない事ではなく、同時に随分ありそうな事である。但し、当会社では可なり困難な、破天荒な焼き込みを行い得るけれども、其の焼き込みが如何なる程度まで、如何にして可能なりやは、会社の秘密に属することで、残念ながら明瞭なお答えを致しかねる。猶、お問い合せのフィルムが果して贋物であるとすれば、当会社でも捨てて置く訳には行かないし、参考の為め、一往その品を検査して見たいから、相当の代価を以て、是非当会社へ譲り渡して貰いたい。……大体が、先ず斯う云ったような意味で、

結局、あの写真の正体は未だに分らずじまいなのです。やっぱりグロオブ会社の返事の中に書いてあるように、何者かがあれに似寄《によ》った筋のフィルムを、外のいろいろのフィルムと継ぎ合わせて、うまい工合に修正したり焼き込んだりして、一つの写真劇に拵え上げたと云う推察が、一番中《あた》って居るようですが、そうだとすると、そんな仕事の出来る奴は、ジェファ

ソン以上の名人でなければ出来ませんな。しかし、たといジェファソン以上の名人が居るにしても、あんな面倒な仕事を、単に金儲けの目的でやれるものではなし、例の真夜中の怪しい出来事と結び附けて考えると、あれには何か、余程の曰《いわ》く因縁《いんねん》があるに違いありません。……斯う云うと変ですが、あなたは若しや、アメリカにいらしった時分に、誰かに恨みを買うような事を、なすった覚えがありはしませんかね。どうしてもあれは、あなたに惚れて居ながら、散々嫌われたとか欺されたとか云うような覚えのある人間に、関係のある事ですよ。僕は必ずそうだと思います。そう云う男の怨念が、あれに取り憑いて居るのです」

「まあ待って下さい。私はそんな、怨念に取り憑かれるような、悪い事をした覚えはないけれど、その腫物になる人間の顔と云うのは、全体どんな人相なのか知ら。何でも大そう醜《ぶ》男《おとこ》だと云う話じゃないの」

「そうです、恐ろしい醜男です。日本人だか南洋の土人だか分らないくらいな、色の真黒な、眼のぎろりとした、でぶでぶした円顔の、全く腫物のような顔つきをした男です。年頃は三十前後、写真の中のあなたよりは十ぐらい老《ふ》けて見えます。一遍見たら忘れられない顔ですから、あなたがその男を御存じなら、想い出せないと云う訳はありません。いや、あなたばかりでなく、僕等にしても、あの男が何処の何者だか今まで知らずに居ると云うのは、実に不思議千万です。なぜかと云うのに、笛吹きの乞食の役の、深刻を極めた演出と云い、腫物になってからの陰鬱な、物凄い表情と云い、先ずあの男に匹敵する俳優は、『プラアグの大学生』や『ゴオレム』の主人公を勤めて居る、ウェエゲナアぐらいなものでしょう。あれ程の特徴のある容貌と技芸とを持った、唯一の日本人が、内地では勿論、アメリカの活動雑誌にも、写真は愚か名前さえ出た事がないのは、其れがもう、既に一つの怪異です。今日までのところ、あの男は此の世の中には住んで居ない人間で、ただフィルムの中に生きて居る幻《まぼろし》に過ぎないのです。そう信ずるより外、仕方がないのです。殊に、あのフィルムの怪異を実験した人達は、誰もあの男を、人間の写真であるとは思って居ません。『あの男は化け物だ。あんな役者が居る筈はない』と云います。『化け物でなければ、あんな怪しい変事が起る筈はない』と云います。………」

「だから変事と云うのは、どんな事なんだか、其れをあたしは聞きたいんだわ。先《さつき》から随分委しく説明して貰ったけれど、肝腎の変事の話を未だ聞かないのだから。………」

「実はあなたが、神経をお病みになるといけないと思って、わざと差控えて居たのですが、此処まで話が進んだら、もうしゃべってしまいましょう。僕はその、後に気違いになったと云うM技師から、最も詳細な実験談を聞きましたが、極く掻い摘まんだお話をすれば、つまりあの写真の怪異は、その幻の男の顔にあるのです。一体、M技師の長い間の経験に依ると、活動写真の映画と云うものは、浅草公園の常設館などで、音楽や弁士の説明を聴きながら、賑やかな観覧席で見物してこそ、陽気な、浮き立つような感じもするが、あれを夜更けに、たった一人で、カタリとも音のしない、暗い室内に映して見て居ると、何となく、妖怪じみた、妙に薄気味の悪い心持になるものだそうです。それが静かな、淋しい写真なら無論のこと、たとい花々しい宴会とか格闘とかの光景であっても、多数の人間の影が賑やかに動いて居るだけに、どうしても死物のようには思われず、却って見物して居る自分の方が、何だか消えてなくなりそうな心地がする。中でも一番無気味なのは、大映しの人間の顔が、にやにや笑ったりする光景で、――――そう云う場面が現れると、思わずぞうっとして、歯車を廻して居る手を、急に休めてしまうと云います。そんな場合には、怒る顔よりも笑う顔の方が余計に恐いと、M技師はよく云って居ました。『それでも自分は技師だから何でもないが、もし、或る俳優が、自分の影の現れるフィルムを、たった一人で動かして見たら、どんなに変な気持がするだろう。定めし、映画に出て来る自分の方がほんとうに生きて居る自分で、暗闇に佇んで見物して居る自分は、反対に影であるような気がするに違いない』と云って居ました。普通の写真でさえそうですから、『人間の顔を持った腫物』のフィルムを、此の日暮里の事務所の、ガランとした映写室で、真夜中頃に一人で見て居る時の心持は、大凡そ僕等にも想像する事が出来るでしょう。何でももう、第一巻の、笛吹きの乞食の姿が現れる刹那から、胸を刺されるような、総身《そうしん》に水を浴びるような気分を覚えて、或る尋常でない想像が襲って来るそうです。あの写真は随分疵だらけで処々ぼやけていながら、それが少しも邪魔にならずに、寧ろ陰鬱な効果を助けて居るのだから妙じゃありませんか。それでもまあ、第一巻から二巻、三巻、四巻までは、どうにか辛抱して見て居られるそうですが、第五巻の大《おお》詰《づめ》、菖蒲太夫の侯爵夫人が発狂して自殺するとき、次に現れる場面を、じっと静かに注意を凝らして視詰めて居ると、大概の者は恐怖の余り、一時気を失ったようになるのです。その場面はあなたの右の脚の半分を、膝から爪の先まで大映しにしたもので、例の膝頭に噴き出て居る腫物が、最も深刻な表情を見せて、さもさも妄念を晴らしたように、唇を歪めながら一種独得な、泣くような笑い方をする。――その笑い声が、突如として極めて微かに、しかしながら極めてたしかに、疑うべくもなく聞えて来る。M技師の考では、其れは外部に余計な雑音があったり、注意が少しでも散って居たりすると、聞えないくらいの声であるから、聞き取るには可なり耳を澄まして居る必要がある。事に依ると其の笑い声は、写真が公衆の前で映写される場合にも、聞えて居るのかも知れないが、恐らく誰にも気が付かずに済んでしまうのだろう。と、云うことでした。――どうです、あなたにしても、此の話をお聞きになったら、あまり好い気持はなさらないでしょう。実は、お話し申すのを忘れて居ましたけれど、そのフィルムは今度いよいよ、グロオブ会社へ譲り渡す事になって、二三日前に、巣鴨の大正館と云う常設館から引き取って、目下、此の事務所の其の棚の上に載せてあるのです。社内で映写する事は、社長から厳禁されて居ますが、フィルムのままで御覧になるなら一向差支えはありません。いかがです、僕が立ち会いの上で、ちょいとお見せ申しましょうかね。兎に角、その乞食の顔を御覧になるだけでも、何か此の謎を解く端緒を得られるかも知れません。……」

Hは、百合枝が、好奇心に充ちた瞳を輝やかして頷くのを待って、傍の棚上に積んである、ブリキ製の円い五つの缶の内から、第一巻と第五巻とを収めた缶を引き擦り卸した。そうして、デスクの上で蓋を除いて、鋼鉄のようにキラキラしたフィルムの帯を、長く長く伸ばしながら、明るい窓の方へ向って、其れを百合枝に透かして見せた。

「ほら、御覧なさい。此れが乞食の男です。………」

こう云って、Hは更に第五巻の方の、彼女の膝へ焼き込んである腫物の顔を示して、

「………ね、此の通り、此処で腫物になって居ます。此れがたしかに焼き込みだと云うことは、僕にも分ります。此の男にあなたは覚えがありませんかね」

「いいえ、私はこんな男に覚えはない」

と、彼女は云った。其れは彼女が、過去の記憶を辿って見る必要のないほど明らかに、未知の一人の日本人の男子の顔であった。

「だけどHさん、此れは焼き込みに違いないのだから、やっぱり何処かに、こう云う男が居ることは居るのね。まさか幽霊じゃないでしょう」

「ところが一つ、どうしても焼き込みでは駄目な処があるのです。そら、此処を御覧なさい。此れは第五巻の真ん中ごろです。女主人公が腫物に反抗して、その顔を擲ろうとすると、顔が彼女の手頸に噛み着いて、右の拇指《おやゆび》の根本《ねもと》を、歯と歯の間へ、挟んで放すまいとしているのです。あなたは盛んに、五本の指をもがいて苦しがって居ます。此れなんぞはどうしたっ

て、焼き込みでは出来ませんよ」

云いながら、Hはフィルムを百合枝の手に渡して、煙草に火をつけて、部屋の中を歩き廻りつつ、独り語のように附け加えた。――

「………此のフィルムが、グロオブ会社の所有になると、どう云う運命になりますかナ。僕は、抜け目のないあの会社の事だから、きっと此れを何本も複製して、今度は堂々と売り出すだろうと思います。きっとそうするに違いありません」

「自然は芸術を模倣する」とワイルドは云ったが、私が此れから話をする恐ろしい物語の中に現れるような意味に於て、「自然」が「芸術」を模倣した例《ためし》を、私はまだ外に聞いたことも見たこともない。此の物語の主人公である芸術家の佐々木にしても、――(芸術家と云えば人間最高の機能を天から授かった仕合わせな男の筈である。けれども佐々木は人間より獣《けだもの》の心を持った芸術家だったのだ。獣でなくてどうしてあんな、世にも残酷な、血も涙もない、憎むべき罪悪が犯せるものか!)――また其の佐々木の妻であるところの、無慈悲な夫の毒牙に斃れたる玉子にしても、――(百人の人を殺すよりも、玉子のような貞淑な無邪気な妻を一人殺す方が、夫としては遥かに残酷な所行であると私は云いたい!)――嘗ては私の知人であって、彼等の夫婦関係や、彼等が本郷駒込に所帯を持って居た頃の生活の模様などを、私は満更知らない仲でもなかっただけに、今此の物語を書こうとするに方《あた》って、何だか私までが呪われて居るような心地のするのを禁じ得ない。どうして私は、あんな陰険な、気味の悪い男を友達に持って居たのか。どうして玉子は、あんな男の女房にならなければならなかったか。私には未だに可憐な彼女の俤が、ありありと見えるような気持がする。私の耳には彼女の最後の傷ましい呻き声が地の底から聞えて来る！　実際私は其の時の光景を手に取るように想像する事が出来るのだ。まあ考えても見るがいい、玉子の様なあどけない、二十《はたち》を二つ三つ越した後までも処女らしい正直と愛くるしさとを保って居た女が、彼より外には誰一人此の世で頼る者もない其の夫から、ああもむごたらしく取り扱われて、殆ど闇討ちも同然に不意に命を奪われてしまったとは！　私は勿論、人並はずれて同情心が強い男でもなく、また彼女が殺された事に就いて、特殊の利害関係を持って居る訳でもない。だが、生前の玉子の境遇や性格を知って居る人間で、此れ迄世間に発表されなかった彼女の死因の真相を聞かされたなら、恐らく一人として彼女に同情を寄せない者はないであろう。――私が思うのに、世の中には善人であると悪人であるとに拘わらず、生れつき多くの人々から同情をされ易い性格の女がある。愛らしいうちにも何処となく哀れっぽい風情があり、日蔭に咲く花のような淋しみを宿した、何と云う理由もなしに不仕合わせなと云う感じを与える女がある。ちょうど玉子はそう云う型の女だった。十七八の娘のように晴れ晴れしい、林檎のように新鮮な血色をした円ぼちゃの頬ぺたを持ちながら、時々放心した如くぼんやりとして居る癖があって、妙に涙脆い、かなしくなるほど気だてのやさしい、何かの拍子に病み上りの病人じみた疲れた眼つきをする事のある女だった。自分でも其れに気が付かないで、何処までも曇りのない、小鳥のような愛敬のあるからりとした気性の人間だと思い込んで居るらしいのが、端から見ると一入《しお》彼女をいじらしい者にした。彼女は早くから両親に死に別れた孤児であったと云うから、そんな境遇が知らず識らずの間に暗い影を投げて居たのかも知れない。いずれにしても、彼女は恋い慕われるよりも傷ましがられる女に出来て居た。――

前書きは此のくらいにして置いて、私は直ちに本題の話に這入ろう。読者のうちで、文壇や劇壇の消息に多少通じて居られる人は、去年の夏、「善と悪」という一と幕物の新作の悲劇が、都下の某小劇場に上演せられたのを記憶せられることと思う。あの戯曲は、或る貧乏な新劇俳優の団体に依って、ほんの三日間ほど試演的に演ぜられただけであるから、世間一般には余り注意を惹かなかったけれど、芸術的価値から云えば可なり傑出した作品であって、それまで凡庸作家として軽蔑されて居た作者の佐々木紅華の名は、一時に文学者の間に喧伝されたものであった。此の物語の主人公の佐々木と云うのは、即ち彼のことである。そうして、私が敢えて「呪われた戯曲」と称するのは、彼が唯一の傑作である其の一と幕物を指して云うのである。なぜ其れが「呪われた戯曲」であるか、――と云う事は、此の物語の進行につれて自ら諒解される時があるだろう。従来佐々木は新しい戯曲を書き上げると、先ず其れを何かの雑誌で発表するのが常であったが、あの戯曲の草稿だけは或る事情の下に長く筐底《きょうてい》に隠されてあったのを、いきなり而もたった一遍舞台に懸けたきり、再び何処かへ隠されてしまって居る。その草稿は、実は佐々木の二度目の妻であった襟子《えりこ》の手許に今日保存されて居るので、此の物語とは密接な関係を持つ作品であるから、場合に依ったら私は其の一部なり全部なりを話の中に織り込んで、此処に掲載するかも知れない。一旦実演に供されたとは云え、大方もう其の存在すら忘れられてしまった脚本であるから、更に活字として紹介するのも無駄ではなかろうと思うのである。

佐々木の最初の妻の玉子は、去年の二月に佐々木と一緒に上州の赤城山へ登って、一週間ばかり其処に逗留して居たが、或る日夫につれられて山路へ散歩に出た折に、過って足を踏みすべらして数丈の谷底へ落ちて死んだ、と、今日まで一般に信ぜられて居た。それから又佐々木の方は、同じ年の夏あの戯曲の上演があった後、二箇月ほどを過ぎて、極度の神経衰弱に陥った結果、精神に異常を呈して自殺をした、と云う事になって居る。佐々木の死に就いては、自殺と云うことに何の疑いもない。しかし玉子の死が、決して過失から起ったのではなく、夫の佐々木に殺されたのだと云う事は、今や明かになって来た。そうして佐々木の自殺は、自己の罪悪に対する良心の苛責が主な原因ではあろうけれど、あの忌まわしい戯曲を大胆にも舞台で発表した事が、近因をなして居るのである。今考えると、あの戯曲と赤城山の事件との間には、誰が見ても深い脈絡があるらしく感ぜられるのに、われわれはあの芝居を見物しながら、どうして其れに気が付かなかったか、どうして玉子の死因に関して疑いを挟まなかったか、――世間と云うものは案外迂闊だと云うより外はない。私が茲に佐々木の秘密を摘発することが出来るのも、決して私自身の発見に依ったのではなく、彼の犯罪の直接の原因となった恋愛事件の当事者たる襟子から、此の物語を構成するに足る総べての材料を供給されたのである。(佐々木は自殺する少し前に、彼の犯した罪悪と良心の苦悶とを残らず襟子に告白したのであった)もはや佐々木と玉子とが此の世に生存して居ない今日に於いて、彼等の秘密を私の好きな小説の形に仕組んだとて誰からも抗議を受ける心配はないであろう。

佐々木がとうとう妻の玉子を殺そうと決心したのは、一昨年の十一月頃であった。その時分になって、どうしても玉子を殺さなければ彼女から完全に逃れる途はないと云う覚悟が、しっかりと彼の腹の底に根を据えた。――自分は生来恐るべき悪人でありながら、いつも善人の仲間入りをしたい虚栄心に囚われて、中途半端な不徹底な生活を続けて居るが為め、却って一層悪業の数を重ね、悔恨の度を深めるような矛盾した結果に陥って居る。寧ろ此れからはがらにもない虚栄心を放棄して自己の本性に復帰し、悪人なら悪人として飽く迄も徹底した方がいいのだ。――此の考が有力な槓杆となって、彼の意志を其の恐るべき決心にまで押し転がして行った。

善にもせよ、悪にもせよ、人が或る大決心を堅めた場合には、其れに附随する一種壮烈な感懐が胸一杯に溢れるものである。佐々木は自分の決心がいかに利己主義な、いかに残忍な動機から出たものであるかをよく知って居り、いかなる点からも毫釐《ごうり》も仮借する事の出来ない犯罪であることを認めて居たに違いないが、其れが彼には、殉教者の心を持った人でなければ味わい難いような、寧ろ崇高と云っていいくらいに悽愴な気分に充ちた勇気を奮い起させたことは事実であった。彼は其の真黒な邪念を頭の奥深く秘め隠しつつ、毎日平気で、やがて彼の罪悪の犠牲となるべき妻の玉子に接触して居た。彼女の持ち前である無邪気な言葉づかいや、まめやかな仕え振りや、正直で愚鈍で而も純潔な表情の眼つきは、夫の胸に巣を喰って居るあらゆる獰悪な感情に対照されて、一段と其の美しい輝きを増しつつあったにも拘わらず、それが為めに佐々木は決して憐憫を催しはしなかった。いや、もっと深く彼の心理状態に立ち入れば、たとい憐憫は催すことがあっても、最後の決心だけは尚更撤回しなかったのである。

「一日でも長く生かして置けば生かして置くだけ、余計憐憫を催さなければならない。彼女を欺く事が可哀そうであればあるだけ、一層早く殺してしまう必要がある」

そう云う風にしか彼には考えられなかった。彼女を哀れだと感ずることは、いよいよ彼の悪企みを促し立てる鞭にしかならなかった。ややともすると、彼は料理番が料理の材料となるべき鮮魚や野菜を打ち眺めるような工合に、彼女の顔をじろじろと眺めて居ることがあった。料理番がそれ等の材料に向ってどう云う風に庖丁を入れ、どう云う風に煮たり焼いたりすべきかを考えるが如く、彼も亦彼女を如何にして殺害すべきかを考えながら、水々しくむっちりと太った、「貞淑」と「温順」とが雪のように白い皮膚の色にまで現れて居る柔かそうな肉づきを、何気ない様子でしげしげと見廻したりした。彼が自分を最も残酷な人間だと感ずるのは、いつもそう云う瞬間であった。こんなにもやさしい、少しく誇張して云えば天使のように浄らかな心と顔との持主である女に対しながら、こんな陰謀を胸に畳んで居ることは、もう其れ自身で彼女を殺害するよりも遥かに重い罪ではあるまいか。彼女を殺害する事が出来る人間でも、恐らく彼女を前にして此の陰謀を抱くことには躊躇するだろう。佐々木は彼女の生命に手を下すまでもなく、もう其の瞬間に地獄に堕ちてしまったのである。

「あなた、此の頃はどうしてそんなに御機嫌がお悪いの、何だか始終怒ってばかりいらっしゃるのね」

そんな時に、玉子はよく斯う云って夫の眼の中を覗き込んだ。――勿論その眼の奥に無慈悲な悪魔が潜んで居ようとは夢にも思って居るのではない、彼女はただちょいとでも夫に笑顔を見せて貰えば満足する。

「昔のように私を可愛がってくれずともよい。あなたに別な恋人が出来たのは悲しいけれど、それは私はじっと我慢をいたします。決して決して其れに就いて恨みがましいあてつけを云うのではない。だが其の代り表面だけでも優しい言葉をかけて下さい。私はあなたの妻として、自分に出来るだけの事はして居る積りです。せめては其れを殊勝だと思って、可愛がる真似事だけでもして下さい。私はつらくされるよりもいっそ欺されて居とうございます。私の前で笑って下すったら、蔭では舌を出して居るのが分っても、それをまで追究しようとはいたしません。私は喜んで、いつでもあなたに欺されようとして居るのです。うわべだけでも自分を幸福な女だと思い込みとうございます」――彼女は斯う云いたいのであろう。彼女の小さい胸の裡には斯う云う哀願の言葉が、ぐっと圧えつけられてわなないて居るのであろう。が、些細な事にも腹を立てて気色を損ずる近頃の夫の素振りを、はらはらしながら見守って居る気の弱い彼女は、此の譲歩に譲歩した唯一の願いをだに云い出そうとはしなかった。思い切って云いかけては、夫の険しい眉根に気がつくと、急に寂しい笑いに紛らして、涼しい瞳を甘えるようにぱっちりと睜《みは》るだけであった。時としては睜った瞳を慌ててしばだたいて涙を隠す折などもあった。しかし彼女がそんなにして隠すまでもなく、彼女の睫毛の端からあわや涙が落ちて来そうなけはいが見えると、佐々木はいつも眼敏《めざと》く其れに感づいて、自分の方から顔を背けてしまうのである。

「何と云う意地の悪い夫だろう。此の涙をさえ哀れとは見てくれないで、わざとそ知らぬ風を装って居ようとは！」

玉子はきっと腹の中でそう思って居たに違いない。善良でそうして単純な彼女の頭で、どうして此れ以上の「悪」を想像することが出来ようぞ！　けれども佐々木の此の行為は、決して持ち前の意地悪から出たものとばかりは云えなかった。そう云う場合の彼の態度には、平生の剛愎な夫としては似合わしからぬ素振りがあった。妻の涙から顔を背ける時、彼はいつでも恐ろしい物を見まいとするように、臆病らしく眼を伏せて項《うなじ》を垂れた。彼はことさらに見て見ぬ振りをするのではなく、見ようとしても面を上げ得ない人の如くであった。彼女の涙を哀れと見るには、あまりに悪人過ぎることを自分でもよく知って居た。悪魔が神を恐れるように、彼は彼女の涙を恐れた。

だが、いくら顔を背けても、彼女が訴えようとして訴えられずに居る心の声は、はっきりと佐々木の胸にこたえたのである。たといどれほど冷たくなった夫婦の間にでも、それを感得するくらいな脈絡が通って居ない筈があろうか！　この脈絡が、――この以心伝心の感応作用が、むかし相愛の仲であった時代の唯一の形見《かたみ》、云わば二人の心臓に残って居る恋の廃墟ではなかろうか。二人の間に少しでも夫婦の関係が残って居るとすれば、ただ此の形見のお蔭である。此の形見があるばかりに、彼等はまだお互に「夫」と呼ばれ「妻」と呼ばれる権利を持つ。どうかして夫の愛を取り戻したいと願って居る玉子は、半ば絶望しながらも、自分の胸に枯れ朽ちて横わって居る恋の廃墟を掘り返しつつ追憶のなつかしさに生きて居るのである。それとは反対に、一刻も長く夫婦の関係を忘れて居たいと努めつつある佐々木に対して、その形見は何と云う不都合な邪魔物であったろう。こんな物がある為めに、佐々木はどんなに彼女を疎んじても、やっぱり自分が彼女の「夫」であることを事実の上に証拠立てられる。どんなに冷酷になりきろうとしても、彼女を路傍の人と観じ、あかの他人と感ずるまでにはなれないのである。

実際、若し此の傷ましい愛情の形見、――夫婦の心臓を繋ぐ最後の脈絡を、他の方法で断ち切る手段があったならば、佐々木は妻を殺さずに済んだかも知れなかった。彼の目的とするところは、たとい彼女を殺さないでも、彼女に対して徹頭徹尾無関心の状態に自分を据えることが出来さえすればいいのであった。自分は妻の顔を忘れ、妻の肉体を忘れ、妻の魂をも忘れ得る境涯に這入りたい。それ等の物を自分の頭から拭うが如く滅却し去って、全然彼女の影響の圏外へ自己を解放してしまいたい！　そう思って彼は此れまでにどんなに苦心しただろう。どんなに体験を積み修業を重ねただろう。玉子の殊勝らしく打ち萎れて居るいたいたしい姿を見せつけられる毎に、彼は幾たび心中の悪魔を呼び醒まして鞭撻の言葉を加えたろう。

「玉子は今ああして己に訴えて居る。ああしてぽろぽろ涙を落して居る。ああして慎ましやかに控えて居るあの女の心の悲しみが、いかに感じまい感じまいとしても、己の胸にこっそりと流れ込んで来る。――此の女が己の女房だったのか、此のしおらしい、此の無残な姿をした女が己の女房だったのか。――あれを見ると己は何だかそんな気持になる。ああ『女房』！　何と云う嫌な言葉だろう！　此の女の前に来ると、なぜ己はいつも『此れが己の女房だ』と云う気持から逃れることが出来ないのだろう。成る程己は嘗て此の女を愛した、嘗て此の女と結婚した、嘗て此の女とは夫婦であった。けれども今は、断じて此の女を愛して居ない！　此の女と夫婦ではない！　たとい世間的には夫婦であっても、精神的には決して夫婦だとは云われない。己の魂は、己の愛情は、悉くあの襟子に捧げてしまって居る。己の心と玉子の心との間には、――いやそれどころか、近頃ではもう肉体と肉体との間にすらも、夫婦的関係は殆ど存在して居ないのだ。それだのにどうして己は、彼女をあかの他人同様に冷眼に見る事が出来ないのか。あの女の泣くのが何だ、あの女の溜息が何だ、しおらしさがどうしたと云うのだ。あの女の身の上が気の毒だと云うなら、あかの他人のうちにはあの女より十層倍も悲惨な境遇の人間が幾人も居るじゃないか。彼女があかの他人の一人だとしたら、特に取り立てて気の毒がったり、哀れを催す理由はないじゃないか。あの女は馬鹿な女だ、自分とは全然頭の程度の違う女だ、三文の価値もない人間の屑だ。あんな愚鈍な、あんな無智な女の魂なんか、存在を認める必要もないくらいなんだ。魂のない、人間の形をした肉体の塊だと思っていいんだ。そう云う風に悟ってしまえば、彼奴を木の端土の塊《くれ》だと観念してしまえば、己は完全にあの女の束縛を超越する事が出来るじゃないか」

佐々木が斯うして飽く迄も妻の存在を無視しようとする努力は、恰も三昧の境地に入ろうとして煩悩解脱《ぼんのうげだつ》の工夫をする僧侶の苦心にも似たものがあった。彼女の憂いに満ちた顔色や、哀願を籠めた涙の雫に対する時、佐々木は真面目にそれ等の物を、一枚の白紙乃至は一滴の雨水《あまみず》に異ならずと観じ得るような、冷静な心境を養いたいと思ったりした。

「自分は一体、何の積りでこんな女と結婚したのだろう。たとえ一時にもせよ、こんな女をどうして可愛がったのだろう。あの味もそっけもない、驢馬のような愚鈍な表情をした顔つきを見ろ。活き活きとした魔力に充ちて居る襟子の容貌とはまるで比較にならないじゃないか」

――が、同時に斯かる悔恨の情が、胸の底からしみじみと湧いて来るのを如何ともする事が出来なかった。そうして、悔恨の情が募れば募るだけ却って彼は冷静を失して、「此れが己の女房だ」と云う意識が強まるばかりであった。いかにも此の女は愚鈍であるには違いない。随って其の容貌も精神的の光彩を欠いて居るには相違ない。けれども彼女が若し彼の女房でなかったら、佐々木に対して其れ等の欠点がそんなに迄痛切に感ぜられるだろうか。愚鈍ではあるが、彼女の頭脳の程度は世間一般の無教育な女たちに比べて、少くとも同等の水平線には立って居る。器量にしてもあながち美人でないとは云われない。あかの他人に評価させれば、彼女は人の妻たる資格を立派に十分に備えて居る、と云われてもいい女である。それ故にこそ佐々木は彼女と結婚したのではなかったろうか。――現在佐々木が、彼女に対して抱いて居る名状し難い嫌悪の情は、長年連れ添った夫でなければ抱くことの出来ない、或る特別の情緒ではないだろうか。そう考えると、彼は彼女をどんなに強く嫌ったところが、嫌うほどいよいよ深く絡《から》み着かれ纏い着かれてしまうのであった。彼女を可哀そうな女だと思う感情からは超越することが出来たにもせよ、此の嫌悪の情だけは容易に振り捨てることが出来ない。そうして更に悪い事は、嫌悪の情の蔓《はびこ》る処には日のさす場所に極まって影が伴う如く、哀憐の情も亦根を張って已まなかった。昼の後から必ず夜が来るように、佐々木は彼女を憎んだ後で、いつでもきっと云いようのない悲痛の雲が、彼女の胸と自分の胸とを一様に暗く切なく鎖しに来るのを見たのであった。彼女の心の琴線が一とたび哀音を奏で始めれば、佐々木の心の琴線も、佐々木には何の断りもなしに忽ち相応じて同じ調《しらべ》を響かせる。果ては口惜しくも其の哀音に促されて、玉子ばかりか佐々木までがつい涙をこぼしそうになる。

「それ見た事か、やっぱりお前と玉子とは精神的にも夫婦じゃないか。お前の心と玉子の心とは斯うして一つの情緒の中に融け合って居るじゃないか。お前は此の女を嫌って恋人の襟子に夢中になって居る。だが恋人の心とお前の心とが斯うも美《うるわ》しく融け合う事があるだろうか。恋し合うのみが夫婦ではない。お前たちばかりでなく、世間一般の夫婦の間には、恋愛の泉が涸れ尽きた時、更に別箇の情緒が生れて、それに結び着けられながら彼等は生涯を共にして行く。――お前が今味わって居る情緒がそれだ。悲しみに浸る時にこそ二人の魂はほんとうに、ぴったり抱き合うのだ。そう云う風にして相抱いて居る二つの魂の関係こそ、恋愛関係よりも遥かに堅い結合なのだ。それが世間の『夫婦』――憎んでも呪っても一生離れることの出来ない『夫婦』の間柄なのだ。一旦結婚して夫と呼ばれ妻と呼ばれるが最後、誰にしたってもう其の関係を逃れる事は出来ないのだ。お前が彼女を離縁すれば世間的には其の関係を絶ったと云われよう。しかし彼女の心の琴線は、百里二百里を隔てて住んでもお前の琴線に響きを伝えずには居ない。お前が彼女を虐げた記憶が鮮かであれば鮮かであるだけ、響きは余計伝わって来る。彼女がどんな遠い所へ追いやられて外の男を亭主に持とうとも、やっぱり彼女の魂はお前の魂の中に生きて居る。お前は彼女の魂を三文の価値すらない物だと云ったが、三文でも価値は価値だ。魂は魂だ。お前は彼女を一片の土塊に等しく見做そうとするのだ。見做せるものなら見做すがいい。たとい肉体を土塊と見做す事が出来ても、あの女には『魂』がある！　其の魂はいかに愚かでもいかに単純でも厳然たる人間の『魂』なのだぞ。お前は其れを土塊と等しく見る事が出来るか。脚下に踏み躙ってしまえるか。それどころかお前は今、その愚かな、『無』に等しいほど無価値な彼女の魂に散々悩まされて居るではないか。お前がいくら嫌がっても、現にお前の魂はしっかりと其の魂に抱き着いてしまったではないか」

此の良心の囁きが、哀憐の情に培われつつ佐々木の頭に忍び足で這入って来る。「此れが己の女房だ」と云う叫びが、又しても惻々と胸に迫る。――

世の中には佐々木以上に妻に対して苛酷な男が、随分多く居るように思われる。出来るだけ虐待した上に、平気で離縁して新しい恋人を後妻に迎える。彼等は前妻に不幸を齎した自分達の行為に就いて、何等の不快な記憶をも持って居ないように見える。そんなら彼等は佐々木よりも性質の残忍な悪人であるかと云うに、必ずしもそうであるとは限らない。妻が逆境に沈淪すると云う、ただそれだけの事実に止まるなら、佐々木は彼等のしたよりももっと残忍な行為に出る事を躊躇しない。佐々木の恐れる所は「妻に不幸を齎す」ことではなくて、その後に来る長い間の「不快な記憶」が、彼の享楽生活の妨害になりはしないかと云う一事であった。自分の脳裡に不快な回想や陰鬱な追憶が巣を喰って居れば、自然と其れが襟子の方へも暗い影を漂わせて、二人の恋の円満が傷けられはしないだろうか。妻は有り得るだけ不幸であって差支えない、しかし自分は、有り得るだけ幸福であらねばならない！　そう考えて居るところに人一倍の残忍性がある事を、佐々木は自分でも認めない訳には行かなかった。

彼は又、悟道の為めに家を捨て妻子を捨てて仏門に帰依した名僧智識の場合などを考えて見た。彼等は其の動機が善であったが故に、たやすく妻の羈絆から脱する事が出来たのであろうか。しかし其の動機が何であろうと、捨てられた妻の不幸に変りのあろう筈はない。生れつき善人であった彼等には、妻に不幸を齎した事が、われわれよりも一層悲しみの種となったに違いない。彼等はただ信仰の力に依って其の悲しみに打ち克とうとした。それと同じように、佐々木はなぜ、恋愛の力に依って打ち克とうとはしないのだろうか。彼の襟子を恋する心は、名僧智識の信仰に比べて宗教的情熱が乏しいのであろうか。――此の質問に対しては、彼は断然「否」と答える。自分が襟子にあこがれて居る程度は、殆ど盲目的の崇拝に近いものがある。自分の襟子に渇仰するのは、宗教家が神に対するのと何等の相違もない。此の点に於いて、自分はたしかに彼等と同様の情熱を抱いて居る。自分が妻との連絡から脱離する事が出来ないのは、情熱の有無や程度に関係して居るのではなさそうに思われる。前にも述べた通り、名僧智識でなくとも、世間には単に卑しい不道徳な動機から、どうかすると浅はかなほんの一時の気紛れからさえ、罪咎《つみとが》もない妻を逆境に陥《おとしい》れて平気で居る人が沢山ある。そうして見ると、其れは情熱の程度に関係がないのみならず、動機の善悪にも拘わらないのである。佐々木に云わせれば其れは其の個人々々のテンペラメント、――もっと適切に云えば其の人の体質の中にある神経の鈍さ鋭さ――に因るのだとするより外はない。其の名僧智識は神経の鈍い人々ではなかったにせよ、少くとも健康な神経を持って居た。その神経は彼等の堅固な意志に対して妨害をする程病的ではなかったろうと想像される。然るに佐々木には、不幸にして近代人に特有な、過度に鋭敏な、病的な神経があった。彼の心は、放埒な、飽くことを知らぬ利己的な情慾と、此の病的な神経とが、経となり緯となって作り出された一枚の織物に似て居た。云う迄もなく道徳的良心の鋭敏と、神経衰弱的敏感とは全く種類を異にして居る。けれども佐々木は此の特質がある為めに、たまたま「悪」の実行に際して、臆病であるかのように見えた。彼は自分の神経が複雑な過度な刺戟に堪え得ないことを明かに知って居た。自分は今、妻に対する根強い嫌悪と襟子に対する物狂おしい愛慾とで、朝な夕なに交る交る攻め立てられて居る。此の現在の状態に於いてすら自分の繊弱な神経は極端から極端へ走る刺戟の変化に応接し切れなくなって居る。かかる状態が長く続くだけでも自分は発狂しそうだのに、此の上神経にさわるような行動を取ったら、歓楽に酔う暇もなしに死んでしまいはしないだろうか。――こう云う懸念が、絶えず魔の如く附き纏って佐々木を脅やかして居た。彼は他人の不幸などを屁とも思わぬ男でありながら、其れが彼の脆い神経を興奮させるような形に於いて起ることは、寧ろ彼自身の利益の為めに恐ろしかった。………

それならどうして、彼は妻を殺そうと決心したのだろう？　彼女を離縁する事さえなし得ない、そんなに迄小胆な佐々木が、どうしてそう云う大それた真似をしたのだろう？　其れを説明するには、妻の玉子の態度を茲に少しく語らなければならない。――正直で愚かで、肉体的にも健かであった玉子は、もともと佐々木とは反対に頗る神経の鈍い方の女であった。佐々木は彼女の存在を心の底から呪わずには居られなかったが、しかし「神経が鈍い」と云う一点に於いては、まだしも自分に好都合だと考えて居た。若しも彼女が感じの敏い邪推深い女であって、夫の恋を妨げる為めに有らゆる辛辣な奸計を設け、犀利な毒舌を弄したとしたら、恐らく佐々木の神経はいやが上にも掻きむしられて疾うの昔に発狂してしまっただろう。彼が其の脆弱な神経を以て強度な刺戟に抵抗しつつも、襟子との恋を楽しむ事が出来たのは、半ばは玉子の無神経のお蔭であった。

「僕の女房はおめでたいから大丈夫だよ。それが彼奴《やつ》のせめてもの取り柄さ」

彼はこう云って、襟子を安心させ、自分でも安心して居た。一体人間と云う者は自己の好都合を誇張的に考える癖があって、佐々木一人に限ったことではないかも知れない、が、狡猾な彼は深くも妻のおめでたさに信頼して居た。彼女のどんなに虐待されても容易に心《しん》までこたえそうもない水々しい体質、苦労のわりには衰えの目立たない、常に色つやのいい豊かな肉づきは、そのおめでたさを永遠に保証して居るらしく見えた。勿論以前のようなコケットリーは今の彼女のどの方面にも残っては居ない。その表情は日増しに寂しくなるばかりである。けれども彼女の盛んな健康は、表情とは無関係に、体中のあらゆる部分にうら若い血を燃やして居た。おりおり彼女の泣く時があっても、その涙が流れ落ちる頬の肉は、桃の実のように赤かった。彼女は恐らく、世路の艱難を嘗《な》め尽して四十五十の歳になるまで生きて居ても、まだ何処かしらに「処女の誇り」を想わせるような無邪気さを維持し得たであろう。些細な物にも激動し易い佐々木の神経に取って、彼女の涙は少からぬ威嚇であったが、同時に豚の如く脂切った強壮な彼女の肉体は、その興奮を緩和させる鎮静剤であり慰安であった。「此の女の頬が青ざめて来ない間は、――此の女が貧血に苦しみヒステリーに苦しむ徴候を示さない間は、己はもっと虐待して差支えない！」

佐々木は始終彼女の眼の色に注意して居た。其処から今にヒステリカルな、気違いじみた表情がいらいらと輝き出しはしないだろうか。――一つの残忍な行為が成された後では、必ず斯う云う危惧が彼を襲った。ちょうど小胆な盗賊が人の寝息を窺いながらびくびくもので偸みに這入るように、彼は妻の眼の色を判じつつ虐待の笞を執った。だが好人物の玉子は、夫にこんな滑稽な弱点があることを知る由はない。彼女がもう少し意地の悪い、頭の働く女であったら、発狂の真似をして夫を思うさま悩ますのは訳のない事であったろうに、そう云う芝居を演ずるには余りに呑気過ぎ、余りに無技巧過ぎて居た。そのいつもいつも和気藹々とした、単調なくらいに浄らかな眸《まなざし》の裏には、時として包むにあまる憂いの影のさす折があっても、それは白百合の花に宿る朝露のように清々《すがすが》しく新鮮なだけであった。

「妻と云う者は、一体誰の妻でもそう夫から愛せられるものではない。却って夫の恋路の邪魔をする憎まれ役に廻るのが、多くの妻の運命である。そうだとすれば、己は襟子と結婚する事が出来ない限り、憎まれ役として最も不適当な玉子を妻に持った事を、不幸中の幸だとしなければなるまい」

そう思って佐々木はいくらかあきらめても居たのである。

けれども、此の不幸中の幸は佐々木の為めに長く続いてはくれなかった。其の時分になって、妻の態度が少しずつ彼の身勝手な信頼を裏切りつつあることを、佐々木は多少の恐怖を以て嗅ぎつけるようになった。――其の時分と云うのはたしか一昨年の春の末、五月下旬の頃であったろう、平生めったに家に泊ったことのない佐々木が、或る日久振りで妻と褥を並べつつ一と夜を過ごした事があった。その折始めて、彼女は何と思ったか長い間堪え忍んで居た嘆きと怨みとを、夫に向って俄かに熱烈に掻き口説き出したのである。

「あなた、ねえあなた、後生だから、後生お願いだから、そんなに其方ばかり向いて居ないで、どうぞ此方を向いて下さい。たまにはあなたの顔を私に一と目見せて下さい。どうぞ、どうぞ、どうぞお願い申します。どうしてあなたはそんなに私をお嫌いなさるのでしょう。あたしはあなたに嫌われたのに、あなたの顔が見たくって見たくって、………」

此の言葉と共に、妻の眼からは極めて突然夥しい涙が止め度なく流れ落ち流れ落ちた。それはいつもの遠慮がちな、しめやかにぽつりと一点はふり落ちるような涙ではなく、彼女の健康な体力と水々しい血液との限りを尽して渾身から沸き上って来る、煮え返るような涙であった。佐々木は何処までも強情を張り通して、彼女の方へ冷たい背中を向けて居ながらも、そのしたたかな涙の勢に不思議な気後れを覚えずには居られなかった。彼女は自分でも其の涙をどうする訳にも行かなかったのであろう、声を立てまいとして激しくしゃくり上げながら、一生懸命に息を殺して居る代りに、体中を藻掻いて泣いた。

「………今更あたしをそんなに嫌ったたって仕方がないじゃありませんか。あたしと結婚なすったのは、あなたが悪いんじゃありませんか。ねえ、あなた、あなたッてば！………みんなあなたが悪いんです。あたしはちっとも悪かありません。あたしは可哀そうな女です。あなたはきっと、私を逐い出して襟子さんを内へ入れようとなすっていらっしゃるんでしょう。あなたそうしたらあたしはどうしましょう。あたしには親もなし兄弟もなし、あなたの内を逐い出されたら外に行く処はないんですよ。………ねえ、後生だから、ちょいとでいいから此方へ顔を見せて下さい。ねえあなたッてば！　あなた、あなた、あなた、あなた、………」

こう云う間にも涙は後から後からと流れ出た。が、彼女はもう其の涙を呑み込む事すら敢えてしないで、流れ放題に打ち捨てたまま、夫の枕元へ顔を擦り寄せつつ一つ事を繰り返し繰り返し訴えるのであった。佐々木は尚も眼を潰って知らぬ振りをして居たが、そうすればするほど彼女はいよいよ襟頸へしがみ着いて来て、頸飾りの鈴のように耳の側で騒々しく泣き咽んだ。どうかすると、犬が主人の足の先にじゃれ廻るが如く、彼女は唇の端で夫の耳朶《みみたぼ》をぱくりぱくりと咬んで見たり擽《くすぐ》って見たりしながら、殆ど自制力を失ったかのように際限もなくしゃべり続ける。その言葉は乱雑でふしだらで紙屑籠からこぼれ出る襤褸《ぼろ》のように醜く拙くはあったけれども、それが涙に濡れ光り熱せられて、異様に粘っこい力を持った声音《こわね》の中に蕩《とろ》け込みつつ、沸騰する酒のように降りかかって来るのを、佐々木は心に聞くまいとしても聞かずに居る事は出来なかった。彼の耳朶に降りかかって来るのは言葉ばかりでなく、涙も其れと量を争ってさめざめと注がれるのであった。始めのうちは雨が瓦を叩くようにばらばらと粒を落して居たものが、しまいには蟀谷《こめかみ》のあたりへびっしょりと水の如く纏わって、やがて彼の頰の上にまで幾筋もの縷《いと》を曳き始めた。それは佐々木が嘗て経験したことのない程、灼けるように熱い涙であった。涙自身が蛇の如くのたうち廻る生物であって、彼女の為めに夫に哀願して居るのかと訝しまれるほど、執拗に佐々木の顔の上を這って流れながら、頰を伝わり、鼻筋を伝わり、果ては眼の中へも口の中へも容赦なく割り込んで行った。その涙の熱に浸され、その言葉の息がかかったら、冷たい銅像でも彼女に対してきっと暖かい胸を開いたに違いない！　佐々木がどんなに体を固く硬張らせ心臓を引き締めようと努めても、綿々として彼の耳元から沸《たぎ》り落ちる言葉の数々は、其の胸の中を滝壺のように氾濫させた。彼は否でも応でも自分の眼瞼《まぶた》の内に滲み入る妻の涙を味わい、自分の唇を割って這入る妻の涙を呑み込まねばならなかった。いつしか彼の眼は妻の涙を以て泣き、彼の鼻と咽喉とは妻の涙に依って歔欷した。――自分の眼の球を熱くさせて居るものは、自分が啜《すす》り上げて居るものは、妻の涙であろうか、其れとも自分の涙であろうか。自分の頬を伝わって居る涙は、誰が流して居るのだろうか。――そう思った時、佐々木は既に自分も泣きつつある事を感じたのである。

「なぜ己は此の女と一緒になって泣くのだろうか。こんなにしつッこくしがみ着いて来る女を、なぜ己は向うへ蹴飛ばしてしまわないのだろうか」

か弱い女、痴鈍な女として軽んじて居たところの妻から、佐々木は明かに身動きのならない圧迫を加えられたのであった。彼は勿論、今夜始めて妻の不幸をしみじみと悟った訳ではない。自分がどれ程彼女を虐待しつつあるか、彼女の胸の中にはどれ程の悲しみが湛えられて居るか、それは今更彼女の訴えを聴くまでもなく、最初から分り切って居たのである。彼女がいかに涙を交えて其の悲しみを数え立てようとも、其処に佐々木を動かすべき新しい理由が生ずる筈はない。佐々木が感じたところの圧迫は、精神的の其れではなくて寧ろ彼女の肉体から来る圧迫であった。少くとも佐々木に取っては、肉体的として感ぜられた。滾々《こんこん》として無限の泉の如く湧き上り降り注いで来る多量の涙、そうして其の一滴々々が含んで居る火のような熱さ――此れ等のものの与える圧迫を、肉体的と云わないで何と云い得よう！　彼女の唇を衝いて出る言葉にしても、それはただ健やかな肺臓から吐き出された恐ろしい底力のある呼吸として、火照《ほて》った、深い息として、彼の官能を痺れさせ惑乱させた。そればかりではない、佐々木は彼女の肥え太った胸板の蔭で時計のようにどきどきと打って居る心臓の鼓動や、発達し切った全身の筋肉が籐のように硬く撓《しな》って痙攣的に引き緊められる刹那の苦しみまでが、はっきりと彼自身の肉体の上に伝わって来るのを覚えた。「か弱い者」として彼が平生見くびって居たのは彼女の魂に就いてであるのに、其処に荒れ狂って居るものは彼女の強壮な体格であり血液であり筋骨であった。おまけに彼女は佐々木から見れば「痴鈍な女」であっただけに、それだけ肉の力の逞ましさが獣のような猛威を以て彼を脅やかした。其処には彼女の幼稚なセンチメンタリズムは跡を絶って、ただ肉体の嵐があった！

「………実際、己までが玉子に釣り込まれてぽろぽろ涙を流すなんて、どうしてそんな気持になったんだか訳が分らない。何しろ己は昨夜すっかり玉子に圧迫されたんだ。玉子にと云って悪ければ玉子の肉体にと云い直してもいい。そう云った方が寧ろたしかだ。己のような神経衰弱の人間には、あの女の泣き方や口説き方は全く刺戟が強過ぎる。あんなに涙を浴びせかけられて、あんなにえらい腕ッ節で頸ッたまへ齧り着かれて、ああまでしつッこくやられたら大概己は参ってしまう。始めのうちはじっと眼をつぶって我慢して居たが、間もなく己は頭の中を鋭い爪で滅茶々々に掻き毟られたようになって、ぽうッとのぼせ上ってしまった。それからどうかした弾みに、玉子の涙が己の眼の中へ流れ込んで来たのでぱちぱちと眼ばたきをして居るうちに、眼玉の周りが妙に温かく潤んで来たなと思ったら、己は堪らなくなってとうとう一緒に泣き出したのだ。泣き出したらいくらか頭の痛みが剝がれて行くような、何とも云えない好い気持になった。泣くと云う事は糞をたれるのと同じように一種の生理的快感だ。玉子にしたって悲しいから泣いたのではなく、好い気持だから泣いて居たのかも知れない。或は馬鹿な女だから自分でも孰方《どっち》だか分らずに泣いて居たんだろう。涙がこぼれるから泣いたんだと云うかも知れない。彼奴はまるで汗を搔くように造作もなく涙を出す。

………

そのうちに玉子は己の肩を抱えて、己の体をぐいと自分の方へ向け直した。己はまるで死骸のようにぐったりとなって、もう抵抗する気も何もなかった。が、泣き顔を見られるのが口惜しかったので、顔をぴったりと彼奴の額にくッつけてしまった。四つの眼から流れ出る涙が己の頰ッぺたと彼奴の頰ッぺたとを一面に水のように濡らした。己の眼から出た涙が、彼奴の眼へ這入ってもう一遍涙になって出たかも知れない。彼奴の眼から出た涙を、己は自分の涙だと思って鼻の孔へ啜り込んだかも知れない。何にしても厄介な事になったと思ったが、しかしどうにもしようがなかった。そうして泣いて居る間はまだよかったが、散々ッぱら泣いてしまったら又しても頭がきりきりと痛み出した。体中の神経が妙にとげとげしく焦立《いらだ》って来て、眼はすっかり冴え返って、額の辺《へん》が糊着《のりづ》けの薄紙か何かを貼ったようにぴーんと突ッ張って居るのを感じた。手足の節々に云いようのない倦怠と疲労とが行き亙って、顔には熱があるような、その癖背中の方がぞくぞくとうすら寒いような、風を引いたのかと思われるほどいやな気持がした。此の様子では明日きっと病人になると己は思った。ところが玉子の奴は、あんなに泣いて置きながら、ちっとも疲れたらしくはなかった。大概の人間は極度に神経を興奮させると、あとで肉体の疲労を感じるにきまって居る。己のはその感じ方が余りひど過ぎるが、玉子と来たら全然普通の人間と反対だ。彼奴のは神経が興奮すればするほど肉体の方もいよいよ健康の度を加える。彼奴が泣いたり喚いたりするのは、中学生がテニスやボールをやるのと同じような、一種の壮快なる運動なのだ。何と云ったらいいか兎に角実に不思議な女だ。まるで動物のような頑強な無神経な女だ。そうして己が黙って居れば好い気になってますます附け上って来る。お蔭で己は夜ッぴてまんじりともする事が出来なかった。此の調子でやられたら明日はたしかに病人になる。

それにしても玉子はヒステリーになったのだろうか。ゆうべの彼奴の行動は、あの女としては正に常軌を逸して居る。此の間から己の心配して居た事が、とうとうやって来たのだろうか。普通の神経を持った女なら其れも別段不思議ではないけれど、あの女にもヒステリーになる可能性があるのかと思うとちょいと意外だ。あの女の、太った、だぶだぶした、錐《きり》を刺しても容易に骨の心《しん》までこたえそうもない肉体を徹して、ヒステリーが少しでも沁み込んで行ったとすると少し滑稽だ。鬼の霍乱《かくらん》だ。しかしさすがに彼女のヒステリーは一種特別な趣がある。あたり前ならヒステリーになるとだんだん顔は青ざめて痩せ衰えて来るところだのに、彼奴は此の頃一層むくむくと太って来るらしい様子が見える。恐らくどんなに激しい神経衰弱でも、彼奴の肉体に対しては歯が立たないんだろう。………」

佐々木の死後、彼の手文庫の底から捜し出された日記のペエジを繰って見ると、其の頃の玉子が彼の為めにどれ程懊悩の種であったかは明かに想像する事が出来る。日記は其の年五月の下旬から、彼がいよいよ殺意を生ずるに至ったらしく推量される十一月の初旬頃までの心の経過を、可なり精細に物語って居るのである。「同病相憐む」と云う事は肉体の病気に就いて云われた真理である。神経衰弱の患者に取って、同じ性質の病人を見ることは如何に恐ろしい脅威であろう！「自分が長く気違いに接触して居たら、きっとしまいに自分も気違いになってしまう」と、常にそう信じて居たくらい、佐々木は自分の神経過敏を苦にして居た。それ故妻のヒステリカルな行為が、その過敏性を一層病的に募らせたのは云う迄もない。妻のヒステリーが一歩昂進する間に、彼の神経衰弱は其れに促されて二歩も三歩も昂進するように感ぜられた。自分の生命が持って居る総べての物を傾倒して、襟子との恋愛を楽しもうとして居る矢先に、それでなくてさえ貧弱な、限りのある彼の精力が、却って玉子との接触の為めに奪い去られつつあるのを覚った時、佐々木はどうして彼女の存在を呪わずに居られよう。而も彼女の健康は其の為めに何の打撃をも蒙らないのに、彼の心と体とは一日一日に疲れを増して行くのである。そう考えると彼の彼女に対する憎悪の念は、再び新なる薪を加えて燃え上るのであった。彼はこうして、全く以前とは別の意味に於いて、玉子を畏れ疎んずるようになった。——

「いい塩梅に玉子のヒステリーはあの晩偶然に突発しただけで、あれ切り昨日まではそんな徴候が見えなかった。きっとあれで直ってしまったんだろうと思って、己は気を許して居たのだった。するとどうだろう、ゆうべのあの始末は？　やっぱり彼奴のヒステリーは直って居なかったんだ。直るどころか昨夜の様子だと、此の間よりもひどいくらいだ。

尤も己は此の間の晩以来ゆうべまで家に泊った事がなかった。此の頃は大分約束の原稿が溜って居るから、昼間は書斎に閉じ籠って仕事をするが、夕方になればとても我慢がし切れなくなって襟子のところへ行ってしまう。そうして翌日の朝でなければ帰って来ない、出来る事なら原稿を書くのも襟子の傍で書きたいのだけれど、恋愛と仕事とはとても一つ所でやれるものじゃないから、よんどころなく家へ帰って来るのだ。――それにつけても己はつくづく金が欲しい。金さえあれば恋愛の邪魔をする仕事なんぞやりたくないんだが、――

昨夜は生憎十二時過ぎまで仕事の方にかかったので、家に泊らなければならなかった。ちょうど此の間の晩からは半月ぶりだ。寝たのは何でも一時過ぎであろう、玉子は胸に心配があっても豚のようによく寝る女だから、きっともう熟睡しただろうと思って居ると、豈図らんや、其れと同時に、冴え返った眼をぱっちりと開いてじーいッと己の顔を視詰めて居る。己はぎくりとした、が、もう遅かった。じーいッと視詰めて居る彼女の眼が、急にぱちぱちと眼瞬きを始めたなと思ったら、もう其の真赤な頬ッぺたには、涙が音もなく滝のように流れて居るではないか。

『あなた、お休みになるの？　何時でしょう？』

彼女は其の言葉を平気で云った。自分の頬に涙の流れて居ることは、まるで気が着かないと云う風であった。運わるく顔と顔とを見合わせてしまったので己は今更横を向く訳には行かなかった。行かないことはなかったのだけれど、そうした為めに却って彼女を激させる事を恐れたのだ。しかし結局そのくらいな譲歩は何の役にも立たなかった。それから後は総べて此の間の晩と同じだった。しみじみといやになるほど同じだった。己は又しても此の間の晩の通りの気持を新たに繰り返させられた。

あれから半月の間、少しもそう云う素振りは見えなかったのに、どうして昨夜再発したのであろう？――だが考えて見ると、己は其の半月の間と云うものは、昼間の彼女を知って居るが、夜の彼女を知らなかったのだ。己が昨夜まで毎晩家に泊って居たら、あの女も毎晩あの通りになったかも知れない。いや事に依ると、己が家を明けて居る晩でも彼奴は独り寝床の中であのように涙を流しては、ぺちゃぺちゃと独り言を言って居るのかも分らない。そうして而も昼間になると、夜とはまるで別人のようにけろりとして居る。相変らず慎ましやかで、始終おどおどと己の顔色をうかがいながら、たまに話をしかけるのさえ遠慮がちである。おまけにあの通り依然として血色がよく、ふっくらとした肉づきをして居るのだから、誰にしたってあの女をヒステリカルだと思う訳はない。夜に限って発作が起ると云う事、それは彼女のヒステリーの原因を突き止めて見れば、必ずしも理由のない事ではない。その理由は外の人には分らないでも、彼女の夫たる己の胸には分り過ぎるほどよく分って居る。己にはたしかに其れだけの覚えはある。分って居ながら、意地悪くもわざと分らないような風をして居るものだから、彼女は一層しつくどく泣いたり口説いたりするのだろう。彼女の訴えようとする事は、襟子との関係に対する嫉妬の感情ではなく、問題は寧ろ其の外にあるのだが、いくらヒステリーに罹って居ても、それを露骨に言い出してせがみ着くには、彼女は不断から余りに羞恥の観念の強い女なのだ。何と云っても其れはあの女のしおらしい所、あの女の美点に違いない。ところが己は其の美点に附け入って飽く迄も意地を悪くする。そうして彼女は己の其の意地の悪い事すらも、分って居ながら指摘する訳に行かない。問題に触れようとして触れる事が出来ない為めに、彼女の言葉はますます廻りくどく熱烈になり、涙はしげくなるばかりである。

兎に角夜がいけないのだ。夜を警戒しさえすればいいのだ。此の後己は成るたけ家へ泊らないようにする外はあるまい」

「ああ、夜《よる》、夜《よる》！　恋人の側に居る時は夜がどうしてあんなにも楽しく、自分の家に泊る時はどうして斯うも忌ま忌ましく呪わしいのだろう！　ゆうべはちょうどあれから一と月ぶりだった。実は其の間にも、家に泊らなければならない用事があったのだけれど、己は出来るだけ其れを繰り合わせて、機会を延ばし延ばしして居たのだ。『今夜はどうしても家に居なければならないのかな』――己はそう考えるだけでもぞッとする程いやだった。しかし昨夜は、もう原稿の締切りに三日も後れて居たので、どうしても家に居ない訳には行かなかった。それに己はあまり家を明け過ぎて、二た月三月も泊らずに居たら、その為めに却って玉子の病気がどれ程昂進するか分らない、と云う事も可なり此の間から心配だった。此の後己は一生玉子と夜を共にしないと云う、堅い決心をしたのなら兎に角、さもないうちはやはり、たまに泊ってやらないと、何だか気がかりのようでもある。一生側に寄り付かないくらいなら、離縁してしまった方がいいのだ。一つ家の中に住んで居れば、いくら何でもそれ程までに思い切った真似は出来ない。

昨夜は己も始めから覚悟して居た。しかし覚悟をして居た為めに少しでも不愉快の度を減じたのではない。却って己は、もう寝ない前から脅やかされて、夜の事が気になって仕様がなかった。その内にいよいよ寝る時刻になると、案の定、その瞬間に玉子は又ぱっちりと眼を睜いた。そうして顔と顔とをぴったりと突き合わせる。彼奴の鼻と己の鼻とが、二つの掌《てのひら》のように重なり合うほどぴったりと突き合わせる。勿論己の方から突き合わせるのではない、彼奴の顔が無闇に己の顔の方へ押し出して来るのだ。双方の鼻を中心として、お互の顔の出っ張った所と凹んだ所とががっちりと喰い違って、二つの顔がまるで一つの塊のようになってしまう。顔と顔ばかりではない、彼奴の眼球と己の眼球とが薄い眼瞼の皮を隔てて互にぐりぐりと押し合って居る。己の顔はもう自分の顔ではなくて、彫塑家の使う粘土の如く、彼奴の顔の鋳型《いがた》になってしまったようだ。こうなると以前の覚悟などは何の用をもなさない、――ああいやだいやだ、何と云ういやな女だろう、――と云う気持が胸一杯に塞がって来る。………

さあ、此れからそろそろお極まりの文句が始まるのだ。もう今に涙がぽろぽろとこぼれ出す時分だ。――己は内々そう思いながら、死んだようになってじっと息を凝らす。と、二人の眼球の間に挟まっている彼女の眼瞼が、次第々々に、ちょうど風に吹かれる蝶々の翅《つばさ》のように微かにぶるぶると顫え出すのが、電気の如く己の眼瞼に感ぜられる。やがて其の顫えて居る眼瞼の裏で、今度は彼女の眼の球が、遠い地鳴りか何かのようにびーんと鳴り始める。それは明かに涙が涙腺から搾り出されつつ其処へ集まって来る音なのだ。――恐らく己より外にあの眼の球の音を聞いた経験のある人は多くはなかろう。その音を聞いて居ると、涙と云うものが、何処か脳髄の深い所から滾々として温泉のように湧き出して来るのを感ずる。微かな音には違いないのだが、其れが己の眼の球の方へ響いて来る工合では、そんなに低い音だと云う気がしない。どうかすると、ごう、ごうと云う響きを立てて、彼女の頭の中全体が釣鐘の如く鳴って居るような気持もする。そう云う時には、己の頭の中にも響きが伝わって来て、その震動の為めに脳髄がぴりぴりと痛むようになる。眼瞼のおののきと眼の球の地鳴りと、二つの物がだんだん激しく強くなって来て、急に何だかぽうッと熱くなり出したなと気が付く時分には、既に涙の雫が二人の顔の上にだらだらと流れ落ちて居るのである。

『おい、又おきまりの芸当が始まったのか？　もう沢山だから好い加減にして置いてくれ。いくらそんなに泣いたって、己は可哀そうだとも何とも思やしないんだから』

不愉快の度があまりひどいので、己は此の言葉を口に出して云うだけの勇気もない。が、口に出して云うよりももっと烈しい語気を以て、腹の中で何遍も何遍も繰り返す。――実際此の頃ではこう云う場合に、不愉快と云うよりも憎悪の念がむらむらと込み上げて来る。一面に於いて『可哀そうな女だ』と云う感情も起って来ない事はないが、その感情が起る為めに猶更此の女が憎く疎ましくなるのである。昼間の彼女の様子を見たり、離れて居て考えたりする時は、それ程にも思わないのだけれど、こうなって来ると実に溜らない。もうとても堪《こら》え切れないから、何とかして此の女を遠ざけてしまうより仕方がない。それより外に己の助かる途はない。万難を排して断然たる処置を取ろう。此の状態を続けて居ては己も此の女も共に非常な不仕合わせだ。――と、己は真面目に考えさせられる。

しかし、まあ仮りに断然たる処置を取るとして、どう云う風にしたらいいのだ。離縁をするとしたって、此の女を引き取るべき実家はない。そうかと云って、貧乏な己は、此の女を別居させて、生涯扶養して行くだけの負担には堪えられない。そんな金があるくらいなら、己は襟子の為めに使う。此の女の為めに余計な金を一文でも費したくない。するとやっぱり、己は生涯此の女と連れ添わなければならないのか。あの恐ろしい『夜』を此の後何年も何年も繰り返さなければならないのか。ああいやだいやだ、己たち夫婦は最初に考えたよりももっとずっと不仕合わせな人間なのだ。………」

「如何にしたら、己は玉子の影響から完全に離脱する事が出来るか。――近頃の己の頭には、始終此の問題ばかりが引懸って居る。

二人の間に子供がないと云う事は、いくらか此の問題の解決を容易にして居るように見える。子供と云う連鎖があったら、此の問題は始めから解決の望みはない。いくら妻を遠ざけたところで、彼女の生命の一部、――彼女の分身とも云うべき子供があったら、己は到底彼女の影響から逃れ出る訳には行かない。だが、子供がなかったら、己は完全に逃れ出ることが出来るだろうか、子供以外に完全な離別の邪魔をする連鎖はないだろうか。

己が特に完全と云うのには意味がある。体と体とが離別したところで、心と心とがほんとうに離別しなければ、その離別は完全でない。己の望むのは飽く迄も完全な離別だ。玉子と云う女が、自分の妻としては勿論、単に一箇の人間としてでも、最初から此の世に生存して居なかった場合と同等な心持に、自分を惹き入れてしまいたいのだ。

単に離別をしたところで、嘗て己の妻であり己の虐待を受けた女が、今も猶此の世の何処かに恨みを呑みつつ生きて居ると云う意識があれば、結局彼女が己の側に生きて居ると同然だ。

己の頭に彼女の記憶が蘇《よみがえ》る度毎に、己と襟子との恋は常に呪われなければならない。ああ、どうかして己の心と彼女の心との連鎖を断ち切る方法はないか知らん？　眼に見える連鎖ならまだしも置き換える方法はある。眼に見えない連鎖だけはどうともする事が出来ない」

「ここにたった一つ、問題の解決を可能ならしむる手段がある。たった一つあるだけだ。それ以外には全く絶望だ。己の心と彼女の心とを繋いで居る連鎖を打ち切るには、己の心を別の処へ置き換えるのだ。己の心を悪魔にするのだ。そうしたら連鎖はきっと切れる。人間の心と悪魔の心とを繋ぐ連鎖はない筈だ。悪魔になるにはどうしたらいいか。それはちゃんと分って居る」

「己は悪魔になれるだろうか。悪魔の行為を学んだが為めに、生きながら地獄の苦しみを受ける恐れはないだろうか？――無論恐れがないとは云われない。しかし、己が今まで些細な事にも神経を病んで、臆病だったのは、己の態度が極まらなかった為めなんだ。人間になろうか、悪魔になろうかといつも中途で迷って居たせいなんだ。心を鬼にしてしまえば、恐ろしい事も何もなくなる。先ず思い切って極端に大胆な悪事を決行して見るんだ。そうすれば自然と心は鬼のようになる。それでなくても己は生れつき、悪魔になれる性質を多量に持って居るんだ。人間よりも悪魔になる方がやさしいくらいだ。襟子との恋を楽しもうとするのに、そのくらいな覚悟がなくってどうするのだ。………」

佐々木の日記は此処で終って居て、それからの事は彼の死に至るまで、一行も書き止めてない。上に掲げた最後の一節は、十一月二日の記録であるが、思うに彼は其の頃になって、全く「悪魔の心」を固めたのであろう。かくて十一月以降は、其の決心を如何にして遂行すべきかと云う計画の時期に這入ったのである。彼はさすがに其の計画を、日記に書き記す大胆さは持って居なかったに違いない。

そうして佐々木は、日記を書く代りに「呪われた戯曲」の筆を執り始めたのであった。その前の一と月半ばかりの間何か頻りに鬱々と考え込んで居て、仕事もろくろく手につかないらしい様子を見せて居た彼は、十二月の中旬に這入ってから、昼間は毎日机に向って或る脚本の組立てに頭を悩まして居る風であった。

戯曲　善と悪（一幕物）

時　現代（夏にすべきか冬にすべきか？）

処　東京を離れた或る寂しい場所
　　登場者
A　青年文学者
B　その妻

原稿用紙の第一ペエジには、濃い万年筆のインクで斯う云う文字が記されてあった。けれども容易に筋が纏まらないらしく、それから先はまだ一枚も捗《はかど》っては居なかった。玉子が折々、何かの用事で書斎へ行って見ると、佐々木は大概両手で頬杖を衝いたまま、じっと其れ等の文字を睨み詰めて居た。日を経るに随って、第一ペエジには新たな文句が書き入れられたり、真黒な消しが出来たり、消しが余り沢山になると更に浄写されて、又その上に訂正が加わったり、作者の趣向はいろいろに迷って居るらしかった。例えば、

時　現代（夏にすべきか冬にすべきか？）

の横の方に、

時刻は夜？　或は早朝？

などと云う文字が這入った。それから二三日過ぎると、

夕方、日没の頃

と、もう一度書き改められた。

「処」に就いては佐々木は最も苦心して居る様子であった。

　東京を離れた或る寂しい場所

此の行の側へ持って来て、最初に、

（海岸？　温泉？）

と記した一行が加えられたが、やがて「海岸？」の三字が消されてしまい、次には「温泉？」の方も消し取られて、新しく、

　東京を数十里離れた或る温泉場、信州或は上州辺の山間の僻地

と、今度はやや詳細に指定された。また二三日立つうちに其れが悉く抹消されて、

　東京の郊外、井頭弁天の近所

となったり、或は、

　東京の郊外、綾瀬川附近

となったりした。そうかと思うと全然飛び離れて、

　浅草公園内、活動写真館の立ち続く狭き道路

と改められ、同時に「時刻」の方も、

　或る土曜日の晩、浅草公園の雑沓最も激しき頃

と云う風に訂正された。こうしてちょうど一週間程何遍も何遍も書き直された後、漸く最初

の一ペエジが次のように出来上った。

戯曲　善と悪（一幕物）

時　現代　冬の二月頃の或る日の夕方

処　上州赤城山中

登場者

井上　青年文学者

春子　その妻

此れでもう直す所はないと佐々木は思った。が、いよいよ本文の夫婦の対話に這入ってからも、いつもの彼の速力に比べると、筆の進みは不思議なほど遅かった。主人公の井上が先ずどう云う態度で、どう云う方面から妻の春子に話し出したらいいだろう。それに対して春子はいかなる素振りを見せ、いかなる受け答えをするだろうか。——彼は幾度となく書きかけの原稿用紙を書き毟った。

舞台面——晴れた冬の黄昏の山中の光景。一方は崖、一方は深き谷、その間を通ずる一条の道路あり。雪一面に積りて人跡稀なる様子。

下手より井上と春子とが散歩姿にて出て来る。井上の年は二十七八歳、二重廻しを纏い、鳥打帽を冠り、襟巻にて鼻の下まで顔を包んで居る。春子は二十一二歳の女なれど円ぼちゃの愛らしき顔立ちにて十八九にしか見えず。セルのコートを着、束髪に結って居る。

(井上) ああ、雪を見ながら大分好い運動をした。あんまり歩いたので己は汗が出て来た。どれ、此の辺で少し休んで行こう。(襟巻を取り、額の汗を拭いながら谷に臨んだ道端に腰かける)

(春子) (嬉しそうに夫に寄り添う) ほんとうにこうして歩いて居ると、寒くも何ともありませんわね。だけど、もう日が暮れますから、こんな所で休まないで、早く帰ろうじゃありませんか。(と云いつつ夫の傍に蹲踞まる) ねえ、あなた、帰りましょうよ。

(井上) まあ待ってくれ。あんなに歩いたのに、お前はちっともくたびれないのか。

(春子) いいえ、ちっともくたびれないわ、あたしはあなたより足が丈夫よ。

(井上) ほんとうにお前は女のようじゃないな。そんな丈夫な体でもって、どうしてヒステリーなんぞになったんだろう。

(春子) もうヒステリーじゃない事よ。山へ転地をしたお蔭で、すっかり直ってしまったわ。

此処まで書き上げて来る間に、佐々木の顔には時々奇妙な微笑が浮かんだり、不安な表情がさっと閃いて通ることがあった。創作をやり始めると、成るべく書斎へ人を入れないようにするのが常であったのに、どう云う訳か彼は屡々妻を呼んで、茶を入れさせたり火をつがせたり、細かい用を云いつけては、そっと彼女の様子に眼を配った。そう云う折には、動《やや》ともすると例の奇妙な微笑が、知らず識らず口元に漂うて居たのである。

「己は何の為めに此の原稿を殊更妻に見せびらかそうとするのだろうか」

その心理は佐々木自身にもはっきりと説明する事は出来なかった。若しも彼女が此の原稿を終りまで偸み読んだとして、たまたま此れが単なる「戯曲」として書かれた物でない事に気が付いたら、どう云う結果になるだろう。彼女は恐怖と絶望の余り、佐々木の手を待たずして自殺するかも知れない。或は自殺しない迄も、夫の残忍狂暴な人格に愛憎を尽かして、自分の方から家を逃げ出してしまうかも知れない。そうなってくれれば佐々木には却ってもっけの幸である。戯曲は遂に単なる「戯曲」たるに止まり、而も其れを実生活に適用したのと同等の効果を収め得られるのである。――佐々木が故意に妻の鼻先へ原稿を見せびらかすのは、多少そう云う目的を伴って居るようでもあった。しかし一方では又、彼女の生命に関する計画を、悠々と本人の面前に於いて運らしながら、飽く迄も彼女の痴鈍と迂闊とを嘲笑《あざわら》ってやりたいような、皮肉な悪戯も交って居た。

夫にそんな目論見《もくろみ》があろうとは夢にも知らない玉子は、やがて自分の身に振りかかる陰謀が其処に着々と描かれつつある原稿を、別段気に止めて見もしない様子であった。彼女は寧ろ、夫が近頃急に優しい態度を示すようになったのを心私かに訝しみながらも喜んで居たのであろう。長らく渇えて居た者は、一掬の水を恵まれても再生の恩を感ぜずには居られない。今迄虐待に馴れて居た彼女は、たまに夫から温かい言葉をたった一と言かけられてさえ、懐かしさと嬉しさとが胸一杯に込み上げて、涙がほろりと落ちて来そうになる。たとい夫の腹の中までは分らないにしろ、襟子との関係は未だに続いて居るらしいにもしろ、表面だけでも優しくしてくれるのが、彼女には他の何事をも忘れさせる程有難かった。彼女の頭は感謝の念に充たされて居るのに、どうして夫の原稿などに気を廻す余裕があろう。

佐々木は彼女を思うさま嘲弄の的にしながら、猶それに飽き足らないで兇行の犠牲にする計画を、一歩々々進めて行った。ちょうど其の年の暮になって、戯曲の原稿は既に半分ばかり出来上ったのである。

……………………

(春子) もうヒステリーじゃない事よ。山へ転地をしたお蔭で、すっかり直ってしまったわ。

(井上) そうか、そりゃあ好い塩梅だった。頭の病気は山の空気を吸うに限るよ。己の神経衰弱も殆ど全快したらしい。彼れ此れ三週間にもなるんだから、そろそろ東京へ帰るとするかなあ。

(春子) でも成るべくならもっと此処に居たいと思いますわ。

(井上) なぜ？　こんな寂しい冬の山の中が、そんなに気に入ったのかい？

(春子) ええ、寂しくっても東京に居るよりは安心だわ、東京には照子さんが居るんですもの。

(井上) (沈鬱になりたがる気分を強いて引き立てようとして殊更快活を装う) はは、照子の事か。そう焼餅を焼くとまたヒステリーになるかも知れんぜ。

(春子) (夫のわざとらしい快活を少しも疑わぬ様子) 焼餅なんか焼きはしませんわ。今のはちょいと冗談を云ったの。照子さんがお好きならいくら可愛がってお上げなすっても構わないわ。その代りあたしも可愛がって下さいね。此の頃はあなたが優しくして下さるので、あたしどんなに嬉しいか知れませんの。ねえあなた、いつまでも今のようにして居て下さいね。(話して居るうちに少しく感傷的な調子になる)

(井上) (蔽わんとしても蔽い得ざる沈鬱な眼つきをする)

(春子) ねえあなた、何を考えていらっしゃるの？

(井上) いや、何も考えて居やしない。………

(春子) 何か私の云ったことがお気に触って？

(井上) いいや、そんな事はないよ。

(春子) そう？　そんならいいけれど、………

(井上)(春子と顔を見合わせて、狼狽したようにちょいと横を向く。両人暫時《しばし》無言)

(春子)(何となく心細くなった様子。日の暮れかかったあたりの景色を見廻しながら、急き立てるような口調で)さあ、もう行きましょうよ。何だか寒くなって来たわ。

(井上)(容易に立ち上ろうとする気色も見えず)うん、まあもう二三分休んでから出かけよう。己はひどくくたびれちまった。

(春子)ですから早く宿屋へ帰って休もうじゃありませんか。帰り路に日が暮れてしまって、谷へでも落っこちると大変だわ。

(井上)なあに、日が暮れる迄にはまだ一時間も間がある。宿屋は直ぐ其処なんだからそんなに急がないだって大丈夫だ。何しろこんな山の中じゃあ、散歩をすると云ったって別に行く処もなし、朝から晩まで雪ばかり見て暮すんだから、大概飽きてしまうなあ。兎に角己は二三日のうちに東京へ帰ろうかと思う。

(春子)ええ帰りましょう。先《さつき》のことはあれはほんとに冗談なの。あたしだって、あなたが優しくして下さりさえすればこんな山の中にいつ迄も居たくはないわ。明日でも東京へ帰りますわ。

(井上)しかし明日と云う訳にも行くまい。早く帰りたい事は帰りたいが、己はもう二三日、此処に居なければならない用事がある。

(春子)こんな処に何の用事があるの?

(井上)(眼の縁に奇怪なる微笑が浮ぶ)実は去年の暮れから書きかけて居る脚本があってね、それを山へ来たついでに此処で書いてしまおうと思ってちゃんと原稿を持って来てあるんだよ。それが出来上るまでは此処に居なければならないんだ。

(春子)ああ原稿をお書きになるの？　あたしそんな事は知らなかったもんだから、毎日あなたに暇を潰させてしまって、済みませんでしたわね。それじゃ今夜から直ぐにお始めなさいな。出来上るまで成るべく邪魔をしないようにしますわ。そうして早く書き上げて東京へ行きましょう。

(井上)なあに、書き上げると云ったってちょっとなんだ。去年の暮れから書き始めて、先月の末にすっかり出来上ったんだけれど、あと二三行ばかりちょいと書き足す所があるんだよ。其処を書き足してしまいさえすればもう其れでいいのさ。

(春子)それじゃ二三日もあれば大丈夫なの？

(井上)ああ、うまく行けば二三日かからないかも知れない。今度の脚本は己としては可なり骨を折った積りなんだ。いつもなら好い加減に脱稿して居る時分なんだが、今度のだけは己の一生の傑作だから、そう易々と書き流す訳には行かなかったのだ。十二月から、一月、二月と、此れでちょうど三月ほどかかって居る。

(春子)そう云えば去年の暮れに、何か頻りに書いていらしったわね。あの原稿がそうなの？

(井上)うん、……お前あれを読んだのかい。

(春子)いいえ、あたしあなたの書きかけの原稿なんか、勝手に読んだ事は一遍もありませんわ。でも、机の上に載って居たので題だけは知って居ますわ。「善と悪」と云う一と幕物じゃないの?

(井上)うん、あの脚本さ。それじゃお前はあの題だけしか知らないのかい。中は一ペエジも読まなかったのかい。

(春子)ええ、

(井上)あの脚本はね、やっぱり此の赤城山を場面に使って、ちょうど私たちのような夫婦が出て来るのだよ。

(春子)ああ、そうらしゅうございますね。中は読みませんけれど、それは知って居ますわ。題の横に書いてあったんですもの。

(井上)あれはね、大体こう云う筋なんだよ。或る若い文学者があって、外に恋しい女が出来た為めに、どうかして細君と別れたいと思って居る。しかし其の妻が気立てのやさしい女なので、とても可哀そうで離縁する事が出来ない。離縁する事が出来ないもんだから尚更いやでいやで溜らなくなって来る。そうしてしまいに、いっそ細君を殺してしまおうと決心をする。……

(春子)(まだ何事も心付かない様子で、極めて呑気に)でもおかしいわね、離縁をするのが可哀そうなら、殺すのは猶可哀そうだわ。

（井上）その気持はお前には分るまいが、男の心と云うものはそう単純なものではないんだ。――そうして、いよいよ殺すことに決心して、妻がヒステリーにかかったのを幸いに、病気の保養を口実にして赤城山へ連れて行く。二月の寒い最中でちょうど今時分の事なのだ。（語りつつ時々ちらりと春子の顔を見る。しかし彼女の好人物らしい眼の中には、未だに何等の反応も現れず）場所もやっぱり此処と同じような、深い谷底に臨んだ山路なのだ。其処へ或る日の夕方散歩に連れ出して、それとなく因果を含めた後、油断を窺って、不意に絶壁から谷へ突き落して殺してしまう。まあざっとそう云う筋なんだ。（語り終って更に春子を顧る）

（春子）（その時漸く不安の影が微かに浮ぶ。が、ほんの一瞬間で直ぐまた無邪気な調子に復す）随分気味の悪い筋だことね。その脚本は何の雑誌へお載せになるの。いずれ何処かで芝居にするのでしょうか？

（井上）そんな事よりも、お前は今の話を聞いて別段恐いとは思わないかね。

（春子）ええ、気味の悪い筋だと思いますわ。

（井上）いや、筋の事を云うのではない。何か外に恐いと思う事はないかと云うのさ。――その脚本を書いた人間は現に此処に居る己なのだ。そうしてお前も其の脚本の中の細君のように、ヒステリーを煩って赤城山へ連れて来られて居る。お前と己とは今、脚本の中の夫婦と全く同様に、同じ時刻に同じ場所に立って居る。(半ばは冗談におどかして居るような、半ばは真面目なような、曖昧な口調で云う)――そう考えても、お前は恐いと思う事はないかね。

(春子)(はッとして云い知れぬ戦慄に襲われ、暫くもじもじして居たが忽ち何事をか思い付いて急に元気を盛り返す)いやよ、あなたは、そんな事を仰っしゃって私をおどかそうとなさるのね。そんな真面目な顔をしたって、おどかされやしない事よ。もうヒステリーじゃないんですもの。

(井上)あはははは、でも少しは恐いだろう。

(春子)いいえ、ちっとも恐かありませんわ。若しもあなたが去年のように私をいじめてばかり居て、あたしも亦あの時分のように陰気な泣き虫の女だったら、恐いと思うかも知れないけれど、今ではもう大丈夫だわ。今の私は、そんな邪推をするような不仕合わせな女じゃないんですもの。

(井上)しかしだね、やっぱり其の脚本の中の細君のように、お前がおめでたい人間で、夫に欺されて居たのだとしたらどうする。己が此の頃お前に対して優しくなったのも、実はお前を欺して置いて、此の山へ連れて来ようと云う腹があった為めかも知れない。ねえ、或はそうかも知れないじゃないか。少くともそうでないと云う証拠はないじゃないか。

(春子)だって、そんな風に疑い出したら、世の中の事は何から何まで心配になりますわ。証拠がなくっても私はあなたを信じて居ますの。だからあなたが何と云っておどかしたって、ちっとも恐いことなんかありゃしないわ。

(井上)ふん、お前はそれ程己を信じてくれるのだね。

(春子)ええ、信じて居ますわ。そんなつまらない事で、かりにもあなたを疑ったりしちゃ済みませんわ。

(井上)でもお前は其の脚本を自分で読んで見ないから、恐がらずに居られるのだ。あれを若し読んで居たら、お前はきっと赤城山へ来なかったかも知れないぜ。

(春子)そんなことがあるもんですか。あなたのいらっしゃる所なら、どんな恐ろしい淋しい所へでも附いて行きます。

(井上)そうかね、きっとそうかね。そんなら此処で其の脚本を少し読んで聞かせようか。ちょうど好い塩梅に、ポッケットのなかに其の原稿が這入って居る。(外套の内隠しより厚く綴じた原稿を取り出し、それを膝の上にひろげる)

(春子)まあ、あなたそんな冗談は好い加減にしてそろそろ出かけましょうよ。もう疾《と》っくに二三分立ってしまったわ。

(井上)そら御覧、やっぱり少し恐くなったんだろう。

(春子)うそよ、そうじゃないのよ。だけどほんとに日が暮れると困るから、帰ろうじゃありませんか。そんなに私に聞かせたければ、宿屋へ帰ってから読んで戴きますわ。

(井上) いや、宿屋で読んだのじゃ面白くない。やっぱり此の脚本と同じ時刻に、同じ場所に居て読まなければ凄味がないからな。まだ日は暮れないから大丈夫だ、ちょいと、初めの方を少し読んで見るから聞いて居て御覧。

(春子) (一旦立ちかけたが再び迷惑そうに腰を下ろし、原稿の方を覗き込むようにする) そんなら聞いて居ますから読んで頂戴。おどかそうとしたって駄目よ。

(井上) いいかね、題は「善と悪」と云う一と幕物。時は現代、冬の二月頃の或る日の夕方。処は上州赤城山中。

(春子) (少しつんとして) ええ、それはもう知って居ますよ。

(井上) 登場者は夫婦二人きり。男は青年文学者井上、女は井上の妻の春子、………

(春子) (微笑しながら) あらいやだ、名前まで私たちの名をお附けになったの?

(井上) まあそうとして置くさ。それからト書きだ。いいかね、舞台面、晴れた冬の黄昏の山中の光景、一方は崖、一方は深き谷、その間を通ずる一条の道路あり。雪一面に積りて人跡稀なる様子。下手より井上と春子とが散歩姿にて出て来る。井上の年は二十七八歳、二重廻しを纏い、鳥打帽を冠り、襟巻にて鼻の下まで顔を包んで居る。春子は二十一二歳なれど円顔の愛らしき顔立ちにて十八九にしか見えず。セルのコートを着、束髪に結って居る。………

(春子) (聞きながら井上と自分の服装を顧みて) まあいやだ、何から何まで同《おんな》じねえ。

(井上) もう少し聞いて居て御覧、もっと同《おんな》じ所があるんだから。いいかね、此れから井上の台辞《せりふ》になる。(読み上げる)「ああ、雪を見ながら大分好い運動をした。あんまり歩いたので己は汗が出て来た。どれ、此の辺で少し休んで行こう」(此れから先は朗読と説明とを交えつつ語る) ここで井上は襟巻を外して、谷の方へ臨んだ道端に腰をかける。ちょうど今己が居る此処のところだ。すると今度は春子、お前の台辞だ。

(春子) いやよ、あなた、私は其の中の春子じゃなくってよ。

(井上) でもおかしいぜ、此の中の春子もやっぱりお前と同じような事を云ってるぜ。

(春子) どんな事を云ってるの?

(井上)「もう日が暮れるから早く帰りましょう」とか、「私はあなたより足が丈夫だから、ちっともくたびれない」とか、お前も先《さつき》そんな事を云ったじゃないか。

(春子) (少しずつ好奇心を起して釣り込まれる) ほんとうにそう書いてあるの?

(井上) ほんとうさ、ほれ、此処を御覧。(原稿を示す) そら、ちゃんと書いてあるだろう。

(春子) まあ! ほんとうだわね。こう云う所は、きっと私をモデルにしてお書きになったのね。でなければ斯う同《おんな》じに行く訳はないわ。

(井上) そうさ、此の脚本はしまいまでお前がモデルになって居るのさ。

(春子) ほんとうに?

(井上) ほんとうだろうさ。だからお前も谷へ落されるかも知れんぜ。

(春子) (忽ち悚然《しょうぜん》として真青な顔になる) あなた、もう嫌よ。もう後生だから読むのは止して頂戴。あたし何だか恐くなって来たわ。

(井上) それ見ろ。するとやっぱり己を信じては居ないんだろう。

(春子) 信じて居ない訳じゃないけれど、そんな事を云っておどかされれば誰だって恐くなるわ。

(井上) まあもう少し、もう少し聞いて御覧。

(春子) もういやいや、堪忍して頂戴。またヒステリーになっちまうわ。

佐々木は此処までを十二月一杯かかって書いた。書いて居るうちに彼はだんだん戯曲と実際との境界が余りに不明瞭になって行くのを発見して、此の原稿を妻の眼の前へ曝して置く事の危険さを、少しずつ自ら警戒するようになった。けれども同時に、「芸術」よりは「実際」を目的として書き起された此の戯曲が、たまたま「実際」の刺戟に依って「芸術」としても優れた作品になりつつある皮肉な事実に動かされて、此れを此の儘篋底へ葬る事の残念さをも感ぜずには居られなかった。此の原稿の処置に関する彼の意志は、執筆中に幾度も動揺した。最初は戯曲の仮面を着た精細なる計画書の積りで書き、中途で危険を顧みず雑誌へ発表しようとする虚栄心に駆られ、最後には危険の度が一層高まりつつあるのに驚いて、絶対に秘密にしなければならない必要を悟った。そうして、正月になってからは能う限り玉子にも見せないようにして、日に半ペエジか一ペエジぐらいずつ、隙を盗んで書き続けた。

(春子)もういやいや、堪忍して頂戴。またヒステリーになっちまうわ。

(井上)あはははは、馬鹿だなお前は。そんなに恐がらなくってもいいよ。創作家が女房や友達をモデルに使うのは珍しい事でも何でもないさ。モデルはモデル、脚本は脚本さ。

(春子)そんな事は分って居ますわ。でも何だか先《さつき》のようにおどかされると、気味が悪くなって来ますもの。

(井上)もう決しておどかさないから、ちょっと此の先を聞いてくれ。まあさ、もうちょっとだよ。お前をモデルにしてあるんだから、是非とも当人に聞いて貰う必要があるんだ。お前だったら斯う云う夫を持って、斯う云う事を云われた場合に何と返事をするか。己の想像が間違って居たら直して貰おうと思うんだ。ほんとうにもう少しだよ。

(春子)(だんだん又安心して来る)あたしだったら、殺されちゃ大変だから、相手にならずにどんどん逃げてしまいますわ。

(井上)だってお前は、そうして逃げずに居るじゃないか。

(春子)あら、又そんな事を云っておどかすから嫌《いや》!

(井上)あはははは、もうおどかさないよ、もう大丈夫だよ。――ところでだ、先《さつき》の続きになるんだが、その男がちょうど斯う云う崖縁《がけぷち》の所に腰をかけてね、「東京へ帰りたいけれども、山に居るうちに書き上げてしまいたい原稿があるんだ」と云って、己と同じように外套のポッケットから脚本の原稿を出して見せる。

(春子) まあ、随分入り組んで居るのね。脚本の中に又脚本が出て来るなんて。

(井上) そうさ、そうして其の脚本の中にも亦井上に春子と云う夫婦があるのさ。

(春子) まあいやだ。

(井上) それでつまり、其の男は自分の作った脚本の朗読に託して、それとなく妻に因果を含めるのだね。自分が妻を殺さなければならなくなった理由を遠廻しに云って聞かせるのだね。

(春子) 何だと云って？

(井上) 其の男の台辞がここにある。——「ねえ春子、己だって此の脚本の中の男のように、お前をこんな寂しい所へ連れ出して置いて、殺す気なのかも知れないぜ。それでもお前は恐くはないかね」すると春子が、「いいえ、私はあなたを信じて居ますから、恐くも何ともありません」と云う。——まあ此の辺は己たちがしゃべった通りなんだから、ずっと飛ばして先の方を読もう。——(原稿を五六枚めくって終から十枚目ほどのペエジを開く) さ、此処から先を読んで見よう。此れから終まで十枚ばかりある。此の十枚が済んでしまうと、細君の殺される場面になるんだ。いいかね、男の台辞だ。

――「お前は己を信じて居るが、しかし己は、お前が信じて居るような善人ではないかも知れない。己は今正直に白状する。己が此の脚本を書いた動機は、事に依ったら己も此の中の主人公のように、お前を殺してしまいたいと云う心持であったかも知れない。……」

(春子)そんな恐い所は抜かして読んで頂戴よ。ねえあなた、あなたは今日はどうかしていらっしゃるわ。

(井上)いや、ここが肝腎なところなんだ。此処を抜かす訳には行かない。――それでと、今の台辞の続き、「……己にもやっぱり照子と云う恋人がある。己はもう其の恋人を、ただ恋人として置くだけでは我慢がし切れなくなって居る。お前と云う者さえ居なければ己は照子と結婚する事が出来るんだからな」

(春子)(涙ぐんで来る)あなた、あなたはほんとうにそう思っていらっしゃるの？　どうしても照子さんと結婚なさる思召しなの？

(井上)いや、己が云うんじゃないんだよ。此の脚本の中の男が云うんだよ。すると女が涙ぐんで、こう云って居る。「そりゃあなたあんまりですわ。あたしは照子さんに対して、ちっとも焼餅なんぞ焼きはしないじゃありませんか。それだのに私を邪魔になさるなんてあんまりですわ。あたしはあなたから、せめて照子さんの半分も可愛がって貰えれば、それで満足して居るんです。あなたの名義だけの妻にして置いて下されば、もう其の名義で満足して居るんです。だのに、たった一つの名義までも取り上げようとなさるなんて、あんまり残酷じゃありませんか。少しは私を可哀そうだと思って下さいまし」

(春子)(釣り込まれてますます涙ぐむ)ほんとにそうですわ。あたしだってあなたからそんな無理を云われれば、きっとそう云いますわ。

(井上)(春子に頓着せず読み続ける)男の台辞、――「そりゃあ可哀そうだとは思って居る。しかし己だって、恋しい女を自分の妻にする事が出来なければ可哀そうじゃないか」

(春子)だけど其れは勝手な理窟だわ。男の方は自分の我が儘から出た事じゃありませんか。自分の我が儘を徹して、女の方を構わないなんて法はありませんわ。

(井上)うん、脚本の女も同じような事を云って居る。それに対して男は斯う云うのだ。「なる程己は我が儘には違いない。だが今仮りに、お前も可哀そうだし己も可哀そうだとして、孰方《どっち》を助けたらいいだろう。己にも慾望がありお前にも慾望がある。しかし己の慾望はお前のに比べると、ずっと積極的なのだ。お前は己の名義だけの妻で満足出来るのに、己は己の恋人を完全に自分のものにしてしまわなければ承知が出来ない。それだけに若しも望みがかなわなかったら、己の方がお前よりも遥かに余計苦痛を忍ばなければならない。お前は己に比べれば無神経な、趣味も知識も狭い人間だ。お前のような女には死ぬより以上の苦痛はないが、己には死以上の苦痛がある。だから公平に考えて見て、お前の苦痛を助けるよりも己の苦痛を助ける方が慈善になるのだ。こう云うと、いかにも冷酷なように聞えるけれど、其れが至当だと己は思う」

(春子)(さめざめと泣き入る)そうすると、あたしのような馬鹿な人間は、無神経だから苦しめてもいいと仰っしゃるのね。それじゃあまるで世の中と云うものは弱い者いじめになってしまいますわ。どうして男は、そんな勝手な理窟が云えるのでしょう。

(井上)(次第に残忍な、氷の如く冷やかな表情を表わす)「春子、己はお前に頼む。どうか死んでくれ。己はお前と添い遂げる事はとても出来ない」これはやっぱり此の中の台辞だよ。己が云うのじゃないんだよ。

(春子)(恐ろしく興奮して)だけどあなただってやっぱりそう思っていらっしゃるんでしょう。分りました。ようございますわ。どんな事があってもあなたの側を離れまいと決心して居ましたけれど、あなたが其れ程に仰っしゃるものをもう私もさっぱりとあきらめますわ。ねえ、私を離縁して下さいまし。

(井上)「離縁したってお前は行くところがないじゃないか。何処までも己の妻になりたいなら、いっそ思い切って死んでくれる気はないか」

(春子)いいえ、死ぬのは嫌でございます。あたしはもう、決してあなたの妻になりたいとは思いませんわ。あなたはまるで鬼のような心を持っていらっしゃるのね。離縁だけでは飽き足らないで死んでくれろなんて、どうしたらそんなむごい事が仰っしゃられるでしょう。あたしは馬鹿な女ですけれど、それでも人の妻たる道は尽した積りでございます。それ程までにあなたから憎まれる覚えはございませんわ。

(井上)(依然として原稿を読む)「お前に妻としての欠点がないから、猶更死んでくれろと頼むのだ。若しもお前に越度《おちど》があれば、己はお前を離縁して平気で居られる。しかし生憎お前には越度がない。そればかりか、お前は己の処を追い出されたら帰る家もなし生きて行く道もない。己はお前を離縁した為めに一生胸を痛めなければならない。もっと露骨に正直に云えば、お前のような愚かな、取るにも足らない女一人を離縁した為めに、己はお前が受ける以上の苦しみを受けねばならない。それでは己は差引勘定損をする事になる。………」

(春子)あなたは自分の苦しみばかり考えていらしって、人の苦しみなんか何とも思ってはいらっしゃらないのね。

(井上)「………何とも思わないのではない。お前には、己がお前を離縁した為めにどれほどの苦しみを受けるか、とても想像がつかないのだ。己は決して、お前を離縁して愉快で居られる訳はない。己はお前よりも感情の働きが複雑だし、神経も鋭いのだから、それだけ己の苦痛は、お前の苦痛よりもずっと大きい」

(春子)ではあなたには、離縁をされた女の苦しみがどんなだか分っていらっしゃるの?

(井上)(いつの間にか脚本の台辞を暗誦するような、自分自身の言葉のような、孰方にも見られるような口調になって居る）それはちゃんと分って居る。お前に己の心は分らないでも己にはお前がよく分って居る。分って居ればこそ比較が出来るのだ。……兎に角、離縁をしてもお前が何処かで生きて居れば、お前がなまじ気立のやさしい善人であるだけに、己の苦痛は完全には除かれないのだ。

（春子）死ねばどうして除かれるのでしょう？

（井上）いや、たとい死んだって完全には除かれない。お前が初めから此の世に生れて来なければよかったのだ。それが一番己の望ましい事なのだ。己には其れほどお前と云うものが邪魔になって居る。だが、それが到底望まれない事だとすれば、やっぱり死んで貰うのが一番いい。それでも飽き足りないのだけれど、それで我慢をするより外に仕方がない。

（春子）それじゃ私は、死んでもあなたを十分に喜ばして上げる事は出来ないんですね。

（井上）うん、忌憚なく云えばまあそんなものだ。しかしお前が死ななければ、己には死以上の苦痛が来る。お前の命と己の命と、孰方が貴いかと云えば、己の立ち場を離れて考えて見ても、己の命の方が貴い。お前は何の働きも自覚もない平凡な女だ。己は此れでも才能のある芸術家だ。孰方か一人の命を失って済む事なら、お前の命の失われるのが正当の順序だ。それが当然の運命だ。無慈悲のように聞えるけれど、己は決して理由のない事を云いはしない。理窟から云えば己は自分で手を下してお前を殺しても差支えはない。ただ己には胆力がないから、進んで其れを実行する事が出来ずに居る。……

(春子)(悲しみの表情より漸く恐怖の表情に移る)それでも私が、死ぬのは嫌だと云ったらばどうなさるの？

(井上)さあ、それだから私はお前に頼むのだ。己は自分でお前を殺す勇気はない。どうか己を助けると思って、自分の意志で大人しく死んでおくれ。一と思いに此の谷底へ身を投げておくれ。己はお前が正直な女だと云う事はよく知って居る。だからお前を欺かして、もっと残酷な陥穽へ引き込もうと云う気があれば、いくらでも其の方法はあったのだ。それをそうしないで、己は何も彼も打ち明けて頼んで居る。己は此れでもお前に対して出来るだけの好意を示したのだ。かけられるだけの慈悲をかけたのだ。己は此の点で、お前から感謝されてもいいと思って居る。こんな世の中に生きて居たってどうせお前は楽しい事はありゃしない。ねえ、そうじゃないか。己の心が分ったら頼むから死んでおくれ。(此の時、彼の手にある原稿の最後のぺエジ尽きんとす)

(春子)(恐怖極度に達し、危く卒倒せんとして身を顫わせながら)ああッ、いやです、いやです、あたし何と云われても死ぬのはいやです！　後生だから助けて下さい！　私の命を助けて下さい！

(井上)(手に持っていた原稿を畳んで再びポッケットに収めながら)あははは、とうとうすっかりおどかしてやったぞ。おい、おい、何をそんなに恐がって居るのだ。今のはみんな此の原稿の中の事じゃないか。もう脚本は済んでしまったんだよ。此処で細君が谷へ突き落されて幕になったんだ。しかし私は、此の通りお前を谷へ突き落しはしない。だからもうそんなに恐がる事はないさ。お前をおどかしたのは悪かったから堪忍しておくれ。ほんとうに詫びるよ。さあ、もう機嫌を直しておくれ。そうして日が暮れないうちに早く帰ろう。ね、そうしよう。（いたわるように彼女の肩へ手を廻して立たせようとする）

（春子）（まだぶるぶると戦きながら、井上の手に縋りつつよろめくようにして立ち上る。井上いきなり彼女の腰を強くどしんと突き飛ばす。春子は突かれて崖から足を踏み滑らし、悲鳴を上げながら谷へ落ちんとした一刹那、絶壁に突き出て居る岩角に両手をかけて、全身を虚空に吊り下げつつ一生懸命に藻掻き叫ぶ）あれエ！　後生だから助けて下さい！　私の命を助けて下さい！　それじゃあなたはやっぱりほんとうだったんですね。やっぱり私を殺す料簡だったんですね。私や死ぬのは嫌です嫌です！　私だってまだ世の中に生きて居たいんです！　あなたに離縁されたって、まだ楽しみはあるんです！あなた、後生だから助けて下さい！

（井上）（凄惨な微笑を浮べて上から彼女を瞰下《みおろ》しつつ）いや、後生だから死んでおくれ。己は照子と結婚しなけりゃならないんだ。そうして居たって助かりっこはないんだから、早く手を放して、一と思いに谷へ飛び込んでおくれ。（道端の石ころを拾って来て、岩

角に摑まって居る彼女の両手を力一杯に打つ）

（春子）いやだいやだ、私ゃ死ぬのはどうしてもいやだ。打つならいくらでも打つがいい。死んだって此の手を放すもんか。あれエ！（遂に堪え切れずして手を放し、谷へ墜落する）

（井上）ああ、とうとう欺してやった。馬鹿な女だ。（彼女の手をかけた岩角に立ち上り、谷を覗こうとして忽ち眩暈を感じたるが如く、慄然として二三歩うしろへ退き、失神したように臀餅を春《っ》く）

静かに幕が下りる。

以上が、私の所謂「呪われた戯曲」の全部である。

この戯曲を引用したからには、佐々木が玉子を殺した時の状況に就いて、茲に改めて描写をする必要はあるまい。なぜかと云うのに、彼が其の後襟子に自白した所に依れば、彼の赤城山中に於ける犯罪は、殆ど此の戯曲と同一の順序を履み、同一の形式を以て行われたのだそうであるから。

去年の夏、佐々木が大胆にも此の戯曲を劇場で発表したのは、恐らく芸術家としての功名心に駆られた結果であったろう。当時の台本と此処に掲げた原本との相違は、纔かに赤城山が箱根山と改まって居るだけであった。彼は舞台監督として俳優の稽古に立ち会ったが、可なり演出のむずかしい劇であったにも拘らず、此の芝居が好評を博したのは、殆ど彼の監督の力であった。稽古の最中に彼の与えた演出上の注意は、恐ろしい程実際を穿《うが》って居て、此の物凄い劇の効果を十分深刻に発揮させたのであった。

そうして彼の功名心は希望通りに満足された。彼は此の戯曲の為めに芸術家としての価値を認められたばかりでなく、舞台監督としての技倆までも、黒人《くろうと》の間に買い被られたのであった。

ハッサン・カンの妖術

今から三四十年前に、ハッサン・カンと云う有名な魔法使いが、印度のカルカッタに住んで居て、土地の人は無論のこと、あの辺を旅行する欧米人の驚異の的になって居た事は、予もかねてから話に聞いて知って居た。しかし、予が彼に就いて稍々詳細な知識を得るに至ったのは、つい近頃で、ジョン・キャメル・オーマン氏の印度教に関する著書の中に、此の魔術者の記事を見出してからである。

此の書の著者は、嘗てラホールの大学に博物学の教授を勤め、印度の宗教や文学や風俗に就いて、数種の著述を試みた人であるから、其の云うところは十分に信頼するに足りると思う。著者はハッサン・カンの事を、先ず次のように書き出して居る。――

Some thirty years ago, or thereabouts, Calcutta knew and took much interest in one Hassan Khan, who had the reputation of being a great wonder-worker, …… Several European friends of mine had been acquainted with Hassan Khan, and witnessed his performances in their own homes. It is directly from these gentlemen and not from Indian sources, that I derived the details which I now reproduce.

……………

オーマン氏は、欧羅巴人の目撃した妖術の実例を、二つ三つ列挙した末に、ハッサン・カンが自《みずか》ら人に語ったと云う言葉を引いて、彼が神通力《じんつうりき》を体得するようになった由来を述べて居る。伝うる所に依ると、此の妖術者は生れながらに其のような力を持って居たのではなく、少年の頃はただ平凡な、一箇の回教の信徒であったが、或る日偶然、自分の村にさまようて来た印度教の僧侶に見込まれて、術を授かったのだと云う。僧侶は最初、ハッサン・カンに極めて厳格な四十日の断食《だんじき》を課し、さまざまな禁厭の方法や呪文の唱え方を教えた後、とある山陰の洞穴の前に連れて行って、窟《いわや》の中にあるものを見て来いと云う命令を下した。

“With much trepidation I obeyed his behests, and returned with the information that the only thing visible to me in the gloom was a huge flaming eye.”

――彼は其の時のことを斯う話して居るが、物凄い、真暗な洞穴の奥には、一箇の、爛々と燃え輝く巨大な眼球が見えたのである。すると僧侶は、「それでよろしい。もうお前には神通力が備わって居る。」と宣告して、試みに大道の石ころに向って一つ一つ印を結ばせた。そうして更に斯う云った。「さあ此れから家《うち》へ帰って、お前の部屋の戸を締めて置いて、此の大道の石ころを運んで来るように、お前の眷属《けんぞく》に命令して見るがいい。お前には人間の眼に見えぬ眷属が附いて居て、いつでもお前の用を足すのだ。」――ハッサン・カンは云われるままに家へ帰って、自分の部屋の戸を閉じて、口の内で眷属に命令を云い渡すと、その言葉がまだ終るか終らぬうち、彼は不思議にも、例の石ころが忽然《こつぜん》と自分の足元に横わって居るのを発見して、云い知れぬ恐怖と驚愕とに打たれたと云う。

以上の話でも分るように、彼の魔法は主として彼の影身《かげみ》に添うて居る或るスピリット、即ちジン（djinn）と称する魔神の眷属が媒介となるのであった。而も此のジンは、必ずしも彼に対して常に柔順な家来ではなく、どうかすると其の命令に腹を立てたりするらしかった。現に、オーマン氏の知って居る四五人の欧羅巴人が、或る時彼と共に食卓を囲みながら、此の場へ直ちに一壜のシャンパンを出して見ろと云う注文を、冷やかし半分に提出した事があった。彼は冷やかされたのが癪に触ったのか、ひどく興奮した調子で、何やらぶつぶつとしゃべって居たが、やがて憤然と席を離れてヴェランダに立ち、虚空《こくう》に向って声を荒らげつつ二たび三たび命令を伝えた。すると三度目の言葉が終るや否や、空中からシャンパンの壜がつぶての如く飛んで来て、鋭い勢でハッサン・カンの胸に中《あた》り、床に落ちて粉微塵に砕けてしまった。

「どうです、此れで私の魔法の力が分ったでしょう。しかし私はあまり性急に云いつけたので、ジンを怒らせてしまったのです。」

と、彼はその折一座を顧みて、息を弾ませながら云った。

まだ此の外にも、オーマン氏は彼に関する奇怪な逸話を紹介して居るが、予は今ここで、其れを読者に取り次ごうとするのではない。予が此の小説の中で、特に諸君に語りたいと思うのは、近ごろハッサン・カンの衣鉢《いはつ》を伝えた印度人が、わが日本へやって来て、而も東京に住んで居ること、並びに予が其の印度人と懇意になって、親しく幻術を実験したことである。それを諸君に話す前に予め諸君の好奇心を唆って置く必要から、予はただちょいと、オーマン氏の著書を引用したに過ぎないのである。

予が初めてあの印度人に会ったのは、たしか今年の二月の末か三月の上旬であったろう。ちょうど中央公論の四月の定期増刊号へ、玄奘三蔵《げんじょうさんぞう》の物語を寄稿する事になって、そろそろ執筆しかけて居る時分であった。或る日の朝、予はあの物語を書く為めに、アレキサンダア・カニンハム氏の印度古代地理とヴィンセント・スミス氏の「玄奘の旅行日誌」(The itinerary of Yuan Chwang) とを調べたくなって、上野の図書館の特別閲覧室へ出かけて行った。その折、予は予の隣に席を占めて、英語の政治経済の書籍を傍に堆《うずたか》く積み上げたまま、熱心に読書して居る一人の黒人を見たのである。勿論当時の予は彼に就いて格別の注意を払わなかったが、たまたま予の繙いて居る物が印度に関する書冊であった為めに、彼の方では多少の好奇心を起したらしく、予の風采や挙動などを、頻りにちらちらと偸《ぬす》み視るような様子であった。予はそれから暫らく図書館に通って、毎日朝の十時頃から午後の二時頃まで、相変らず印度古代の地理や風俗を調べて居ると、例の印度人も必ず近くの椅子に陣取って、時々何か話しかけたそうに、じっと予の方を見詰めて居るらしかった。年配は三十五六かと思われる、小太りに太った、やや背の低い体格の男であった。豊かな漆黒の髪を綺麗に分けて、いつも紺羅紗の背広服を着て、一日は暗緑色のネクタイにラッキー・ビーンのピンを飾り、他の日には黄橙色の羽二重のネクタイにブラックストーンのピンを刺して居た。兎に角、その服装は余り上品な感じを与えなかったにも拘らず、そのでっぷりした円顔の中にある、冴えた大きな瞳と、濃い長い眉毛と、厚い唇の上に伸びて居る八字髭と、それから小鼻の両側に刻まれた深い皺とは、エジプトのプリンスが所蔵して居ると云う中世印度の肖像画の、タメルランの容貌に髣髴《ほうふつ》とした趣があって、一種の威厳と柔和とを含んで居るように思われないでもなかった。

予は二日目あたりから、いつか此の印度人と懇意になってしまいそうな、ぼんやりした期待を抱き始めたが、しかし三日目までは別段そう云う機会もなくて済んで居た。ところがちょうど其の日の朝のことである。特別閲覧室に隣接して居る目録室の、欧文のカード・キャタローグの"In……"の部の抽き出しを開けて、予が専ら"Indian mythology"の参考書を漁《あさ》って居ると、例の黒人は其処から少し隔った"R……"の部の抽き出しを開いて、何か書物を捜し求めて居るらしかった。予は其の時咄嗟の間に彼が"R……"の中で調べて居るのは"Ravolution"の項ではなかろうかと思ったりした。——そう思ったのは、多分彼が印度人であって、此の間から重に政治経済の書を読んで居る事を、うすうす知って居たせいであろう。——するとやがて、彼は"R……"の抽き出しを閉じて"P……"を開いた。予は又其の時も"Politics"若しくは"Political economy"の文字を聯想させられた。

彼は幾冊かの書物の名を、鉛筆で紙片へ書き留めながら、間もなく更に“P……”を閉じて“K……”に移り、アルファベットの順に並んで居る目録の抽き出しを、次第に逆に遡《さかのぼ》って、だんだん“I……”の方へ近づいて来るのであった。そうしてしまいには予と擦れ擦れになって、現在予が手をかけて居る筺《はこ》の中の、而も同じく“Ind……”の部分を覗き込むようにしながら、極めて突然、

「私も此のケースの中に見たい物があるのですが、あなたは何をお調べになりますか。」

と云うような言葉を、もう少し拙い日本語で話しかけた。

「私も此の“Indian mythology”の所を調べて居ますが、大分手間がとれますから何卒お先に御覧なさい。」

予はこう答えて目録から首を擡げた際に、眼の前に立って居る印度人の、鼻端の両側の窪んだ所が、さながら煤《すす》が溜ったように真黒であるのを見つけ出して、頗る奇異に感じた事を覚えて居る。

「ああそうですか。私はIndustryのところをちょいと見せて貰えばいいのです。直きに済みますから、ちょいと私に貸して下さい。」

彼は「ちょいと」と云う度毎に、にここしながら軽く頭を下げて、其の抽き出しを譲り受けた。

こんな出来事が縁になって、それから一日二日の間に、二人はとうとう懇意になってしまっ

たのである。予は最初彼が印度人である事に興味を感じて、一時の好奇心から附き合って居るに過ぎなかったが、だんだん話をして見ると、思いの外に多方面な趣味と知識があるらしかった。殊に驚いたのは宗教や美術に関する造詣《ぞうけい》の深い事で、予が印度古代の建築や風俗を知る為めに、適当な参考資料はないかと云うと、彼は言下にデヴィス、カニンハム、フウシエエなどの著書の名を五つ六つすらすらと挙げて、予を少からず煙に巻いた。何でも生れはパンジャブのアムリツァルで、婆羅門《ばらもん》教《きょう》を奉ずる商人の息子であるが、四五年前に、高等工業学校へ入学する目的で日本へやって来たのだと云った。

「しかしあなたは、先日政治経済の本を頻りに読んで居ましたね。」

予が斯う云って不審がると、彼は言葉を曖昧にして、

「なあに別段、政治経済と限った事はありません。私は何でも手あたり次第にいろいろの物を読むのです。――実は高等工業学校の方を去年卒業してしまったのですが、印度へ帰っても面白い事もありませんから、斯うしてぶらぶら遊んで居ます。一つ日本の文学でも研究して見ましょうかね。」

などと、いかにも閑人《ひまじん》らしい口吻を弄する様子が、何処となく普通の留学生と違って居て、事に依ったら「印度の独立」を念頭に置く憂国の志士ではあるまいかと、思われるような節《ふし》もあった。

もう一つ、彼に就いて意外に感じたのは、互に名乗り合う以前から、彼が予め予の名や職業

を心得て居た事である。

「ああ、そうですか、あなたが谷崎さんですか。私はあなたの小説を読んだ事があります。」と、彼は云った。聞けば宮森麻太郎氏のリプレゼンタティヴ・テエルズ・オヴ・ジャパンを繙いた時、巻頭に載って居た英訳の「刺青」を非常に面白く読んだので、それ以来「タニザキ」と云う名を覚えて居たのだそうである。

「――それで分りました。あなたは今度、何か印度の物語を書こうとして居るのでしょう。此の間から印度の事を大変委しく調べて居るから、私は妙だと思って居ました。失礼ですが、あなたは印度へいらしった事があるのですか。」

予が「いいえ」と答えると、彼は眼を円くして、詰《なじ》るような口調で云った。

「なぜ行かないのです？　此の頃は宗教家や画家が盛んに日本から出かけて行くのに、あなたはどうして行かないのです。印度を見ないで印度の物語を書く？　少し大胆過ぎますね。」

予は彼に攻撃されて、耳の附け根まで真赤にしながら、慌てて苦しい弁解をした。

「私が印度の物語を書くのは、印度へ行かれない為めなんです。こう云うとあなたに笑われるかも知れないが、実は印度に憧れて居ながら、いまだに漫遊の機会がないので、せめて空想の力を頼って、印度と云う国を描いて見たくなったのです。あなたの国では二十世紀の今日でも、依然として奇蹟が行われたり、ヴェダの神々が暴威を振ったりして居ると云うじゃありませんか。そう云う怪しい熱帯国の、豊饒《ほうじょう》な色彩に包まれた自然の光景や人間の生活が、私には恋しくて恋しくて堪らなくなったのです。それで私は、あの有名な玄奘三蔵を主人公にして、千年以前の時代を借りて、印度の不思議を幾分なりとも描いて見ようと思ったのです。」

「成る程、玄奘三蔵はいい思い附きですね。いかにもあなたが云うように、印度の不思議は二十世紀の今日でも、玄奘三蔵が歩いた時代と余り違っては居ないでしょう。私の生れたパンジャブの地方へ行けば、科学の力で道破することの出来ないような神秘な出来事が、未だに殆ど毎日のように起って居ます。………」

二人がこんな話をしたのは、天気の好い或る日の午後、昼飯を済ませて図書館の裏庭を散歩して居る折であった。前にも云ったように、それ程日本語の巧みでない彼は、少し込み入って来ると知らず識らず英語を交えて、ブライアのパイプを握った右の手頸を上げ下げしつつ、静かな、しかし力のある語気で云った。

予の好奇心は其の時いよいよ盛んになった。恰も玄奘三蔵の物語を書こうとして居る際に、此の印度人と相知るようになったのは、願うてもない仕合わせである。彼の故郷のパンジャブ地方に、現在行われつつある不思議と云うのは如何なる事か、予は直ちに質問を試みないでは居られなかった。

「神秘な事件と云うと、たとえばどんな事でしょうか。参考のために伺いたいと思いますが、………」

予はこう云いかけて、ふと、彼の顔色を窺ったが、まだ何か知ら云いたい事があったにも拘らず、それきり次ぎの言葉を出さずに、黙って凝視を続けるべく余儀なくされた。なぜかと云うと、今まで機嫌よくしゃべって居た彼の相貌が、予の質問を発する瞬間に恐ろしく変ってしまった事を発見したからである。彼は火の消えかかったパイプを口に啣《くわ》えたまま、南向きの、日あたりのいい樹に凭れて、両腕を固く組んで俯向きながら、上眼づかいにじっと一方を眺めて居る。――その眼はいつの間にか、眉毛《まゆげ》の下の、深く窪んで居た眼窩の中に這入り切らぬほど、大きく一杯に押し拡がって、黒眼と白眼との境界がくっきりと分るように冴え返って居た。其の眼は、陰翳と云うものの微塵もない、西洋料理に使う磁器の皿のような地色と硬さとを持つ眼であった。真白な西洋紙のまん中へ濃い墨の斑点を打ったような、全く潤おいのない、鋭い光と云うよりも底気味の悪い明るさを持つ眼であった。そうして何処か遥かな所で聞える物音に注意を凝らすが如くであった。また額には、上眼を使って居る為めに、太いだぶだぶした皺が重畳《ちょうじょう》として起伏して居た。予は其の皺の夥しい数と逞ましい波状とに就いても、普通の人の額に刻まれるものとは非常に違って居る事を看取せずには居られなかった。要するに全体の表情が沈鬱、恍惚、悔恨、などの孰れをも含んで居るような、孰れとも異なって居るような、一見して甚だ奇異の感じを抱かせるものであった。

彼の怪しい瞳は、予が呆然として彼の姿を睨み詰めて居る間、遂に一遍も予の方へ注がれなかった。予はそれでも、あまり長く沈黙するのを不自然であると悟ったので、暫らくしてか

ら、

「ねえ、どうでしょう、その話を私に聞かせてくれませんか。」

と、遠慮深く尋ねて見た。

すると、遠くを眺めて居た彼の瞳は、やがてぐるりと眼窩の中で一廻転して、予の方へ向けられたが、其れは予の顔に注意すると云うよりも、以前の物音が予の顔の中に聞えるのであるらしかった。而も依然として上眼を使って居て、例の額の皺の数は、洗い出しの木目《もくめ》の如く、微動だもする様子がない。

「……ねえ、どうでしょう。其の話を……」

重ねて斯う云いながら、予は口元に作り笑いを浮べて、彼の鼻先へ乗り出して行った。けれども彼は相変らず黙々として、ただ飽く迄も視線を予の方へ注いで居る。そうするうちに、彼の眼球はますます大いさと明るさとを増して来て、予の胸の奥の、何かひやりとしたものに触れたようであった。予は何等の理由も予感もなしに、突然かすかな身ぶるいが襲って来るのを覚えた。

とうとう其の日は、それきり彼と話をする機会がなかった。予が裏庭から閲覧室へ戻ると、程なく彼も這入って来たが、始終澄まし込んで、無愛想な面つきをして居た。どう云う訳で、彼の態度はこんなに急変したのであろう。予は彼に視詰められた時、何故《なにゆえ》戦慄を感じたのであろう。――こう云う疑問は当然予の心を囚えたけれども、しかし其れ程いつ迄も予を悩ましはしなかった。恐らく彼は、世間によくある気むずかしやの人間で、一日の内に二度も三度も機嫌の変る性分なのに違いない。彼の瞳が予を怯《おび》えさせたのは、此の頃神経衰弱に罹って居る予の感覚が、たまたま珍しい人種の眼の色に接した為めにあり得べからざる幻影を見たに違いない。予はそう云う風に簡単に解釈した。

然るに、彼の不機嫌は思いの外長く続いて、その後毎朝閲覧室で出遇っても、まるきり予の顔を忘れてしまったように、一言の挨拶もしなかった。今日は機嫌が直るだろう、明日はきっと直るだろう。――予は図書館を往復する道すがら、そう云う期待を抱かずには居られなかったが、一日立ち、二日立つうちに、だんだん望みが絶えて行って、結局此のまま交際が断たれてしまいそうな、覚つかない心地もした。運よく彼と懇意になったのに、雑誌の締切りが近づいて来る結果、折角の話を聞く暇もなく、稿を起さなければならない事が、予には此の上なく口惜しかった。正直を云うと、予はもう大略参考書を調べ終って、図書館の必要もなくなって居ながら、何とかして彼の話を聞きたさに上野へ通って居るのであった。そうして、ちょうど四日目の朝になった時、予は是非とも今日のうちに話を聞くか、或はあきらめて筆を執るか、孰れかに極めてしまおうと思った。

その日は、長らく吹き続いた北風が止んで、今年になって始めての春らしい陽気であった。小石川の予の家からは、電車の便が悪いので、俥《くるま》で往くことにして居た予は、団子坂を走らせながら、遥かに上野の森を望むと、其処にはもう、霞が棚引いて居るのかとさえ訝《あや》しまれる程の、うららかな青空が、暖かそうに晴れ渡って居た。桜木町辺の、新築の家が並んで居る一廓には、ところどころの邸の塀越しに蕾を破った梅の花が真珠のように日に映えて居た。予は何となしに、毎年季節の変り目に感ずるような生き生きとした喜びが、疲れた脳髄に沁み込んで行くのを覚えた。

その喜びは、図書館の前に俥を乗り捨てた後迄も、猶暫らく続いて居た。予は威勢よく階段を馳せ上って、閲覧室へ這入って行くと、先ず何よりも大きな洋館の窓の外の、紺碧の色に心を惹かれて、一番壁に近い方の空席を占領した。そうして、外から忍び込む爽やかな気流を深く深く吸いながら、じっと大空を仰いで居ると、白い柔かい雲の塊が、巍然《ぎぜん》として聳え立つ図書館の三階の屋根の上を、緩く絶え間なく越えて行くのであった。予の眼は本を読む事を忘れて、長い間其れをうっとりと眺めて居た。しまいには雲が動かないで、図書館の屋根の方が蒼穹《そうきゆう》を渡って行くように見えた。

例の印度人は、大分離れた場所に席を取って、予の方へ背中を向けて、英字新聞の綴じ込みらしいものを余念もなく筆記して居たが、やがて、煙草でも喫みたくなったのであろう、ふいと立ち上って室の外へ姿を消したきり、容易に戻って来なかった。

「――――そうだ、きっと裏庭を散歩して居るに相違ない。彼を摑まえるのは今のうちだ。」

こう気がつくと、予は急いで裏庭へ降りて行った。

上野の図書館へ通ったことのある人は、多分知って居るだろう。その裏庭は音楽学校に隣接して居て、境界の所にささやかな土手が築かれて居る。予は、とある植え込みの蔭に身を寄せて、忍びやかにあたりを見廻すと、今しも印度人が土手の下に蹲踞《うずくま》りつつ、ブライアのパイプから、鮮やかな煙を吐いて居るのを認めたのである。煙は、まるで粘《ねば》っこい飴のように、しっとりと凝り固まって、真赤な彼の唇を絹糸の如く流れ落ちて、静かな朝の、澄み切った大気の中に浮かんで行った。彼の顔色は此の四五日来の曇りが取れて、絵に画いた達磨のように円々と穏和であった。ちょうど其の折、音楽学校の教室の方から、慵《ものう》げに響いて来る甘い柔かい唱歌の音《ね》につり込まれながら、半ば無意識に爪先で足拍子を踏んで居るのが、機嫌のよい証拠であるように感ぜられた。予はつかつかと彼の傍に姿を現わして、わざと平然たる態度を装い、

「お早う。」

と、快活な調子で云った。

彼は素直に項《うなじ》を擡げて、しげしげと予の額のあたりを注視して居るようであったが、晴れやかな眉の間には、見る見るうちに疑り深い表情が色濃く湛えられた。その眼つきの激しい変りかたは、日向ぼっこをして居る猫が、物に驚いた時の様子によく似て居た。予は心中に「しまった」と思いながら、強いて馴れ馴れしい眸《まなざし》をして、猶も何事かを云おうとすると、恰も其れを制するが如く、俄に彼はぷうッと面を膨らせて徐ろに首を左右に振った。予はいろいろ何と云う妙な男だろう。何か予に対して感情を害して居るのか知らん。——予はいろいろ

に考えて見たけれど、別段そんな覚えはなかった。寧ろ印度と云う国の不思議さが、此の男に乗り移って居るような心地がした。予は漠然と、彼の持って居る奇怪な性癖が、一般の印度人に共通なものであって、而もわれわれ日本人の到底理解することの出来ない、心理作用であるかのように想像した。

兎にも角にも、その時まで僅かに望みを嘱《しょく》して居た予の計画は、全然画餅《がべい》に帰したのである。もう此の上は断念して、明日から早速執筆するより仕方がなかった。折角図書館へ来たついでに、参考の足しになりそうな書籍を二三冊繙いた後、戸外へ出たのは日暮れ方の五時過ぎであったろう。地上の夕闇が刻一刻に、舞台の電気仕掛のように急激に濃くなって、見て居るうちに夜に変ろうとする刻限であった。山下から電車に乗る積りで、公園の森の中をさまようて行った予は、周囲が暗くなるのではなくて、自分の視力が衰えつつあるような心細さに襲われた。遠くきらきらと瞬いて居る動物園のアーク灯の光を視詰めて居ると、鬱蒼とした園内の樹木の蔭から、丹頂の鋭い啼き声が一二遍聞えて、さながら空谷に谺《こだま》するように、反響を全山に伝えて行く。予は駱駝《らくだ》のモオニングに厚い羅紗の外套を纏うて居たが、昼間の温度に引き換えて、冷え冷えとした気流の襟もとに沁み入るのを覚えた。今朝家を出る時に、「晩の御飯には大根のふろふきを拵えましょう。」と云った妻の言葉が想い出されると、急に疲労と空腹とを感じて、予の足取りは自《おのずか》ら速くなった。

ふと、自分が今歩いて居る路は、上野の公園ではなくて、何処か人里を離れた、深山の奥ではあるまいかと云うような、取り止めのない考えが朦朧と予の念頭に浮かんだ。現在自分の身辺を包んで居る闇黒と寂寥と、亭々たる無数の大木とは、予に此のような空想を起させるのに十分であった。予は暗闇を辿って居るうちに、自分の服装や容貌までが、全然別箇の人間に変って居るような気分になった。自分が今朝、俥に乗って出て来た小石川の家や、つい先《さつき》まで本を読んで居た図書館や、そう云う物の在る世界は、此処から非常に隔った、遠い彼世《あのよ》の幻であって、其処へ行けば以前の自分が今頃大根のふろふきを喰べて居るのではなかろうか。或は又、人間の肉体から魂の抜け出す事があるとしたら、今の自分は魂だけになって居るのではあるまいか。それとも自分は、現在夢を見て居るのだろうか。――予は念為めに、今来た路をもう一遍引き返して、図書館の前まで戻って見ようか知らんと思った。いくら戻っても戻っても図書館などはある筈がないような心地がした。今から僅か十分か十五分の後に、賑かな灯の街へ出て、電車に乗って、多数の人間と肩を擦り合いながら、小石川の家へ帰る事が出来るとすれば、其れこそ却って夢に違いない。………

「谷崎さん、………」

その時、予の後ろから、妙にもぐもぐと口籠《くちごも》った、曖昧な声で、予の名を呼びかける者があった。予の妄想は突然破れた。

「谷崎さん、………あなたは今お帰りですか。」

予は殊更に路のない林の中を縫って居たのに、相手は斯かる暗闇で、いかにして予を認めることが出来たのか、其れが第一に不思議であった。予は簡単に「ええ」と答えたまま、物に襲われたようになって、急ぎ足で東照宮の鳥居の傍の、アーク灯の明るみの方へ出て行った。振り返って見ると、相手は彼の印度人《か》であった。茶の中折を眼深《まぶか》に被って、寒そうに外套の襟を立てて、いつの間にか予と殆ど肩を並べて居る。予が彼の声を判じ得られなかったのは、彼の唇に黒びろうどの襟巻が纏わって居る為めに、発音がはっきりしなかったせいであろう。暫らくの間、二人は黙って爪先を見詰めながら歩いて居た。ちょうど精養軒の前から、清水堂の下あたりまで行く内に、彼は一遍ごほんと咳をしただけであった。予は勿論たびたび失敗を重ねて居るので、十分に相手の意図をたしかめずには、横眼で見る気にもなれなかった。

「タニザキさん、私は大変失礼しました。………」

彼が斯う云ったのは、もう公園の出口に近づいた時分である。語り出すと同時に、彼は俄に活気づいて、携えて居たステッキを振り上げて、頭の上の桜の枝を払ったりした。

「私は以前、どうかすると、不意に気分が憂鬱になって、人と話をするのが嫌になる事がありました。その憂鬱は三日も四日も、或る時は一と月も続きました。しかし先年日本へ来てからさっぱり其れがなくなって居たのに、此の四五日来、久し振りで発作《ほっさ》がやって来たのです。私は非常に失礼しました。あなたが私に話があるのを知って居ながら、私は全くどうする事も出来ませんでした。」

「ああそうでしたか、其れならほんとうに安心しました。私は又、あなたが何か私に対して、感情を害して居られるのかと思って、此の間から心配して居たのです。」

予は欣然として答えたのであった。実際、その日は甚しく落胆して、到底明日から創作に従事する気力がなく、いつも執筆の間際《まぎわ》になって感ずるような、精神の緊張が失われて居たのであった。予は広小路の時計台を眺めながら、

「どうです、今ちょうど六時ですが、少し其の辺を散歩して、一緒に晩飯をたべてくれませんか。お察しの通り、私は至急に、あなたにいろいろ伺いたい事があるのです。」

こう云うと、彼は早口に「よろしい、よろしい。」と、愉快そうな声で応じた。

その晩、「玄奘三蔵」を書き上げるのに必要な事項を、予が一と通り聴き取った場所は、池ノ端の「いづ榮《えい》」の二階であった。最初は何処かの洋食屋へ行く積りであったが、入れ込みの座敷では万事に都合が悪いので、此処の一室を択んだのである。予は予め、質問の要領を手帳に列記して置いて、歴史、宗教、地理、植物等の、広汎な範囲に渉って、片端から尋ねて行くと、彼は立ち所に逐一説明を与えてくれた。やがて話題は所謂「現代印度の奇蹟」に移って、彼が親しく目撃したと云う、パンジャブ地方の預言者や仙人の、不思議な妖術や物凄い苦行の実例が、滔々として彼の唇から縷述《るじゅつ》された。凡そ二時間ばかりと云うもの、予は殆ど息をもつかずに、無限の感興に浸りながら耳を欹《そばだ》てた。

「………一体、印度人の信仰から云うと、Asceticism と云うこと、つまり難行《なんぎょう》苦行《くぎょう》の法

は、人間が神に合体する為めに是非とも必要なものなんです。われわれの持って居る『悪』は、凡べてわれわれの物質的要素、――即ち此の肉体から来るのですから、能う限り肉体を苦しめる事に依って、われわれの霊魂は段々宇宙の絶対的実在と一致します。此れを仏教の言葉で云えば、起信論に所謂浄法薫習《じょうほうくんじゅう》と云う事です。われわれの肉体を苦しめる度が、より強ければ強いだけ、それだけ高く霊魂は神の領域に上って行きます。そこで今度は、斯う云う事が云われるようになりました。――今迄肉体の牢獄に繋がれて居た魂が、次第に宇宙の精霊に薫習するに従って、遂には反対に、物質の世界を支配するようになる。自分の肉体は勿論のこと、其れを包んで居るあらゆる現象の上に、絶対無限の自在力を持つようになる。結局どんな人間でも、難行に服しさえすれば、此の世の中の事は、必ず自分の思うがままになると云うのです。」

彼はしゃべって居るうちに、盛んに日本酒の杯を挙げた。そうして、いつの間にか予の質問を其方《そっち》除《の》けに、まるで演説のような口調で、止めどもなく雄弁になった。

「………だから茲に或る人間があって、何か一つの神通力を得たいと思えば、難行の功徳《くどく》で其の目的を達する事が出来るのです。あなたは多分マハバアラタの中にある二人の兄弟の話を覚えて居るでしょう。彼等は三世《スリーワールズ》を支配しようと云う祈願を立てて、さまざまの難行に服しました。たとえば頭の頂辺《てっぺん》から足の先まで、体中に泥土を塗って、木の皮の衣《ころも》を着て、人跡稀なるヴィンディヤの山巓に閉じ籠ったり、爪先で立ったり、数年間も眼瞬きをせずに眼を開いて居たり、断食断水を行ったり、それでも目的が遂げられないので、最後には自分の体の肉を割いて、火に投じたりしたのでした。この時ヴィンディヤの山は燃ゆるが如き兄弟の信仰の為めに熱を発し、天地の神々は兄弟の宿願の大規模なのに恐怖を感じて、能う限りの迫害を加えました。しかし彼等は遂に此れ等の困苦に打ち克って、梵天《ブラアマ》から望み通りの権力を授けられたのです。以上の神話でも分るように、難行の目的は必ずしも罪障消滅にあるのではなく、寧ろ此の世で擅《ほしいまま》なる暴威を振い、若しくは敵を征服したいと云うような、反道徳的の動機のものが多いのです。畢竟、不屈不撓の意志を以て飽くまで苦行を続けさえすれば、その人間はどんなに偉大な宿願をも成就する事が出来るのですから、一とたびそう云う行者が現われると、外の者は、人間でも神様でも大恐慌を来たします。その証拠には昔ウッタナバダ王の王子で、僅か五歳の少年が大願を発した為めに、世界中の神々が大騒ぎをしたと云う伝説があります。少年は継母の妃に虐待されて、国王の位を継ぐ事が出来ない代りに、宇宙第一の権力を得ようとして、天人、夜叉、阿修羅などの妨害を物ともせず、執拗に難行を継続しました。すると神々は驚き惶《あわ》ててヴィシエヌの大神の救いを求め、漸く大神の調停に依って、少年の希望に制限を加えたのです。そこで、少年の魂は天に昇って北極星となりました。斯くの如く、人間の難行苦行は神々の脅威となるばかりでなく、神々自身も亦難行を必要とする場合があって、かの造物主の梵天《ブラアマ》さえ、行を修めなければならないのです。………」

だんだん酔が循《まわ》るにつれて、彼の大きな冴えた瞳は、ねっとりと油を滴らしたように潤おって居た。彼は非常に物をよく喰う男であった。器用な手つきで箸を使いながら、二人前の中串の鰻を見る見るうちに平げてしまったが、片手は絶えず杯に触れて居た。そうして、たまたま話に身が入って来ると、忽ち箸と杯とを捨てて、あぐらを掻いて居る両足の親指の先を、両手で頻りにぐいぐいと引張るような癖があった。

「いや、有難う。此れだけ話を伺えば、私は大きに助かります。どうぞ今夜はゆっくりと飲んで下さい。」

予はノート・ブックを閉じて、料理と酒とを更に追加しなければならなかった。

「私はカバヤキが大好きなのです。酒なら日本酒でも西洋酒でも、何でも構わず飲むのです。――印度人は愛国心がない代りに、コスモポリタンですからな。」

こんな皮肉らしい冗談を云って、大声で笑い出した時分には、彼はもう泥酔に近くなって居た。予はその真黒な、触ると埃《ほこり》が手に着きそうな襟頸の辺が、火照《ほて》って光って居るのを見た。

「タニザキさん、私は今夜は非常に愉快です。日本へ来てから今日まで一人も友達がなく、始終孤独で暮らして来たのに、あなたのような有名な小説家と、親密になる事が出来たのは此の上もない光栄です。ねえ、タニザキさん、どうぞ私の酒を飲むのを許して下さい。私は元来酒飲みで、毎晩ウイスキイをやるのですが、今夜のように酔っ払ったことはめったにありません。あなたは多少迷惑かも知れませんが、多分堪忍してくれるでしょう。」

予はたしかに迷惑であった。此の印度人と懇意になる事を願っては居たものの、今夜は成るべく、一二時間で用談を済ませて、感興の消えやらぬ間に、一枚でも半枚でも稿を起して見たかったのである。然るに彼は予にいつ迄でも相手をさせて、一と晩中しゃべり続けそうな気勢であった。しまいには膳を押し除《の》けて、その髯面《ひげづら》を殆ど頰擦りせんばかりに近寄せながら、予の右の手をしっかりと捕えた。

「………ねえ、タニザキさん、私は今夜あなたと友達になった証拠に、自分の身の上を話そうと思うのです。私は此の間、商人の息子だと云いましたが、あれは全く嘘なんです。実は商人の息子でもなく、婆羅門教の信者でもありません。私は今はフリー・シンカアです。そうして私の父と云うのは、パンジャブの国王、デュリープ・シングの家臣でした。――こう云ったらばあなたは恐らく、私がどんな人間だかお分りになったでしょう。」

彼は予の手頸をぐいと引張って、何か謎をかけるような眼つきで、暫らく予の瞳を見据えて居た。予はデュリープ・シングの名を聞くと同時に、果して彼が曲者《くせもの》である事を、――革命党の志士である事を推量せずには居られなかった。なぜかと云うと、デュリープ・シングと云うのは、千八百四十九年に、パンジャブが英国に併呑された時の国王であって、彼はその後、英国に対して一とたび叛旗を翻した事を、つい此の間参考書の中で読んで居たからである。

「分りました。私は始めから、あなたがそう云う人間ではないかと、想像して居たのです。やっぱり私の考えて居た通りでした。」

「ふん、あなたはえらい、あなたはさすがに小説家だ。」

彼は斯う云って軽く予の肩を叩きながら、詳細に自分の閲歴を語り出した。その話に依ると、彼の父親はデュリープ王に寵愛された侍従であって、祖国が併合の厄難に会った時、王に随行して欧羅巴に渡り、長らく英国に逗《とど》まって居た。その頃国王はまだ頑是ない少年であって、父も漸く二十《はたち》を越した青年に過ぎなかった。二人は彼の地で泰西の教育を受け、基督教の信徒となったが、数年の後、全くイギリス風の紳士と化して、父は再び印度に帰って来たのである。そうして、二度目の妻を娶って、カルカッタに住んで居た間に、生れたのが彼であった。

「………欧羅巴の文明の空気を吸って来た父の思想は、その時分からだんだんオリエンタリズムに復帰し始めたようでした。私は早くから父に英語を習って居ましたが、やがて英語よりもサンスクリットが必要だと云い出して、ヴェダの経文を覚えさせられました。子供のことで、ハッキリした事情は分りませんでしたが、父は何でも晩年に及んで、不平と煩悶との為めに、始終いらいらした、面白くない余生を送って居たようです。彼は英国人の政治のしかたを、いや、寧ろ一般に西洋の科学的文明と云うものを、恐ろしく呪って居ました。その結果一旦帰依《きえ》した基督教の信仰を捨てて、婆羅門教に改宗したくらいでした。」

彼は更に言葉をついで、最後に父が国王の叛乱に加担した折の、幼い記憶を予に語った。そうして、祖国の独立に関する意図と画策とは、自分が父から受け継いだ唯一の遺産であると云った。

「………たとえ失敗に終ったとは云え、私は父の事業に対して、満腔の同情を持って居ますが、ただあの時分の、父の思想の傾向に就いては、多少間違って居る所があろうと思うんです。私は父が余り極端な西洋嫌いになったのが、悪かったのだと思います。つまり、欧羅巴の物質的文明を軽蔑し過ぎた事、就中科学の価値を否定した事、此れはたしかに父の大きな誤りでした。今日《こんにち》印度の大陸が英国人の有に帰して、容易に独立の機運を作り得ないのは、みんなわれわれの同胞が私の父と同様に、科学的文明の力を覚《さと》らない結果なのです。東洋流の虚無思想に惑溺して、物質の世界を閑却して居る結果なのです。………」

彼の話題は、漸く彼の最も興味を有するらしい方面に落ちて行った。予は眼前に、酒を呷《あお》って国事の非なるを慨嘆する燕趙《えんちょう》悲歌《ひか》の士を見たのである。彼は口を極めて祖国の人民の無気力を罵倒し、迷信を呪咀し、社会制度を非難した。印度に立派な宗教や、文学や、芸術などが存在したのは、遠い昔の夢であって、今ではただ懶惰《らんだ》なる邪教と蒙昧なる妖法との栄えて居る、「あなたの小説の材料にしかならない国土」だと云ったりした。

「私は勿論、精神よりも物質の方が貴いと云うのではありません。東洋の哲学が、西洋の其れに劣って居ると云うのでもありません。しかし、兎に角、祖国が完全に独立する為めには、徒らに政権を回復しようと焦るよりも、寧ろ人民の間に科学的知識を鼓吹し、経済思想の開発を促すのが急務だろうと信ずるのです。そうして、全印度の人民が物質的文明の恩沢を知り、十分に其れを消化し利用するようになったならば、独立の機運は自然に熟して来る訳で、日本帝国の勃興は其の適例だろうと思うのです。」

彼は斯う云う見地から、一つには又英国官憲の監視を逃れる必要から、成る可く露骨なる政治運動に関係する事を避けて、専ら電気工業や化学工業に関する学問を研究した。それで日本へやって来て、高等工業学校の電気科を卒業したのであるが、実は此れからどうしたものかと、目下の処方針に迷って居る。最初の計画では、卒業後直ちに帰国したならば、普《あまね》く同胞の資本家を糾合して、西洋人の財力や知識を藉らずに、何か殖産興業の株式会社を起そうと云う考えであったけれど、とても自分の力では、今から急にそう云う仕事が出来そうもない。結局、もう一二年日本に滞在する事にして、現在では諸方面の工業会社の経営方法を、実地に就いて視察したり見学したりする傍、各国の法律や歴史や制度文物を調べて居る。自分は飽く迄も実業を手段とし、独立運動の伝播の方を本来の目的とする者で、あまり迂遠な道は取りたくないから、将来国へ帰ったら会社を組織する一面に、多数の技師を養成して、彼等に理化学以外の学問――政治経済の知識をも注入し、隠密《おんみつ》の間に愛国心を喚起して、革命の種子を植え付けようと企てて居る。

「どうです、私は可なり遠大な計画を持って居るでしょう。ちょうど日本の頼山陽が『歴史』に依って尊王討幕のムーヴメントを刺戟したように、私は『実業』に依って独立の機運を導こうと云うのです。いくら革命革命と云って騒いだって、金がなければ全く手も足も出ませんからね。――どうです、私の考えは間違っては居ないでしょう。私はたびたび友達から夢想家だと云って笑われますが、そんな事はないでしょう。あなたは一体どう思いますね。」

「さあ、あなたの事はよく分らないが、一般に印度人は空想の力が豊富に過ぎるようですね。たとえば経文《きょうもん》や叙事詩の中に現れて居る空想は、美しいには美しいけれど、あまり荒唐無稽で、際限もなく雄大で、放埒《ほうらつ》に流れて居るようですね。」

予はせめても、問題を宗教や文学の方面へ引き戻そうとして、内々話頭を転じたのであった。然るに予の謀略は見事に失敗して、彼の談柄はますます岐路に入り、ますます饒舌に奔放になった。要するに彼は、夢想家と云われるのを非道く気にかけて、自分にだけは印度人の通弊がない事を、極力弁護するのであった。革命家はアイディアリストであってはならない。自分は吉田松陰よりも西郷南洲を取り、マッジニよりもカブールを愛し、孫逸仙よりも蔡鍔《さいがく》を尊敬する、などと云った。

「いや、お蔭で今夜は非常に面白く過しました。私とあなたとは大分立ち場が違うけれども、お互に東洋の一国に生れた以上は、同情と理解とを持ち合って、双方の事業を扶け合う事が出来ると思います。此れから時々、こうして一緒に飯でも喰って、意見を交換するようにしようじゃありませんか。」

予は斯う云って、そろそろ帰り仕度をし始めながら、殊更に懐中時計を出して見た。もう十一時近くであった。

女中が勘定書きを持って来る間、膳の上には食う物も飲む物もなくなって居るのに、彼はまだ何か知らしゃべって居た。そうして、予が五円なにがしかの金を支払うべく、蟇口の蓋を明けようとすると、彼はいきなり、

「勘定は私が払います、私があなたを奢《おご》ります。」

と云うや否や、ズボンのポケットへ手を突込んで、カチンと音をさせながら、膳の上へ十円の金貨を一枚投げ出した。

予が無理やりに金貨を引込めさせて、自分の金を払う迄には、長い間押し問答をしなければならなかった。すると今度は、「折角私も金を出したのだから、此れで今夜は吉原へ行こう。」と云い張って、又候《またぞろ》私を梃擦《てこず》らせた。驚いた事には、彼は大概一週に一度は吉原へ行くので、角海老《かどえび》の何とか云う華魁《おいらん》とは古い馴染であると云った。

「それにしても、どう云う訳であなたは金貨を持って居るのです。」

「私は金貨が大好きなんです。いつも日本銀行へ行って、札を金貨に取り換えて貰って、ざくざくとポケットに入れて歩くのが、何だか馬鹿に好い気持なんです。此れ御覧なさい、此の通りですよ。」

こう云って、彼は片手の掌に一杯の金貨を載せて予の眼前で振って見せた。予には其の額がどれ程あるか、ちょいと想像もつかなかった。

「ね、こんなにあるから大丈夫です。此れから直ぐに自動車に乗って出掛けようじゃありませんか。」

予は明日の仕事を控えても居るし、それに此の頃、遊びの興味を覚えなくなったので、どうしても附き合う気にはなれなかった。予は彼を引き立てるようにして、兎も角も「いづ榮」の門口を出た。

「あなたが行かないのは残念ですが、そんなら私一人でも行きます。私の家は遠方ですから、此れから帰るのは大変です。」

彼は上野の停車場前の、タキシーの溜《たま》りまで予を連れ込んだが、其処でとうとうあきらめたらしく、独りで自動車に乗って、角海老へ走らせたようであった。

別れる時、念の為めに住所を尋ねると、彼は車台の窓から首を出して、「此の頃に是非来てくれろ。」と繰り返しながら、予の掌に一葉の名刺を残して行った。

「府下荏原郡大森山王一二三番地、印度人　マティラム・ミスラ（Matiram Misra）」

――名刺には日本字と英字とで、こう刷ってあった。

予は其の明くる日から図書館通いを止めにして、半月ばかり家に籠って「玄奘三蔵」を脱稿した。何分後れて書き始めたので、締め切りの期日に追われた為めに、余り満足な出来栄えではなかったが、四月の中央公論に其れが発表せられると、早速大森のミスラ氏へ宛てて、雑誌と礼状とを送って置いた。いずれ暇を見て、一遍訪ねる積りで居ながら、伊香保へ旅行したり、母の喪《も》に会ったり、いろいろと用事にかまけて忘れて居た。すると、五月の下旬になって、或る日ミスラ氏から一封の手紙が着いた。此の頃、予が母の死を時事新報で読んだと云って、変な日本文の悔《く》み状《じょう》をよこしたのである。予は早速返事を書いて彼の好意を謝した上に、近々御伺いしようと思うが、御都合はどうかと云うような意味を認《したた》めてやった。

それに対する彼の答は、直ちに予の手許に届いた。

「自分は大抵、午後の六時か七時過ぎには在宅して居るから、いつでも遊びに来て貰いたい。ただし、運悪く角海老などへ出かけた留守に、御来訪にあずかると恐縮するから、成るべく前に御通知を願います。」と云うのであった。にも拘らず、予は予め通知を出さずに、突然思い立って、或る日の夕方大森へ出かけて行った。

ミスラ氏の家へ着いた時分には、もう表は真暗になって居た。それに、ちょうど六月の十日頃の事で、空はいつの間にか入梅らしくどんよりと曇り、湿潤な夜風と共に細かい雨を降らして居た。彼の住まいは、院線《いんせん》の鉄路に沿うた山の手に立って居る、小ぢんまりとした。バンガロウ風のカッテエジであった。一体西洋館の邸宅と云うものは、こんな晩には妙に陰鬱に見えるもので、彼の家も矢張りそう云う感じを起させた。門の左右に低いかなめの生垣があって、ささやかな庭を隔てて木造の母屋が控えて居る。そうして、全体に蔦の葉が若芽のように絡《から》まって居て、往来に面する窓からは一つも明りが洩れて居ない。纔かに門灯のしょんぼりと灯《とも》って居るのが、植え込みの芭蕉の新芽を葉の裏から照らして、その葉が風に揺ぐ度毎に、しとしとと滴《したた》り落つる雨垂れが、夜目にも鮮かに光って居る。予は玄関の呼鈴のボタンを捜すのに大分手間を取って夥しく雨に濡れた。

出て来たのは年の若い、日本人の下女であった。刺を通ずると程なくミスラ氏が自《みずか》ら現れて、なつかしそうに予の手を強く振りながら、

「さあどうぞお上り下さい。こんなお天気に、今夜あなたが来てくれようとは全く意外でした。ほんとうに暫らく振りでしたね。」

と云って、玄関の右手の一室へ案内しかけたが、ふと思い付いたらしく、

「あなた、応接間よりも私の書斎を見てくれませんか。彼処の方が落ち着いて話が出来ます。」

こう云って、予を書斎へ導いて行った。

廊下から室内へ招ぜられた時、予が最初に眼に触れたものは、部屋の中央の、著しく大きなデスクであった。天井に吊された電灯の、緑色の絹のシェードから落ちる光線が、ちょうど真下にある机の表面をくっきりと照らして、其処だけが幻のように明るくなって居た。主人は今まで、何か製図のような仕事をして居たと見えて、机の上には一杯に図面が拡げられ、

定規《じょうぎ》だのコンパスだの絵の具だのが散らばって居た。

「突然お訪ねして、勉強の邪魔になりはしませんかね。お忙しければ今度ゆっくり伺いますが、……。」

予が斯う云うと、

「忙しいことがあるもんですか。あんまり暇で退屈だから、ドロウイングをやって居るんです。ね、あなた、ちょいと此れを見て下さい。」

と、彼はパイプを握った手で図面の上を指しながら、

「此れをあなたは何だと思います。――此れが其の、私が国へ帰ってから設立しようと云う水力電気の会社の図面です。此の土地の広さが大凡そ十エーカーばかりあって、森林を切り開いた、山の中腹にあるのです。そうして此処に湖水があって、此の水で電気を起そうと云うのです……。」

その会社の資本が何百万円で、何ボルトの電気を作るとか、此処には社員が何百人働いて居て、此の部屋では何をするとか、予が仕方なしに聴いて居ると、彼は一々精密なプランに就いて、熱心に説明するのであった。図は大型の二枚の紙へ、平面と立体と別々に引いてあって、丹念に色彩を施され、「パンジャブ州水力電気株式会社設計図」と云うような文句が、英文で麗々しく記入されて居た。兎に角見た所では、立派な建築の大会社であるらしかった。

「……するとあなたの計画は、いよいよ実現されるんですね。いつ頃印度へお帰りになる

のです。」

「なにまだ帰りはしませんよ。此れは皆《みんな》空想ですよ。あっはははは。」

彼はいきなり、ドシンと椅子へ腰を落して大声で笑い出した。

「資本金も湖水も十エーカーの土地も、残らず私の空想ですよ。私はただ紙の上へ、墨と絵の具で大会社を建てて見たのです。同じ空想でも、此のくらい頭と労力を使うと、なかなか立派なものが出来ますな。つまり一種の芸術ですな。あっはははは。」

予は思わず竦然《しょうぜん》として、彼の顔色を窺わずには居られなかった。「事に依ったら此の男は、発狂したのではあるまいか。」——こう云う考えが、その瞬間に予の脳中に閃いたのである。

予は内々、彼の素振りや部屋の様子に眼を配った。二人はその時、デスクを隔てて向い合って居たが、ちょうどミスラ氏の口髭から上は、ランプの笠の影に隠れて、突きあたりの本箱の辺は暗さが一番濃くなって居た。室内の広さは十五畳ぐらいあったであろう。書斎としては可なり贅沢で、装飾や設備なども整って居るように見えた。本箱の左側の壁にはガス・ストーヴが切ってあって、右側には護謨《ゴム》の樹の植木鉢の向うに、一間の硝子戸が嵌まって居た。硝子戸の外には、大森の海を遠望するヴェランダがあるらしく、折々其れへ南風がばたばたと打突《ぶっ》かって居た。

下女が紅茶を運んで来る間に、ミスラ氏は製図の器具を片附けて、再び機嫌よく語り始めた。

その挙動には別段不審な点はない。以前よりもいくらか話し振りが性急《せいきゅう》になって、眼の働きが鋭くなったかと、感ぜられるだけであった。黒っぽいセルの背広を着て、素敵に大きいエメラルドの指輪を嵌めて、相変らず達磨然たる容貌を持って居た。

「私は今でも、毎日午前中は上野の図書館に通って居ます。近頃は政治経済にも飽きてしまったので、此の間ショウペンハウエルとスエデンボルグとを読んで見ました。ああ云う物もたまには面白い気がしますね。」

話はそう云う方面から、だんだん宗教や哲学の領域に這入って行った。彼は西洋のメタフィジックと大乗仏教の唯心論とを比較して、東洋人の考え方は科学的でないけれども、事物の核心《かくしん》を把握する直覚力に至っては、西洋人の及ぶ所でないなどと云った。

「だから哲学や宗教の極致が、現象の奥に潜んで居る霊的実在を洞観して、大悟徹底する事にあるのだとすれば、東洋の方が西洋よりも遥かに進んで居るようです。西洋人の得意とする分析だとか帰納だとか云う方法を以て、現象の奥の世界を見る事は出来ない訳です。

………」

彼は直ぐに例の演説口調を出して、いつぞや「いづ榮」の二階で会った時のように、雄弁になり饒舌になった。その論旨は必ずしも彼の独創の見ではなく、随分是れ迄に云い古るされた説であったが、いかにも舌端に精気が溢れて、ぱッと見開いた瞳の中に脅かすような力があって、予を飽く迄も傾聴させずには措かなかった。

「ですがあなたは、此の前ひどく東洋の虚無思想を攻撃して、科学を謳歌して居たじゃありませんか。近頃はオリエンタリズムが好きになったんですね。」

予はやっとの事で隙を狙って、此の質問を彼の長広舌の間に挟んだ。

「いや、私は先《せん》からオリエンタリズムが嫌いではありません。私は嘗て一遍でも、科学万能論を唱えた覚えはありません。」

彼は威丈高になって、机を叩きながら云った。

「私が東洋の虚無思想を攻撃したのは、愛国者としての立場からです。私の意見に従えば、物質と霊魂とは徹頭徹尾反対なもので、何処まで行っても一致する筈はないのだから、人間は是非とも二つの内の、孰れか一つを選ばなければならないのです。従って一箇の民族が、国家としての繁栄を望み、権力を持ちたいと願うならば、霊魂を捨てて物質に就くより外はないでしょう。その点に於いて、科学的文明を築き上げた欧羅巴人は物質界の優者です。若しも印度人が人間の住む此の地上に於いて、欧羅巴人と覇を争おうとするならば、婆羅門教や仏教の哲学は有害にして無益なものです。――そう云う訳で、祖国の独立を生涯の事業にして居る私としては、東洋流の厭世観を攻撃せずには居られませんが、一旦自分の立ち場を離れれば、印度人の抱いて居る思想や哲学は、古来人間の頭の中で考えられたものの内で、一番幽玄な、一番深遠な、科学の力で突き破ることの出来ない真理だろうと思います。われわれは長らく西洋流の教育を受けて来た結果、科学的に証明された真理でなければ、真理でないように考える癖がありますが、しかし、未だに印度人の説の方が、正しくはないかと思う事が屢々あります。われわれは物質の世界を支配する法則だけを科学に教わるので、心霊界の秘密を知って居る者は、ただ印度人だけなのです。物質と物質との関係は科学に依って説明されるかも分りませんが、物質と霊魂との交渉は、印度人でなければ証明する事は出来ません。此の間もあなたにお話ししたように、今日《こんにち》印度の行者《ぎょうじゃ》の中には、科学者に解けない謎を解いて、奇蹟を証明する事の出来る人々が、決して少くはないのです。現に、私がまだ五つ六つの子供の時分、カルカッタに住んで居た頃に、たびたび会った事のあるハッサン・カンと云う男などは、実に不思議な術を行う坊主でした。………」

「ああそのハッサン・カンの事です。私はとうから其れをあなたに聞こうと思って居たのです。」

此の妖術者の名を聞くと同時に、予は胸を躍らせて、我知らず膝を進めたのであった。

予は手を挙げて、猶もしゃべり続けようとするミスラ氏を制した。

「………実は此の前『いづ榮』の時にも、尋ねて見ようと思いながら、外の話に紛れてしまったので、今夜は忘れずに居たのでした。私は其の魔法使いの伝記を、或る本の中で読んだのですが、もう少し委しい事蹟を知りたかったのです。それにしても、あなたが彼に会った事があるのは、ほんとうに意外でした。」

「いや、それよりもあなたがハッサン・カンの名を知って居る方が意外ですよ。お望みとあればお話ししてもようござんすがね。………」

彼は不意に横を向いて、硝子戸の外の暗闇を眺めた。その時彼の眼は眩しい物を視詰めるように細かく瞬《またた》いて、小鼻の周囲には得意らしい、或は又狡猾らしい、奇態な微笑が浮かんで居た。

「………何分子供の時分の事で、はっきりとは覚えて居ませんが、私の父がハッサン・カンの信者になって居た為めに、彼は折々私の家へやって来ました。あなたは今、彼の事を魔法使いだと云いましたが、決して単純な魔法使いではないのです。彼は一派の宗教を開いた聖僧なのです。」

「私の読んだ本の中には、彼を回教の信者としてあって、時には随分、魔術を使って悪事を働いた人物のように書いてありましたが、其れは間違って居るんですね。」

「いや、間違いと云う訳でもありません。」

彼の口調は次第に以前ほど雄弁でなくなって、遠い記憶を辿りながら、もの静かに、考え考え言葉を足して居るようであった。

「ハッサン・カンは若い頃には、回教を信じて居た事があるのです。彼が時々魔法を使って、悪事を働いたと云うのも、全然嘘ではありませんが、其れはたまたま彼の宗旨を誹謗《ひぼう》した者に懲罰を加える為めだったのです。つまり宗旨を弘める為めに得意の魔法を利用したので、決して何の理由もなしに、悪事を働きはしませんでした。元来われわれ印度人の考えて居る魔法――Sorcery――と云うものは、人間が難行を修めて解脱《げだつ》の妙境に達した時に、自然に体得する神通力であって、基督教徒が悪魔の使いとして斥けて居る巫術《ふじゅつ》とは、大変に趣が違って居ます。支那でも孔子は、怪力乱神を語らずなどと云って居ますが、印度に於ける魔法の地位は此れと全く反対で、アタルヴァ・ヴェダの経典を見ても分る通り、数千年の昔から、宗教上非常に重大な要素となって居るのです。われわれの云う魔法使いは、世間普通の奇術師や巫覡《いちこ》の類を指すのではなく、現象の世界を乗り超えて宇宙の神霊と交通し得る、聖僧の事を意味するのです。ハッサン・カンはつまりそう云う人だったのです。殊に彼の宗旨では、魔法は一層重大なもので、その宗教の殆ど全部であったと云ってもいいくらいでした。彼の教義にしろ、哲学にしろ、宇宙観にしろ、悉く皆魔法に依って解決されるのでした。

………」

「すると、その魔法と云うのは、たとえばどんな事をするのでしょう。何かあなたが御覧になった実例に就いて、説明を願いたいのですが。」

頂点に達した予の好奇心は、予を極端に性急にさせた。動《やや》ともすると、抽象的の議論になりたがる彼の談話を、時々正しい方角へ向き直させるのに、予は油断なく努力しなければならなかった。

「まあ、待って下さい。追い追い実例をお話ししますが、彼の魔法を説明するには、先ずどうしても、彼の宗教から説明しないといけないのです。」

ミスラ氏は斯う云って、悠々と紅茶を飲んで、その茶碗の中へ眼を落したまま、暫らく何事かを沈思するようであった。

相手の一言半句をも逃すまいとして、緊張しきって居た予の聴覚は、折から戸外にざあと云う響きを立てて、土砂降りになり始めた雨の音を聴いた。蒸し暑い、息の詰まるような部屋の中はひっそりとして、家の周囲を流れる点滴が、室内の物を濡らしはせぬかと思われるほど、親しみ深く間近く聞えて居る。遥かに大森の停車場の方で、汽車の汽笛が濛々たる雨声の底から奈落《ならく》へ沈んで行くように悲しげに鳴って居る。

「………委しく云うと非常に長くなりますが、大体の要領だけを話しましょう。彼の宗旨と云ったところで、やはり仏教や印度教の哲学に胚胎《はいたい》して居るのですから、われわれにはさほど珍しい思想ではありません。」

やがて、ミスラ氏は机の上に一枚のレタア・ペエパアを拡げて、其れに鉛筆で図を書きながら言葉を続けた。

「ハッサン・カンの説に従うと、宇宙には七つの元素があって、其れが此の現象世界を形作って居ると云うのです。所謂七つの元素とは、第一が燃土質、第二が活力体、第三が星雲的体形、第四が動物的霊魂、第五が地上的叡智《えいち》、第六が神的霊魂、そうして第七が太一生命《たいいつせいめい》とも名づくべきものです。ところが此れ等の七つの元素は、始めから箇々別々に存在して居たものではなく、更に其の上にある涅槃《ニルヴァーナ》に帰してしまいます。つまり世界万有の根源は涅槃であって、涅槃だけが永遠不滅の、真の実在だと云うことになります。涅槃がどうして七つの元素を生み、生滅《しょうめつ》流転《るてん》の世界を作るかと云うのに、其れは仏教や数論派の哲学と同じく、無明《むみょう》の働きに依るものだとしてあります。無明が涅槃を牽制して始めて太一生命を生み、太一生命が又無明に感染して神的霊魂を生み、それからだんだん第五、第四、第三の元素が分派するのです。ですから太一生命は、宇宙の大主観たる涅槃の海に、無明の影がほんのりとかかった状態なので、まだ認識の主体もなく、対境もない場合を云うのです。さて、その次ぎの第六元素即ち神的霊魂と云うのは、太一生命が箇々の小主観に分裂した最初の形で、其れはただ『無象《むしょう》の相《そう》』若しくは生存の意志だけを持って居ます。次ぎの第五元素たる地上的叡智になって、漸く認識の対象たる客観を生じます。それから第四の動物的霊魂では、外境に対する喜怒哀楽の感情が激しくなって、種々雑多なる欲望や執着が増して来るのです。ハッサン・カンは第七元素の太一生命を純主観的存在と名づけ、第六元素から第四元素の動物的霊魂までを、半客観的存在と名づけました。畢竟無明の涅槃に感染する度が、濃くなれば濃くなる程、物質は精神に打ち勝って、客観性が強くなって行くのです。それで第三元素から第一元素までは、精神的分子の最も稀薄な状態であって、此れを純客観的存在と名づけます。一切の無生物は此の部類に属するもので、日月星辰は第三元素から成り、風、火、水等は第二元素から成り、其の他多くの鉱物は、第一元素から成って居ます。以上でざっと、実在及び現象に関する彼の見解を、説明した積りですが、猶一言重要な点を附け加えると、ハッサン・カンは一元論者であって、二元論者ではないと云うことです。涅槃を精神とし、無明を物質だとすれば、二元論者のようにも考えられますが、無明も元来は、涅槃の内に含まれて居るので、恰も金属に銹《さび》の生ずるように、清浄静寂なる涅槃の表面の曇って来たものが、無明だと云う事になります。………」

「いや、お蔭で大変よく分りました。第七元素の太一生命と云うのは、仏教の阿梨耶識だと解釈すれば、近い所があるようですね。するとハッサン・カンの説は、馬鳴《めみよう》菩薩《ぼさつ》の唯心論に間違いはないでしょう。」

「まあ、もう少し辛抱して聞いて下さい。此れからが愈々彼の世界観 Cosmology に這入るのです。此れもやっぱり、印度古代の伝説に依った者で、先ず宇宙を永遠不滅の世界と、生滅輪廻《りんね》の世界との二つに分けます。不滅の世界は、蒼天の最上層に位する涅槃と、その下層にある無色界、色界の二世界で、無色界には太一生命が遍満し、色界には神的霊魂が浮動して居ます。さて色界の下層には欲界があり、その下層には須弥山の世界があって、此等の世界は摩訶劫波《まかごうは》の間に一遍壊滅に帰し、空劫《くうごう》を経て再び形成せられる所の、生滅の世界です。生滅界の最高級にある欲界は、須弥山の頂辺《てっぺん》から色界に至る迄の、空間を占めている世界で、其処には、神的霊魂と地上的叡智との化合物たる諸天人や、低級の神々が住んで居ます。欲界以下の須弥山の構造は、普通に知れ渡って居るものと大差はありませんから、極く簡単に説明してしまいましょう。此の山は宇宙の中央に屹立《きつりつ》して居て、高さが八万由旬《ゆじゅん》、周囲が三十二万由旬。山の北面は黄金から成り、東面は白銀から成り、南面は瑠璃、西面は玻璃から成ると云われて居ます。須弥山の外側には七内海《ないかい》と七金山とを隔てて鹹海《かんかい》があり、その又外廓に大鉄囲山が繞《めぐ》って居て、世界全体を包んで居ます。此等の九山八海は、その底にある金輪水輪風輪の三輪に依って支持せられ、金輪と水輪の厚さは併せて十一億二万由旬、風輪の厚さは十六億由旬です。ところで、われわれ人間は此の世界の何処に住んで居るかと云うと、須弥山を取り巻く鹹海の四方に、各々四つの洲《しま》があって、南方にある閻浮提洲《えんぶだいしゅう》が、人間の棲息して居る国土なのです。即ち閻浮提洲は地球上の大陸に相当する訳で、日本や印度や欧羅巴は、皆此の洲《しま》に属して居るのでしょう。その他の三洲にも一種の人類が住んで居るのだそうですが、われわれとは容貌や形状が大変違って居ると云うことです。人間以外の生物の内で、龍鬼、夜叉、阿修羅、緊那羅《きんなら》等の悪神悪鬼は、欲界の下方にある須弥山の中腹から、山麓に亙って散在し、畜生は大海を主なる住処とし、餓鬼は閻浮提洲の地下五百由旬の所に住み、地獄は四大洲の地下一千由旬の所にあります。――ハッサン・カンの世界構成説は、大凡そこんなもので、今もたびたび云うように、別段新しい教義ではありませんが、此れを魔法と結び付けるに従って、一大異彩を放って来るのです。」

しゃべって居るうちにミスラ氏は知らず識らずに鉛筆を動かして、レタア・ペエパアの上に立派な須弥山の図を描いた。その図は彼の談話よりも一層綿密で、山頂から山麓に到る間の、輪廻の世界の種々相や、其処に生えて居る植物や、宮殿の景色や、ところどころに聳え立つ峰巒《ほうらん》の名前や、山腹の中天を運行する日や月や星までも附け加えてあった。

「………われわれは涅槃や須弥山の世界を、伝説に依ってぼんやり想像して居るだけで、実際に見た者もなければ、信じて居る者もありません。殊に科学的知識を備えた現代の人間には、ただ滑稽な、矛盾に充ちた、古代人の妄想として考えられるばかりです。然るにハッサン・カンは、自分の説に疑を挿む者があれば、いつでも其の人に須弥山の世界を見せてくれるのです。どうして見せるかと云うと、最初に先ず、魔法に依って、其の人の心身を分解し、精神を虚空に遊離させてしまいます。断って置きますが、人間の精神は神的霊魂と、地上的叡智と、動物的霊魂との、三元素から形成されて居るのですから、一旦遊離した精神は、更に此れ等の元素に分れます。その時、その人の精神は第六元素の神的霊魂のみとなり、次第に浄化されて、無色界の太一生命に復帰し、遂に昇騰《しょうとう》して最上層の涅槃界に這入るのです。もう其の折は、其の人の精神は即ち宇宙の大主観と同一であって、『其の人』は直ちに涅槃なのです。然るに、涅槃は無明の薫染《くんせん》を受けて、今度は反対に下層世界へ沈澱し始めます。第一に無色界へ降《くだ》り、次ぎには色界へ降り、次ぎには欲界へ降って、抽象的存在がだんだん具象的存在に変り、とうとう須弥山の頂上へ降って来る迄に、再び其の人の精神が、神的霊魂に依って形作られます。ここで其の人は、欲界の住者たる天人の形体と、性質とを備えるようになり、遊行自在《ゆぎょうじざい》の通力を得て、或いは天空に飛翔し、或いは奈落に潜入し、須弥山の山腹にある悪神の世界から、海底の地獄、餓鬼の世界を洽《あまね》く経廻って、六道《ろくどう》の有様を佇細に見る事が出来るのです。こうして結局、四大洲を巡覧して、鹹海中の閻浮提洲に辿り着くと、ハッサン・カンが中途まで迎えに出て、其の人を地上のもとの住み家へ連れて行きます。同時に其の人は、いつの間にか天人の通力を失って、全く以前の『其の人』の姿に復《かえ》って居るのです。――

此れがハッサン・カンの魔法の内の、最も重要な、最も驚くべき術なのです。其れは一種の催眠術だと云う人があるかも知れません。しかし、催眠術だとすれば、少くとも天人から人間に戻った瞬間に、夢から覚めたと云う感じを伴う筈ですが、彼の魔法にかかった人々は、遂に最後まで、そう云う感じを抱かないのです。第一、須弥山の世界へ迎えに出て来たハッサン・カンが、人間になった後までも、ちゃんと眼の前に控えて居るくらいですから、夢と現実との境界らしいものは、何処にも見付からないのです。世間では魔法だと云いますが、ハッサン・カン自身に云わせれば、其れは難行の功徳《くどく》に依って、体得せられる正法《しょうほう》でなければなりません。此の正法を学んだ人は、生きながら輪廻の世界を解脱《げだつ》し、自分は勿論、他人の霊魂をも、自由に須弥山上の涅槃界へ、導く力を持つようになるのです。そうして此れが、宗教の極致であると云うのです。」

「成る程、其れでハッサン・カンの魔法と云うものが、始めて私に分りました。今のあなたのお話がほんとうだとすれば、いかにも其れは驚くべき、宇宙その物のように偉大なる魔術です。恐らく彼の魔術の前には、他の一切の科学も哲学も、何等の権威をも持たないでしょう。――私は実は、そんなに素晴らしい、そんなにサブライムなものだろうとは、少しも予想して居ませんでした。私の読んだ本の中には、彼が時折ジンと称する魔神を呼び出して、不思議な術を行う事だけが記してあったに過ぎないのです。」

「ああそうでしたか、その本の中にはジンの事が書いてありましたか。」

こう云いながら、ミスラ氏は何故《なぜ》か非常にあわただしげに、突然椅子を立ち上ったが、頭痛でもするように片手で額を抑えたまま、部屋の四方を緩やかに歩き始めた。

「どうしたのです、何処か気持が悪いのですか。」

「いや、」

と云って、彼はちょいと首を振って、何となく切なそうな、或る感情を押し隠して居るらしい様子で、

「……そのジンと云うのは、須弥山の中腹の、夜叉の世界に住んで居る魔神なのです。……」

と、無理に平静を装うような声で云った。

「ハッサン・カンは、仮りに人間の姿に変じて、閻浮提洲へ降りて来ましたが、彼は其の実、色界に住んで居る大梵天の神であって、先年娑婆を死去した後は、自分の旧《もと》の世界に帰り、もろもろの光明仏の間に交って、未だに其処に生きて居るのです。ところでジンと云う魔神は、大梵天に奉侍する家来ですから、ハッサン・カンが人間界に居た間は、いつでも彼の影

身に添うて居たのです。そうして、今でも往々、大梵天の使者となって、神のお告げを伝える為めに人間界に降りて来ますが、ジンの声を聞く事の出来る者は、ハッサン・カンの信者だけなのです。彼の宗旨を信ずる者には、ジンの声が聞えるばかりでなく、その姿までも、――あの物凄い姿までも、眼に見えるようになるのです。………」

予は、ミスラ氏が、「その姿」と云ってから更にまた「あの物凄い姿」と云い直したのを、不審に思わずには居られなかった。そればかりではない、今迄室内を漫歩して居たミスラ氏はそう云い切って置いて、ぴたりと立ち止まって、相手の返答を待って居るように、しげしげと予の顔色を窺って居るのである。

「あの物凄い姿と云うと、――それではあなたは、ジンを見たことがあるのでしょうか。」

こう云った予の声は、かすかなふるえを帯びて居た。予は此の質問を発するのに、何だか心が進まなかった。此の質問の後に来るものは、恐ろしい事実であるように感ぜられた。

「そうです。――私は見た事があるのです。私は以前、ハッサン・カンの信者だったのです。」

ミスラ氏は斯う云って、漸う少し落ち着いたように腰を卸した。

「私は正直を云うと、此の問題に触れるのが不安なようでもあり、愉快なようでもあるのです。それで先《さつき》から、云おうか云うまいかと躊躇して居たのですが、話が此処まで進んだ以上、今更隠す必要もありませんから、白状してしまいましょう。――私の覚えて居るハッサン・カンと云う人は、意地の悪そうな眼つきをした、吃《ども》りの癖のある、前歯のぼろぼろに欠け落ちた爺さんでした。しかし私は、その爺さんから直接に教化されたのではなく、彼の熱烈なる崇拝者であった私の父から、信仰を授けられたのです。その時分私の父はハッサン・カンの第一の高弟であって、殆ど其の師に劣らぬ位の、魔法の達人になって居ました。父は己れの魔法に依って、印度の独立を成就するのだと云って居ました。私は屢々父の魔法にかけられて、須弥山の世界に遊び、兜率天《とそつてん》から八熱地獄の底までも、経めぐったことがありました。そうして、たしか八つになった歳に、父は私に魔法を伝授してやると云って、ヒマラヤの山奥に連れて行って、パスパティナアトや、ゲダルナアトの霊場を巡礼し、遂にベルチスタンのヒンガラジの寺院までお参りをしました。それからカルカッタへ帰って来て、一箇月間の断食《だんじき》をした後、私はとうとう魔法の秘術を教えられたのです。私は自由に、ジンを呼び出す事も出来れば、自分や他人の魂を、須弥山の世界へ遊ばせる事も、出来るようになったのです。父は死んでから天人になって、須弥山の最頂上の、善見城《ぜんけんじよう》に住んで居ますが、私は折々其処へ行って、恋しい父に会った事がありました。」

予とミスラ氏の二人の顔は、明るいデスクの面を隔てて、ランプの笠の暗がりの中に相対して居た。予はミスラ氏の、異様に燃えて輝いて居る瞳の光が、急に気味悪く感ぜられて、俯向いてしまった。予の眼は自然と、デスクの上の須弥山の図面を見た。その図は既に、単なる古人の妄想ではなく、欧洲やアメリカの地図と同様に、実在世界の縮図であるかと考えると、予はもう半分、魔法にかかって居るような心地がした。

「………その後私は、成人するに従って、此の間池ノ端の鰻屋でお話しした通り、印度人の宗教的傾向を、甚しく呪うようになりました。父の事業の失敗は、宗教熱にかぶれた為めだと、信ずるようになりました。私は心の底から、ハッサン・カンの邪教を憎み、民を愚にする妖法であると断定しました。それで折角覚え込んだ魔法や教義を、殊更に忘れるように努力して、成る可く西洋の科学的思想に親しみ、自分の頭脳を改造しようと試みたのです。此の改造は随分骨が折れましたが、それでも結局、成功を遂げたように思われました。いや、一時はたしかに、成功したに相違ありませんでした。最近二十年の間と云うもの、私の心はもう全く印度的でなくなって、思想は元より感情の作用までも、西洋流に変ってしまったと、信じ切って居たのでした。するとつい今から二三箇月前、ちょうどあなたに始めて図書館で会った時分です。或る晩のこと、不意に私の眼の前に、ジンの姿が現われたのです。それから続いて一週間ばかり、ジンは毎日私の傍へやって来て、天に昇ったハッサン・カンや、私の父の命令を伝えるのです。『お前は何と云う心得違いな人間だ。お前は決して、お前の頭脳を改造する事は出来ないのだ。お前はもう、昔の信仰や宗教を捨ててしまった積りで居るが、お前の父や、お前の教祖は、未だにお前を見放しはしない。その証拠には、お前は今でも神通力を持って居るのだ。嘘だと思うなら、験《ため》して見るがいい。そうして、一日も早く、お前の使命を自覚するがいい。』――ジンは始終、こう云う言葉を私の耳に囁きました。

あなたはあの頃、私がひどく憂鬱になって、沈んで居たのを覚えて居るでしょう。私は以前、子供の時代に、ジンを見ると必ず憂鬱になる癖がありました。それを私は、あの時久し振りで味わったのです。たしかあなたは、二人で鰻屋へ行った日の朝、図書館の庭で、何か私に話をしかけたでしょう。すると私が、俄かに不機嫌になって、遠くの方を睨んで居たのを、よもやお忘れにはなりますまい。あの折私は、あなたの声を聞くと同時に、ジンの声を聞いたのでした。………」

ミスラ氏は自分で自分の言葉の恐ろしさに堪えざるものの如く、肩を縮めて、両手をしっかりと胸にあてて、総身をぶるぶると戦《おのの》かせつつ語るのであった。彼の両眼は瘋癲病者《ふうてんびょうしゃ》の其れのように、無意味に虚空に見開かれ、頤は激しい痙攣を起し、額の生え際には汗がびっしょりとにじんで居た。

「………あの時から今日になるまで、私は絶えず、十日に一度ぐらいずつ、ジンの襲撃を受けて居るのです。ジンはいつも、『魔法を試して見ろ。』と云って、執拗に私を促すのです。私は随分長い間、彼の忠告に反抗して居ましたが、此の頃になって、自分の心に少年時代の神通力が、現在残って居るかどうかと云う事を、一遍試して見なければ、不安心のような気になりました。それで、十日程前、先月の末の或る晩のこと、私はとうとう思い切って、此の部屋の中に閉じ籠って、二十年来一度も口に上さなかった、秘密の呪文を唱えて見たのです。すると、どうでしょう、私の身体は忽ち分解作用を起し、第六元素に還元した私の霊魂は、飄々と天空に舞い上り、涅槃界から無色界に降り、無色界から色界欲界と順々に降って、一瞬の間に善見城の父の住所に着いたのです。父は予め私の来るのを知って居て、涙を流して私に意見を加えました。それから先は委しく説明する迄もありません。幼い時分に、幾度も巡歴した事のある六道の世界を、父に案内されながら通り過ぎて、途中で父に別れを告げ、難なく人間界へ戻って来ました。——結局私は、未だに神通力を備えて居ると云う事を、証拠立てられてしまったのです。私の頭を組み立てて居る科学的知識は、その根柢から動揺し出したのです。あなたは多分、目下の私が、どれ程煩悶して居るかと云う事を、推量して下さるでしょう。私はどうして、私の習った化学や、天文学や、物理学や、生理学と、此の須弥山の世界とを調和させたらいいでしょう。科学はわれわれに経験を重んじる事を教えます。而も須弥山の世界の光景は、私に取って確かな経験なのです。科学上の事実よりも、更に明かな事実なのです。私の脳髄は、何処までも印度人の脳髄でした。私はやはり、非科学的な人間に生れて居たのでした。」

こう云って、ミスラ氏は腹だたしげに髪の毛を掻き毟りながら、机の上に突俯してしまった。

ここまで書いて来れば、読者は恐らく、それから以後に起った其の晩の出来事を、既に想像したであろう。最初に魔法の説明を聴き、次ぎに魔法の実験談を聴いた予は、最後に自《みずか》ら、実験する事が出来たのである。

予はミスラ氏に、斯う云ったのであった。

「あなたは今、自分の神通力に依って遍歴して来た須弥山の世界を、たしかな事実だと信じて居る。断じて夢や妄想ではないと主張して居る。そうして、其れが夢でない為めに、あなたは煩悶して居るのである。就いては其の須弥山の世界を、私にも一つ見せてもらいたい。果して其れが催眠術でないかどうか、今度は私に判断させて貰いたい。若しも私が、自分の経験から、催眠術であることを証拠立てたら、あなたの煩悶は全く消滅するだろう。」

予の発案に対して、ミスラ氏は強いて反対を唱えなかった。のみならず、彼は自分の魔法を此の間から他人に試しては見なかったので、彼の方にも十分な好奇心があるらしかった。そこで直ちに、実験が行われたのである。

予は其の晩の経験を、——一生忘れる事の出来ないあの経験を、いかにして読者に伝えたらいいであろう。あの時の世界の有様や、予の心持を、今になって考えて見ても、予はやっぱりミスラ氏と同様に、事実であるとしか思われない。少くとも、其れは決して夢や催眠術ではない。

予が目撃した須弥山の世界を、詳細に語ろうとすれば、何年かかっても語り尽す事は出来ないだろう。其れは殆ど、宇宙と同量の紙数を要し、文字を要するに極まって居る。ここでは単に、その内の最も興味ある、最も重な経験の二三を、簡単に記載するだけにして置こう。

予は先ず、ミスラ氏と向い合って、椅子に腰をかけたまま、能う限り呼吸を止めて居るように命ぜられた。予には其れが寸毫も苦痛でなく、いつ迄でも、極めて愉快に続けられた。予の感覚は、第一に嗅覚から、味覚、触覚、視覚と云う順序に消滅して行って、聴覚だけがやや暫らく残って居た。予の耳には長い間、ミスラ氏の呪文の声が聞え、置き時計の十一時の鳴るのが聞えた。やがて、聴覚も全然消滅してしまったが、意識は極めて明瞭で、五感以外の、或る一種の内感覚が保たれて居た。予は確実に、自分が今何をされつつあり、いかなる状態にあるかを知って居た。予の存在の全体は、ただ清浄な恍惚感だけであった。予はもう、神的霊魂になったらしく、だんだん上方に向って昇騰しつつある事が、内感覚に依って知覚された。

程なく、太一生命に合して、無色界に達したようであった。予は、『予』と云うものが、稀薄なる微気的《びきてき》大身体である事を感じた。けれどもしまいには、その感じさえなくなってしまった。恐らく、涅槃界に這入ったのであったろう。……

……………………………………

予は再び、おぼろげなる意識を持ち始めた。何か、存在を慕う傾向と云うようなものが、頻りに予を下の方へ、引っ張って行くらしかった。

予は予の周囲に、予と同じような、多数の霊魂の浮動するのを知った。

予の内感覚は、次第に元のようにはっきりして来た。予はいつの間にか、『予』と云うものが密着不離の皮衣に包まれて居る事に心付いた。予は今までの内感覚の外に、運動感覚を持つようになった。皮衣の裡には、既に筋肉があり、内臓があるらしかった。須臾《しゆゆ》にして、五感が一つ一つ、嗅覚を先にして恢復して行った。予の瞳は光線を見、色彩を見、自分の身体を見た。予は、欲界の下層にある、須弥山の頂上に住む天人であった。予は狂喜して躍《おど》り起《た》った。………

……………………………………………………

予は天空を飛行して、山頂から山麓へ下った。須弥山の四方を形成する四種の地質は、各々その色を虚空《こくう》に反射して、北方の空は金色《こんじき》に輝き、東方の空は白銀の光に燃えて居た。四天王の世界を過ぎて、広目天《こうもくてん》や持国天等の風貌に接した時、予は図らずも、奈良東大寺の戒壇院にある彼等の彫刻を想い浮べた。

諸仏と悪魔との戦が到る所に演ぜられて居た。持軸山の頂に立って、数万由旬《ゆじゅん》の高さから、下界に放尿して居る阿修羅もあった。日輪と月輪とを迫害して居る悪鬼もあった。予は、その外無数の荘厳な世界や暗澹たる世界を見たが、就中、最も予の心を傷ましめたものは、鹹《かん》海《かい》中の弗婆提《ほつぼだい》の洲《しま》に住んで居る、我が亡き母の輪廻《りんね》の姿であった。

母は一羽の美しい鳩となって、その島《しま》の空を舞って居た。そうして、たまたま通りかかった予の肩の上に翼を休めて、不思議にも人語を囀りながら、予に忠告を与えるのであった。

「わたしはお前のような悪徳の子を生んだ為めに、その罰《ばち》を受けて、未だに仏に成れないのです。私を憐れだと思ったら、どうぞ此れから心を入れかえて、正しい人間になっておくれ。お前が善人になりさえすれば、私は直ぐにも天に昇れます。」

――こう云って啼く鳩の声は、今年の五月まで此の世に生きて居た、我が母の声そっくりであった。

「お母さん、私はきっと、あなたを仏にしてあげます。」

予は斯く答えて、彼女の柔かい胸の毛を、頬に擦り寄せたきり、いつ迄も其処を動こうとしなかった。

途上

東京T・M株式会社員法学士湯河《ゆがわ》勝太郎が、十二月も押し詰まった或る日の夕暮の五時頃に、金杉橋の電車通りを新橋の方へぶらぶら散歩して居る時であった。

「もし、もし、失礼ですがあなたは湯河さんじゃございませんか。」

ちょうど彼が橋を半分以上渡った時分に、こう云って後ろから声をかけた者があった。湯河は振り返った、――――すると其処に、彼には嘗て面識のない、しかし風采の立派な一人の紳士が慇懃に山高帽を取って礼をしながら、彼の前へ進んで来たのである。

「そうです、私《わたくし》は湯河ですが、………」

湯河はちょっと、その持ち前の好人物らしい狼狽《うろた》え方で小さな眼をパチパチやらせた。そうしてさながら彼の会社の重役に対する時の如くおどおどした態度で云った。なぜなら、その紳士は全く会社の重役に似た堂々たる人柄だったので、彼は一と目見た瞬間に、「往来で物を云いかける無礼な奴」と云う感情を忽ち何処へか引込めてしまって、我知らず月給取りの根性をサラケ出したのである。紳士は猟虎《らっこ》の襟の附いた、西班牙《スペイン》犬の毛のように房々した黒い玉羅紗の外套を纏って、(外套の下には大方モーニングを着て居るのだろうと推定される)

縞のズボンを穿いて、象牙のノップのあるステッキを衝いた、色の白い、四十恰好の太った男だった。

「いや、突然こんな所でお呼び止めして失礼だとは存じましたが、わたくしは実は斯う云う者で、あなたの友人の渡辺法学士――あの方の紹介状を戴いて、たった今会社の方へお尋ねしたところでした。」

紳士は斯う云って二枚の名刺を渡した。湯河はそれを受け取って街灯の明りの下へ出して見た。一枚の方は紛《まぎ》れもなく彼の親友渡辺の名刺である。名刺の上には渡辺の手でこんな文句が認めてある、――「友人安藤一郎氏を御紹介する右は小生の同県人にて小生とは年来親しくして居る人なり君の会社に勤めつつある某社員の身元に就いて調べたい事項があるそうだから御面会の上宜敷御取計いを乞う」――もう一枚の名刺を見ると、「私立探偵安藤一郎　事務所　日本橋区蠣殻町《かきがら》三丁目四番地　電話浪花五〇一〇番」と記してある。

「ではあなたは、安藤さんと仰っしゃるので、――」

湯河は其処に立って、改めて紳士の様子をじろじろ眺めた。「私立探偵」――日本には珍しい此の職業が、東京にも五六軒出来たことは知って居たけれど、実際に会うのは今日が始めてである。それにしても日本の私立探偵は西洋のよりも風采が立派なようだ、と、彼は思った。湯河は活動写真が好きだったので、西洋のそれにはたびたびフィルムでお目に懸って居たから。

「そうです、わたくしが安藤です。で、その名刺に書いてありますような要件に就いて、幸いあなたが会社の人事課の方に勤めておいでの事を伺ったものですから、それで只今会社へお尋ねして御面会を願った訳なのです。いかがでしょう、御多忙のところを甚だ恐縮ですが、少しお暇を割いて下さる訳には参りますまいか。」

紳士は、彼の職業にふさわしい、力のある、メタリックな声でテキパキと語った。

「なに、もう暇なんですから僕の方はいつでも差支えはありません、……」

と、湯河は探偵と聞いてから「わたくし」を「僕」に取り換えて話した。

「僕で分ることなら、御希望に従って何なりとお答えしましょう。しかし其の御用件は非常にお急ぎの事でしょうか、若しお急ぎでなかったら明日では如何でしょうか？　今日でも差支えはない訳ですが、斯うして往来で話をするのも変ですから、――」

「いや、御尤もですが明日からは会社の方もお休みでしょうし、わざわざお宅へお伺いするほどの要件でもないのですから、御迷惑でも少し此の辺を散歩しながら話して戴きましょう。それにあなたは、いつも斯うやって散歩なさるのがお好きじゃありませんか。ははは。」

と云って、紳士は軽く笑った。それは政治家気取りの男などがよく使う豪快な笑い方だった。

湯河は明かに困った顔つきをした。と云うのは、彼のポッケットには今しがた会社から貰って来た月給と年末賞与とが忍ばせてあった。その金は彼としては少からぬ額だったので、彼は私《ひそ》かに今夜の自分自身を幸福に感じて居た。此れから銀座へでも行って、此の間からせびられて居た妻の手套《てぶくろ》と肩掛とを買って、――あのハイカラな彼女の顔に似合うようなどっしりした毛皮の奴を買って、――そうして早く家《うち》へ帰って彼女を喜ばせてやろう、――そんなことを思いながら歩いて居る矢先だったのである。彼は此の安藤と云う見ず知らずの人間の為めに、突然楽しい空想を破られたばかりでなく、今夜の折角の幸福にひびを入れられたような気がした。それはいいとしても、人が散歩好きのことを知って居て、会社から追っ駈けて来るなんて、何ぼ探偵でも厭な奴だ、どうして此の男は己の顔を知って居たんだろう、そう考えると不愉快だった。おまけに彼は腹も減って居た。

「どうでしょう、お手間は取らせない積りですが少し附き合って戴けますまいか。私の方は、或る個人の身元に就いて立ち入ったことをお伺いしたいのですから、却て会社でお目に懸るよりも往来の方が都合がいいのです。」

「そうですか、じゃ兎に角御一緒に其処まで行きましょう。」

湯河は仕方なしに紳士と並んで又新橋の方へ歩き出した。紳士の云うところにも理窟はあるし、それに、明日になって探偵の名刺を持って家へ尋ねて来られるのも迷惑だと云う事に、気が付いたからである。

歩き出すと直ぐに、紳士――探偵はポッケットから葉巻を出して吸い始めた。が、ものの一町も行く間、彼はそうして葉巻を吸って居るばかりだった。湯河が馬鹿にされたような気持でイライラして来たことは云うまでもない。

「で、その御用件と云うのを伺いましょう。僕の方の社員の身元と仰っしゃると誰の事でしょうか。僕で分ることなら何でもお答えする積りですが、――」

「無論あなたならお分りになるだろうと思います。」

紳士はまた二三分黙って葉巻を吸った。

「多分何でしょうな、其の男が結婚するとでも云うので身元をお調べになるのでしょうな。」

「ええそうなんです、御推察の通りです。」

「僕は人事課に居るので、よくそんなのがやって来ますよ。一体誰ですか其の男は？」

湯河はせめて其の事に興味を感じようとするらしく好奇心を誘いながら云った。

「さあ、誰と云って、――そう仰っしゃられるとちょっと申しにくい訳ですが、その人と云うのは実はあなたですよ。あなたの身元調べを頼まれて居るんですよ。こんな事は人から間接に聞くよりも、直接あなたに打《ぶ》つかった方が早いと思ったもんですから、それでお尋ねするのですがね。」

「僕はしかし、――あなたは御存知ないかも知れませんが、もう結婚した男ですよ。何かお間違いじゃないでしょうか。」

「いや、間違いじゃありません。あなたに奥様がおあんなさることは私も知って居ます。けれどもあなたは、まだ法律上結婚の手続きを済ましてはいらっしゃらないでしょう。そうして近いうちに、出来るなら一日も早く、その手続きを済ましたいと考えていらっしゃることも事実でしょう。」

「ああそうですか、分りました。するとあなたは僕の家内の実家の方から、身元調べを頼まれた訳なんですね。」

「誰に頼まれたかと云う事は、私の職責上申し上げにくいのです。あなたにも大凡《おおよ》そお心当りがおありでしょうから、どうか其の点は見逃して戴きとうございます。」

「ええよござんすとも、そんな事はちっとも構いません。僕自身の事なら何でも僕に聞いて下さい。間接に調べられるよりは其の方が僕も気持がよござんすから。――僕はあなたが、そう云う方法を取って下すった事を感謝します。」

「はは、感謝して戴いては痛み入りますな。――僕はいつでも（と、紳士も「僕」を使い出しながら）結婚の身元調べなんぞには此の方法を取って居るんです。相手が相当の人格のあり地位のある場合には、実際直接に打つかった方が間違いがないんです。それにどうしても本人に聞かなけりゃ分らない問題もありますからな。」

「そうですよ、そうですとも！」

と、湯河は嬉しそうに賛成した。彼はいつの間にか機嫌を直して居たのである。

「のみならず、僕はあなたの結婚問題には少からず同情を寄せて居ります。」

紳士は、湯河の嬉しそうな顔をチラと見て、笑いながら言葉を続けた。

「あなたの方へ奥様の籍をお入れなさるのには、奥様と奥様の御実家とが一日も早く和解なさらなけりゃいけませんな。でなければ奥様が二十五歳におなりになるまで、もう三四年待たなけりゃなりません。しかし、和解なさるには奥様よりも実はあなたを先方へ理解させることが必要なのです。それが何よりも肝心なのです。で、僕も出来るだけ御尽力はしますが、あなたもまあ其の為めと思って、僕の質問に腹蔵なく答えて戴きましょう。」

「ええ、そりゃよく分って居ます。ですから何卒御遠慮なく、――」

「そこでと、――あなたは渡辺君と同期に御在学だったそうですから、大学をお出になったのはたしか大正二年になりますな？――先ず此の事からお尋ねしましょう。」

「そうです、大正二年の卒業です。そうして卒業すると直ぐに今のT・M会社へ這入ったのです。」

「左様、卒業なさると直ぐ、今のT・M会社へお這入りになった。――それは承知して居ますが、あなたがあの先《せん》の奥様と御結婚なすったのは、あれはいつでしたかな。あれは何でも、会社へお這入りになると同時だったように思いますが――」

「ええそうですよ、会社へ這入ったのが九月でしてね、明くる月の十月に結婚しました。」

「大正二年の十月と、――（そう云いながら紳士は右の手を指折り数えて、）するとちょうど満五年半ばかり御同棲なすった訳ですね。先の奥様がチブスでお亡くなりになったのは、大正八年の四月だった筈ですから。」

「ええ」

と云ったが、湯河は不思議な気がした。「此の男は己を間接には調べないと云って置きながら、いろいろの事を調べている。」――で、彼は再び不愉快な顔つきになった。

「あなたは先の奥さんを大そう愛していらしったそうですね。」

「ええ愛して居ました。――しかし、それだからと云って今度の妻を同じ程度に愛しないと云う訳じゃありません。亡くなった当座は勿論未練もありましたけれど、その未練は幸いにして癒やし難いものではなかったのです。今度の妻がそれを癒やしてくれたのです。だから僕は其の点から云っても、是非とも久満子《くまこ》と、――久満子と云うのは今の妻の名前です。お断りするまでもなくあなたは疾《と》うに御承知のことと思いますが、――正式に結婚しなければならない義務を感じて居ります。」

「イヤ御尤もで、」

と、紳士は彼の熱心な口調を軽く受け流しながら、

「僕は先の奥さんのお名前も知って居ります、筆子さんと仰っしゃるのでしょう。――それからまた、筆子さんが大変病身なお方で、チブスでお亡くなりになる前にも、たびたびお患《わずら》いなすった事を承知して居ります。」

「驚きましたな、どうも。さすが御職掌柄で何もかも御存知ですな。そんなに知っていらっしゃるならもうお調べになるところはなさそうですよ。」

「あはははは、そう仰っしゃられると恐縮です。何分此れで飯を食って居るんですから、ま

あそんなにイジメないで下さい。――で、あの筆子さんの御病身の事に就いてですが、あの方はチブスをおやりになる前に一度パラチブスをおやりになりましたね、……斯うッと、それはたしか大正六年の秋、十月頃でした。可なり重いパラチブスで、なかなか熱が下らなかったので、あなたが非常に御心配なすったと云う事を聞いて居ります。それから其の明くる年、大正七年になって、正月に風を引いて五六日寝ていらしったことがあるでしょう。」

「ああそうそう、そんなこともありましたっけ。」

「その次には又、七月に一度と、八月に二度と、夏のうちは誰にでも有りがちな腹下しをなさいましたな。此の三度の腹下しのうちで、二度は極く軽微なものでしたからお休みになるほどではなかったようですが、一度は少し重くって一日二日伏せっていらしった。すると、今度は秋になって例の流行性感冒がはやり出して来て、筆子さんはそれに二度もお罹りになった。即ち十月に一遍軽いのをやって、二度目は明くる年の大正八年の正月のことでしたろう。その時は肺炎を併発して危篤な御容態だったと聞いて居ります。その肺炎がやっとの事で全快すると、二た月も立たないうちにチブスでお亡くなりになったのです。――そうでしょうな？　僕の云うことに多分間違いはありますまいな？」

「ええ」

と云ったきり湯河は下を向いて何か知ら考え始めた、――二人はもう新橋を渡って歳晩の銀座通りを歩いて居たのである。

「全く先の奥さんはお気の毒でした。亡くなられる前後半年ばかりと云うものは、死ぬような大患いを二度もなすったばかりでなく、其の間に又胆を冷やすような危険な目にもチョイチョイお会いでしたからな。――あの、窒息事件があったのはいつ頃でしたろうか？」

そう云っても湯河が黙って居るので、紳士は独りで頷きながらしゃべり続けた。

「あれは斯うッと、奥さんの肺炎がすっかりよくなって、二三日うちに床上げをなさろうと云う時分、――病室の瓦斯《ガス》ストーブから間違いが起ったのだから何でも寒い時分ですな、二月の末のことでしたろうかな、瓦斯の栓が弛んで居たので、夜中に奥さんがもう少しで窒息なさろうとしたのは。しかし好い塩梅《あんばい》に大事に至らなかったものの、あの為めに奥さんの床上げが二三日延びたことは事実ですな。――そうです、そうです、それからまだこんな事もあったじゃありませんか、奥さんが乗合自動車で新橋から須田町へおいでになる途中で、その自動車が電車と衝突して、すんでの事で……」

「ちょっと、ちょっとお待ち下さい。僕は先《さつき》からあなたの探偵眼には少からず敬服して居ますが、一体何の必要があって、いかなる方法でそんな事をお調べになったのでしょう。」

「いや、別に必要があった訳じゃないんですがね、僕はどうも探偵癖があり過ぎるもんだから、つい余計な事まで調べ上げて人を驚かして見たくなるんですよ。自分でも悪い癖だと思って居ますが、なかなか止められないんです。今直きに本題へ這入りますから、まあもう少し辛抱して聞いて下さい。――で、あの時奥さんは、自動車の窓が壊れたので、ガラスの破片で額へ怪我をなさいましたね。」

「そうです。しかし筆子は割りに呑気な女でしたから、そんなにビックリしても居ませんでしたよ。それに、怪我と云ってもほんの擦《かす》り傷でしたから。」

「ですが、あの衝突事件に就いては、僕が思うのにあなたも多少責任がある訳です。」

「なぜ？」

「なぜと云って、奥さんが乗合自動車へお乗りになったのは、あなたが電車へ乗るな、乗合自動車で行けとお云いつけになったからでしょう。」

「そりゃ云いつけました――かも知れません。僕はそんな細々した事までハッキリ覚えては居ませんが、成る程そう云いつけたようにも思います。そう、そう、たしかにそう云ったでしょう。それは斯う云う訳だったんです、何しろ筆子は二度も流行性感冒をやった後でしたろう、そうして其の時分、人ごみの電車に乗るのは最も感冒に感染し易いと云う事が、新聞なぞに出て居る時分でしたろう、だから僕の考では、電車より乗合自動車の方が危険が少いと思ったんです。それで決して電車へは乗るなと、固く云いつけた訳なんです、まさか筆子の乗った自動車が、運悪く衝突しようとは思いませんからね。僕に責任なんかある筈はありませんよ。筆子だってそんな事は思いもしなかったし、僕の忠告を感謝して居るくらいでした。」

「勿論筆子さんは常にあなたの親切を感謝しておいででした、亡くなられる最後まで感謝しておいででした。けれども僕は、あの自動車事件だけはあなたに責任があると思いますね。そりゃあなたは奥さんの御病気の為めを考えてそうしろと仰っしゃったでしょう。それはきっとそうに違いありません。にも拘らず、僕はやはりあなたに責任があると思いますね。」

「なぜ?」

「お分りにならなければ説明しましょう、――あなたは今、まさかあの自動車が衝突しようとは思わなかったと仰っしゃったようです。しかし奥様が自動車へお乗りになったのはあの日一日だけではありませんな。あの時分、奥さんは大患いをなすった後で、まだ医者に見て貰う必要があって、一日置きに芝口のお宅から万世橋の病院まで通っていらしった。それも一と月くらい通わなければならない事は最初から分って居た。そうして其の間はいつも乗合自動車へお乗りになった。衝突事故があったのはつまり其の期間の出来事です。よござんすかね。ところでもう一つ注意すべきことは、あの時分はちょうど乗合自動車が始まり立てで、衝突事故が屡々あったのです。衝突しやしないかと云う心配は、少し神経質の人には可なりあったのです。――ちょっとお断り申して置きますが、あなたは神経質の人です、――そのあなたがあなたの最愛の奥さんを、あれほどたびたびあの自動車へお乗せになると云う事は少くとも、あなたに似合わない不注意じゃないでしょうか。一日置きに一と月の間あれで往復するとなれば、その人は三十回衝突の危険に曝されることになります。」

「あははははは、其処へ気が付かれるとはあなたも僕に劣らない神経質ですな。成る程、そう仰っしゃられると、僕はあの時分のことをだんだん思い出して来ましたが、僕もあの時満更それに気が付かなくはなかったのです。けれども僕は斯う考えたのです。自動車に於ける衝突の危険と、電車に於ける感冒伝染の危険と、孰方《どっち》がプロバビリティーが多いか。それから又、仮りに危険のプロバビリティーが両方同じだとして、孰方が余計生命に危険であるか。此の問題を考えて見て、結局乗合自動車の方がより安全だと思ったのです。なぜかと云うと、今あなたの仰っしゃった通り月に三十回往復するとして、若し電車に乗れば其の三十台の電車の孰れにも、必ず感冒の黴菌が居ると思わなければなりません。あの時分は流行の絶頂期でしたからそう見るのが至当だったのです。既に黴菌が居るとなれば、其処で感染するのは偶然ではありません。然るに自動車の事故の方は此れは全く偶然の禍《わざわい》です。無論どの自動車にも衝突のポシビリティーはありますが、しかし始めから禍因《かいん》が歴然と存在して居る場合とは違いますからな。次には斯う云う事も私には云われます。筆子は二度も流行性感冒に罹って居ます、此れは彼女が普通の人よりもそれに罹り易い体質を持って居る証拠です。だから電車へ乗れば、彼女は多勢の乗客の内でも危険を受ける可く択ばれた一人とならなければなりません。自動車の場合には乗客の感ずる危険は平等です。のみならず僕は危険の程度に就いても斯う考えました、彼女が若し、三度目に流行性感冒に罹ったとしたら、必ず又肺炎を起すに違いないし、そうなると今度こそ助からないだろう。一度肺炎をやったものは再び肺炎に罹り易いと云う事を聞いても居ましたし、おまけに彼女は病後の衰弱から十分恢復し切らずに居た時ですから、僕の此の心配は杞憂《きゆう》ではなかったのです。ところが衝突の方は、衝突したから死ぬと極まってやしませんからな。よくよく不運な場合でなけりゃ大怪我をすると云う事もないし、大怪我がもとで命を取られるような事はめったにありゃしませんからな。そうして僕の此の考はやはり間違っては居なかったのです。御覧なさい、筆子は往復三十回の間に一度衝突に会いましたけれど、僅かに擦り傷だけで済んだじゃありませんか。」

「成る程、あなたの仰っしゃることは唯それだけ伺って居れば理窟が通って居ます。何処にも切り込む隙がないように聞えます。が、あなたが只今仰っしゃらなかった部分のうちに、実は見逃してはならないことがあるのです。と云うのは、今のその電車と自動車との危険の可能率の問題ですな、自動車の方が電車よりも危険の率が少い、また危険があっても其の程度が軽い、そうして乗客が平等にその危険性を負担する、此れがあなたの御意見だったようですが、少くともあなたの奥様の場合には、自動車に乗っても電車と同じく危険に対して択ばれた一人であったと、僕は思うのです。決して外の乗客と平等に危険に曝されては居なかった筈です。つまり、自動車が衝突した場合に、あなたの奥様は誰よりも先に、且恐らくは誰よりも重い負傷を受けるべき運命の下に置かれていらしった。此の事をあなたは見逃してはなりません。」

「どうしてそう云う事になるでしょう？　僕には分りかねますがね。」

「ははあ、お分りにならない？　どうも不思議ですな。――しかしあなたは、あの時分筆子さんに斯う云う事を仰っしゃいましたな、乗合自動車へ乗る時はいつも成る可く一番前の方へ乗れ、それが最も安全な方法だと――」

「そうです、その安全と云う意味は斯うだったのです、――」

「いや、お待ちなさい、あなたの安全と云う意味は斯うだったでしょう、――自動車の中にだって矢張いくらか感冒の黴菌が居る。で、それを吸わないようにするには、成るべく風上《かざかみ》の方に居るがいいと云う理窟でしょう。すると乗合自動車だって、電車ほど人がこんでは居ないにしても、感冒伝染の危険が絶無ではない訳ですな。あなたは先《さつき》この事実を忘れておいでのようでしたな。それからあなたは今の理窟に附け加えて、乗合自動車は前の方へ乗る方が震動が少い、奥さんはまだ病後の疲労が脱け切らないのだから、成るべく体を震動させない方がいい。――此の二つの理由を以て、あなたは奥さんに前へ乗ることをお勧めなすったのです。勧めたと云うよりは寧ろ厳しくお云いつけになったのです。奥さんはあんな正直な方で、あなたの親切を無にしては悪いと考えていらしったから、出来るだけ命令通りになさろうと心がけておいででした。そこで、あなたのお言葉は着々と実行されて居ました。」

「…………」

「よござんすかね、あなたは乗合自動車の場合に於ける感冒伝染の危険と云うものを、最初は勘定に入れていらっしゃらなかった。いらっしゃらなかったにも拘らず、それを口実にして前の方へお乗せになった、――ここに一つの矛盾があります。そうしてもう一つの矛盾は、最初勘定に入れて置いた衝突の危険の方は、その時になって全く閑却されてしまったことです。乗合自動車の一番前の方へ乗る、――衝突の場合を考えたら、此のくらい危険なことはないでしょう、其処に席を占めた人は、その危険に対して結局択ばれた一人になる訳です。だから御覧なさい、あの時怪我をしたのは奥様だけだったじゃありませんか、あんな、ほんのちょっとした衝突でも、外のお客は無事だったのに奥様だけは擦り傷をなすった。あれがもっとひどい衝突だったら、外のお客が擦り傷をして奥様だけが重傷を負います。更にひどかった場合には、外のお客が重傷を負って奥様だけが命を取られます。――衝突と云う事は、仰っしゃる迄もなく偶然に違いありません。しかし其の偶然が起った場合に、怪我をすると云う事は、奥様の場合には偶然でなく必然です。」

二人は京橋を渡った、が、紳士も湯河も、自分たちが今何処を歩いて居るかをまるで忘れてしまったかのように、一人は熱心に語りつつ一人は黙って耳を傾けつつ真直ぐに歩いて行った。

「ですからあなたは、或る一定の偶然の危険の中へ奥様を置き、そうして其の偶然の範囲内での必然の危険の中へ、更に奥様を追い込んだと云う結果になります。此れは単純な偶然の危険とは意味が違います。そうなると果して電車より安全かどうか分らなくなります。第一、あの時分の奥様は二度目の流行性感冒から直ったばかりの時だったのです、従って其の病気に対する免疫性を持って居られたと考えるのが至当ではないでしょうか。僕に云わせれば、あの時の奥様には絶対に伝染の危険はなかったのでした。択ばれた一人であっても、それは安全な方へ択ばれて居たのでした。一度肺炎に罹ったものがもう一度罹り易いと云う事は、或る期間を置いての話です。」

「しかしですね、その免疫性と云う事も僕は知らないじゃなかったんですが、何しろ十月に一度罹って又正月にやったんでしょう。すると免疫性もあまりアテにならないと思ったもんですから、………」

「十月と正月との間には二た月の期間があります。ところがあの時の奥様はまだ完全に直り切らないで咳をしていらしったのです。人から移されるよりは人に移す方の側だったのです。」

「それからですね、今お話の衝突の危険と云うこともですね、既に衝突その物が非常に偶然な場合なんですから、その範囲内での必然と云って見たところが、極く極く稀な事じゃないでしょうか。偶然の中の必然と単純な必然とは矢張意味が違いますよ。況んや其の必然なるものが、必然怪我をすると云うだけの事で、必然命を取られると云う事にはならないのですからね。」

「けれども、偶然ひどい衝突があった場合には必然命を取られると云う事は云えましょうな。」

「ええ云えるでしょう、ですがそんな論理的遊戯をやったって詰まらないじゃありませんか。」

「あははは、論理的遊戯ですか、僕は此れが好きだもんですから、ウッカリ図に乗って深入りをし過ぎたんです、イヤ失礼しました。もう直き本題に這入りますよ。――で、這入る前に、今の論理的遊戯の方を片附けてしまいましょう。あなただって、僕をお笑いなさるけれど実はなかなか論理がお好きのようでもあるし、此の方面では或は僕の先輩かも知れないくらいだから、満更興味のない事ではなかろうと思うんです。そこで、今の偶然と必然の研究ですな、あれを或る一個の人間の心理と結び付ける時に、茲に新たなる問題が生じる、論理が最早や単純な論理でなくなって来ると云う事に、あなたはお気付きにならないでしょうか。」

「さあ、大分むずかしくなって来ましたな。」

「なにむずかしくも何ともありません。或る人間の心理と云ったのはつまり犯罪心理を云うのです。或る人が或る人を間接な方法で誰にも知らせずに殺そうとする。――殺すと云う言葉が穏当でないなら、死に至らしめようとして居る。そうして其の為めに、その人を成るべく多くの危険へ露出させる。その場合に、その人は自分の意図を悟らせない為めにも、又相手の人を其処へ知らず識らず導く為めにも、偶然の危険を択ぶより外仕方がありません。しかし其の偶然の中に、ちょいとは目に付かない或る必然が含まれて居るとすれば、猶更お誂え向きだと云う訳です。で、あなたが奥さんを乗合自動車へお乗せになった事は、たまたま其の場合と外形に於いて一致しては居ないでしょうか？　僕は『外形に於いて』と云います、どうか感情を害しないで下さい。無論あなたにそんな意図があったとは云いませんが、あなたにしてもそう云う人間の心理はお分りになるでしょうな。」

「あなたは御職掌柄妙なことをお考えになりますね。外形に於いて一致して居るかどうか、あなたの御判断にお任せするより仕方がありませんが、しかしたった一と月の間、三十回自動車で往復させただけで、その間に人の命が奪えると思って居る人間があったら、それは馬鹿か気違いでしょう。そんな頼《たよ》りにならない偶然を頼りにする奴もないでしょう。」

「そうです、たった三十回自動車へ乗せただけなら、其の偶然が命中する機会は少いと云えます。けれどもいろいろな方面からいろいろな危険を捜し出して来て、其の人の上へ偶然を幾つも幾つも積み重ねる、――そうするとつまり、命中率が幾層倍にも殖えて来る訳です。無数の偶然的危険が寄り集って一個の焦点を作って居る中へ、その人を引き入れるようにする。そうなった場合には、もう其の人の蒙る危険は偶然でなく、必然になって来るのです。」

「――と仰っしゃると、たとえばどう云う風にするのでしょう？」

「たとえばですね、ここに一人の男があって其の妻を殺そう、――死に至らしめようと考えて居る。然るに其の妻は生れつき心臓が弱い。――此の心臓が弱いと云う事実の中には、既に偶然的危険の種子が含まれて居ます。で、その危険を増大させる為めに、ますます心臓を悪くするような条件を彼女に与える。たとえば其の男は妻に飲酒の習慣を附けさせようと思って、酒を飲むことをすすめました。最初は葡萄酒を寝しなに一杯ずつ飲むことをすすめる、その一杯をだんだんに殖やして食後には必ず飲むようにさせる、斯うして次第にアルコールの味を覚えさせました。しかし彼女はもともと酒を嗜《たしな》む傾向のない女だったので、夫が望むほどの酒飲みにはなれませんでした。そこで夫は、第二手段として煙草をすすめました。『女だって其のくらいな楽しみがなけりゃ仕様がない』そう云って、舶来のいい香いのする煙草を買って来ては彼女に吸わせました。ところが此の計画は立派に成功して、一と月ほどのうちに、彼女はほんとうの喫煙家になってしまったのです。もう止そうと思っても止せなくなってしまったのです。次に夫は、心臓の弱い者には冷水浴が有害である事を聞き込んで来て、それを彼女にやらせました。『お前は風を引き易い体質だから、毎朝怠らず冷水浴をやるがいい』と、其の男は親切らしく妻に云ったのです。心の底から夫を信頼して居る妻は直ちに其の通り実行しました。そうして、それらの為めに自分の心臓がいよいよ悪くなるのを知らずに居ました。ですがそれだけでは夫の計画が十分に遂行されたとは云えません。彼女の心臓をそんなに悪くして置いてから、今度は其の心臓に打撃を与えるのです。つまり、成るべく高い熱の続くような病気、――チブスとか肺炎とかに罹り易いような状態へ、彼女を置くのですな。其の男が最初に択んだのはチブスでした。彼は其の目的で、チブス菌の居そうなものを頻りに細君に喰べさせました。『亜米利加人は食事の時に生水を飲む、水をベスト・ドリンクだと云って賞美する』などと称して、細君に生水を飲ませる。刺身を喰わせる。それから、生の牡蠣《かき》と心太《ところてん》にはチブス菌が多い事を知って、それを喰わせる。勿論細君にすすめる為めには夫自身もそうしなければなりませんでしたが、夫は以前にチブスをやったことがあるので、免疫性になって居たんです。夫の此の計画は、彼の希望通りの結果を齎《もたら》しはしませんでしたが、殆ど七分通りは成功しかかったのです。と云うのは、細君はチブスにはなりませんでしたけれども、パラチブスにかかりました。そうして一週間も高い熱に苦しめられました。が、パラチブスの死亡は一割内外に過ぎませんから、幸か不幸か心臓の弱い細君は助かりました。夫はその七分通りの成功に勢いを得て、其の後も相変らず生《なま》物《もの》を喰べさせることを怠らずに居たので、細君は夏になると屢々下痢を起しました。夫は其の度毎にハラハラしながら成り行きを見て居ましたけれど、生憎にも彼の注文するチブスには容易に罹らなかったのです。するとやがて、夫の為めには願ってもない機会が到来したのです。それは一昨年の秋から翌年の冬へかけての悪性感冒の流行でした。夫は此の時期に於いてどうしても彼女を感冒に取り憑《つ》かせようとたくらんだのです。十月早々、彼女は果してそれに罹りました、――なぜ罹ったかと云うと、彼女は其の時分、咽喉を悪くして居たからです。夫は感冒予防の嗽《うが》いをしろと云って、わざと度の強い過酸化水素水を拵えて、それで始終彼女に嗽いをさせて居ました。その為めに彼女は咽喉カタールを起して居たのです。のみならず、ちょうど其の時に親戚の伯母が感冒に罹ったので、夫は彼女を再三其処へ見舞いにやりました。彼女は五度び目に見舞いに行って、帰って来ると直ぐに熱を出したのです。しかし、幸いにして其の時も助かりました。そうして正月になって、今度は更に重いのに罹ってとうとう肺炎を起したのです。………」

こう云いながら、探偵はちょっと不思議な事をやった、——持って居た葉巻の灰をトントンと叩き落すような風に見せて、彼は湯河の手頸の辺を二三度軽く小突いたのである、——何か無言の裡に注意をでも促すような工合に。それから、恰も二人は日本橋の橋手前まで来て居たのだが、探偵は村井銀行の先を右へ曲って、中央郵便局の方角へ歩き出した。

無論湯河も彼に喰着いて行かなければならなかった。

「此の二度目の感冒にも、矢張夫の細工がありました。」

と、探偵は続けた。

「その時分に、細君の実家の子供が激烈な感冒に罹って神田のS病院へ入院することになりました。すると夫は頼まれもしないのに細君を其の子供の附添人にさせたのです。それは斯う云う理窟からでした、——『今度の風は移り易いからめったな者を附き添わせることは出来ない。私の家内《かない》は此の間感冒をやったばかりで免疫になって居るから、附添人には最も適当だ。』——そう云ったので、細君も成る程と思って子供の看護をして居るうちに、再び感冒を背負い込んだのです。そうして細君の肺炎は可なり重態でした。幾度も危険のことがありました。今度こそ夫の計略は十二分に効を奏しかかったのです。夫は彼女の枕許で彼女が夫の不注意から斯う云う大患になったことを詫りましたが、細君は夫を恨もうともせず、何処までも生前の愛情を感謝しつつ静かに死んで行きそうに見えました。けれども、もう少しと云うところで今度も細君は助かってしまったのです。夫の心になって見れば、九仞《きゆうじん》の功を一簣《いつき》に虧《か》いた、――とでも云うべきでしょう。そこで、夫は又工夫を凝らしました。――そうこれは病気ばかりではいけない、病気以外の災難にも遇わせなければいけない、――そう考えたので、彼は先ず細君の病室にある瓦斯ストオブを利用しました。その時分細君は大分よくなって居たから、もう看護婦も附いては居ませんでしたが、まだ一週間ぐらいは夫と別の部屋に寝て居る必要があったのです。で、夫は或る時偶然にこう云う事を発見しました。――細君は、夜眠りに就く時は火の用心を慮《おもんぱか》って瓦斯ストオブを消して寝る事。瓦斯ストオブの栓は、病室から廊下へ出る閾際《しきいぎわ》にある事。細君は夜中に一度便所へ行く習慣があり、そうして其の時には必ず其の閾際を通る事。閾際を通る時に、細君は長い寝間着の裾をぞろぞろと引き擦って歩くので、その裾が五度に三度までは必ず瓦斯の栓に触《さわ》る事。若し瓦斯の栓がもう少し弱かったら、裾が触った場合に其れが弛むに違いない事。病室は日本間ではあったけれども、建具がシッカリして居て隙間から風が洩らないようになっている事。――偶然にも、其処にはそれだけの危険の種子《たね》が準備されて居ました。茲に於いて夫は、その偶然を必然に導くにはほんの僅かの手数を加えればいいと云う事に気が付きました。そ れは即ち瓦斯の栓をもっと緩くして置く事です。彼は或る日、細君が昼寝をして居る時にこっそりと其の栓へ油を差して其処を滑かにして置きました。彼の此の行動は、極めて秘密の裡に行われた筈だったのですが、不幸にして彼は自分が知らない間にそれを人に見られて居たのです。――見たのは其の時分彼の家に使われて居た女中でした。此の女中は、細君が嫁に来た時に細君の里から附いて来た者で、非常に細君思いの、気転の利く女だったのです。まあそんな事はどうでもよござんすがね、――」

探偵と湯河とは中央郵便局の前から兜《かぶと》橋を渡り、鎧《よろい》橋を渡った。二人はいつの間にか水天宮前の電車通りを歩いて居たのである。

「――で、今度も夫は七分通り成功して、残りの三分で失敗しました。細君は危く瓦斯の為めに窒息しかかったのですが、大事に至らないうちに眼を覚まして、夜中に大騒ぎになったのです。どうして瓦斯が洩れたのか、原因は間もなく分りましたけれど、それは細君自身の不注意と云う事になったのです。其の次に夫が択んだのは乗合自動車です。此れは先《さつき》もお話したように、細君が医者へ通うのを利用したので、彼はあらゆる機会を利用する事を忘れませんでした。そこで自動車も亦不成功に終った時に、更に新しい機会を摑みました。彼に其の機会を与えた者は医者だったのです。医者は細君の病後保養の為めに転地する事をすすめたのです。何処か空気のいい処へ一と月ほど行って居るように、――そんな勧告があったので、夫は細君に斯う云いました、『お前は始終患ってばかり居るのだから、一と月や二た月転地するよりもいっそ家中《うちじゅう》でもっと空気のいい処へ引越すことにしよう。そうかと云って、あまり遠くへ越す訳にも行かないから、大森辺へ家《うち》を持ったらどうだろう。彼処なら海も近いし、己が会社へ通うのにも都合がいいから。』此の意見に細君は直ぐ賛成しました。あなたは御存知かどうか知りませんが、大森は大そう飲み水の悪い土地だそうですな、そうして其のせいか伝染病が絶えないそうですな、――殊にチブスが。――つまり其の男は災難の方が駄目だったので再び病気を狙い始めたのです。で、大森へ越してからは一層猛烈に生水や生物を細君に与えました。相変らず冷水浴を励行させ喫煙をすすめても居ました。それから、彼は庭を手入れして樹木を沢山に植え込み、池を掘って水溜りを拵え、又便所の位置が悪いと云って其れを西日の当るような方角に向き変えました。此れは家の中に蚊と蠅とを発生させる手段だったのです。いやまだあります、彼の知人のうちにチブス患者が出来ると、彼は自分は免疫だからと称して屢々其処へ見舞いに行き、たまには細君にも行かせました。こうして彼は気長に結果を待って居る筈でしたが、此の計略は思いの外早く、越してからやっと一と月も立たないうちに、且今度こそ十分に効を奏したのです。彼が或る友人のチブスを見舞いに行ってから間もなく、其処には又どんな陰険な手段が弄されたか知れませんが、細君は其の病気に罹りました。そうして遂に其の為めに死んだのです。――どうですか、此れはあなたの場合に、外形だけはそっくり当てはまりはしませんかね。」

「ええ、――そ、そりゃ外形だけは――」

「あはははは、そうです、今迄のところでは外形だけはです。あなたは先の奥さんを愛していらしった、兎も角外形だけは愛していらしった。しかし其れと同時に、あなたはもう二三年も前から先の奥様には内証で今の奥様を愛していらしった。外形以上に愛していらしった。すると、今迄の事実に此の事実が加って来ると、先の場合があなたに当てはまる程度は単に外形だけではなくなって来ますな。――」

二人は水天宮の電車通りから右へ曲った狭い横町を歩いて居た。横町の左側に「私立探偵」と書いた大きな看板を掲げた事務所風の家があった。ガラス戸の嵌った二階にも階下にも明りが煌々と灯《とも》って居た。其処の前まで来ると、探偵は「あはははは」と大声で笑い出した。

「あはははは、もういけませんよ。もうお隠しなすってもいけませんよ。あなたは先《さつき》から顫《ふる》えていらっしゃるじゃありませんか。先の奥様のお父様が今夜僕の家《うち》であなたを待って居るんです。まあそんなに怯《おび》えないでも大丈夫ですよ。ちょっと此処へお這入んなさい。」

彼は突然湯河の手頸を摑んでぐいと肩でドーアを押しながら明るい家の中へ引き擦り込んだ。電灯に照らされた湯河の顔は真青だった。彼は喪心したようにぐらぐらとよろめいて其処にある椅子の上に臀餅をついた。

私

もう何年か前、私が一高の寄宿寮に居た当時の話。

或る晩のことである。その時分はいつも同室生が寝室に額を鳩《あつ》めては、夜おそくまで蠟勉と称して蠟燭をつけて勉強する（その実駄弁を弄する）のが習慣になって居たのだが、その晩も電灯が消えてしまってから長い間、三四人が蠟燭の灯影にうずくまりつつおしゃべりをつづけて居たのであった。

その時、どうして話題が其処へ落ち込んだのかは明瞭でないが、何でも我れ我れは其の頃の我れ我れには極く有りがちな恋愛問題に就いて、勝手な熱を吹き散らして居たかのように記憶する。それから、自然の径路として人間の犯罪と云う事が話題になり、殺人とか、詐欺とか、窃盗などと云う言葉がめいめいの口に上るようになった。

「犯罪のうちで一番われわれが犯しそうな気がするのは殺人だね。」

と、そう云ったのは某博士の息子の樋口と云う男だった。

「どんな事があっても泥坊だけはやりそうもないよ。――何しろアレは実に困る。外の人間は友達に持てるが、ぬすッととなるとどうも人種が違うような気がするからナア。」

樋口はその生れつき品の好い顔を曇らせて、不愉快そうに八の字を寄せた。その表情は彼の人相を一層品好く見せたのである。

「そう云えば此の頃、寮で頻りに盗難があるッて云うのは事実かね。」

と、今度は平田と云う男が云った。平田はそう云って、もう一人の中村と云う男を顧みて、

「ねえ、君」と云った。

「うん、事実らしいよ、何でも泥坊は外の者じゃなくて、寮生に違いないと云う話だがね。」

「なぜ。」

と私が云った。

「なぜッて、委しい事は知らないけれども、――」と、中村は声をひそめて憚るような口調で、「余り盗難が頻々と起るので、寮以外の者の仕業じゃあるまいと云うのさ。」

「いや、そればかりじゃないんだ。」

と、樋口が云った。

「たしかに寮生に違いない事を見届けた者があるんだ。――つい此の間、真ッ昼間だったそうだが、北寮七番に居る男が一寸用事があって寝室へ這入ろうとすると、中からいきなりドーアを明けて、その男を不意にピシャリと殴り付けてバタバタと廊下へ逃げ出した奴があるんだそうだ。殴られた男は直ぐ追っかけたが、梯子段を降りると見失ってしまった。あとで寝室へ這入って見ると、行李だの本箱だのが散らかしてあったと云うから、其奴が泥坊に

違いないんだよ。」

「で、その男は泥坊の顔を見たんだろうか？」

「いや、出し抜けに張り飛ばされたんで顔は見なかったそうだけれども、服装や何かの様子ではたしかに寮生に違いないと云うんだ。何でも廊下を逃げて行く時に、羽織を頭からスッポリ被って駈け出したそうだが、その羽織が下り藤の紋附だったと云う事だけが分っている。」

「下り藤の紋附？　それだけの手掛りじゃ仕様がないね。」

そう云ったのは平田だった。気のせいか知らぬが、平田はチラリと私の顔色を窺ったように思えた。そうして又、私も其の時思わずイヤな顔をしたような気がする。なぜかと云うのに、私の家の紋は下り藤であって、而も其の紋附の羽織を、その晩は着ては居なかったけれども、折々出して着て歩くことがあったからである。

「寮生だとすると容易に摑まりッこはないよ。自分たちの仲間にそんな奴が居ると思うのは不愉快だし、誰しも油断して居るからなあ。」

私はほんの一瞬間のイヤな気持を自分でも恥かしく感じたので、サッパリと打ち消すようにしながらそう云ったのであった。

「だが、二三日うちにきっと摑まるに違いない事があるんだ。――――」

と、樋口は言葉尻に力を入れて、眼を光らせて、しゃがれ声になって云った。

「――これは秘密なんだが、一番盗難の頻発するのは風呂場の脱衣場だと云うので、二三日前から、委員がそっと張り番をして居るんだよ。何でも天井裏へ忍び込んで、小さな穴から様子を窺っているんだそうだ。」

「へえ、そんな事を誰から聞いたい？」

此の問を発したのは中村だった。

「委員の一人から聞いたんだが、まあ余りしゃべらないでくれ給え。」

「しかし君、君が知ってるとすると、泥坊だって其の位の事はもう気が附いて居るかも知れんぜ。」

そう云って、平田は苦々しい顔をした。

ここで一寸断って置くが、此の平田と云う男と私とは以前はそれ程でもなかったのに、或る時或る事から感情を害して、近頃ではお互に面白くない気持で附き合って居たのである。尤もお互にとは云っても、私の方からそうしたのではなく、平田の方でヒドク私を嫌い出したので、「鈴木は君等の考えて居るようなソンナ立派な人間じゃない、僕は或る事に依って彼奴の腹の底を見透かしたんだ。」と、平田が或る時私をコッぴどく罵ったと云う事を、私は嘗て友人の一人から聞いた。「僕は彼奴には愛憎を尽かした。可哀そうだから附き合ってはやるけれど、決して心から打ち解けてはやらない」と、そうも云ったと云う事であった。が、彼は蔭口をきくばかりで、一度も私の面前でそれを云い出したことはなかった。ただ恐ろしく私を忌み、侮蔑をさえもして居るらしい事は、彼の様子のうちにありありと見えて居た。相手がそう云う風な態度で居る時に、私の性質としては進んで説明を求めようとする気にはなれなかった。「己に悪い所があるなら忠告するのが当り前だ、忠告するだけの親切さえもないものなら、或は又忠告するだけの価値さえもないと思って居るなら、己の方でも彼奴を友人とは思うまい。」そう考えた時、私は多少の寂寞を感じはしたものの、別段その為めに深く心を悩ましはしなかった。平田は体格の頑丈な、所謂「向陵健児」の模範とでも云うべき男性的な男、私は痩せッぽちの色の青白い神経質の男、二人の性格には根本的に融和し難いものがあるのだし、全く違った二つの世界に住んで居る人間なのだから仕方がないと云う風に、私はあきらめても居た。但し平田は柔道三段の強《ごう》の者で、「グズグズすれば打ん殴るぞ」と云うような、腕ッ節を誇示する風があったので、此方が大人しく出るのは卑怯じゃないかとも考えられたが、――そうして事実、内々はその腕ッ節を恐れて居たにも違いないが、――私は幸いにもそんな下らない意地ッ張りや名誉心にかけては極く淡泊な方であった。「相手がいかに自分を軽蔑しようと、自分で自分を信じて居ればそれでいいのだ、少しも相手を恨むことはない。」――こう腹をきめて居た私は、平田の傲慢な態度に報ゆるに、常に冷静な寛大な態度を以てした。「平田が僕を理解してくれないのは已むを得ないが、僕の方では平田の美点を認めて居るよ。」と、場合に依っては第三者に云いもしたし、又実際そう思っても居たのだった。私は自分を卑怯だと感ずることなしに、心の底から平田を褒めることの出来る自分自身を、高潔なる人格者だとさえ己惚れて居た。

「下り藤の紋附?」

そう云って、平田がさっき私の方をチラと見た時の、その何とも云えないイヤな眼つきが、その晩はしかし奇妙にも私の神経を刺したのである。一体あの眼つきは何を意味するのだろうか? 平田は私の紋附が下り藤である事を知りつつ、あんな眼つきをしたのだろうか? それともそう取るのは私の僻《ひが》みに過ぎないだろうか?——だが、若し平田が少しでも私を疑ぐって居るとすれば、私は此の際どうしたらいいか知らん?

「すると僕にも嫌疑が懸るぜ、僕の紋も下り藤だから。」

そう云って私は虚心坦懐に笑ってしまうべきであろうか? けれどもそう云った場合に、ここに居る三人が私と一緒に快く笑ってくれれば差支えないが、そのうちの一人、——平田一人がニコリともせずに、ますます苦い顔をするとしたらどうだろう。私はその光景を想像すると、ウッカリ口を切る訳にも行かなかった。

こんな事に頭を費すのは馬鹿げた話ではあるけれども、私はそこで咄嗟の間にいろいろな事を考えさせられた。「今私が置かれて居るような場合に於いて、真の犯人と然らざる者とは、各々の心理作用に果してどれだけの相違があるだろう。」こう考えて来ると、今の私は真の犯人が味うと同じ煩悶、同じ孤独を味って居るようである。つい先《さつき》まで私はたしかに此の三人の友人であった、天下の学生達に羨ましがられる「一高」の秀才の一人であった。しかし今では、少くとも私自身の気持に於いては既に三人の仲間ではない。ほんの詰らない事ではあるが、私は彼等に打ち明けることの出来ない気苦労を持って居る。自分と対等であるべき筈の平田に対して、彼の一顰一笑に対して気がねして居る。

「ぬすッととなるとどうも人種が違うような気がするからナア。」

樋口の云った言葉は、何気なしに云われたのには相違ないが、それが今の私の胸にはグンと力強く響いた。

「ぬすッとは人種が違う」――ぬすッと！　ああ何と云う厭な名だろう、――思うにぬすッとが普通の人種と違う所以は、彼の犯罪行為その物に存するのではなく、犯罪行為を何とかして隠そうとし、或は自分でも成るべくそれを忘れて居ようとする心の努力、決して人には打ち明けられない不断の憂慮、それが彼を知らず識らず暗黒な気持に導くのであろう。ところで今の私は確かに其の暗黒の一部分を持って居る。私は自分が犯罪の嫌疑を受けて居るのだと云う事を、自分でも信じまいとして居る。そうしてその為めに、いかなる親友にも打ち明けられない憂慮を感じて居る。樋口は勿論私を信用して居ればこそ、委員から聞いた湯殿の一件を洩らしたのだろう。「まあ余りしゃべらないでくれ給え。」彼がそう云った時、私は何となく嬉しかった。が、同時にその嬉しさが私の心を一層暗くしたことも事実だ。「なぜそんな事を嬉しがるのだ。樋口は始めから己を疑って居やしないじゃないか。」そう思うと、私は樋口の心事に対して後ろめたいような気がした。

それから又斯う云う事も考えられた。どんな善人でも多少の犯罪性があるものとすれば、「若し己が真の犯人だったら、――」という想像を起すのは私ばかりでないかも知れない。私が感じて居るような不快なり喜びなりを、ここに居る三人も少しは感じて居るかも知れない。そうだとすると、委員から特に秘密を教えて貰った樋口は、心中最も得意であるべき筈である。彼はわれわれ四人の内で誰よりも委員に信頼されて居る。彼こそは最もぬすッとに遠い人種である。そうして彼が其の信頼を贏《か》ち得た原因は、彼の上品な人相と、富裕な家庭のお坊っちゃんであり博士の令息であると云う事実に帰着するとすれば、私はそう云う境遇にある彼を羨まない訳に行かない。彼の持って居る物質的優越が彼の品性を高める如く、私の持って居る物質的劣弱、――S県の水呑み百姓の倅であり、旧藩主の奨学資金でヤッと在学しつつある貧書生だと云う意識は、私の品性を卑しくする。私が彼の前へ出て一種の気怯れを感じるのは、私がぬすッとであろうとなかろうと同じ事だ。私と彼とは矢張人種が違って居るのだ。彼が虚心坦懐な態度で私を信ずれば信ずるほど、私はいよいよ彼に遠ざかるのを感ずる。親しもうとすればするほど、――うわべはいかにも打ち解けたらしく冗談を云い、しゃべり合い笑い合うほど、ますます彼と私との距離が隔たるのに心づく。その気持は我ながら奈何《いかん》ともする事が出来ない。………

「下り藤の紋附」は其の晩以来、長い間私の気苦労の種になった。私はそれを着て歩いたものかどうかに就いて頭を悩ました。仮りに平気で着て歩くとする、みんなも平気で見てくれればいいが、「あ、彼奴があれを着ている」と云うような眼つきをするとする、そうして或る者は私を疑い、或る者は疑っては済まないと思い、或る者は疑われて気の毒だと思う。私は平田や樋口に対してばかりでなく、凡べての同窓生に対して、不快と気怯れを感じ出す、そこで又イヤになって羽織を引込める、と、今度は引込めたが為めにいよいよ妙になる。私の恐れるのは犯罪の嫌疑その物ではなく、それに連れて多くの人の胸に湧き上るいろいろの汚い感情である。私は誰よりも先に自分で自分を疑い出し、その為めに多くの人にも疑いを起させ、今まで分け隔てなく附き合って居た友人間に変なこだわりを生じさせる。私が仮りに真のぬすッとだったとしても、それの弊害はそれに附き纏うさまざまのイヤな気持に比べれば何でもない。誰も私をぬすッとだとは思いたくないであろうし、ぬすッとである迄も確かにそうと極まる迄は、夢にもそんな事を信ぜずに附き合って居たいであろう。そのくらいでなければ我れ我れの友情は成り立ちはしない。そこで、友人の物を盗む罪よりも友情を傷ける罪の方が重いとすれば、私はぬすッとであってもなくても、みんなに疑われるような種を蒔いては済まない訳である。ぬすッとをするよりも余計に済まない訳である。私が若し賢明にして巧妙なぬすッとであるなら、——いや、そう云ってはいけない、——若し少しでも思いやりのあり良心のあるぬすッとであるなら、出来るだけ友情を傷けないようにし、心の底から彼等に打ち解け、神様に見られても恥かしくない誠意と温情とを以て彼等に接しつつ、コッソリと盗みを働くべきである。「ぬすッと猛々しい」とは蓋し此れを云うのだろうが、ぬすッとの気持になって見ればそれが一番正直な、偽りのない態度であろう。「盗みをするのも本当ですが友情も本当です」と彼は云うだろう。「両方とも本当の所がぬすッとの特色、人種の違う所以です」とも云うだろう。――兎に角そんな風に考え始めると、私の頭は一歩々々とぬすッとの方へ傾いて行って、ますます友人との隔たりを意識せずには居られなかった。私はいつの間にか立派な泥坊になって居る気がした。

或る日、私は思い切って下り藤の紋附を着、グラウンドを歩きながら中村とこんな話をした。

「そう云えば君、泥坊はまだ掴まらないそうだね。」

「ああ」

と云って、中村は急に下を向いた。

「どうしたんだろう、風呂場で待って居ても駄目なのか知らん。」

「風呂場の方はあれッ切りだけれど、今でも盛んに方々で盗まれるそうだよ。風呂場の計略を洩らしたと云うんで、此の間樋口が委員に呼びつけられて怒られたそうだがね。」

私はさっと顔色を変えた。

「ナニ、樋口が？」

「ああ、樋口がね、樋口がね、――鈴木君、堪忍してくれ給え。」

中村は苦しそうな溜息と一緒にバラバラと涙を落した。

「――僕は今まで君に隠して居たけれど、今になって黙って居るのは却って済まないような気がする。君は定めし不愉快に思うだろうが、実は委員たちが君を疑って居るんだよ。しかし君、——こんな事は口にするのもイヤだけれども、僕は決して疑っちゃ居ない。今の今でも君を信じて居る。信じて居ればこそ黙って居るのが辛くって苦しくって仕様がなかったんだ。どうか悪く思わないでくれ給え。」

「有難う、よく云ってくれた、僕は君に感謝する。」

そう云って、私もつい涙ぐんだ、が、同時に又「とうとう来たな」と云うような気もしないではなかった。恐ろしい事実ではあるが、私は内々今日の日が来ることを予覚して居たのである。

「もう此の話は止そうじゃないか、僕も打ち明けてしまえば気が済むのだから。」

と、中村は慰めるように云った。

「だけど此の話は、口にするのもイヤだからと云って捨てて置く訳には行かないと思う。君の好意は分って居るが、僕は明かに恥を掻かされたばかりでなく、友人たる君に迄も恥を掻かした。僕はもう、疑われたと云う事実だけでも、君等の友人たる資格をなくしてしまったんだ。孰方《どっち》にしても僕の不名誉は拭われッこはないんだ。ねえ君、そうじゃないか、そうなっても君は僕を捨てないでくれるだろうか。」

「僕は誓って君を捨てない、僕は君に恥を掻かされたなんて思っても居ないんだ。」

中村は例になく激昂した私の様子を見てオドオドしながら、

「樋口だってそうだよ、樋口は委員の前で極力君の為めに弁護したと云って居る。『僕は親友の人格を疑うくらいなら自分自身を疑います』とまで云ったそうだ。」

「それでもまだ委員たちは僕を疑って居るんだね？――何も遠慮することはない、君の知ってる事は残らず話してくれ給えな、其の方がいっそ気持が好いんだから。」

私がそう云うと、中村はさも云いにくそうにして語った。

「何でも方々から委員の所へ投書が来たり、告げ口をしに来たりする奴があるんだそうだよ。それに、あの晩樋口が余計なおしゃべりをしてから風呂場に盗難がなくなったと云うのが、嫌疑の原《もと》にもなってるんだそうだ。」

「しかし風呂場の話を聞いたのは僕ばかりじゃない。」――此の言葉は、それを口に出しはしなかったけれども、直ぐと私の胸に浮かんだ。そうして私を一層淋しく情なくさせた。

「だが、樋口がおしゃべりをした事を、どうして委員たちは知っただろう？　あの晩彼処に居たのは僕等四人だけだ、四人以外に知って居る者はない訳だとすると、――そうして樋口と君とは僕を信じてくれるんだとすると、――」

「まあ、それ以上は君の推測に任せるより仕方がない。」そう云って中村は哀訴するような眼つきをした。

「僕はその人を知って居る。その人は君を誤解して居るんだ。しかし僕の口からその人の事は云いたくない。」

平田だな、——そう思うと私はぞっとした。平田の眼が執拗に私を睨んで居る心地がした。

「君はその人と、何か僕の事に就いて話し合ったかね？」

「そりゃ話し合ったけれども、……しかし、君、察してくれ給え、僕は君の友人であると同時にその人の友人でもあるんだから、その為めに非常に辛いんだよ。実を云うと、僕と樋口とは昨夜その人と意見の衝突をやったんだ。そうしてその人は今日のうちに寮を出ると云って居るんだ。僕は一人の友達の為めにもう一人の友達をなくすのかと思うと、そう云う悲しいハメになったのが残念でならない。」

「ああ、君と樋口とはそんなに僕を思って居てくれたのか、済まない済まない、——」

私は中村の手を執って力強く握り締めた。私の眼からは涙が止めどなく流れた。中村も勿論泣いた。生れて始めて、私はほんとうに人情の温かみを味った気がした。此の間から遣る瀬ない孤独に苛《さいな》まれて居た私が、求めて已まなかったものは実に此れだったのである。たとい私がどんなぬすッとであろうとも、よもや此の人の物を盗むことは出来まい。……

「君、僕は正直な事を云うが、——」

と、暫く立ってから私が云った。

「僕は君等にそんな心配をかけさせる程の人間じゃないんだよ。僕は君等が僕のような人間の為めに立派な友達をなくすのを、黙って見て居る訳には行かない。あの男は僕を疑って居るかも知れないが、僕は未だにあの男を尊敬して居る。僕よりもあの男の方が余っぽど偉いんだ。僕は誰よりもあの男の価値を認めて居るんだ。だからあの男が寮を出るくらいなら、僕が出ることにしようじゃないか。ねえ、後生だからそうさせてくれ給え、そうして君等はあの男と仲好く暮らしてくれ給え。僕は独りになってもまだ其の方が気持がいいんだから。」

「そんな事はない、君が出ると云う法はないよ。」

と、人の好い中村はひどく感激した口調で云った。

「僕だってあの男の人格は認めて居る。だが今の場合、君は不当に虐げられて居る人なんだ。僕はあの男の肩を持って不正に党《くみ》する事は出来ない。君を追い出すくらいなら僕等が出る。あの男は君も知ってる通り非常に自負心が強くってナカナカ後へ退かないんだから、出ると云ったらきっと出るだろう。だから勝手にさせて置いたらいいじゃないか。そうしてあの男が自分で気が付いて詫《あやま》りに来るまで待てばいいんだ。それも恐らく長いことじゃないんだから。」

「でもあの男は強情だからね、自分の方から詫りに来ることはないだろうよ。いつ迄も僕を嫌い通して居るだろうよ。」

私の斯う云った意味を、私が平田を恨んで居て其の一端を洩らしたのだと云う風に、中村は取ったらしかった。

「なあに、まさかそんな事はないさ、斯うと云い出したら飽く迄自分の説を主張するのが、あの男の長所でもあり欠点でもあるんだけれど、悪かったと思えば綺麗さっぱりと詫りに来るさ。そこがあの男の愛すべき点なんだ。」

「そうなってくれれば結構だけれど、――」

と、私は深く考え込みながら云った。

「あの男は君の所へは戻って来ても、僕とは永久に和解する時がないような気がする。――ああ、あの男は本当に愛すべき人間だ。僕もあの男に愛せられたい。」

中村は私の肩に手をかけて、此の一人の哀れな友を庇うようにしながら、草の上に足を投げて居た。夕ぐれのことで、グラウンドの四方には淡い靄《もや》がかかって、それが海のようにひろびろと見えた。向うの路を、たまに二三人の学生が打ち連れて、チラリと私の方を見ては通って行った。

「もうあの人たちも知って居るのだ、みんなが己を爪弾《つまはじ》きして居るのだ。」

そう思うと、云いようのない淋しさがひいひいしと私の胸を襲った。

その晩、寮を出る筈であった平田は、何か別に考えた事でもあるのか、出るような様子もなかった。そうして私とは勿論、樋口や中村とも一言も口を利かないで、黙りこくって居た。事態が斯うなって来ては、私が寮を出るのが当然だとは思ったけれども、二人の友人の好意に背くのも心苦しいし、それに私としては、今の場合に出て行くことは疚《やま》しい所があるようにも取られるし、ますます疑われるばかりなので、そうする訳にも行かなかった。出るにしてももう少し機会を待たなけりゃならない、と、私はそう思って居た。

「そんなに気にしない方がいいよ、そのうちに犯人が摑まりさえすりゃ、自然と解決がつくんだもの。」

二人の友人は始終私にそう云ってくれて居た。が、それから一週間程過ぎても、犯人は摑まらないのみか、依然として盗難が頻発するのだった。遂には私の部屋でも樋口と中村とが財布の金と二三冊の洋書を盗まれた。

「とうとう二人共やられたかな、あとの二人は大丈夫盗まれッこあるまいと思うが、……………」

その時、平田が妙な顔つきでニヤニヤしながら、こんな厭味を云ったのを私は覚えて居る。樋口と中村とは、夜になると図書館へ勉強に行くのが例であったから、平田と私とは自然二人きりで顔を突き合わす事が屢々あった。私はそれが辛かったので、自分も図書館へ行くか散歩に出かけるかして、夜は成るべく部屋に居ないようにして居た。すると或る晩のことだったが、九時半頃に散歩から戻って来て、自習室の戸を明けると、いつも其処に独りで頑張って居る筈の平田も見えないし、外の二人もまだ帰って来ないらしかった。「寝室か知ら?」――と思って、二階へ行って見たが矢張誰も居ない。私は再び自習室へ引き返して平田の机の傍に行った。そうして、静かにその抽出しを明けて、二三日前に彼の国もとから届いた書留郵便の封筒を捜し出した。封筒の中には十円の小為替が三枚這入って居たのである。私は悠々とその内の一枚を抜き取って懐《ふところ》に収め、抽出しを元の通りに直し、それから、極めて平然と廊下に出て行った。廊下から庭へ降りて、テニス・コートを横ぎって、いつも盗んだ物を埋めて置く草のぼうぼうと生えた薄暗い窪地の方へ行こうとすると、

「ぬすッと！」

と叫んで、いきなり後から飛び着いて、イヤと云うほど私の横ッ面を張り倒した者があった。それが平田だった。

「さあ出せ、貴様が今懐に入れた物を出して見せろ！」

「おい、おい、そんな大きな声を出すなよ。」

と、私は落ち着いて、笑いながら云った。

「己は貴様の為替を盗んだに違いないよ。返せと云うなら返してやるし、来いと云うなら何処へでも行くさ。それで話が分っているからいいじゃないか。」

平田はちょっとひるんだようだったが、直ぐ思い返して猛然として、続けざまに私の頬桁を殴った。私は痛いと同時に好い心持でもあった。此の間中の重荷をホッと一度に取り落したような気がした。

「そう殴ったって仕様がないさ、僕は見す見す君の罠に懸ってやったんだ。あんまり君が威張るもんだから、『何糞！　彼奴の物だって盗めない事があるもんか』と思ったのがしくじりの原《もと》なんだ。だがまあ分ったから此れでいいや。あとはお互に笑いながら話をしようよ。」

そう云って、私は仲好く平田の手を取ろうとしたけれど、彼は遮二無二胸倉を摑んで私を部

屋へ引き摺って行った。私の眼に、平田と云う人間が下らなく見えたのは此の時だけだった。

「おい君達、僕はぬすッとを摑まえて来たぜ、僕は不明の罪を謝する必要はないんだ。」

平田は傲然と部屋へ這入って、そこに戻って来て居た二人の友人の前に、私を激しく突き倒して云った。部屋の戸口には騒ぎを聞き付けた寮生たちが、刻々に寄って来てかたまって居た。

「平田君の云う通りだよ、ぬすッとは僕だったんだよ。」

私は床から起き上って二人に云った。極く普通に、いつもの通り馴れ馴れしく云った積りではあったが、矢張顔が真青になって居るらしかった。

「君たちは僕を憎いと思うかね。それとも僕に対して恥かしいと思うかね。」

と、私は二人に向って言葉をつづけた。

「――君たちは善良な人たちだが、しかし不明の罪はどうしても君たちにあるんだよ。僕は此の間から幾度も幾度も正直な事を云ったじゃないか。『僕は君等の考えて居るような値打ちのある人間じゃない。平田君こそ確かな人物だ。あの人が不明の罪を謝するような事は決してない』ッて、あれほど云ったのが分らなかったかね。『君等が平田君と和解する時はあっても、僕が和解する時は永久にない』とも云ったんだ。僕は『平田君の偉いことは誰よりも僕が知って居る』とまで云ったんだ。ねえ君、そうだろう、僕は決して一言半句もウソをつきはしなかっただろう。ウソはつかないがなぜハッキリと本当の事を云わなかったんだと、君たちは云うかも知れない。やっぱり君等を欺して居たんだと思うかも知れない。しかし君、そこはぬすッとたる僕の身になって考えてもくれ給え。僕は悲しい事ではあるがどうしてもぬすッとだけは止められないんだ。けれども君等を欺すのは厭だったから、本当の事を出来るだけ廻りくどく云ったんだ。僕がぬすッとを止めない以上あれより正直にはなれないんだから、それを悟ってくれなかったのは君等が悪いんだよ。こんな事を云うと、いかにもヒネクレた厭味を云ってるようだけれども、そんな積りは少しもないんだから、何卒真面目に聞いてくれ給え。それほど正直を欲するならなぜぬすッとを止めないのかと、君等は云うだろう。だが其の質問は僕が答える責任はないんだよ。僕がぬすッととして生れて来たのは事実なんだよ。だから僕は其の事実が許す範囲で、出来るだけの誠意を以て君等と附き合おうと努めたんだ。それより外に僕の執るべき方法はないんだから仕方がないさ。それでも僕は君等に済まないと思ったからこそ、『平田君を追い出すくらいなら、僕を追い出してくれ給え』ッて云ったじゃないか。あれはごまかしでも何でもない、本当に君等の為めを思ったからなんだ。君等の物を盗んだ事も本当だけれど、君等に友情を持って居る事も本当なんだよ。ぬすッとにもそのくらいな心づかいはあると云う事を、僕は君等の友情に訴えて聴いて貰いたいんだがね。」

中村と樋口とは、黙って、呆れ返ったように眼をぱちくりやらせて居るばかりだった。

「ああ、君等は僕を図々しい奴だと思ってるんだね。やっぱり君等には僕の気持が分らないんだね。それも人種の違いだから仕様がないかな。」

そう云って、私は悲痛な感情を笑いに紛らしながら、尚一言附け加えた。

「僕はしかし、未だに君等に友情を持って居るから忠告するんだが、此れからもないことじゃないし、よく気を付け給え。ぬすッとを友達にしたのは何と云っても君たちの不明なんだ。そんな事では社会へ出てからが案じられるよ。学校の成績は君たちの方が上かも知れないが、人間は平田君の方が出来て居るんだ。平田君はごまかされない、此の人は確かにえらい！」

平田は私に指さされると変な顔をして横を向いた。その時ばかりは此の剛愎な男も妙に極まりが悪そうであった。


それからもう何年か立った。私は其の後何遍となく暗い所へ入れられもしたし、今では本職のぬすッと仲間へ落ちてしまったが、あの時分のことは忘れられない。殊に忘れられないのは平田である。私は未だに悪事を働く度にあの男の顔を想い出す。「どうだ、己の睨んだことに間違いはなかろう。」そう云って、あの男が今でも威張って居るような気がする。兎に角あの男はシッカリした、見所のある奴だった。しかし世の中と云うものは不思議なもので、「社会へ出てからが案じられる」と云った私の予言は綺麗に外れて、お坊っちゃんの樋口は親父の威光もあろうけれどトントン拍子に出世をして、洋行もするし学位も授かるし、今日では鉄道院〇〇課長とか局長とかの椅子に収まって居るのに、平田の方はどうなったのか杳《よう》として聞えない。此れだから我れ我れが「どうせ世間は好い加減なものだ」と思うのも尤もな訳だ。

読者諸君よ、以上は私のうそ偽りのない記録である。私は茲《ここ》に一つとして不正直な事を書いては居ない。そうして、樋口や中村に対すると同じく、諸君に対しても「私のようなぬすッとの心中にも此れだけデリケートな気持がある」と云うことを、酌んで貰いたいと思うのである。

だが、諸君もやっぱり私を信じてくれないかも知れない、けれども若し――甚だ失礼な言い草ではあるが、――諸君のうちに一人でも私と同じ人種が居たら、その人だけはきっと信じてくれるであろう。

或る調書の一節

（Ａ）お前の歳はいくつか。

（Ｂ）四十六です。

（Ａ）お前は鈴木組の土工の頭をして居たと云うがそうか？

（Ｂ）そうです。

（Ａ）その方でどのくらいの収入があるのだ。

（Ｂ）いそがしい時は月二三百円にはなります。

（Ａ）大分あるではないか、どうしてそれ程になるのか。

（Ｂ）日当の外に、百人からの土工のあたまをはねるのでそのくらいになるのです。

（Ａ）それだけの収入があるのに、お前はなぜ悪事を働くのだ。お前は今迄に賭博犯で三回、窃盗犯で二回、強盗罪で三回も罪を犯して居る。なぜそう云う事をするのか。

（Ｂ）まことに申訳がありません。

（Ａ）申訳がないではない、どう云う訳でそんな悪事を働くのか、——二三百円の収入があるのに、窃盗や強盗をして迄も金を取りたいと思うのはなぜか、その金は何に使うのか。

（B）その金はみんな女に注ぎ込んでしまうのです、私が悪い事をしたのはみんな女の為めなのです。
（A）その女と云うのはお前の女房の事か。
（B）いいえ、女房ではありません、みんな情婦の為めに使いました。
（A）情婦と云っても、お前には何人もあったようではないか。
（B）それは今迄には随分多勢ありました。
（A）そのうちでお前が一番可愛がって居たのは誰か。
（B）私は一体非常に上《のぼ》せ易いたちで、どの女にも一時は夢中になりましたが、それでも一番可愛がったのは菊栄とお杉でした。
（A）お前が菊栄を知ったのはいつだ。
（B）確か大正元年頃のことだと思います、菊栄が森が崎で芸者をして居た時に始めて知ったのです。
（A）それで、お前が菊栄を殺したのはいつだ。
（B）それは大正三年の十二月二日の夜です。
（A）なぜ殺したのだ。
（B）菊栄が私に隠して外に旦那を持ったからです。
（A）お前が菊栄を殺した時の模様を出来るだけ精しく話して見よ。

（B）ちょうどその時分菊栄は大森に住み替えて居ましたので、晩の十一時過ぎに客の座敷から帰って来るのを往来で待ち構えて、海岸へ誘い出して不意に………を以て………しました、そしたら菊栄は体をバタバタやりましたけれども私が………して居るので声を立てる訳には行かないで、………まるで………のようになって一二分で死んでしまいました。私は用意して置いた………で屍骸を………いてそれからそれを………で………証拠になりそうなものはみんな………してしまいました。それで今まで誰にも分らなかったのです。

（A）お前はそう云う方法をどうして思いついたか。

（B）私は前から人を殺す時は斯うしたらいいと思って始終考えて居たのです。

（A）お前がお杉を知ったのはいつか。

（B）それは菊栄を殺した明くる年の正月、仲間の者と一緒に新宿へ遊びに行った時からです。お杉はその時分C楼でSと云って勤めて居たのを、それから一年ばかり立って私が身請けして、渋谷の道玄坂へGと云う鳥屋を出させて妾にして置きました。

（A）お前は今でもお杉を可愛いいと思って居るか。

（B）それは非常に可愛いいと思って居ます。あの女も菊栄と同様に浮気な方で、私から散々金を絞って置きながら幾度も私を欺したりしたので、私はたびたび腹を立てましたけれどもやっぱり可愛くて仕様がないので我慢して居ました。どうしても腹に据えかねていっそ殺してやろうかと思ったこともありましたけれど、あの女を殺してしまうと、もうあんなのはちょっとないと思われたので、考えて見ると惜しくなって殺す気がなくなりました。

(A) そんなにお杉を思って居ながらなぜ三河屋の娘を手込めにしたのか。

(B) なぜだか分りませんが私はそう云う性質なのです。あの晩は大分酔っ払って居ましたが、三河屋の娘を見たらついムラムラとそんな気になったのです。

(A) ではお前はその時までその娘を知らなかったのか。

(B) いいえ、それは前から知って居て好い女だと思って内々眼をつけて居る事は居ました。しかし堅気な娘なのでべつにどうしようと云う料簡はなかったのですが、あの晩は又とない好いしおだったのでついそんな気を起したのです。

(A) あの晩と云うのはいつの事か。

(B) 大正六年の四月十九日の晩だったと思います。

(A) その時の事を精しく話して見よ。

(B) その晩私は××坂の××と云う居酒屋で十時過ぎまで酒を飲んで、それから道玄坂のお杉の所へ行こうと思って新宿の停車場へ来るとあの娘が居ました。あの娘はたった独りで何処かへ使いにでも行った帰りのようでした。私は娘と同じ電車に載って見たかったので、娘が目白までの切符を買うに違いないと思いましたから私も同じ切符を買って同じ電車に載りました。それから目白駅で降りた時にもうよっぽど其処で引返そうと思ったのですが、娘の帰る路は淋しい所だと云う事を知って居ましたし、つい跡をつけて見たくなって附いて行きました。そうして七八町歩いて人家のない所へ来た時に声をかけたのです。そうしたら娘は前からうすうす気が付いてでも居たのか急に駈け出しそうにしましたから私は矢庭に……………きました。……………「声を立てると聞かないぞ、殺してしまうぞ」と云いましたがそれでも娘は……………………………………。……………………ので私は非常にビックリしてまさか死んだのじゃあるまい、気絶したんだろうと思いましたがどうも矢張り死んだらしいので、此れは斯うしては置けないと思って、その屍骸を……………院線の土手の所で………いてしまいました。

（A）明くる日娘の事が新聞に出た時お前は何と思ったか。

（B）大丈夫分る筈はないと思いました。菊栄の時の事があるので大胆になって居ました。そうしてとうとう分らずに済んでしまったので私は内心得意でした。

（A）お前はそう云う犯行を演じた事を、今日まで誰にも話したことはないか。

（B）それは女房にだけは話しました。

（A）いつ話したか。

（B）菊栄の時にも娘の時にも直きその後で話しました。

（A）なぜ話したのか、何か必要がなければ話す筈はないと思うが、………

（B）別に必要のない事でも、夫婦の間柄なら話すことがあると思います。

(A)しかし、お前と女房とは一向夫婦らしくして居なかったと云うではないか。お前は始終お杉の方へばかり行って居て、お杉と夫婦のように暮らして居たと云うではないか、女房に話すくらいならなぜお杉に話さなかったか。
(B)あんな女にウッカリした事はしゃべれません、あれは人間じゃありません。
(A)では女房は人間だと云うのか。
(B)そうです、女房は人間です。
(A)でもお前は、いつも女房を人間らしく扱わないで打ったり蹴ったりして、ヒドイ目に遭わせたと云うではないか。まるで犬猫同様に扱って居たそうではないか。
(B)犬猫同様に扱ったかも知れませんが、矢張あの女は人間です。私は女房なら、どんな事を打ち明けても大丈夫だと思いました。あれは私がしゃべるなと云えば決してしゃべるような女ではないのです。
(A)お前の女房Eの話だとお前は女房に打ち明けた時、「もし此の事を人にしゃべったら貴様も殺してしまう」と云ったそうではないか。それほど女房を信用しているならなぜそんな事を云うのか。
(B)それはそう云っておどかして見ただけなのです。おどかしては見ましたけれども信用はして居たのです。
(A)信用して居たにしろ、たとえ夫婦の間柄でもそう云う事はめったに打ち明けられるものではない。打ち明けるには何かそれだけの必要があったのではないか。お前は女房に「己は人を殺す事なんぞ何とも思わない、己の云う事を聞かぬ奴は誰でも殺す」と云って威張ったそうだが、一体どう云う心持で威張ったのだ。

(B)どう云う心持だか自分にもよく分りませんが、ただ威張りたかったので、威張ったのじゃないかと思います。

(A)お前は人を殺して置いて、心の中で悪い事だとは思わなかったか。

(B)それは悪い事だとは思いました。

(A)悪い事だと思って良心に咎めたので、黙って居られなくなって打ち明けたのじゃないか。

(B)悪い事だとは思いましたが、黙って居られないと云うほどではありませんでした。

(A)では全く威張りたい為めにしゃべったと云うのだな。

(B)そうです、まあそうとしか云えません。

(A)お前が打ち明けた時女房は何と云ったか。

(B)あれは非常に気の小さい人の好い女ですから、真青になって顫え出しました。私はその様子を見るとつい面白くなったので、「ぐずぐず云えば貴様も殺すぞ」と云っておどかしてやったのです。そうするとあの女は「他人を殺すくらいなら私を殺して下さい、私を殺してどうかあなたは自首して下さい」と云いました。私は生意気な事を云う奴だと思ったので、

「貴様なんぞ殺したって仕様がない、貴様の指図を受けなくっても殺したければ好きな奴を勝手に殺す」と云いました、そうしたらEは「そんな悪い事をして置きながらまだ後悔しないのですか」と云って、しまいには泣いて意見を始めました。私はEが泣けば泣くほど「何を泣きゃあがる、貴様がいくら泣いたって後悔なんかするもんか、うまく殺せば幾人殺したって分りゃしないんだ」と云って威張ってやったのです。

(A)併しそう云って威張ったあとで、お前もやっぱり女房と一緒に泣いたそうではないか。

(B)泣くことは泣きましたけれども、後悔したと云う訳ではなかったのです。

(A)ではなぜ泣いた。

(B)妙な事ですが、あの女に泣かれるとしまいには私も泣いてしまうのが癖なのです。私はあの女を泣かせるのが好きでした、泣いて居る時だけは可愛いい奴だと思いました、それであの女を泣かせるような風にばかりしましたが、結局私も釣り込まれて泣いてしまうのです。あの女と一緒に泣くのは何だか好い心持でした。

(A)ではお前は、心の中では女房に惚れて居たのか。

(B)いいえ、惚れると云うのとは違います。

(A)しかし、菊栄がお前に女房と別れてくれと云った時お前は嫌だと云ったそうではないか。お前が女房と別れなかったので、菊栄は焼けになって外に男を拵えたのだと云うではないか。

(B) それはそうですが、何だか可哀そうな気がしたので別れる訳に行きませんでした。
(A) 可哀そうだと思うならなぜそんなにイジメたりしたのか。
(B) あまりイジメたものだから可哀そうになったのです。
(A) それはおかしいではないか、イジメるくらいなら女房にして置く方が却て可哀そうではないか、お前の女房は実家も相当にしているし、心がけもよいし、お前よりはずっと年も若いのだから、離縁された方が却て仕合わせな筈ではないか。
(B) ………それはそうかも知れませんが、私はつまり、自分の為めに泣いてくれる女が欲しかったのです。私が悪い事をすると、あとで女房はきっと泣きました、どうか真人間になって下さいと云ってしみじみ泣きました、それが私には悲しいような嬉しいような気持がしました。
(A) ではお前は、女房を泣かせるのが面白いのでわざと悪い事をしたのか。
(B) いいえ、そうではありません。悪い事は矢張自分がしたくってしたのですが、あとで女房が泣いてくれるとそれでいくらか罪滅ぼしが出来るような気がしました。つまり女房が居てくれた方が悪い事がしよかったのです。だから私のような人間にはどうしてもああ云う女房が居なければいけないのです。
(A) そうすると、若しお前にああ云う女房が居なかったらお前は悪い事をしなかったか。
(B) それはそうは行くまいと思います。しかし女房が居なかったら、悪い事をしても張合いがなかったろうと思います。
（A）女房が居る方が悪い事をするに張合いがある。――ではお前は女房と別れた方が好かったではないか。そうしたらお前は善人になれたかも知れないではないか。
（B）いいえ、そんな事はありません、私は一生悪い事は止められません。私は善人になれたにしてもなりたいとは思わないのです。悪い事をする方がどうも面白いのです。ですから悪人ながら仕合わせに暮らして行くにはどうしても女房と一緒でなければ困るのです。
（A）それほど女房が大切ならなぜもう少し可愛がってやらなかったか。
（B）でも可愛くないのだから仕方がありません。それに女房はイジメなければ泣かないのです。泣いてくれなければ罪滅ぼしにならないのです。
（A）お前は女房が泣いてくれれば罪が滅びると思っているのか。
（B）まあそんな気がするのです。
（A）お前は人を二人までも殺して置いて、そんな事で罪が消えると思っているのか。お前はいつか一度は罪が露顕して処刑を受けるとは思わなかったか。
（B）それは思いました、どうせ一度は捕まるに極まっている、捕まったが最後畳の上で楽な往生は出来ないといつもそう思っていました。ですから猶更罪滅ぼしがしたかったのです。
（A）すると罪滅ぼしと云うのは、死んでから先のことを云うのか。
（B）まあそうです、とても此の世では駄目だから、あの世へ行ってでも助かりたいと思ったのです。

(A) あの世とはどう云う事か、お前の女房は神様や仏様を信心してでも居るのか。

(B) 別に信心しているような様子もありません。ただ「神様や仏様なんてものは本当にあるのかしら」なんて、よくそんな事を云います。

(A) すると、あの世と云う考がどうしてお前に起ったのだ。

(B) 前からそんなものがあるようにぼんやり考えていたのです。

(A) あの世にしろ、女房が泣いてくれれば罪が滅びると思うのはなぜか。

(B) なぜだか分りませんが、何となくそう云う気がするのです。

(A) お前は今でもそう思っているのか。

(B) そうです、今でもそう思っています。私が斯うしてお調べを受けている間でも、私の女房はきっと蔭で泣いて居てくれる、そう思うと心強い気がします。私は随分ヒドイ目に遭わせたり乱暴な事を云ったりしてあの女を泣かしましたが、泣かしたのはいい事だったと思います。

(A) では今ではお杉の事は思わないのか。

(B) いいえ、思わない事はありません。お杉の事は一日だって忘れられません、やっぱりあんな好い女はないように思います。

(A) お前の女房はお前の為めに蔭で泣いて居るかも知れないが、お杉は今頃どうしていると思うのか。
（B）お杉の奴は好きな男でも引っ張り込んで浮気をしているに違いありません。そう思うと私は猶更気が気でならないのです。
（A）お杉と女房と孰方《どっち》の事を余計考えるか。
（B）孰方の事も始終考えます。しかし、ほんとうに気が揉めるのはお杉の方です、女房の方は向うで私の事を考えてくれると思うので気が揉めることはありません。
（A）随分勝手な話ではないか。
（B）勝手な話ですけれどもどうもそうなのです。
（A）お前は女房が泣いてくれれば罪が滅びると云うが、そう云う人の好い女房をイジメたり泣かせたりするのは悪い事ではないか。
（B）それは悪い事かも知れませんが、でも何処かに悪くない訳があるように思えるのです。女房を泣かせると何だか妙に可愛くなって来て、不思議に好い気持がして、私も一時は女房と同じような善人になった気持がする、それが悪い事だと云う風には思えないのです。悪い事ならそう云う好い気持がする筈がありませんし、たとえ悪いことだとしても、女房を散々泣かして私も一緒になって泣くと、それで罪が消えたような清浄潔白な気分になる事はたしかなのです、どうも理窟に合わないようですが実際そうなのです。それで私のような悪人はどうせ一生善い事がやれる筈はないのですから、同じ悪い事をするにしてもたまには好い気持のするような悪いことをして見たい、そうでもしなければ苦しくってやり切れない、だから神様が、――まあそんな風に私は考えるのですが、――もし世の中に神様と云うものがおあんなさるなら、きっと私たち悪人の為めに悪いことをしてもたまには好い気持になれるような方法を授けて下すったに違いないので、私が女房をイジメるのなどは、つまりはまあそれでいくらかでも気を楽にするようにと云う、神様の思召しではないかと思うのです。人をイジメて好い気持がすると云うのには、何かそう云う訳がなければならないと思います。ですから私が女房をイジメるのは菊栄を殺したり三河屋の娘を殺したりしたのとは非常に訳が違うのです。又女房の身になって見てもそうだと思います。夫婦である以上は繋がる縁で夫の罪を自分が引き受けて夫の代りに苦しんでくれる、打たれたり泣かされたりするのは辛いでしょうけれども、それを怺えてやれば夫の罪滅ぼしになる、あの世へ行っても夫は地獄へ堕ちないで済む、そう思ってくれればいいのだと思います。

（Ａ）お前はそう云う心持を女房に打ち明けた事があるのか。

（Ｂ）それはありません、自分がこんな心持だと云う事は自分にも分らなかったのです。今日始めて分ったのです。

（Ａ）では今度女房に会った時に打ち明けて見る気はないか。

（Ｂ）そんな気はありません。

（Ａ）しかしお前がそれを打ち明けたら女房も少しは喜ぶだろうとは思わないのか。

(B) きっと喜ぶだろうと思います、けれどもそんな事を打ち明けたらだんだん私は気が弱くなってしまいます、気が弱くなったら悪い事は出来なくなります。
(A) 悪い事が出来なくなれば結構ではないか。
(B) いいえ困ります、私はさっきも云ったように悪い事はしたいのですから。悪い事をしないでは居られないような人間に、神様が私を生んだのですから。
(A) お前は女房の泣くのを見ると、自分も善人になったようで好い気持だと云ったではないか。するとその時は一時にもせよ「ああ悪かった」と思って後悔するのではないか。
(B) 後悔するのではありません、後悔したって始まらないと思って居ます。ただその時だけちょいと好い気持がするので、ほんの一時ですがその気持が捨て難いのです。まあ悪いことをする間《あい》の手のようなものです。
(A) その好い気持と云うのは、例えばどんな気持なのか、それを出来るだけ細かに説明して見よ。
(B) どんなと云ってちょっと説明する訳に行きませんが、前にも云ったように其の時だけ女房が非常に可愛く、いじらしくなるので、それを見ているのが何だか好い気持なのです。
(A) ではその時だけ女房の方がお杉より可愛くなるのか。
(B) そう……いや、そうではありません、……同じ可愛いのでもお杉のと女房のとは少し違います。女房が泣く時は可愛いいには違いないのですが、お杉のように可愛いいのではありません。可愛いい工合が違うのです。女房はお杉に比べれば器量もよくはありませんし、色が黒くって、鼻が低くって、体つきにもお杉のような意気な婀娜《あだ》っぽいところがちっともなくって、物の言いっ節なんぞがイヤに几帳面で、不細工で、私は不断はあんな味もそっけもない女はないと思って居るのです。あの女の顔を見るとつくづくイヤ気がさしてお座がさめるもんですから、可哀そうだとは思ってもやっぱりお杉の方へ行ってしまうのです。まあ不断はそんな訳なのですが、それが泣く時になると其の色の黒いところや不意気なところが……何だか斯う急に不断とは違って来て、………何だか斯う……お杉などとは全く違ったきれいなものに見えて来るのです。

(A) その「きれいな」と云うのはどんな風にきれいなのか、どんな風に不断と違って来るのか、説明しにくいかも知れないが、その心持をよく考えて云って見てはどうか。

(B) まあたとえば……あの女の眼はいつもは何となくどんよりして活気と云うものがちっともないんですが、泣くとなると其れが涙で光って来て、妙に生き生きとして来て、──こう云ってはおかしいかも知れませんが、水晶のようにきれいになるんです。お杉の眼も非常に愛嬌がありますけれども、しかしあの女のあの時の眼のように清浄な光は持って居ません。私はあの眼を見ると悲しくもなりますが、その悲しいのが好い心持なので、胸のなかまでスッと透き徹るようになるのです。

(A) ではきれいだと云うよりも清浄だと云うのだな。

（B）そうです、清浄なのです。――どう云う訳か知れませんが、私はあの眼を見るといつも神様のことを考えます、やっぱり神様と云うものは確かにあるんだなと云うような気がするので、神様はきっとあの眼のように清浄な、気高いものじゃないかと思います。――気高いと云うと妙ですが、女房は下らない人間ですけれどあの眼だけは気高い気がします。つまり女房には、――私やお杉のような悪人と違ってあれは善人ですから、――いくらか神様に近いところがある、それで泣く時には眼の中に神様のようなところが現れるのじゃないかと思います。そうなって来ると眼ばかりでなく、外のところまでがみんな一度によくなって来るので、不断は一向取柄のない顔だの姿だのがその眼と同じように気高くなって来て、何処を見ても不細工なところがなくなって大へん情愛が籠っているように、実際不思議ですがそう見えて来るのです。そこへ持って来て声をしゃくり上げながら、「どうか後悔して下さい、真人間になって下さい」って云われると、その声が又いつもとは別で、細い、きれいな、腸へ沁み通るような悲しい調子なので、たまらなく可哀そうのような、胸の中がきれいに洗い清められるような気になるのです。

（A）女房にそう云って泣かれると、お前はいつも何と答えるのか。

（B）「またゝゝゝめそめそ泣きやがる！　好い加減にしねえかい」ッて云ってやります。「いつ迄吼えて居やがるんだ」と云って横ッ面を張り倒してやることもあります。それはあんまりうるさいから意地になって云うことも云うんですが、しかしそうすれば猶泣くことも分って居るんです。泣かせる為めなのか止めさせる為めなのか自分でもよく分らないんです。

（A）そうしてイジメながらお前も一緒に泣いたりするのか。

（B）女房はいくらイジメてもイジメるほど泣いて、しまいにはおいおい声を出したりして、鼻を詰まらせながら掻き口説くのです。一番たまらない気がするのは「ねえあなた、あたしを打つならいくら打ってもようござんすから何卒改心して下さい、お願いですから、……」ッて云って、涙が一杯たまった眼でもって私をじっと見上げる時です。女房の眼が一番気高く清浄に見えるのはそう云う時です。それを見ると私は恐ろしいような悲しいような気がして来るので、それをごまかす為めにイキナリ女房の襟髪を摑んで引き擦り倒すんです。すると女房は倒れたまま矢張しくしくといつ迄も泣いて居ます。私はそのしくしくとしゃくり上げる泣き声を聞いているうちに、云うに云われぬしんみりした気持になるので、ついホロリとして、泣いてはならないと思いながら、泣いてしまうのです。

（A）その時お前はただ黙って泣いているのか、それとも女房にやさしい言葉でもかけてやるのか。

（B）「もう泣くのは止してくれ、お前が泣くと己も涙が出て仕様がねえから」ッて云ってやります。「泣いて意見をしてくれるなあ有りがてえが、己はどうも斯う云う人間に生れついたんだから仕様がねえ、お前も嘸《さぞ》辛かろうが夫婦になったのが因果だと思ってあきらめてくれよ、な、堪忍しろよ」ッて云ってやります。すると女房はうん、うんてうなずきながら一層哀れっぽくさめざめと泣き出しますが、私も何か云えば云うほど涙が止めどなく出て来て、悲しい歌でも聞いているように、一緒になって好い心持に泣いてしまうのです。

（A）そこまで来たらなぜお前は後悔しないのだ。そう云う心持が長く続けば、善人になれるのではないか。

（B）でも長く続かないから仕様がないのです、その時はそんな気持になっても又直きに悪い事をするのですから、泣くには泣いても決して改心するつもりではないのです。此れから先も生きて居る間は何度でも悪い事をするでしょうし、何度でも女房を泣かせるだろうと思います。いつ迄立っても同じ事を繰り返すだけです。

（A）では女房の方でも矢張駄目だと思いながら泣いて居るのか、それともいつか一度はお前が改心する事を信じているのか。

（B）それはきっと、自分の力で今に改心させて見せると、そう思って居るんだろうと思います。さもなければああ根気よくいつもいつも泣いて意見をする筈がありません。そこがあの女のいい所なのです。そう云う所があるから猶更可哀そうになるのです。

（A）しかし可哀そうだと思うばかりで後悔しないのでは、一向罪滅ぼしにならないではないか。女房を泣かして置いて好い気持がするだけでは何の足しにもならないと思うが、

……………

（B）いいえ、それだけでもやっぱり何かの足しになります。好い気持がしないよりは善い

事です、何かあの世で救われる頼りになります。年中悪い事をして居て時々女房に泣いて貰う、その間だけは神様に会ったような気持になる、たとえ後悔すると云う所まで行かないにしても、「自分は悪人だ、自分は悪い事をして居るのだ」と云うことを忘れずに居られる、此れは私のような悪人に取っては大事なことです。私のような人間は、せめて自分は悪人だと云う事だけは忘れずに居なければなりません、そうでないと私は永久に罪滅ぼしが出来ないような気がします。ですから私の女房は犬猫同然に扱われては居ますけれども、あれが居るので私と云うものが救われるのですから、あれは非常に必要な人間なのです。

(A)すると、お前の女房は全くお前の為めに生きて居る事になるのか。お前は自分の為めばかりを考えて、女房の為めを考えてはやらないのか。

(B)女房にしたって私と云う人間を救うことが出来れば、それが矢張何かしらあの女の為めになると思います。あの女が私のような悪人を捨てて、善人の男を亭主に持てば今のような苦労がなく楽かも知れませんが、楽をするよりは人を救う方がいい事です、あれは善人ですからきっとそう思うに違いありません。人間は誰でも苦しむのが当り前です、私だって苦しくない事はないんですから。

(A)お前はその心持を女房に打ち明けたくないと云ったが、いつか一度は打ち明ける時が来るとは思わないか。

(B)いつか一度はそう云う時が来ると思います、しかしそれは此の世の事ではないような気もします。
(A) お前はあの世と云うものがたしかにあると思うのか。
(B) たしかにあるとは思いませんが、なくては困ると思います。
(A) なぜ困るのだ。
(B) でも此のままでは、誰かに、――神様にだか、女房にだか、自分にだか、誰かに済まないような気がしますから。

或る罪の動機

博士を殺した下手人が博士の忠僕であった書生の中村であると分った時、博士の遺族の人々は皆驚いたのである。未亡人も、令息も、令嬢も、等しく云いようのない恐怖と戦慄とに撲たれたのである。なぜなら、それが如何なる動機に基いて実行にまで持ち来たされたか、又あの善良な博士が如何にして災害を受ける原因を作り得たか、全くそれらが意料の範囲を逸して居たから。——そうして人は、一般に、災害が何等の発見し得べき理由もなく訪れて来たとき、而もそれが極めて陰険に、巧妙に、恰も一箇の事業を遂行するが如くに綿密な計画を以て遂行されたとき、一層その恐怖を大にするものであるから。——つまり彼等は、人はどんなに完全に幸福であり善良であっても、いつ何時《なんどき》いかなる禍《わざわい》の犠牲になるかも知れないと云う事を、痛切に感じたのである。其の事は博士に徴して真理であるばかりでなく、加害者たる中村に徴しても真理であった。何となれば、——彼等の見る所では、——中村も博士と同じく幸福であり善良であったから。博士の殺されたのが偶然の禍であるとしたら、中村の博士を殺したのも、抑もその考が中村の頭に発生したのも、矢張偶然の禍であるとしか、彼等には思えなかったから。

で、その時、――と云うのはF探偵が紛れもない指紋に由って彼の犯罪を立証し、博士が殺されたその書斎で、遺族の人々の面前に於いて彼の自白を迫った時、中村は口辺に薄笑いを洩らしながら、「しまった」と云う風に頭を掻きながら、静かに云った。

「ああ、お分りになりましたか。――では仕方がございません、先生は私が殺したのです。――」

その態度は、落ち着いては居たが横着とは見えなかった。不思議にも矢張今迄通りの正直で忠実な書生に見えた。その素振りや物の言い振りは少しも今迄の中村を裏切らない、彼に似つかわしいものであった。強いて異点を求めれば、ただ顔色が平生よりもやや青褪めて居ただけである。

「私が殺したのに相違ございません、皆様は嘸びっくりなさいますでしょうが、私は気が違ったのでも何でもないのです、正気で実行したのです。どうか私を出来るだけ憎んで下さいまし。」

彼はそう云って、未亡人や、令息や、令嬢や、――一座を視廻しながら、はにかむように笑った。その時彼の青ざめた頰には処女のそれのような紅味がさした。

「あなた方は、なぜ私が正気で先生を殺したか？　大恩を受けた博士を殺す気になったか？きっと其の事をお疑いになるでしょう。私に取ってはそこに明かな理由があっても、あなた方は其の理由を到底想像なさる事は出来ますまいし、又お出来にならないのは御尤もだと存じますから。」

「では君は、その理由を話してくれ給え、」

と、令息が第一に尋問の語を発した。彼の調子は、中村に釣り込まれたせいか矢張奇妙に落ち着いていた。書生に対する言葉としてはいつもより丁寧なくらいであった。

「お尋ねになる迄もなく、私の方からも聞いて戴きたいのでございます。」

中村はそう云って、哀願するような眼つきをして、さて続けた。――

「その理由を、あなた方がよくお分りになるようにお話するには、何から申し上げたらいいかちょっと見当が付かないのです。いつか一度は申し上げる時もあろうかとは思って居ましたけれども、こんなに早く其の時が来たのは全く意外なので、順序よくお話するだけの用意が出来て居ないのです。………しかし、兎に角私は聞いて戴かなけりゃなりません。私が先生を殺しましたのは、まあ一と口に云いますと、全く殺す理由がないと云う所に理由があったのでございます。先生は申す迄もなく立派な人格の方でした。そしてその人格にふさわしい幸福な家庭の御主人であり、円満な生活を送っていらっしゃいました。先生の周囲に居られる方々は、奥様でも、御子息でも、御嬢様でも、みんな先生のように純潔な、美しい性質の方々でした。いや、あなた方ばかりではありません。斯く申す私にしても、皆様に可愛がられ又皆様によく仕えて、円満な家庭の空気を助けて居たと存じます。私は出来るだけ忠実に、正直に仕えた積りですし、あなた方もそれを信じて下さいました。ではなぜ先生を殺したか？　何処に殺す原因があったか？　と云いますと、先生がそれ程円満な人格の方だった事、先生の周囲がそれ程幸福に充ちて居た事が、それが直ちに原因になったのです。此の事に就いて、私は先ず私の人間からして説明しなければなりませんが、………」

中村はここで言葉を区切って、いかにも苦しそうに息を深く吸い込んでから、

「全体私は、――――」

と、一種厳粛な感じを起させる、微かな顫え声で云った。

「全体私は、いつ頃からそう云う風になったのか自分でもよく分りませんが、もう余程以前から、世の中と云うものを非常に淋しく、味気なく感じるようになって居ました。斯う云うとあなた方は、それは多分境遇の然らしめた所であるとお考えになるかも知れません。成る程私は子供の時分に頼りのない孤児として育ちましたし、先生の御宅へ御厄介になる迄は、随分不仕合わせな目に遭いましたから、或はそんな事が影響していないとは限りませんが、しかし私の此の厭世観は決して外界の事情から来たものではなく、案外根の深いものであるように、私の生れつきの性分の中に其の芽が含まれて居たように、私自身には思えるのです。なぜなら私が世の中を詰まらなく感じるのは、自分の意志が思うように充たされない為めではなく、寧ろ私は意志と云うものを、此の世の中の何物に対しても抱き得ない為めなのです。もっと突っ込んで云えば、私は此の世の中に何一つとしてほんとうのものはない、真に欲しいと思う値打ちのあるものはない、みんな虚無だ、みんなたかの知れたものだ、と云うよう

な気がしました。そうして其の気持は此の二三年来、徐々に如何ともし難い重苦しい持病のようになって、私の精神と肉体とに喰い込んで居ました。そうです、たしかに肉体にも喰い込んで居たのです、私はそれを心で感じるばかりでなく、明かに体で感じて居たのですから。あなた方は私が酒も飲まず女にも近付かないと云う理由で、品行の正しい青年だとお思いになったでしょうが、それは私に強い意志があったからではなく、実は少しも意志がなかったからでした。そりゃ私にしたって、うまい物を食えばうまいと思います、綺麗な女を見れば綺麗だと思います、だがその後から、うまいのが何だ、綺麗なのが何だ、と、直ぐそう思うのです。そうして、多少の労力を払ってまでうまい物を食ったり綺麗なものに接したりするのは、馬鹿げて居るような、大儀なような気になるのです。そんな物質的な欲望などはどうでもいいとして、精神的な物事に対してもそう云う無感激な状態に陥ったとしたら、その淋しさはどのくらいであるか、恐らくあなた方には想像も付かない事でしょう。あなた方は私を温和な柔順な青年だとお考えになったでしょうが、その実それは私が無感激の結果だったのです。意志のない私は、ただあなた方の命令通りに動きました、そうするより外私の生き方はありませんでした、私はせめてもあなた方と云うものがあって、私の体を動かして下さるのを張合いがあると思いました。若し私に他人の意志が働きかけてくれなかったら、私は一つ所に停滞して、じっと動かずに居て、死んでしまったかも知れません。実際私は、もうしまいには生きて居るのか死んで居るのか分らなくなって居ましたから。——何かおかしい事があってあなた方がどっとお笑いになるとする、私もそれを見て成る程おかしいとは思う、が、おかしいのが何だ、と、直ぐそう思うと、笑うのさえも大儀になる。のみならず一層悪い事には、笑って居る人間が馬鹿らしく見えて来る。みんな分り切った事じゃないか、泣いたって、笑ったって、感心したって、それが結局何になるんだと云うような気がする。もうそうなると人間はおしまいです、その人に取って人生と云うものは、唯一つの単調な、無意味な存在に過ぎなくなるんです。――ああ、私は此の呪うべき気持の為めにどんなに長い間苦しんだでしょう、若し私の此の気持が単なる厭世観から来て居るのなら、哲学とか宗教とかに訴える手段もあったでしょうが、困った事には、今も云うようにそれは私の体質に喰っ着いて居るので、寧ろ厭世観よりも前にあったものなのです。私の厭世観なるものは却ってそれから生じて来た結果に過ぎないと云えるでしょう。私は屢々そう思いました、誰だって恐らく理窟の上からは、此の世の中にほんとうの物があるかどうかを、断言する事は出来ないだろう。誰だって私と同じように、笑ったところで、泣いたところで、世の中の事は結局たかが知れて居ると、冷静に考えればそう思うだろう。しかし人間と云うものは理窟ではそう思いながら、可笑《おか》しい事があれば笑うし、悲しい事があれば泣くように出来て居る。それが人間の常なのだ。すると自分には、何か人間として欠けて居る所があるのじゃないか。自分には人間の持つべき筈の感情と云うものがないのじゃないか。――そうだ、自分には意志がないと同時に感情がないのだ、自分にあるものは唯つめたい理性ばかりだ。そしてその理性に従えば、世の中には真に善い物もなければ悪い物もない、して悪いものもなければしないで悪いものもない。人間はどんな事をしたって構わないが、又どんな事をしないだって差支えない。したいと思えば泥坊をしたって詐欺をしたって悪いとは云えないし、したくなければ懐手をして寝ころんで居てもいい。自分はしたくないから何もしないので、それで一向差支えはないんだと、私はそう云う考で居ました。そう考える事は人間として頗る情ない、不仕合わせな事ではありましたけれども、それより外にどうしても考えようがなかったので、それは決して間違っては居なかったと思います。自分が斯うして生きて行くのは、自分としては最も自然であり、最も正しい生き方であると云う気がしたのです。……」

「ああ、ほんとうに、あの時分の気持は今でも忘れられませんが、実に苦しゅうございました。神とか、善とか、道徳とかを信じる事が出来る人には、正しく生きる事が同時に幸福に生きる事であり、安心して生きる事にもなりましょうけれども、私の場合にはそうはなりませんでした。私には正しく生きる事が絶えざる不幸の意識であり、不安の原《もと》になったのです。人間らしくないとは云っても私も矢張人間ですから、自分ながら恐ろしいような、薄気味の悪いような気もしました。私の考は、真理としては間違っていないが、人間としては間違って居るのじゃないだろうかとも思われました。人間として此れが一番悪い事で、泥坊をしたり人殺しをしたりする方が、まだ此れよりは善い事だ、幸福な事だと、そうも思いました。で、兎に角私は人間になりたかったのです。泣いたり怒ったり、泣かしたり怒らしたりする事の出来る、人間になりたかったんです。何かしら感情らしい感情を持ちたかったんです。……」

「そうすると君は、何かしらやって見たい為めに人を殺したと云うのかね？」

と、その時令息が再び尋ねた。

「そうです、まあそう云っていいかも知れません。ですがそれには、もう少し込み入った心持があった事を申し上げなけりゃなりません。何かやって見たいから人殺しをした、――ただそれだけでは一向説明にはなりませんから。――あなた方は私が、そんな風に孤独に淋しく生きて居た間に、あなた方御自身はどう云う風に暮らしていらしったか、それを考えて戴きたいと思います。あなた方は、先生も奥様も御子息もお嬢様も、一人として私がどんなに苦しんで居るかと云う事を、察しては下さいませんでした。勿論それは察し得られる訳がない、察しないのが当り前だと仰っしゃるでしょう。成る程、私も御尤もだとは思います。しかしあなた方は察して下さらないばかりでなく、お自分たちは非常に満足に、幸福に暮らしておいででした。あなた方の御様子を見ると、『人間は神を信じ、道徳を奉じて居さえすれば、決して不仕合せはないのだ』と云う事を、信じ切っていらっしゃるようでした。私はあなた方を見ると、一層孤独の感を深め、自分の不幸を痛切に感じたのですが、あなた方にはそれがまるきりお分りにならない。御自分たちの幸福が、他人に迷惑を掛けて居ようとは夢にもお思いにならないばかりか、却って他人をも幸福にさせて居ると信じていらっしゃる。

そして和気靄々たる家庭の空気に浸っていらっしゃる。私は別にあなた方を羨しいとは思いませんでしたが、しかしあなた方が偶然の幸福を必然の報酬のように思って、自分たちはそうでなければならないように考えていらっしゃるのを、反感を以て見ないでは居られませんでした。なぜなら、私に云わせればあなた方が幸福でなければならない訳はなく、私が不幸でなければならない訳もないのですから。あなた方は、正しく生きよう、信仰に生きようと云う旺盛な意志と情熱とを持って生れていらしった。けれどもそれはあなた方の努力の結果でもなければ、そう云う風に生れた事に、何等の必然もありはしないでしょう。あなた方はそう云う人間にお生れになった、しかしそうでなくてもよかったのだ、私のような人間に生れたって仕方がなかったのだ、そうでなければならない事は何もないのだ。——と、私は思うのです。ですからあなた方の幸福は全く偶然の賜物であるのに、先生を始め、誰方《どなた》もそれを反省なさる様子がない。それでいいのだ、そうあるべきだと思っていらっしゃる。私はあなた方の幸福を奪い取ろうとは思いませんし、又取ろうとしたって、生れ変って来ない限りは取れるものではありませんけれども、ただあなた方が、あなた方御自身で標榜なさる通りに、何処までも人生を正しく観察し、真理と正義とに依って生きようとなさるなら、一応御自分たちの偶然の好運をお認めになってもよかろうと思うんです。そして私のような不運な人間に対して、ちょっと一と言ぐらい御挨拶があって然るべきです。『どうも己達はお前に比べると大分割がいいようだが、これも運だから仕方がない、済まないけれどもあきらめてくれろ』と、そう仰っしゃってから、多少私に遠慮しながら、そっと御自分たちの幸福をお楽しみになるのが礼儀ではないでしょうか。それがほんとうの正しい道ではないでしょうか。ほんのちょっとした事ですけれども、その御挨拶がなかったのが非常に私には淋しゅうございました。そりゃ、あなた方に私の不運を知って戴いたって仕方がないのだし、又知らせようと思ったって、知らせる方法もないようなものですから、要するに仕方がないの一言で尽きてしまうのですが、仕方がないと思えば思うほど余計やるせない気がしました。怒ったって仕方がない、恨んだって仕方がない、あなた方の察しの悪いのを咎めたって仕方がない、何をしたって結局たかが知れて居る、と、私は又思いました。私は決して、鼓《つづみ》を鳴らしてあなた方を攻めようと云う勇気も出ないし、酔興もありませんでした。けれどもその為めに一層苦しく、じっとして居ると息が詰まりそうな気がしました。………」

「………そこで、私が先生を殺しましたのは、そう云う重苦しい気持が募り募った結果だったと、そう云うより外はありません。私は何も最初から人を殺そうと思った訳じゃないのですが、――どうせ人を殺したってたかが知れてるとも思いましたが、――しかし先生を殺すことは、何かする事のうちでは一番しばえがある事のように感じたんです。なぜかと云うと、先生はあなた方のうちでも一番幸福な円満な方で、あなた方の幸福は先生の存在を中心として居るので、先生が居なくなったらあなた方も少しは不幸になられるだろう。そうしたら今までの幸福が偶然だと云う事をお悟りになるだろう。――それを悟って戴いたって勿論大した意義はありそうにも思えませんが、しかし決して悪い事じゃない、悟らないよりはいい事だ、少くともあなた方に正しい人生の観かたを教える事だ。それに私としては、今までの不公平が多少取り除かれる訳で、まあいくらかは運命の片手落ちを矯正する事が出来る、と、そんな風に思ったんです。尤も世の中にはあなた方ばかりでなく、もっと好運な人たちも沢山あるでしょうし、何も先生に狙いを付けなくってもよさそうなもんですが、しかし先生は最も私の手近な所にいらっしゃいました。私は無精な人間ですから、そんなに遠い所へなんか動いて行く気はありませんでした。まあ云って見れば、私の眼のつくような所にいらっしゃったのが、先生の災難なので、同時に私の災難でもあるんです。こう云うと甚だ勝手のようですけれども、事実そうに違いないんです。私のしたことは意志の働きと云うよりは、水が自然に流れたようなものなので、偶然にも傍に低い所があったもんだから、つい其の方へ流れて行ったんだと、そう解釈して戴きたいんです。………」

「いや、そんな事は云えない筈だ。」

と、F探偵が鋭い語気で口を挿んだ。

「お前は予め非常に綿密な計画を立てて、誰が見ても故殺とは思えない陰険な手段で実行したのだ。それでもお前は意志がなかったと云う積りか？」

「成る程、そのお尋ねも御尤もです。」

と、中村は、いかにも我が意を得たと云う風に頷いて見せた。

「たしかに、私は非常に綿密な計画を立て、陰険な手段を考えました。ですがそれは、何も実行しようと云う意志があったからじゃないんです。私は最初、実行よりも寧ろ空想を楽しんで居たのです。私のような人間に取っては、実行は容易でない代りに、空想ではどんな事でも考えますから、――実際、空想にでも耽らなければ、私はどうして孤独の時を過ごすことが出来たでしょう。あなた方のお考えでは、実行の意志があったればこそ計画したんだと仰っしゃるでしょうが、私は大概空想だけで満足しました。実行の為めの空想ではなく、空想の為めの空想を描いて、それで纔《わず》かに慰めて居ました。ただその空想が、真実性を帯びて居るほど余計感興をそそったことは事実なので、従って私の計画は非常に綿密な点まで頭の中に描かれて行きました。私はありありと、恰も実行して居る通りに、その時の光景を見、心理を経験する事が出来ました。そしていつもなら、ただそれだけで止めてしまう所だったのに、あまり空想が真実に近づいた結果、ついほんとうに実行する気になったんです。全く、空想に釣り込まれてウッカリやってしまったんです。私のような人間になると、空想と実行との間に大した距離があるようには感じられないものですから、空想の積りでいつの間にか実行してしまったり、実行の積りで知らず識らず空想して居たり、そんな事はいくらだって有り得るので、ウッカリやってしまったと云うのが何より正直な告白なんです。ただ私は空想の中で指紋と云うものを深く考えて置きませんでした。空想と実行との違った点はそれだけでした。――私の空想がもう少し精密であり、指紋と云う事に細かい注意が払われて居たなら、恐らく凡べてが考通りに行ったでしょう。私は長く、私の罪を発見されずに済んだでしょう。発見されたって格別悪い事はないのですが、しかし私は刑罰と云う肉体的苦痛を受けるのは、余り感心しませんから。――」

それから中村は、間もなくF探偵に引っ張って行かれた。

「御機嫌よう、――」

と、彼は書斎を出る時に、まだニヤニヤ笑いながら、一座の人々を顧みて云った。

「斯うなるくらいなら、空想だけにして置けばよかったんですね、――どうもやっぱり、私の方がよくよく不運に出来て居ると見えますよ。」

病褥の幻想

彼は病気で、床に就いて呻って寝て居た。——たださえ彼は意気地なしの、堪《こら》え性のない涙脆い人間なのだ。十年前に取り憑《つ》かれた神経衰弱が、未だに少しも治癒しないで、年が年中、蜘蛛の巣のような些細な事に怯《おび》え憂え顫えて居る人間なのだ。それが運悪く此の四日ばかり、歯を煩ってすっかり元気を銷亡させて、事に依ったら死にはしないかと案ぜられた。直接歯の為めに死なない迄も、歯齦《しぎん》の炎症から来る残虐な悪辣な、抉られるような苦痛の為めに、精神と云う物が滅茶滅茶に掻き壊《こわ》されて、気が狂《くる》って死ぬかも知れなかった。彼は自分の肉体が人並《ひとなみ》外れて肥満して居て、心臓の力の弱って居る事を、不断から非常に気に懸けて居た。それで僅かな熱でも出ると、神経を病み始めて、先ず自分から大病人になってしまった。

「歯齦膜炎でそんなに熱の出る筈はないと思います。何度ぐらいおありになるか測って御覧になりましたか。」

と、歯医者は不審そうに云った。

「いや、測っては見ませんけれどたしかに少しあるんです。御存知の通り僕は太って居るもんですから、熱には馬鹿に弱くって、………」

「あったところが多分六分か七分です。測って御覧になる方が却って御安心ですよ。」

こう云われても彼は決して、測って見ようとはしなかった。測って見て、若しも八度以上もあったら大変だと思った。そうして実際、そのくらい熱があるかも知れなかった。何でも下顎《したあご》の、右の一番奥の齲歯《むしば》がぼろぼろに腐蝕して、歯齦《はぐき》の周囲に絶え間なくだく〳〵と毒血を湛えて、膿み疼《うず》き燃え爛れて、その為めに顔の半面が、始終かっかっと火照《ほて》り付いて居るのであった。最初はたしかに其の齲歯が痛むのだと分って居たが、遂には片側残らずの歯が、上顎のも下顎のも、一本一本細かく厳しくきり〳〵きりと軋《きし》んで、どれが痛みの親玉なのか一向に分らなくなってしまった。その痛さに朝から晩迄さいなまれつつ、じっと辛抱して居る事が、人間として堪え得る苦しみの最上の物であるらしかった。此処まで来れば、どんなに精神のしっかりした脳髄の透明な人間でも、多少は頭の機能が乱れて、馬鹿か気違いに近いような、朦朧とした滅茶滅茶な状態になりかかるだろうと彼は思った。現に彼は、余りの痛さに神経が妙になって、痛いのだか痛くないのだか分らない感じがして来た。彼は熱に浮かされて、もやもやと霧の中に囲《かこ》まれたような夢心地に犯されながら、いろいろの事を考え始めた。

「人間が痛みと云うものをハッキリと感じ得る場合は、それ程痛みが深刻でない時なのだ。痛みが一層昂進して来ると、もう一と通りの痛みと云う物とは全く違った、一種異様な感覚を生ずる。」――――彼はそう考えながら、今の自分の苦痛を味わって居た。四五日前迄は、例の齲歯の心《しん》の方が、明かに錐《きり》のような物で無慈悲にぐいぐいと突かれるのに似た痛さであったが、だんだん口の中で「痛み」の領土が拡大し出して、今迄安穏に平和を楽しんで居た隣の臼歯《きゅうし》に響き始め、それから上顎の犬歯《けんし》がいつの間にやら共鳴を試み、最後に片側の全部の歯の列が一面にヴァイブレエションを起して、ちょうどピアノの鍵盤の上を乱暴な手が掻き廻した如く、孰《ど》れも此れも悉くぴんぴんぼんぼんと騒々しく相応じた。そうして、非常に雑多な沢山の音響が一度に室内に充満すると、一つ一つの声と云う物はまるきり聞えなくなって、極度の騒々しさが極度の静かさと一致してしまうように、極度の苦痛も亦極度の安楽と一致するかの如くであった。

たとえて見れば、上下の顎骨の歯の根から無数の擾音が喧々囂々と群り生じ、一つの大きな、綜合された呻りを発して、Quā-ǎn! Quā-ǎ-ǎān! と云うように、口腔内の穹窿へ反響し続けて居るのであった。それはちょうど、恐ろしく野蛮な力でガンと頰桁を擲られた跡などに、長く長く残って居る痺《しび》れた感覚に似通って居た。そうして一々の歯の痛み工合《ぐあい》を、よく注意して感じて見ると、痛むと云うよりは、Biri biri-ri-ri! と震動して居るように想われた。

「そうだ、痛みが極度に達すると、寧ろ音響に近くなるのだ。恰も空中で音波の生ずるように、歯齦《はぐき》の知覚神経が一種のヴァイブレエションを起すのだ。」と、彼は腹の中で呟いた。その凄じいヴァイブレエションの為めに、口の中の空洞《くうどう》が全く馬鹿になって、神経も何も聾《つんぼ》にさせられて、今では其れ程に痛くもなくなって居る。「なんだ、己は先《さつき》まで大変苦しがって居たが、落ち着いて考えると、苦しくも何ともないじゃないか。」と、云いたいような心地もする。平生非常に死を怖れて居る人間が、いよいよ病気で死ぬ時に臨むと、案外安心してしまうように、神経と云うものも余り強烈な刺戟を受けると、相当な「あきらめ」を生じて都合よく外界に順応し、苦痛を苦痛と感じさせない調節作用を行うのであろう。——少くとも彼は、今や自分の神経が自分の意志の欲するままに、鈍くも鋭くも自由に変化する事を発見した。「痛くないぞ！ 痛くも何ともないぞ！」斯う命令すると即座に神経はピタリと働きを止《と》めて、あれ程の痛みがまるきり感じなくなってしまう。反対に又、口の中の任意の点へ神経を凝集すると、直ぐに其の部分が痛み出す。彼は己れの注文通りに、どれでも好きな歯を撰んで、一本一本随意に随時に痛み出させる事が出来た。

彼は図に乗って、子供がピアノを徒《いたずら》するように、神経の手を彼方此方《あっちこっち》の歯列《しれつ》の上へ駆使しながら、いろいろの方面を痛ませて見た。或る特別の一本だけを痛ませる事も出来るし、二本でも三本でも一緒に一度にBiri! biri-ri! と痛ませる事も出来た。

「こうなると実際ピアノと同じ事だ。一々の歯が、恰もピアノの鍵のように思われるから不思議じゃないか。」——何だか彼は、各々の歯の痛み方《かた》の程度に応じて、音階を想像する事さえ出来そうであった。一番前の方の、一番痛みの少い奴を仮りにDoとすれば、其の次ぎに稍痛い奴をReとする、其れよりも亦稍痛いのをMiとする、斯くて立派に七つの音階が出来上ると、今度は「汽笛一声」でも「春爛漫」でも「さのさ」節でも喇叭《らっぱ》節でも、好きな歌を奏する事が出来そうな気持ちになった。

「うんそうだ、たしかに音階を想像し得る。――其れにつけても己は余っぽど熱があるに違いない。――熱に浮かされてぼんやりして居るから、こんな奇妙な考が起るのだ。」

――同時に彼は、又一としきり耳ががんがんと鳴って、体中の血が頭の方へ鬱陶しく上騰して来るのを覚えた。彼は眼を潰って、局部に氷嚢をあてたまま、深い暗い所へ昏々と墜ちて行くような心地がした。折々大波に揺り上げられ、揺り下《おろ》されて居るようでもあった。しかし未《いまだ》に失心しては居ないと見えて、間もなく再びさまざまの妄念が、脳髄の中で蛆《うじ》の沸くが如くうようよと蠢《うごめ》き出した。

彼の横臥して居る病室の外には、割合に広い庭園があって、九月の上旬の、初秋とは云いながら真夏と少しも変りのない、赫灼《かくしゃく》とした日光が毎日毎日蒸し蒸しといきれて居た。南に面した花壇には紫苑《しおん》や芙蓉や、紅白の萩がそろそろ花を持ちかけて、繁茂した枝葉《えだは》を芼芼《ぼうぼう》と蔓《はびこ》らせ、穂の出かかった糸すすきや萎みかかった桔梗や女郎花が、おどろに乱れた髪の毛のように打ち煙って居た。百日草、おいらん草、カンナ、蝦夷菊などの燦然と咲き誇って居る今一つの花壇の縁《ふち》には、小さい愛らしい松葉牡丹の花びらが、びろうど色の千日坊主と頭を揃えて、千代紙を刻んだように綺麗に居並び、二三尺の高さに伸びた葉鶏頭とダリヤとの間から、真赤な、心臓のような紅蜀葵《こうしょくき》の大輪が、烈日の中にくるくると燃えて居た。

「あなた、………又紅蜀葵が一つ散ったわ。あの花はほんとに寿命が短いのね。一日咲くと、色もなんにも褪《さ》めないのに、ぽたりと地面へ落ちてしまうのね。」

彼の妻が、氷嚢の氷を取り換えてやりながら、彼に云った。

「うん、………」

と、さも大儀らしく答えたきり、彼は庭の方を見向きもしないで、相変らず歯を押えたまま静かに悲しげに横臥して居た。けれども彼《あ》の生々《なまなま》しい、真赤な花が、綺麗に咲き綻びたまま、風もないのに突然地面へ転げ落ちる様子を想うと、何だか其れが忌まわしい事の知らせのように感ぜられた。今の今まで、盛んに血を吸って膨《ふく》れて居る自分の心臓が、若しかするとあんな風に、いきなりぽたりと崩壊する前兆ではあるまいか。………

「でもまあ向日葵《ひまわり》がよく咲いたこと。ちょいとあなた、ちょいと此方を向いて庭を御覧なさいよ。」

妻は再びこう云って慰めようとしたけれど、今度は彼は見向きもしないで、ただ苦しそうな溜息を吐いた。自分がこんなに呻って居るのに、呑気な事をしゃべって居る妻の態度が甚しく癪に触ったが、わざわざ其れを叱り付けるだけの元気も出なかった。痛くない方の片側を枕につけて、唇を半分ばかりあーんと開いて、床の間の掛軸を視詰めた儘倒れて居る彼は、此の時舌の先を徐ろに、韶陽魚《あかえ》のように動かしながら、例の一番奥の齲歯を極めておずおずと撫で擦《さす》って見た。気のせいか知らぬが、うろが平生よりも素敵に大きく深くなって、噴火山の火口の如く傲然と蟠踞して居る。その洞穴《ほらあな》の底津磐根《そこついわね》から不断の悪気が漠々と舞い上って、口腔の天地を焦熱地獄と化して居るのである。………彼には其の齲歯の、暴君的な堂々たる痛み工合が、恰も毒々しい向日葵の花のように想像された。周囲《まわり》に橙色《だいだいいろ》の絢爛な花弁を付けて、まん中に真黒な、蜻蛉《とんぼう》の複眼《ふくがん》の如き蕊《しべ》を持って居る向日葵の、瑰麗《かいれい》な姿は、どうも此の驕慢な齲歯の痛みに酷似して居た。

「そうだ。歯の痛みは音響に近いばかりでなく、それぞれ雑多な色彩を持って居る。」

――彼はそんな事を思った。ふと、いつぞや読んだ事のあるボオドレエルの "Les Paradis Artificiels" の一節が彼の念頭に浮かんだ。………"Les équivoques les plus singulières, les transpositions d'idée les plus inexplicables ont lieu. *Les sons ont une couleur, les couleurs ont une musique.*"（音響は色彩を発し、色彩は音楽となる。）………此れは此の詩人がハシイシュを飲んだ時の、ハリュシネエションの描写であるが、しかし阿片やハシイシュの力を借りずとも、彼は幾分かそう云う風なハリュシネエションを感ずる事が出来た。少くとも一々の歯が、痛み方に相当する音階を持って居るとしたなら、其の音階が一変して、千紫万紅、大小さまざまな花の形に見える事はたしかである。一番根強く執念深く、まるで熟した腫物《できもの》のように疼《うず》いて居る奥歯が、向日葵の花であるとしたなら、それと反対に狭く鋭く、ぴくりぴくりと軋んで居る上顎《うわあご》の犬歯は、ちょうど血の塊《かたまり》か火の塊が、眼の暈《くら》むような速力で虚空に旋転と舞い狂めいて居るような、真赤な、辛辣な痛さである。「成る程此れは真赤な痛さだ。何か非常に赤い物が、焔々と燃えて渦巻いて居る痛さだ。」――彼は直ちに紅蜀葵を連想せずには居られなかった。そうして考えれば考える程、ますます其の歯と紅蜀葵との関係が密接になって、遂には全く口の中に、あの鮮明な赤い花が、くっきりと咲き誇って居るような気持ちがした。それから又、顎の隅の方で微かに痛んで居る一団の臼歯は、一本の茎の先に沢山の花を持ったおいらん草のクリムソンに似通って居た。チクチクと虫の螫《さ》すような、愛らしい、いじらしい痛み方をする前歯の群《むれ》は、恰も花壇の縁《ふち》を彩《いろど》る松葉牡丹に適合して居た。不思議な事には、其れ等の歯が、各自固有の特色に依って、激しく痛めば痛む程、彼の妄想は一層明瞭な形を取って眼前に髣髴した。斯くして彼は忽ちのうちに、口の中を庭の花壇と同じような美しい光景に化してしまった。其処には初秋の午後の光がかんかんと照って、蜂や蝶々が花から花へひらひらと飛び戯れて居る。

………

気が付いて見ると、熱は前よりも更に一段と高まって居た。眼の先の物が何だか頻りにちらちらと動いて、カレイドスコオプを覗いて居るようだ。床の間に懸って居る浮世絵の美人画がぐらぐらと揺めいて、立体派の線の如きbizarreな線を現わして居る。座敷の天井が、いつの間にやら馬鹿に低くなって、立てば頭がつかえる程下って来たらしく、嫌に室内が狭苦しく、蒸し暑く、窮屈である。こんな牢獄のような処に、いつ迄自分は鬱々として、熱に浮かされて居る事だろう。どうせ十日も半月も寝て居るのなら、いっそひろびろとした野原のまん中で、青空を仰ぎながら、涼しい木蔭の草の上にでも倒れて居たい。

「ああ切ない、………息苦しい、………嫌になっちまうなあ。」

彼は夢中で、こんな譫言《うわごと》を云いそうになった。そうして、名状し難い遣る瀬なさとあじきなさに襲われて、頬っぺたの垢に汚《よご》れた涙を、紙屑のようにぼろぼろとこぼした。

よんどころなく片手でそっと睫毛《まつげ》を拭いて、又歯の事を考える。口の中の呪わしい地獄、美しい花壇の事を考える。――

“A noir, E blanc, I rouge, U vert, O bleu, voyelles, …………”

どう云う訳か、Rimbaud のソンネットの一句が、天際に漂う虹の如く彼の心に浮かんだ。恐らく其れは、繚乱たる花園の光景から連想されて、記憶の世界に蘇生《よみがえ》って来たのであろう。若し、あの仏蘭西のシンボリストが想像するように、A、E、I、U、Oの母音に、黒だの白だの赤だのの色があるとすれば、口の中で刻一刻に、ずきん、ずきん、と合奏して居る歯列の音楽、――色彩の音楽は、悉くアルファベットに変じ得るかも知れない。………A, B, C, D, E, F, G, ………

体の工合も心の調子も、もう本式の病人と違いはなかった。ちょいと枕から頭を擡げると、忽ち眩暈を覚えて、うすら寒い戦慄が止めどもなくぶるぶると手足を走る。飯を食うにも、小用を足すにも、凡《なん》べて褥中に横わった儘である。

「九月になったのに何て云う暑さだろう。此れじゃ土用の内よりも余っぽど非道いわ。事に依ると地震でも揺るのじゃないかしら。」

隣の部屋で、妻が女中にこんな話をして居る。

ほんとうだ、地震が揺るかも知れない。――彼は地震が大嫌いであった。地震に就いては随分いろいろの書物を読んで、可なり豊富な知識を持って居た。六十年目に大地震があると云う説の虚妄な事や、日本の家屋はヤワな西洋館に較べて、案外耐震力の強靭な事や、大地震の際には必ず前に異常な地鳴りを伴う事や、少くとも彼のように、年中気に病んでびくついて居る理由のない事を、充分心得て居る癖に、彼はやっぱり明け暮れ其れが心配になった。住宅を移転する時、田舎の旅館に宿を取る時、女郎屋待合で夜を過ごす時、彼が真っ先に思い出すのは地震に対する用意であった。怪しげな西洋造りの三階四階の建物などへは、成る可く這入らないように努めて、這入ってもそこそこに飛び出してしまった。浅草辺の活動写真を見物するのに、彼は大概出口に近い隅の方に立ち竦んで、いざと云ったら逃げ出す用意を怠らなかった。そうして無事に見物が済んで、小屋を出て来ると、「まあよかった。」と胸を撫でて、命拾いをしたような気持ちになった。

自分が生きて居るうちに、どうしても一回、大地震があると彼は思った。日本に居て、殊に地震の多い東京に住んで居て、相当に長生きをする積りなら、否《いや》でも応でも、一度は大地震に際会して、九死に一生を得なければならない。其れが彼には病気よりも何よりも、一番危《あぶな》っかしい、剣難《けんのん》至極な綱渡りであった。なぜと云うのに、人間が不治の難病に罹る事は頗る稀であるけれど、大地震はたしかに一遍はあるのである。そうして其の一遍の大災厄を、首尾よく免れ得るかどうかが、彼に取っては非常な疑問である。――尤も彼は、今から二十三四年前、多分明治二十六年の七月に、大地震と云ってもいいくらいの素晴らしい奴に出《で》会《こわ》した覚えがあった。ちょうど彼が小学校の二年の折であったろう。午後の二時時分、学校から帰って、台所で氷水を飲んで居ると、いきなり大地が凄じく揺れ始めた。「大地震だ！」と、彼は咄嗟に心付いたが、何処をどう潜り抜けたのか、一目散に戸外へ駆け出して、大道の四つ角のまん中につくばって居た。その頃彼の家では日本橋の蠣殻町に仲買店を出して居て、恰も後場《ごば》の立って居る最中であった。米屋町の両側に軒を列べた商店の、土間に溢れるほど雑沓して居た相場師の群衆は、誰も彼も金の取引に気を奪われて、日盛りの苦熱を忘れて居たが、突然、がらがらと家鳴震動し出すや否や、右往左往にあわてふためき、殆んど路次のように窮屈な、せせこましい往来の、ぎっしり詰まった家並《やなみ》の下を揉みに揉んで逃げ惑うた。………

「ああ、己はあの時でさえ、あんなに恐ろしかったのだから、若しあれよりも更に大きい地震に逢ったらどうするのだろう。己は今では肉がぶくぶく肥満して、心臓が弱くなって、とても子供の時分のように身軽に逃げる事は出来ない。おまけに現在病褥に倒れて、体が利かなくなって居る際、そんな災難が突発したら、己の運命はどうなるだろう。」

彼の頭はいつか全く、地震に対する危惧と不安とに充たされて居た。今と云う今、大地震が揺り出したら、自分は必ず逃げ損《そこな》って、梁《はり》の下に圧し潰されるに違いない。それでなくても立てば足元がよろよろして、眼が眩みそうになるのだから、地震と聞いたら即座に逆上して卒倒してしまうだろう。考えて見ると、いつ何時地震が揺るかも知れないのに、不自由な手足を持って寝て居ると云うのは実に危険だ。まるで噴火山上に身を托して居るようなものだ。ああ、ほんとうにどうしたらいいだろう。――彼の記憶は、再び明治二十六年の、七月の或る日の地震の光景に戻って行った。あの時彼は、前に云った大道の四つ角に蹲踞《うずくま》って、生きた空もなくわななきながら、世にも珍らしい天変地異をただ夢の如く眺めて居た。夢だ！　ほんとうに夢のような恐ろしさだ！　其の後《のち》二十幾年も彼は此の世に生きて居るが、あの時のように薄気味の悪い、あの時のように物凄い、あらゆる形容詞を超絶したOverwhelming な光景を、爾来一遍も見た事がない。彼が避難した地点と云うのは、今の蠣殻町の東華小学校の門前に近い、一丁目と二丁目との境界にある大通りで、今でもあの四つ角には交番が建って居る筈だ。何でも彼の経験に依ると、大地震と云う物は地が震えるのではなく、大洋の波のように緩慢に大規模に、揺り上げ揺り下ろすのであった。自分の足を着けて居る地の表面が、汽船の底と全く同一な上下運動をやり出した時を想像すれば、恐らく読者は其の気味悪さの幾分かを、了解する事が出来るであろう。………いや、汽船の底と云ったのでは、まだ形容が足りないかも知れない。寧ろ軽気球のように、――踏んでも掘ってもびくともしない、世の中の凡べての物よりも頑丈な分厚《ぶあつ》な地面が、寧ろ軽気球のように、さも軽そうにふらふらと浮動するのである。そうして、其の上に載《の》っかって居る繁華な街路、碁盤の目の如く人家の櫛比した、四通八達の大通りや新路《しんみち》や路次や横丁が、中に住んで居る無数の人間諸共に、忽ち高々《たかだか》と上空へ吊り上げられ、やがて悠々と低く降り始める。彼は比較的見通しの利く四つ辻に居た為めに、此の奇妙なる現象を真にまざまざと目撃した。彼の前方へ一直線に走って居る、坦々たる街路の突きあたりには、遠く人形町通りが見えて居たが、其の路の長さは大凡そ二三町もあったであろう。然るに訝《あや》しむべし、此の二三町の平《たいら》な路が、彼の蹲踞《うずくま》って居る位置を基点として、恰も起重機の腕の如く棒立ちになり、向うの端の人形町通りを、天へ向って持ち上げるかと思う間もなく、今度は反対に深く深く沈下し出して、彼は全く急峻な阪の頂辺《てっぺん》から、遥か下方の谷底に人形町通りを俯瞰する。ああ其の時の強《こわ》さ恐ろしさ！　人間が、測り知られぬ過去の時代から生存の土台と頼み、光栄ある歴史を其の上に築き、多望なる未来を其の上に繋いで、安心して活動して居た大地と云う物が、斯く迄も不安定に、斯く迄も脆弱であろうとは……彼は漸く七つか八つの少年であったから、恐怖の余りに或はこんな幻覚を起したのかも知れないが、しかし決して、自分の眼で見た光景を、誇張して述べて居るのではない。思うに彼は其の刹那から、今のような臆病な人間になったのであろう。其の瞬間に、人間の生命のいつ何時威嚇されるかも知れない事を、つくづくと胆に銘じたのであろう。

「あああッ」

と云って、彼は頰にあてて居た氷嚢を外しながら、俯向《うつむ》きになって顔を枕の上に伏せた。急に、当時の四つ辻の光景が眼前に浮かび上ると、胸の動悸が激しくなり、体中が総毛立って、とてもジットしては居られなくなったのである。

「あなた、氷を取り換えるんですか。」

妻の声が聞えたので、「はっ」と気が付いて、彼は漸く我に復った。――今見たのは夢であったか知らん。今まで地震の事を想像したり、懸念したりして居たのは、夢であったのか知らん。それとも覚めて居ながら、あんな考えが頭の中に往来して居たのか知らん。彼には其れが孰《いず》れであるか分らなかった。ただ、悪夢を見た後《あと》と同じように、びっしょりと額に汗を掻いて居た。

「ほんとに蒸し暑い、嫌な陽気だねえ。こんな日にはきっと地震が揺るかも知れない。――今年あたりはそろそろ大地震がありゃしないかね。安政の地震があってから、もう随分になるのだから。」

又台所で、老婆がこんな独語を云って居る。

彼の女は今年七十幾歳になる老人で、安政の地震をよく知って居た。其の折彼の女は、十六七の若い娘で、江戸の内でも一番被害のひどかったと謂われる、深川の冬木に住んで居たのだが、而も幸いに難を免れて、今日まで長い世の中を生きて来た。彼の地震に関する知識は、此の老婆の経験談と、大森博士の著述とに負う所が頗る多い。大森博士は云う、大震の起る時刻は日中に少く、大概夜間か払暁であると。果して老婆の話に依れば、安政の大震は夜の十時頃に江戸を襲った。博士は曰く、東京は山国と違って、普通の地震に地鳴りを聞く事は稀であるが、然し大震の起る前には必ず此れを伴うと。そうして老婆は、あの晩地震の直ぐ前に、何事が生じたかと思うような、囂然たる地響きを聞いたと云う。博士は曰く、東京の下町で、最も地盤の強固な所は銀座から築地へかけての一廓である。反対に最も脆いのは本所深川浅草の全部、及び神田の小川町であると。老婆の話は、又此の説をも裏書きして居る。其の他大風の吹く日には、大震の起った例のない事、日本造りの二階建《だ》て、三階建《だ》ての家屋では、上に居る程安全な事、厠、湯殿、物置等、簡単な平屋は容易に倒壊しない事、煉瓦塀の危険な事、西洋館では、窓やドーアの枠《わく》の中に、鴫居《しきい》に乗って立って居るのが、一番大丈夫である事、彼は博士と老婆から、交々《こもごも》此れ等の教訓を与えられた。

「それ故若しも、今日の内に大地震があるとすれば、恐らく夜になってからだ。今夜からあすの明け方へかけての間、それが一番心配な刻限だ。」――

彼は飽く迄、老婆の予言の中《あた》らない事を熱望しながら、内々やっぱり彼女の直覚を畏れて居た。其の上、いやな事には午後になってから、風が全くなくなって居る。縁側の障子の、ガラスに映って居る草葉の影を、いかに長い間視詰めても、微塵も動かない。額《ひたい》越しに望まれる庭の向うの、遥かな丘の上にある銀杏《いちょう》の大木の梢を仰ぐと、それがくっきりと青空に聳えたまま、まるで油絵の遠景の如く静まり返って、先の先の小さな葉までそよとも揺ぐ様子がない。

「それ御覧なさい、ね、風がちっとも吹かないでしょう？　いくら風がないと云ったって、大概の日には、表へ出ると少しは吹いて居るもんです。今日のように、薄《すすき》の葉や蜘蛛の巣までがまるきり動かないような、こんな日はめったにありゃしません。どうしても今夜あたりは大地震がありますよ。ちょうど安政の地震の日にも、昼間はこんな天気でしたっけ。」

いつしか老婆が彼の枕元へ来て、一国《いっこく》らしい、妙にぎらぎら底光りのする瞳を据えて、脅やかすように彼に云った。

「そんな馬鹿な事があるもんか。今日のような風のない日はいくらもあるさ。」

こう云って、笑おうとした彼の唇は、意地悪くもピリピリと痙攣を起して、微かに顫えた。

「いいえ、あなた、こんなに風のない日と云うものは、容易にありは致しません。どんなにないように思われても、よく気を付けて見ると、あの高い所にある銀杏の葉なんぞが、きっと少しは動いて居るんです。旦那は今までに、其れを試《ため》して御覧になった事がないんでしょう。嘘だと思し召したら、此の後気を付けて御覧なさい。――尤も今夜の大地震に、運よく助かったらの話ですが、………」

日が暮れたら風が出るだろう。夜が近づくに従って、少しは涼しくなるだろう。そういつ迄も、朝から晩まで無風状態が継続する筈はない。………しかしだんだん日が翳《かげ》り出して、薄暗くなった天井に、電灯のカアボンが、紅い、ルビーのような光を滲《にじ》ませて来たが、依然として風は全く死んで居る。息のつかえるような、頭を圧しつけるような暑熱が、天地の間に磅礴《ほうはく》して、寝て居る彼は動《やや》ともすると、重苦しさに気が遠くなりそうである。其の癖神経は刻々に昂奮して居るらしく、時々、何の理由もないのに動悸がドキドキと早鐘を打って、襟頸から蟀谷《こめかみ》の辺《へん》へ、血が恐ろしく上《のぼ》って来る。

「さあ、いよいよ夜になりましたよ。ね、旦那、やっぱり風がないでございましょう？………此の塩梅じゃあどうしても揺りますよ。………ようございますか。いつかもお話ししました通り、大地震には必ず其の前に地鳴りが致しますからね。始終枕に耳をつけて、地鳴りに気を付けていらっしゃいましよ。若し、遠くの方からゴウゴウと云う音が聞えたら、其の時こそいち早くお逃げなさいまし。そうすればあなた、大概無事に助かりますよ。」

老婆は子供を諭《さと》すように、噛んで含めるように云った。

「だがお婆《ばあ》さん、私はこんなに熱があって、体がふらふらして居るんだからなあ。………逃げるって、全体何処へ逃げたらいいだろう。」

「………」

其の時老婆は、黙然として首を傾けつつ、何か外の事に注意を奪われて居るようであった。あたりはもう真暗な夜になって居た。庭に立って居る黒い木の影が、やはり人間と同じ恐怖に襲われて、将《まさ》に起らんとする天変地異を、息を凝らしつつ待ち構えて居る。………

「ちょいと、旦那、………あれをお聞きなさい。」

ふと、老婆は低い声で、こう云いながらにやにやと笑って、猶も熱心に耳を澄ませて居る。

「ね、旦那、あれがあなたに聞えませんか。………」

笑って居た老婆の顔は、やがて生真面目に引き締まって、例の怪しい瞳の底には、極度に緊張した神経が、次第に強く光り始める。

「何が聞えるのさ、お婆さん。何がさ………」

半分物を云いかけた彼は、俄かに何事にか怯《おび》えたように、黙ってしまった。彼の耳は、此時突然或る音響を聞いたのである。――聞える、………たしかに聞える。其れはいつから鳴り出したのか分らないが、遠くの方で、鉄瓶の湯の沸《たぎ》るような音が、微かにゴウゴウと呻って居る。思うに余程以前から鳴って居たのであろう。そうして彼が気が付いた頃には、大分ハッキリ聞き取れるようになって、見る見るうちに、汽車が走って来る程の速力で、ますます近く、ますます騒然と響いて居る。もはや一点の疑う余地もない。………

「あれが地鳴りかい?」

「そうです。」と云う代りに、老婆は堅く口を噤んで、頤で頷いた。其の間に、もう音響は遠雷ぐらいの強さになって居た。彼はあわてて夜着を撥《の》ね除けて、立ち上ろうとしたが、老婆は至極落ち着き払って、まだ枕元に据わって居る。

「お婆さん、まだ逃げないでも大丈夫かい。」

彼は、恐怖が下腹の辺から胸の方へ、薄荷《はっか》のようにすウッと滲《し》み上《あが》って来るのを感じた。

「いいえ、もう逃げなければいけませんよ。……けれど私は逃げない積りなんです。私なんざあ、安政の大地震にも寝て居て助った人間ですもの。斯うして居ても、大概うまく助りますよ。だが、あなたは早くお逃げなさい。逃げるなら今のうちです。一刻もぐずぐずしては居られません。もう直ぐ地震がやって来ますから。……」

此の時地鳴りは、さながら耳を聾するような大音響となって、老婆の話し声を圧してしまった。彼は咄嗟に再び夜着を撥ね除けたが、うっかり立ち上ったら逆上して眼が眩《くら》みそうなので、其れが又非常に心配になった。

「おい、みんなどうしたんだ、お光は居ないかお光は？」

彼は一生懸命に咽喉を搾って、妻の名を呼んだ。しかし其の声もやっぱり地鳴りに掻き消されて、自分の耳にすら聞き取れない。急に動悸が激しく搏ち出したので、彼は面喰って、両手でしっかりと心臓の上を抑えた。此の工合《ぐあい》では逃げ出したり逆上したりする前に、先ず心臓が破裂して死ぬかも知れない。……もう助かろうと云う望みはなかった。ただ、俎上の魚が跳ね廻るように、最後の断末魔まで、死に物狂いに暴れるだけの話であった。彼は相変らず、後生大事に心臓を抑えたまま、勃然と身を挺して立ち上ったが、案の定、頭の中がグラグラして精神が渾沌となり、バッタリ倒れかかったので、再び四つん這いになってしまった。……忽ち天地を震撼するような、海嘯の押し寄せるような、一段と豪壮な、雄大な地鳴りが始まって、百獣の咆えるが如く轟いて居る。………

其の瞬間に彼は喜ばしい事を発見した。「なんだ、此れはほんとうの地震ではない。己は大丈夫死ぬ筈がない。」と、彼は思った。彼は幸いにも、自分が現在夢を見て居るのだと云う事を、夢の中で意識したのである。けれども夢の中にもせよ、地鳴りはいよいよ物凄く、動悸はますます昂進して、少しも恐ろしさに変りはない。おまけにいくら眼を覚まそうと焦っても、どうした訳か容易に夢を振り解《ほど》く事が出来ない。彼はまた、もう一つ不思議な現象に心付いた。――よくよく考えると、地鳴りだけは確に夢に違いないが、動悸の方は夢ばかりではないらしく、実際に心臓が気味悪く鳴って居るのである。それ故地震は夢であっても、心臓が破裂すればやっぱり死ぬに違いない。夢の中で死ぬと同時に、ほんとうに死んでしまうかも知れない。

そう思って居るうちに、彼はハッと眼を覚ましたが、果して動悸がドキドキと響いて居る。もう少し夢を続けて居たら、正しく心臓が破裂するところであった。あたりを見廻すと、枕元には老婆も居ず、隣の部屋では妻が機嫌よく笑いながら、子供をあやして居る。

「そうだ、案に違《たが》わず夢だったのだ。地震ではなかったのだ。地鳴りも何《なに》も聞えはしない。」――

けれども彼は地鳴りの代りに、耳がガンガン鳴って居る事を発見した。恐らく其の耳鳴りが夢の中へ現れて、あの凄じい地響に聞えたのであろう。畢竟、眼が覚めて見ても、夢と実際上の間には殆んど此れと云う差別がなく、彼は未だに幻想の世界に居るような心地がする。そうして、いつの間にやら実際の世界も、夢で見たのと同じような蒸し暑い夜《よる》になって居る。依然として、風がちっとも吹かない。纔かに老婆の居ない事と、地鳴りが耳鳴りに変っただけで、やっぱり不安な不愉快な、大地震の揺りそうな宵である。

全体彼は、何処までが実際で、何処から夢に這入ったのか分らなかった。たしかに夢だと思われる箇所もあるけれど、どうしても夢でなさそうな気のする点が矢鱈にあった。何でも彼は大分前から、ぼんやりした半意識の境をうろついて、幾度となくいろいろの夢を見たり覚めたりして居たのであろう。紗のように薄い柔かい衣《きぬ》を、何枚も何枚も身に纏うように、夢の上へ夢を襲《かさ》ね、一つの泡から無数の泡を噴き出して、果てしもなく妄想の影を趁《お》うかと思うと、やがて又一枚一枚に其の衣《きぬ》を脱ぎ、一つ一つ其の泡を失うて、明《あか》るい現実の世界へ戻る。――そんな真似を何遍となく繰り返して居たのであろう。

彼は今、稍ハッキリと意識を恢復したけれど、しかしまだ完全に、現実の世界へ帰ったような気分ではなかった。どうも何処か知らに、紗の衣が一枚か二枚被《かぶ》さったまま、取り残されて居るらしかった。そうして、折角ハッキリしかけた意識が、純白な半紙を墨汁へ浸《ひた》したように、隅の方から次第々々に曇り始めて、捨てて置くと白い部分がだんだん小さくなって行った。数限りもない夢の夢を潜《くぐ》って来たのに、まだまだ後からもくもくと夢の雲が押し寄せて来る。恰も高山を行く旅人のように、彼の心は今晴れたかと思う間もなく、直ぐ又霧に包まれる。………

「己はもう夢を見ては居ない。今己が聞いて居るのは、地鳴りでなくてたしかに耳鳴りだ。しかし其れにしても、今夜は実際大地震が揺りそうな晩だ。己はほんとうに、地鳴りに注意して居なければならない。」

と、彼は考え始めた。

体がふらふらするにもせよ、地震が揺ったら逃げられるだけは逃げて見よう。其の代り、此の大地震に首尾よく助かりさえすれば、もう安心だ。人間一生のうちに、大地震は大概一度しかないのだから、今度の奴をうまく逃れたら、もう心配な事はないのだ。後《あと》は体を丈夫にして、病気に罹らぬ用心さえすれば、いくらでも長生きは出来るのだ。そうなったらどんなに彼はせいせいするだろう。どんなに自己の幸運を天地に謝する事であろう。――どうせ一度は打《ぶ》つかるものなら、いっそ一日も早く、自分の運命を孰《いず》れかへ片附けてしまった方が、却って思い切りがいいかも知れない。

兎にも角にも、今夜の大地震が彼の一生の運試《うんだめ》しなのだ。泣いても笑っても、彼の天命は其の時定まるのだ。彼が短命な横死を遂げるか、幸運な長寿を保つか、仰《の》るか反《そ》るかの大事件が、一に其の際の彼の挙措に懸って居るのだ。斯うなって見ると、彼は如何《いか》にかして巧妙に狡猾に、難関を躍り超えてやりたかった。彼は有らん限りの思慮を運らし知慧を絞って、万全な避難策を工夫しなければならなかった。其の為めにあんまり頭を使い過ぎて、一生馬鹿になってもいいから、是非共緻密な研究を遂げ、念には念を加えた上で、充分に確かな成案を立てた後、身に降りかかる大難を、冷静に沈着に、スポリと潜り抜けてやろう。

若し、今夜の大地震が、古来未だ嘗て前例のない、殆ど此の世の終りとも称すべき空前絶後のものであって、東京市中が海中へ陥没する程の大震であったら、到底免《まぬが》れる術《すべ》はないのだから、避難策を講じたところで無駄な話である。そこで、仮りに今夜の地震の強さを、安政の其れと同じくらいの程度だとして、先ず第一に、彼の現在住んで居る家は、果して全然崩壊するであろうか。全部でなくて、一部分だけが崩れるだろうか。一部分が崩れるとしたら、抑も如何なる部分であろうか。そうして又、全部或は一部分が崩壊する際、一寸の隙もない程、ぴたんこに潰れてしまうだろうか。――此れ等が一番重大な問題である。

安政の記録に徴するに、当時の江戸の人家が、一軒も残らず潰れてしまった訳ではない。却って、潰れた家の数の方が、潰れない家の数に比すると遥かに少い。其の他は大概、震災よりも火災の為めに焼失して居る。直接地震で潰れた家は、殆んど悉く本所深川浅草等の、地盤の脆い下町にあって、江戸の大部分を占める山の手方面の建物は、割り合いに災害を受けなかった。此の事実から推定すると、家屋の崩壊するとしないとは、建物自身の強弱よりも、寧ろ建物の立って居る地盤の強弱如何と云う事に、余計関係を持つようである。そうだとすれば、彼の家は所謂東京の山の手――小石川の高台に位するのだから、十中の八九迄、崩壊の憂はないとも云える。若し十中の八九でなく、十が十まで崩壊の憂がなければ、其れこそ絶対に安全であるから、格別心配する必要はないが、茲《ここ》にどうしても、十中の一二分だけは崩壊のポシビリティーが残って居て、其の僅かなる一二分の為めに、彼は非常な脅威を受けて居るのであった。

下町よりも山の手の方が地盤が強い。此れは一般に確かに事実である。しかし安政の地震の際に、下町の災害が激甚であったのは、必ずしも地盤の脆い為めのみならず、下町の位置が当時の震源地に近かったと云う原因もある。即ち彼《あ》の時の地震の中心地は、今の亀戸駅の附近であった。それ故、今夜の地震が全く同一の地点に震源を置かない限り、山の手と下町との災害の程度が、安政の時のように顕著なる差異を示すかどうか、頗る疑わしい。不幸にして震源が山の手方面、殊に小石川にでも発生したなら、恐らく彼の家は滅茶々々に潰れてしまうだろう。そんな場合は極めて稀であるけれど、少くとも自分の家が多少は崩壊するものと、断定する方が間違いがないらしい。

次ぎに平屋よりも二階屋の方が、抵抗力の微弱な事は明瞭である。彼の家は総二階ではないけれど、ちょうど病室と北の廊下との真上に方《あた》って八畳と四畳半の二階座敷が載って居る。だから彼の家の中で、一番危険なのは病室である。――そう気が付くと、彼は覚えず竦《しょう》然《ぜん》とした。――いざと云う時、たとえ遠くへ逃げる事が出来ない迄も、せめて此の病室からは是非共逃げ出さなければならない。二階が病室の上へ潰れて来るとして、天井の平面が規則正しく、垂直に沈下する筈はない。必ず幾分か曲ったり撓《しな》ったりして、凹凸を作りつつ降りて来るであろう。つまり、梁《はり》が緩んだ場合には、二階の床の、一番重い物を載せて居る部分が、真先に下へめり込む訳である。そう考えると、最も危いのは八畳と四畳半との境界にあたる箇所である。其処には高さ六尺に余る、頑丈なオーク材の本箱があって、中には洋書が一杯に詰まって居るから、多分五十貫目以上の重量が懸って居る。不断から其の辺の立て附けが狂って居るのを見ても、いかにあの本箱の重いかと云う事は想像される。疑いもなく、其処が第一に潰れて来るに違いない。すると、其の本箱の真下になるのは、病室の北の廊下であるから、大体に於いて天井が北に歪みつつ沈下するだろう。だから、病室を遁れる時には成る可く北へ寄らないようにして、逃げ出す事を忘れてはならない。

病室の北を避けて逃げ得る道に、二つの方向がある。一つは南の庭である。一つは西隣りの六畳の座敷である。此の座敷は平屋であって、おまけに簞笥と云う、究竟《くっきょう》な庇護物が置いてあるから、病室よりは遥かに安全である。万一潰れても、遅く潰れるに極まって居る。問題は唯、此の六畳と南の庭と、孰《いず》れが余計安全であるかと云う点に帰着する。天井の面が垂直に、病室の上に潰れて来ない事は前にも云った。それと同時に、天井板ばかりでなく、二階座敷全体も亦、必ず東西南北の孰《いず》れかへ傾きつつ倒れる事は明瞭である。好い塩梅に、真北か真東へ倒れてくれれば仕合わせであるが、若し少しでも、南か西へ傾くとすれば、庭と六畳との内、孰れか一つの上へ落ち懸って来る危険がある。成る程本箱のある箇所は、其処の天井だけめりめりと凹《へこ》んで、真先に下へ落ちるであろう。しかし、例の本箱が北にあるからと云って、必ず二階全体が、屋根ぐるみ北へ倒れると云う理窟はない。思うに二階全体の倒れる方向は、本箱の位置よりも、寧ろ地震の方向に依って決定するだろう。即ち地震が北から来れば南へ倒れ、東から来れば西へ倒れる。此れが一般の原則であろう。彼の家は東西に細長く、南北に短かい建物であるから、地震が東西に揺れる際には、比較的抵抗力が強い。此れに反して、南北に揺《ゆ》す振《ぶ》られたら、忽ち崩壊するかも知れない。そうすると、六畳の方へ二階座敷の倒れる時は、つまり東西の震動であって、非常に稀な場合である。よし倒れても、倒れる迄には可なりの時間を要するであろう。反対に、庭の方へ倒れる時は南北の震動であるから、此の場合には何等の猶予なく、即座に崩れかかるであろう。それ故、南の縁側から直ちに庭へ飛び降りるのは、どうかすると甚だ危険である。地震が東西から来ても、南北から来ても、兎に角一旦西隣りの六畳へ落ち延びて、然る後其処から更に、もっと安全な避難所へ移るのが最善の手段である。

人はよく、地震の際に戸外へ出るのは危いと云うけれども、此の説を一概に首肯する事は出来ない。土蔵の傍とか下見《したみ》の前とか、家屋の倒れかかる範囲内の戸外に居れば、無論危いに違いないが、迅速に其の範囲を逸脱して、広闊な地面へ逃げれば、今度は非常に安全である。安政の地震にも、いち早く家を飛び出して、広い四つ角のまん中などへ遁れた者は多く助かって居る。尤も、地割れと云うような恐れはあるが、此れは地面が海中へ陥没するのと同様に、到底人力では防ぎ難い災《わざわい》で、そんな時には室内に居てもやっぱり助かる道理はない。彼の家は地盤の丈夫な小石川にあって、南の方から西南の方へ広闊な庭園を控えて居るのだから、結局其の庭園の西の隅の地域、――即ち孰れの方面から見ても、家屋の倒れかかる範囲外に位する地点、其処が彼の家中で最も安全な、絶対の避難所である。臨機の処置として、一旦西の六畳へ遁れた彼は、猶未だ完全に危難を脱して居るのではない。最後に、何とかして今云った庭の西隅まで到達すれば、茲に始めて、滞りなく脅威を免れた訳である。六畳の座敷にも、南に縁側があって、其処から庭へ降りるのに差支えはない。しかしそうすると今度は六畳の座敷自身が、縁側の外へ斜めに倒れて来て、未だ範囲外へ落ち延びない内に、彼を後ろから圧し潰すと云う心配がある。況んや彼は病体で、敏捷な行動が取れないのだから、此の心配はますます多い。従って、六畳の座敷から直ちに庭へ出る事は禁物である。其処からもう一度、より安全な室へ遁れて、さて徐ろに機会を窺い、圧し潰される恐れのないのを見定めてから、悠々と庭へ抜け出した方がいい。………

どうしたのか、其の時彼はぱっちりと眼を開《ひら》いた。が、相変らず意識はどんよりと曇って、心《しん》から眼覚めたのではないらしい。彼は今迄眼を潰って、大地震の避難策を講じて居た事を想い出した。再び眼を潰れば、直ぐ其の思想が復活して、遂には何か形のある夢を育《はぐく》みそうであった。

ぼん、ぼん、ぼん、………と、時計が十時を打って居る。彼の病褥の傍には、薄暗い、陰鬱な電灯の明りを浴びながら、妻と子供とがすやすやと眠って居る。

「ああ、もう夜半だ。天変地異が刻々に近づいて居るのだ。己は大急ぎで、研究を続行しなければいけない。是非共地震の来る前に、結論に到達してしまおう。」

彼はあわてて、再び思索に没頭した。

………且、夜半とは云え、斯う厳重に四方の雨戸が締まって居ては、庭へ出るにもおいそれと云う訳に行かない。そうかと云って、わざわざ妻を呼び起して、今から雨戸を明けさせるのも、あまり突飛な、臆病な話である。………

そうだ、雨戸なんかは岐路の問題だ。そんな事に頓着して居る余裕はないのだ。早く先《さつき》の論点に戻って、大急ぎで結末を附けなければ、ぐずぐずして居ると間に合わない。大至急！

ほんとうに大至急だ！

家屋が、東西に倒れる憂少く、南北に倒れる憂多しとすれば、彼は六畳の座敷から、何処までも東西の線に沿うて逃ぐるに如《し》かない。ちょうど、母屋《おもや》の西端に二た坪ばかりの湯殿がある。云うまでもなく、其れは頗る簡単な平屋造りで、床は頑丈なたたきであるから、屋根の下では此処が一番最後に倒れる部分である。彼は先ず、六畳の座敷から此の湯殿へ突貫する。そうして、恰もディオゲネスのように、風呂桶の中へ身を潜めて、其の上を蓋で塞いで置く。斯うすれば万一湯殿が倒壊しても、彼は桶に依って擁護されるに違いない。………ところで、湯殿には南と西とに出口があって、其れが二つとも庭へ通じて居るのだから、………

もう少うしで結論に到達しようとする一刹那、彼の耳は、不意に、遠くの方で鉄瓶の沸《たぎ》るような音響を聞いた。

「ああ、己は何と云う不運な人間だろう。もう少しと云う所で、とうとう地鳴りに追い付かれてしまった。………しかし、まだ地震が揺る迄には多少の余裕があるに相違ない。其の間を利用して、己は一と息に結論を捕えてしまおう。」

そう思って居る隙に、音響は一層接近したらしく、此の世の破滅の知らせのように、殷々として深い地の底から湧いて来る。

「………南と西とに出口があって、其れが二つ共庭へ通じて居るのだから、………ああ神よ、願わくば今直ぐ結論に到着する迄、暫く地震を控えさせ給え！」

彼は口の中で斯う云いながら手を合わせた。そうして猶も工夫を続けた。――二つとも庭へ通じて居るのだから、飽く迄も東西の線に沿うて行く原則に律《のっと》り、南の出口を避け、西の出口の雨戸を外して庭へ飛び出し、其処から西の隅の地点へ、真直ぐに逃げる。既に湯へ遁れた彼は、潰されても心配はないのだから、出来るだけ沈着に、充分に機会を待って、ゆっくりと落ち延びるがいい。逃げる時には、たとえ体がふらふらしても、成る可く四つ這いに這わぬ事である。四つ這いになれば、どうしても圧し潰される面積が拡大するし、何かの際に身を転《かわ》す事が不自由になる。柱や植木に摑まっても、立って歩くに越した事はない。

………

「さあ、此れでもう結論が済んだ。大分地鳴りが強くなって居る。己は一刻の猶予もせず、直ちに実行に取り掛ろう。今から支度を始めれば、大丈夫庭まで逃げられる。」

けれども彼が蒲団を撥ね除けて、立ち上ろうとする瞬間に、忽ち囂然たる爆音を発して、素晴らしい大震動が襲って来た。其れは明治二十六年の七月の時のに比べると、十倍も二十倍も激甚であった。「あっ」と云う間に、座敷の床は自動車の如く一方へ疾駆し出した。

………

彼は愕然として眼を覚ました。部屋の中には元のように、物静かな電灯の光が朦朧と漂うて、妻子はやっぱり眠って居る。

「なぜ己は、こんな無気味な夢ばかり見るのだろう。今度こそほんとうに、己は夢から覚めたのであろうか。どうぞほんとうに覚めてくれればいい。群がり寄せる妄想の中から、何とかして早く逃れてしまいたい。」

彼は眼瞼《まぶた》をぱちぱちやらせて、一生懸命に気分を引き立てようと努めた。好い塩梅に、段々意識が判然とする様子であった。今度こそ間違いなく、眼が覚めて来るらしかった。其の証拠には、今まで心に感じなかった歯の痛みが、再び Biri! Biri-ri! と、脳天へ響き始めた。

………

精神病の遺伝があると自ら称して居る園村が、いかに気紛れな、いかに常軌を逸した、そうしていかに我が儘な人間であるかと云う事は、私も前から知り抜いて居るし、十分に覚悟して附き合って居るのであった。けれどもあの朝、あの電話が園村から懸って来た時は、私は全く驚かずには居られなかった。てっきり園村は発狂したに相違ない。一年中で、精神病の患者が最も多く発生すると云う今の季節――此の鬱陶《うっとう》しい、六月の青葉の蒸し蒸しした陽気が、きっと彼の脳髄に異状を起させたのに相違ない。さもなければあんな電話をかける筈がないと、私は思った。いや思ったどころではない、私は固くそう信じてしまったのである。電話のかかったのは、何でも朝の十時ごろであったろう。

「ああ君は高橋君だね。」

と、園村は私の声を聞くと同時に飛び付くような調子で云った。彼が異常に昂奮して居る事はもうそれで分ったのである。

「済まないが今から急いで僕の所へ来てくれ給え。今日君に是非とも見せたいものがあるのだから。」

「折角だが今日は行かれないよ。実は或る雑誌社から小説の原稿を頼まれて居て、それを今日の午後二時までに、どうしても書いてしまわなければならないんだ。僕は昨夜から徹夜してるんだ。」

こう私が答えたのは嘘ではなかった。私は昨夜から其時まで、一睡もせずにペンを握り詰めて居たのであった。なんぼ園村が閑人《ひまじん》のお坊っちゃんであるにもせよ、此方の都合も考えずに、見せる物があるからやって来いなどと云うのは、あんまり呑気で勝手過ぎると、私は少し腹を立てたくらいであった。

「そうか、そんなら今直ぐでなくてもいいから、午後二時までに其れを書き上げたら、大急ぎで来てくれ給え。僕は三時まで待って居るから。……………」

私はますます癪に触って、

「いや今日は駄目だよ君、今も云う通り昨夜徹夜をして疲れて居るから、書き上げたら風呂へ這入って一と睡りしようと思ってるんだ。何を見せるのだか知らないが、明日だっていいじゃないか。」

「ところが今日でなければ見られないものなんだ。君が駄目なら僕独りで見に行くより仕方がないが。……………」

こう云いかけて、急に園村は声を低くして、囁くが如くに云った。

「………実はね、此れは非常に秘密なんだから、誰にも話してくれては困るがね、今夜の夜半の一時ごろに、東京の或る町で或る犯罪が、………人殺しが演ぜられるのだ。それで今から支度をして、君と一緒に其れを見に行こうと思うんだけれど、どうだろう君、一緒に行ってくれないか知らん？」

「何だって？　何が演ぜられるんだって？」

私は自分の耳を疑いながら、もう一遍念を押さずには居られなかった。

「人殺し、………Murder, 殺人が行われるのさ。」

「どうして君は其れを知って居るんだ。一体誰が誰を殺すのだ。」

私はウッカリ大きな声で斯う云ってしまってから、びっくりして自分の周囲を見廻した。が幸に家族の者には聞えなかったようであった。

「君、君、電話口でそんな大きな声を出しては困るよ。………誰が誰を殺すのだかは、僕にも分って居ない。精しい事は電話で話す訳には行かないが、僕は或る理由に依って、今夜或る所で或る人間が或る人間の命を断とうとして居る事だけを、嗅ぎつけたのだ。勿論その犯罪は、僕に何等の関係もあるのではないから、僕は其れを予防する責任も、摘発する義務もない。ただ出来るならば犯罪の当事者に内証で、こっそりと其の光景を見物したいと思うのだ。君が一緒に行ってくれれば僕もいくらか心強いし、君にしたって小説を書くよりは面白いじゃないか。」

こう云った園村の句調は、奇妙に落ち着いた、静かなものであった。

けれども、彼が落ち着いて居れば居るほど、私はいよいよ彼の精神状態を疑い出した。私は彼の説明を聞いて居る途中から、激しい動悸と戦慄とが体中に伝わるのを覚えた。

「そんな馬鹿げた事を真面目くさってしゃべるなんて、君は気が違ったんじゃないか。」

こう反問する勇気もない程、私は心から彼の発狂を憂慮し、恐怖し、而も甚だしく狼狽した。金と暇とのあるに任せて、常に廃頽した生活を送って居た園村は、此頃は普通の道楽にも飽きてしまって、活動写真と探偵小説とを溺愛し、日がな一日、不思議な空想にばかり耽って居たようであるから、その空想がだんだん募って来た結果、遂に発狂したのであろう。そう考えると私はほんとうに身の毛が竦《よだ》った。私より外には友達らしい友達もなく、両親も妻子もなく、数万の資産を擁して孤独な月日を過して居る彼が、実際発狂したのだとすれば、私を措いて彼の面倒を見てやる者はないのである。私は兎に角、彼の感情を焦ら立たせないようにして、仕事が済み次第早速見舞いに行ってやらなければならなかった。

「成る程、そう云う訳なら僕も一緒に見に行くから、是非待って居てくれ給え。二時に書き上げて、三時までには君の所へ行ける積りだが、事に依ると三十分か一時間ぐらいおくれるかも知れない。しかし僕の行く迄は、必ず待って居てくれ給えよ。」

私は何よりも、彼が独りで家を飛び出すのを心配した。

「いいかね、それじゃおそくも四時までにはきっと行くから、出ないで待って居てくれ給え。いいかね、きっとだぜ。」

こう繰返して、彼の答を確めてから、漸く電話を切ったのであった。が、私は正直に白状する。――それから午後の二時になるまで、机に向って書きかけの原稿の上に思想を凝らしては見たものの、私の頭はもう滅茶々々に惑乱されて、注意が全然別の方面へ外れてしまって居た。私はただ責め塞ぎの為めに、夢中でペンを走らせて、自分でも訳の分らぬ物を好い加減に書き続けたに過ぎなかった。

狂人の見舞いに行く。それは園村の唯一の友人たる私の義務だとは云いながら、実際あまりいい気持ちのものではなかった。第一、私にしたって彼を見舞いに行く資格があるほど、それほど精神の健全な人間ではない。私も彼の親友たるに背かず、毎年此の頃の新緑の時候になると、可なり手ひどい神経衰弱に罹るのが例である。そうして今年も、既に幾分か罹って居るらしい徴候さえ見えて居る。此の上狂人の見舞いになんぞ出かけて行ったら、いつ何時《なんどき》、病気が此方へ乗り移ってミイラ取りがミイラにならぬとも限らない。或いは又、園村が今夜行われると信じて居る殺人事件が、たとえ事実であったにしても、――そんな馬鹿げた事がある筈はないが、――私は到底彼と一緒に其れを見に行く好奇心も勇気もない。殺人の光景などを目撃したら、園村よりも私が先に発狂してしまいそうだ。私は全く、友人としての徳義を重んじて、いやいやながら園村の病状を見舞いに行くだけの事であった。

原稿がすっかり出来上った時は、ちょうど二時が十分過ぎて居た。いつもならば、徹夜の後の疲労のお蔭でぐったりとなって、少くとも夕方まで熟睡を貪るのであるが、四時と云う約束の時間が迫って居るし、それに昂奮させられたせいか私は睡くも何ともなかった。で、一杯の葡萄酒に元気をつけて、今年になって始めての紺羅紗の夏服を纏うて、白山上の停留場から三田行きの電車に乗った。園村の家は芝公園の山内にあったのである。

すると、電車に揺られながら、私は或る恐ろしい、不思議な考えに到達した。園村が先刻、電話口で話した事は、ひょっとすると満更の嘘ではないかも知れない。今夜のうちに市内の某所で或る殺人が行われると云うこと、其れは少くとも園村に取っては、明かに予想し得る出来事であるかも知れない。そうして、その予想の的中を見る為めには、是非とも私を同伴して犯罪の場所へ誘って行く事が必要であるのかも分らない。――つまり園村は、私を、この私を、今夜のうちに某所に於いて彼自身の手で殺そうとして居るのではあるまいか。「お前に殺人の光景を見せてやる。」こう云って私を誘い出して、彼自身の手で、私の生命の上にその光景を演じて見せようとするのではなかろうか。――此の考えは突飛ではあるが、滑稽ではあるが、決して何等の根拠もない臆測だと云うことは出来なかった。勿論私は、其のような残酷な悪戯の犠牲に供せられる覚えはない。私は彼に恨みを買ったことも、誤解されたこともないのであるから、常識を以て判断すれば、彼が私を殺す道理は毛頭ない。けれども若し彼が発狂して居るとしたら、誰が私の臆測を突飛であると云えるだろうか。荒唐無稽な探偵小説や犯罪小説を耽読して気違いになった人間が、その親友を不意に殺したくなったとしたら、誰が其れを不自然だと云えるだろうか。不自然どころか、其れは最も有り得べき事実ではないか。

私はもう少しで、電車を降りてしまおうとした。私の額には冷たい汗がべっとりと喰着《くっつ》いて、心臓の血は一時全く働きを止めたらしかった。そうして次の瞬間には、更に別箇の、第二の恐怖が、海嘯《つなみ》のように私の胸を襲って来た。

「こんな下らない空想に悩まされるようでは、事に依ると己もう、気が違って居るのではなかろうか。さっき電話で話をしたばかりで、園村の気違いが忽ち移ってしまったのではなかろうか。」

此の心配の方が、以前の臆測よりも余計に事実らしいだけ、私には遥かに恐ろしかった。私は何とかして、自分を狂人であると思いたくない為めに、以前の空想を強いて脳裡から打消そうと努めた。

「己は何だって、そんな愚にも付かない事を気に懸けて居るんだ。園村は先《さつき》たしかに、自分は今夜行われる犯罪に関係がない、下手人が誰であるか、犠牲者が誰であるかも全く知らないと云ったじゃないか、彼はただ、或る理由に依って、殺人が演ぜられるのを嗅ぎつけたのだと云ったじゃないか。そうして見れば、彼は決して己を殺そうとして居るのではない。やっぱり発狂した為めに、或る幻想を事実と信じて、己と一緒に其れを見に行く気になって居るのだ。そう解釈するのが正当だのに、なぜ己はあんなおかしな推定をしたのだろう。ほんとうに馬鹿げ切って居る。」

私は斯う腹の中で呟いて、自分の神経質を嘲笑《あざわら》った。

それでも私は、お成門で電車を降りて、園村の住宅の前へ来た時まで、彼に会おうと云う決心はまだハッキリと着いて居なかった。私は彼の家の傍を素通りして、増上寺の三門と大門との間を、二三度往ったり来たりして散々躊躇した揚句、どうにでもなれと云うような捨鉢な了見で、園村の家の方へ引返したのであった。

私が、立派な西洋間の、贅沢な装飾を施した彼の書斎の扉を明けると、彼は不安らしく室内を歩き廻りながら、焦《じ》れったそうに暖炉棚の置時計を眺めて居るところであった。うまい工合に、時刻はきっちり四時になって居た。洋服のよく似合う、すっきりとした体格を持って居る彼は、品のいい黒の上衣に渋い立縞のずぼんを穿いて、白繻子へ緑の糸の繍《ぬい》をしたネクタイにアレキサンドリア石のピンを刺して、もうすっかり、外出の身支度を整えて居た。宝石の大好きな彼は、か細く戦《おのの》いて居るようなきゃしゃな指にも、真珠やアクアマリンの指輪をぎらぎらと光らせて、胸間の金鎖の先には昆虫の眼玉のような土耳古《トルコ》石を揺がせて居た。

「今ちょうど四時だ、よく来てくれたね。」

こう云って、私の方を振り向いた彼の顔の中で、私は何よりも瞳の色を注意して観察した。が、その瞳は例に依って病的な輝きを帯びては居るものの、別段従来と異った激しさや、狂暴さを示しては居なかった。私はやや安心して、片隅の安楽椅子に腰を卸しつつ、

「一体君、さっきの話はあれはほんとうかね。」

こう云って、わざと落ち着いて煙草をくゆらした。

「ほんとうだ。僕はたしかな証拠を握ったのだ。」

彼は依然として室内を漫歩しながら、確信するものの如くに云った。

「まあ君、そうせかせかと部屋の中を歩いて居ないで、腰をかけてゆっくり僕に話して聞かせ給え。犯罪が行われるのは今夜の夜半だと云ったじゃないか。今からそんなに急《せ》かなくってもいいだろう。」

私は先ず彼の意に逆らわない様にして、だんだんと彼の神経を取り鎮めてやろうと思ったのである。

「しかし証拠は握ったけれど、僕は其の場所をハッキリと突き止めて居ないのだ。だからあんまり暗くならないうちに、一応場所を見定めて置く必要があるのだ。別に危険な事はなかろうけれど、済まないが君も今から一緒に行ってくれ給え。」

「よろしい、僕も其の積りで来たのだから、一緒に行くのは差支ないが、場所を突き止めるのにもあてがなくっちゃ大変じゃないか。」

「いや、あてはあるのだ、僕の推定する所では、犯罪の場所はどうしても向島でなければならないのだ。」

こう云う間も、彼は其の証拠とやらを握ったのが嬉しくって溜らないらしく、平生陰鬱な、機嫌の悪い男にも似ず、いよいよ忙しく歩き廻って、元気よく応答するのであった。

「向島だと云うことが、どうして君に分ったんだね。」

「その理由は後で精しく話すから、兎に角直ぐに出てくれ給え。人殺しが見られるなんて、こんな機会は、又とないんだから、外してしまうと仕様がない。」

「場所が分って居さえすれば、そんなに慌てないでも大丈夫だよ。タクシーで行けば向島まで三十分あれば十分だし、それに此の頃は日が長いから、暗くなるには未だ二三時間も間がある。だからまあ、出かける前に僕に説明してくれ給え。話を聞かしてくれなくっちゃ、一緒に連れて行って貰っても、君ばかりが面白くって、僕は一向面白くも何ともないからね。」

私の此の論理は、正気を失って居る彼の頭にも、尤もらしく響いたものか、園村は鼻の先で二三度ふんふんと頷いて、

「じゃ簡単に話をするが………」

と云いながら、相変らず時計を気にして渋々と私の前の椅子に腰を落した。それから彼は上衣の裏側のポッケットを捜って、一枚の皺くちゃになった西洋紙の紙片を取り出すと、それを大理石のティー・テエブルの上にひろげて、

「証拠と云うのは此の紙切れなのだ。僕は一昨日《おととい》の晩、妙な所で此れを手に入れたのだが、此処に書いてある文字に就いて、君も定めし何か知ら思い中る事があるだろう。」

と、謎をかけるような調子で云って、一種異様な、底気味の悪い薄笑いを浮べながら、上眼使いにじっと私の顔を視詰めた。

紙の面には数学の公式のような符号と数字との交ったものが鉛筆で書き記されてあった。――6*; 48*634; ‡1; 48†85; 4‡12?††45………こんな物が二三行の長さに渡って羅列してあるばかりで、私には無論何事も思い中る筈はなく、どう云う意味やら分りもしなかった。私は其の時まで園村の精神状態に就いて半信半疑の体であったが、斯う云う紙切れを何処からか拾って来て、犯罪の証拠だなどと思い詰めて居る様子を見ると、気の毒ながら彼が発狂して居ることは、もう一点の疑念を挾む余地もなかった。

「さあ、一体此れは何だろうか知ら?　僕は別段思い中る事もないが、君には此の符号の意味が読めるのかね。」

私は真青な顔をして、声を顫わせて云った。

「君は文学者の癖に案外無学だなあ。」

彼は突然、身を反らしてからからと笑った。そうしてさもさも得意らしい、博学を誇るらしい口吻で言葉を続けた。

「………君は、ポオの書いた短篇小説の中の有名な“The Gold-Bug”と云う物語を読んだことがないのかね。あれを読んだことがある人なら、此処に記してある符号の意味に気が付かない筈はないんだが。………」

私は生憎ポオの小説を僅かに二三篇しか読んで居なかった。ゼ・ゴオルド・バッグと云う面白い物語のある事は聞いて居たけれど、それがどんな筋であるかも知らないのであった。

「君があの小説を知らないとすると、此の符号の意味が分らないのも無理はないのだ。あの物語の中にはざっとこんな事が書いてある。――昔、Kiddと云う海賊があって、アメリカの南カロライナ州の或る地点に、掠奪した金銀宝石を埋蔵して、その地点を指示する為めに、暗号文字の記録を止めて置く。ところが後になって、サリヴァンの島に住んで居るウィリアム・ルグランと云う男が、偶然その記録を手に入れて、暗号文字の読み方を考え出した結果、首尾よく地点を探りあてて埋没した宝を発掘する。――大体斯う云う筋なのだが、その小説中で一番興味の深い所は、ルグランが暗号文字の解き方を案出する径路であって、それが非常に精しく説明してあるのだ。そこで、僕が一昨日手に入れたと云う此の紙切れには、明かにあの海賊の暗号文字が使ってある。僕は、或る所に捨ててあった此の紙切れを見ると同時に、何等かの陰謀か犯罪かが裏面に潜んで居る事を、想像せずには居られなかったので、わざわざ拾って持って来たような訳なのだ。」

その物語を読んで居ない私には、彼の説明がどの点まで正気であるやら分らないので、残念ながら、一応彼の博覧強記に降参しなければならなかった。

「ふふん、大分面白くなって来たぞ。そうして君は、此の紙切れを何処で拾ったんだね。」

私は母親が子供の話に耳を傾けるような態度で、こう云って唆《そその》かした。その癖腹の中では、学問のある奴が気違いになって、無学な人間を脅かすほど始末に困るものはない。今にどんなとんちんかんを云い出すか、見て居てやれと思ったりした。

「此れを拾った順序と云うのは、こうなんだ。——ちょうど一昨日の晩の七時ごろ、例に依ってたった独りで、僕が浅草の公園倶楽部《クラブ》の特等席に坐を占めて、活動写真を見て居たと思い給え。君も知って居るだろうが、彼処の特等席は、前の二側か三側ばかりが男女同伴席で、後の方が男子の席になって居る。たしかあの日は土曜日の晩で、僕が這入った時分には二階も下も非常な大入だった。僕は漸く、男子席の一番前方の列の真ん中あたりに一つの空席があるのを見附けて、其処へ割り込んで行ったのだった。つまり、僕が腰かけて居た場所は、男子席と同伴席との境目にあって、僕の前列には多勢の男女が並んで居た訳なのだ。僕は最初、それ等の客を別段気にも止めなかったが、暫らく立つうちに、ふと或る不思議な出来事が、自分の鼻先で行われて居るのを発見して、活動写真を其方除けに、その出来事の方へ注意深い視線を向けた。僕の前にはいつの間にか三人の男女が席を取って居た。何分にも場内が立錐の余地もなく混み合って居たし、特等席の客の中にも立ちながら見物して居る者が、ぎっしり人垣を作って居たくらいだから、僕の周囲は暗い上にも更に暗くなって居た………。」

「………それ故僕には、その三人の風采や顔つきなどは分らなかったが、彼等の一人が束髪に結った婦人で、あとの二人が男子であると云う事だけは、後姿に依って判断された。それから又その婦人の髪の毛が房々として、暑苦しいほど多量であるところから、彼女が可なり年の若い女である事も推定された。二人の男子のうちの、一人は髪の毛をてかてかと分け、一人はキチンとした角刈の頭を持って居た。三人の並んで居る順序は、一番右の端が束髪の女、真ん中が髪を分けた男、左の端が角刈の男だった。こう云う順序に並んだところから想像すると、右の端の女は真ん中の男の細君か、或は情婦か、少くとも彼と密接の関係のある婦人であって、左の端に居る角刈は真ん中の男の友人か何かであるらしかった。――君にしたって、僕の此の想像を間違って居るとは思わないだろう。こう云う場合に、もし其の女が二人の男に対して、同等の関係を持って居れば、彼女は必ず二人の真ん中へ挟まるだろうし、そうでなかったら、特に関係の深い方の男が、もう一人の男と女との間へ挟まるに極まって居る。………ねえ、君、君だってそう思うだろう。」

「はは、成程そうには違いないが、えらく其の女の関係を気に病んだものだね。」

私は彼が、分り切った事を名探偵のような口吻で、得々と説明して居るのがおかしくてならなかった。

「いや、その関係が、此の話では極めて重大なのだ、僕が先云《さつき》った不思議な出来事と云うのは、その女と左の端に居る角刈の男とが、まん中の男に知られないようにして、椅子の背中で手を握り合ったり、奇妙な合図をし合ったりして居るのだ。初め女が男の手の甲へ、何か指の先で文字を書くと、今度は男が女の手へ返辞らしいものを書き記す。二人は長い間頻りにそれを繰り返して居るのだ。………」

「ははあ、そうすると其奴等は、もう一人の男に内証で、密会の約束でもして居たと見える。

だがそんな事は、世間によくある出来事で、不思議と云う程でもないじゃないか。」

「………僕はどうかして其の文字を読みたいと思って、じっと彼等の指の働きを視詰めて居た。………」

園村は私の冷やかし文句などは耳に這入らないかの如く猶も熱心に自分独りでしゃべって行った。

「………彼等の指は、疑いもなく、極めて簡単な字画の文字を書いていた。僕は容易に、彼等が片仮名を使って談話を交換して居る事を、発見してしまったのだ。それに大変都合のいいことには、真ん中の男が、恰も僕の直ぐ前の椅子に腰かけて居て、その左右に彼等二人が居たものだから、出来事は全く僕の真正面で行われて居たんだ。で、僕が片仮名だと気が付いた途端に、女は又もや男の手の上へそろそろと指を動かし始めた。僕の瞳は、貪るようにして彼女の指の跡を辿って行った。その時僕が読み得た文句は、クスリハイケヌ、ヒモガイイと云う十二字の言葉だった。而も其の文字が男にはなかなか通じなかったと見えて、女は二度も三度も丁寧に書き直して執拗《しつこ》く念を押した。男はようよう其の意味が分ると、やがて女の手の上へイツガイイカと書いた。二三ニチウチニと女が返辞をしたためた。………その時まん中の男が、偶然に少し体を反らしたので、二人は慌てて手を引込めて、何喰わぬ顔で活動写真に見惚れて居るようだった。彼等の秘密通信は、残念ながらそれでおしまいになったのだが、しかし、クスリハイケヌ、ヒモガイイと云う十二字の文句は、果して何を暗示して居るだろう。イツガイイカとか、二三ニチウチニとか云う文句だけなら、密会の約束をして居るのだと推定する事も出来るけれど、クスリだのヒモだのが密会の役に立つ筈はない、女は明かに、男に向って恐ろしい犯罪の相談をして居るのだ。『毒薬よりも紐を使って、………』と彼女は男に指図して居るのだ。」

園村の説明は、もし彼の精神状態を知らない者が聞いたならば、どうしても真実としか思われないような、秩序整然とした、理路の通った話し方であった。私にしてもうっかりして居れば、「おや、ほんとうかな。」と、釣り込まれそうになるのであった。けれどもよく考えて見ると、たとえ暗闇だとは云え、多勢の人間の居る中で、片仮名で人殺しの相談をするなんて、そんな馬鹿な真似をする奴が、ある訳のものではない。やっぱり園村が一種の幻覚に囚われて、何か別の意味を書いて居たのを、自分の都合のいいように読み違えたのだろう。私は一言の下に彼の妄想を打破してやろうかと思ったが、彼の気違いがどの程度まで発展するか、その様子を飽く迄観察してやろうと云う興味もあって、わざと大人しく口を噤んで居た。

「………そうだとすると、僕は恐ろしいよりも寧ろ面白くなって、何とかしてもう少し彼等の密談を知りたかった。何時《いつ》の幾日に何処で彼等の犯罪が行われるのか、それが分りさえすれば、密かに見物してやりたいと云う好奇心が、むらむらと起って来た。すると、暫く立って、好い塩梅に二人の手は再び椅子の背中の方へ、次第々々に伸びて行った。が、今度は女の手の中に小さな紙が丸めてあって、其れが男の手へそうッと渡されると、二人は又もとの通りに手を引込めてしまった。その光景をまざまざと見て居た僕が、どれほど紙切れの内容に憧れたかは、君にも恐らく想像が出来るだろう。――男は紙切れを受け取ると、大方其れを読む為めなんだろう、間もなく便所へ行くような風をして、席を立って行ったが、五分ばかりすると戻って来て、その紙切れをくちゃくちゃに口で嚙んで、鼻紙を捨てるように極めて無造作に、椅子の後へ、即ち僕の足下《あしもと》へ投げ捨てたのだ。僕はそれをこっそりと靴の底で踏みつけた。」

「だがその男も随分大胆な奴だねえ。便所へ行ったくらいなら、便所の中へ捨てて来れば宜かったろうに。」

と、私は冷やかし半分に云った。

「その点は僕も少し変だと思うんだけれど、多分便所へ捨てるのを忘れてしまって、急に思い出して其処へ捨てたのじゃないか知らん？　それに此の通り暗号で書いてあるのだから、何処へ捨てたって大丈夫だと云う積りだったのだろう。まさか此暗号の読める奴が、つい眼の前に控えて居ようとは考えられないからね。」

こう云って彼はにこにこ笑った。

ちょうど時計が五時を打ったが、好い塩梅に彼は気が付かないらしく、全然話に没頭して居る様子であった。

「………写真が終って場内が明かるくなったら、僕は三人の風采をつくづく見てやろうと思って居たんだが、彼等は其れ迄待ってはくれなかった。角刈の男が紙切れを捨てると、女はわざと溜息をして、詰まらないからもう出ようじゃありませんかと、真ん中の男を促して居るようだった。女の声はいかにも甘ったるく、我が儘な、だだを捏ねて居るような口振だった。彼女がそう云うと、角刈りが一緒になって、そうだな、あんまり面白くない写真だな、君、出ようじゃないかと、相応じたらしかった。二人に急き立てられながら、真ん中の男も不承不承に座を離れて三人はとうとう出て行ってしまった。前後の様子から察すると、二人は初めから活動写真を見る気ではなく、ただ暗闇と雑沓とを利用して、秘密の通信を交す為めに、其処へ這入って来たに過ぎないのだ。しかし彼等が居なくなったお蔭で、僕は易々と此の紙切れを拾うことが出来た。」

「で、その紙切れに書いてある暗号文字はどう云う意味になるのだか、それを聞かせて貰おうじゃないか。」

「ポオの物語を読めば雑作もなく分るんだが、此処に記してあるいろいろの数字だの符号だのは、みんな英語のアルファベットの文字の代用をして居るんだ。たとえば数字の5はaを代表し、2はbを代表し3はgを代表して居る。それから符号の†はdを表し＊はnを表し、；はtを表し?はuを表して居る。そこで、此の暗号の連続をＡＢＣに書き改めて、適当なパンクチュエーションを施して見ると、一種奇妙な、斯う云う英文が出来上る。——

in the night of the Death of Buddha, at the time of the Death of Diana, there is a scale in the north of Neptune, where it must be commited by our hands.

いいかね、斯う云う文章になるのだ。尤も此の中にあるWと云う字は、ポオの小説の記録には載って居ないんだから、彼等はWの代りにVの暗号を使って居る。それから此の中のDやBやNの花文字は君に分りいいように僕が勝手に書き直したので、別に特殊な花文字の符号がある訳ではない。ところで此れを日本文に翻訳すると先ず斯うなるね。——

仏陀の死する夜、

ディアナの死する時、

ネプチューンの北に一片の鱗《うろこ》あり、

彼処《かしこ》に於いて其れは我れ我れの手に依って行われざるべからず。

ね、こうなるだろう。一見すると何の事やら分らないが、よく考えると、だんだん意味がはっきりして来る。『仏陀の死する夜』と云うのは、六曜の仏滅にあたる日の晩と云う事なんだろう。今月の内に仏滅にあたる日は四五日あるが、一昨日の晩に女が二三ニチウチニと書いたところから察すると、ここで仏滅の日と云うのは、正しく今日の事に違いない。次ぎに『ディアナの死する時』と云う文句がある。此れは恐らく、ディアナは月の女神だから、月が没する時刻を指して居るのだろう。それで、今夜の月の入りは何時かと云うと、夜半の午前一時三十六分なのだ。ちょうど其の時刻に、彼等の犯罪が行われるのだ。それから面倒なのは其の次ぎの文句、『ネプチューンの北に一片の鱗あり。』と云う言葉だ。此れは明かに場所を指定してあるのだが、此の謎が解けなかったら、とても殺人の光景を見物する訳には行かない。………

ネプチューンと云う名詞が、全く僕等の想像も及ばない、彼等の間にのみ用いられて居る特有な陰語だとすれば、甚だ心細い訳だが、前のディアナだの、仏陀などから考えると、必ずしもそんなむずかしいものではなさそうに思われる。ネプチューンと云うのは海の神、若しくは海王星を意味して居る。だからきっと、海或いは水に縁のある場所に違いないと僕は思った。その時ふいと僕の念頭に浮かんだのは向島の水神《すいじん》だった。君も御承知の通り、あの辺は非常に淋しい区域だから、そう云う犯罪を遂行するには究竟《くっきょう》の場所柄でなければならない。『ネプチューンの北に一片の鱗あり』——して見ると、水神の祠か、でなければ八百松の建物の北の方に鱗形の△こう云う目印を附けた家だか地点だかがあるのだろう。『水神の北』と云う、極めて漠然たる指定だけしかない以上、その目印は案外たやすく発見される場所にあるように考えられる。『彼処に於いて其れは我れ我れの手に依って行われざるべからず。』——此の場合の『其れは』と云う代名詞が殺人の犯罪を指して居ることは敢て説明するまでもないだろう。『行われざるべからず』——must be committed の、commit と云う字の意味から考えても、犯罪事件であることは分りきっている。『我れ我れの手に依って』と云うのは、その女と角刈りの男との両人が力を協せて、と云うことなんだ。クスリハイケヌ、ヒモガイイと云う言葉と対照すれば、いよいよ此の謎は明瞭になって来る。もはやや一点の疑念を挟む余地もないのだ。ここに犯罪の犠牲者となるべき人間の事が、書いてないのは惜しいような気がするけれど、あの晩の出来事から推定すると、大方三人のまん中に居た髪をてかてか分けた男が、附け狙われて居るのだろう。尤も其の犠牲者が誰であろうと、別段僕等の問題にはならない。僕等はただ此の暗号の謎を解いて、場所と時刻とを突き止めて、彼等の仕事を物蔭から見物する事が出来さえすれば沢山なのだ。そこで、今から僕等の取るべき行動は、向島の水神の附近へ行って、鱗の目印を探しあてる事にあるのだ。――さあ、もう此れだけ説明したら、事件がいかに破天荒な、興味の深いものであるか分っただろう。そうして目下の場合、僕等に取っていかに時間が大切であるかと云う事も、君は考えてくれなくてはいけない。僕は先から此の事件を君に報告する為めに、一時間半も貴重な時を浪費してしまった。………」

成る程、そう云われて見ると、既に時計は五時半になって居たが、六月の上旬の長い日脚は、まだ容易に傾きそうなけはいもなく、洋館の窓の外は昼間のように明るかった。

「浪費した事は浪費したが、お蔭で大変面白い話を聞いた。君はそれにしても、一昨日から今日までの間に、鱗の目印を探して置けばよかったじゃないか。」

こう云いながら、私は此の場合、彼に対してどう云う処置を取ったものかと途方にくれた。私はそぞろ、一旦忘れて居た昨夜からの徹夜の疲れを感じ始めたので、成ろう事なら彼のお供を断りたかった。此れからわざわざ向島まで出かけて行って、めあてのない探偵事業の助手を勧めるなぞは、考えて見ても馬鹿々々しかった。そうかと云って、彼を独りで手放すのは、猶更安心がならないのであった。

「そりゃ、君に云われる迄もなく、僕は昨日の朝から一日かかって、水神の附近を隈なく捜索したんだが、鱗の目印は何処にもないんだ。そうして見ると、多分其の目印は犯罪の行われる当日にならなければ、施されないものなのだ。彼女はきっと、今朝になってから何処か彼《あ》の附近へ目印を附けたに違いない。尤も僕は昨日のうちに、大概この辺ではあるまいかと思われるような場所を二つ三つ物色して置いたから、今日は其れ程骨を折らずに見附かるだろうと予期して居る。しかし何にしても暗くなっては不便だから、直ぐに出かけるに越した事はない。さあ立ち給え、早くしよう。そうして用心の為めに、君も此れを持って行き給え。」

こう云って、彼はデスクの抽き出しから一梃のピストルを取って、其れを私の手に渡した。彼が此れ程熱心に、此れ程夢中になって居るものを、止めたところでどうせ断念する筈はない。要するに彼の妄想を打破する為めには、やっぱり彼と一緒に向島へ行って、今日になっても鱗の目印などは何処にもない事を証明してやるのが一番適切である。そうしたら如何に園村が気が変になって居ても、自分の予想の幻覚に過ぎなかった事を悟るだろう。私はそう気が付いて、すなおにピストルを受け取りながら、

「それじゃいよいよ出かけるかな。シャアロック・ホルムスにワットソンと云う格だな。」

こう云って機嫌よく立上った。

お成門の傍から自動車に乗って、向島へ走らせる途中に於ても、園村の頭は依然として其の妄想にばかり支配されて居た。ソフトの帽子を眼深に被って、腕を組みつつじっと考え込んで居るかと思うと、忽ち次ぎの瞬間には元気づいて、

「………今夜になれば分ることだが、それにしても君、此の犯罪者は一体どう云う種類の、どう云う階級の人間だろうね。せめて彼の晩に、彼奴等の服装ぐらい確めて置けばよかったんだが、どうも真暗で見分けがつかなかったんだよ。兎に角、ポオの小説にある暗号文字を使ったりなんかして居るんだから、決して彼の女も男も無教育な人間ではないね、いや無教育どころか、可なり学問のある連中だね。………ねえ君、君はそう思わないかい。」

などと云った。

「うん、まあそうだろうな。案外上流社会の人間かも知れないな。」

「けれども亦、一方から考えて見ると上流社会の人間ではなくって、或る大規模な、強盗や殺人を常職とする悪漢の団員のようにも推定される。それでなければ、ああ云う暗号文字などを使用する訳がない。あの暗号文字は、可なり面倒なものだから、僕のような素人が読むには、一々ポオの原本と照らし合わせて行かなければならない。ところが此の間の角刈りの男は、僅か五六分の間に便所の中であれを読んでしまったのだ。して見ると彼等は、あの暗号を年中使用して居て、僕等がＡＢＣを読むと同じ程度に、読み馴れて居るに違いない。畢

竟彼等は、暗号を使わなければならないような悪い仕事を、今迄に何回となく繰り返しているのだ。……さあ、そうなって来ると、彼等はなかなか一と通りの悪漢ではないように感ぜられる。」

われわれを乗せた自動車は、日比谷公園の前を過ぎて馬場先門外の濠端を、快速力で疾駆して居る。

「しかしまあ、彼等が何者であるか分らないところが、僕等に取っては又一つの興味なのだ。……」

と、園村は更に語り出した。

「……僕は最初、彼等の犯罪の動機となって居るものは、恋愛関係であろうと思って居たけれど、彼等が若し、恐るべき殺人の常習犯であるとすれば、恋愛以外に何等かの理由が伏在して居るのかも測り難い。いずれにしても、僕等にはただ、今夜の午前一時三十六分に、向島の水神の北に於いて、何者かが何者かに紐を以て絞殺されると云う事だけしか分って居ないのだ。そこが著しく僕等の好奇心を挑発する点なのだ。……」

自動車は既に丸の内を脱けて、浅草橋方面へ走って行った。

＊　＊　＊　＊　＊　＊

それから三時間ほど過ぎた、晩の八時半ごろのことである。私は、気の毒なくらい鬱《ふさ》ぎ込んで、黙々として項垂《うなだ》れて居る園村を、再び自動車に乗せて芝の方へ帰って行った。

「……ねえ君、だからやっぱり何か知ら君の思い違いだったんだよ。どうも君の様子を見るのに、此の頃少し昂奮して居るようだから、成るべく神経を落ち着けるようにし給え。明日からでも早速何処かへ転地をしたらどうだろう。」

私は車に揺られながら、むっつりと面を膨らせて考え込んで居る園村を相手に、頻りにこう云って説き諭して居た。

実際、その日の夕方、六時から八時過ぎまで私は園村に引き擦り廻されて、水神の近所をぐるぐると探し廻ったが、案の定鱗の目印などは見附からなかった。それでも園村は飽く迄剛情を張って、見附けないうちは家へ帰らないと称して居たのを、私は散々に云い宥《なだ》めて、やっとの事で捜索事業を放棄させたのである。

「僕はほんとうに此の頃どうかして居る。君にそう云われると、何だか気違いにでもなったような気がする。………」

と、園村は沈んだ声で呻くように云った。

「……だがしかし、どうも不思議だ。どうしたって、彼処辺《あすこいら》に目印がなければならない筈なんだが、………僕がいかに神経衰弱にかかって居たって、一昨日の晩の事は間違いがある訳はない。もし僕に何等かの間違いがあるとすれば、あの暗号の文字の読み方か、或いはあの文章の謎の解き方に就いて、何処かで錯誤をして居るのだ。兎に角僕は内へ帰って、もう一遍よく考え直して見よう。」

彼がこう云って、未だに妄想を捨ててしまわないのが、私には腹立たしくもあり、滑稽にも感ぜられた。

「考え直して見るのも宜かろうが、こんな問題にそれ程頭を費したって詰まらんじゃないか。たとえ君の想像が実際であったにもせよ、そんなに骨を折ってまで突き止める必要はありはしない。僕は昨日から一睡もしないので、今日はひどく疲れて居るから、此の辺で一と先ず君と別れて、内へ帰って寝る事にする。君も好い加減にして今夜は早く寝る方がいい。明日の朝遊びに行くから、それまで決して、独りで内を飛び出さないようにし給えよ。」

いつ迄彼に附き合って居ても際限がないから、私は浅草橋で自動車を降りて、九段行きの電車に乗った。全く狐につままれたようで、何だか一時にがっかりしてしまった。向島へ着いてから三時間の間、彼は捜索に夢中になって、私に飯さえ食わせなかったので、急に私は溜らない空腹を覚え始めた。が、その空腹も、神保町で巣鴨行に乗り換えた時分から、俄に襲って来た睡気の為めに分らなくなってしまった。そうして小石川の家へ着くや否や、いきなり床を取らせて死んだようにぐっすり眠った。

それから何時間ぐらい眠った後だか分らないが、表門の戸を頻りにとん、とん、と叩くらしい物音を、私は半分夢の中で聞いた。ぶうぶうと云う自動車の喘ぎも聞えた。

「あなた、誰かが表を叩いて居るようだけれど、今時分誰が来たんでしょう。自動車へ乗って来たようだわ。」

こう云って、妻は私を呼び起した。

「ああ、又やって来たか、あれはきっと園村だよ。先生この頃少し気が変になって居るんだよ。ちょッ、困っちまうなあ。」

私は拠んどころなく睡い眼を擦《こす》り擦り起き上って、門口へ出て行った。

「君、君、ようよう僕は今、場所を突き止めて来たんだよ。ネプチューンと云うのは水神じゃなくて、水天宮の事だった。僕は誤解をして居たのだ。水天宮の北側の新路《しんみち》で、やっと鱗の目印を見附け出した。」

私が門の潜り戸を細目に明けると、彼は転げるように土間へ這入って来て、私の耳に口をあてながらひそひそとこんな事を囁いた。

「さて、此れから直ぐに出かけようじゃないか。今ちょうど十二時五十分だ。もうあと四十六分しかないのだから、僕ひとりで行こうかと思ったんだけれど、約束があるからわざわざ君を誘いに来たのだ。さあ、大急ぎで支度をして来給え。早くしようよ。」

「とうとう突き止めたかね。だが、もう十二時五十分だとすると、今から行ってもうまく見られるかどうか分らないね。あべこべに其奴等に見附かったりなんかすると危険だから、君も止したらいいじゃないか。」

「いや、僕は止さない。見る事が出来なかったら、せめて門口にしゃがんで居て、絞め殺される人間の呻り声だけでも聞きたいもんだ。それに、僕が先見《さつき》て来たところでは、目印の附いて居る家は小《ち》いさな平屋で、二た間ぐらいしかない、狭っ苦しい住居なんだ。おまけに夏だもんだから、障子も何も取り払って、一二枚の葭簀《よしず》と簾が懸って居るだけなんだ。そうして君、裏口の方に大きな肘掛窓があって、其処の雨戸も節穴や隙間だらけで、其処から覗くと内の中が見透しになると来て居るんだから、恐ろしく都合がいいじゃないか。――さあ、こんな話をして居るうちにもう十分立っちまった。今ちょうど一時だ。行くのか行かないのか早くし給え。君がいやなら僕は独りで行くんだから。」

誰がそんな所で人殺しなんぞする奴があるもんかと、私は思った。だが咄嗟の場合、私は彼を独りで放り出す訳にも行かないので、迷惑千万な話であるが、やっぱり一緒に附いて行くより仕方がなかった。

「よろしい、待ち給え、直ぐに支度をして来るから。」

私は室内へ取って返して、大急ぎで服を着換えた。

「どうしたんです、あなた、此の夜半《よなか》に何処へおいでになるんです。」

妻は目を円くして云った。

「いや、お前にはまだ話さなかったが、園村の奴が二三日前から気が狂って来て、妙な事ばかり云うので、弱ってるんだ。今夜も此れから、人形町の水天宮の近所に人殺しがあるから見に行こうと云うんだ。」

「いやだわねえ、気味の悪いことを云うのねえ。」

「それよりも夜半に叩き起されるのは閉口だよ。しかしウッチャラかして置くと、どんな間違いをし出来《でか》すかも知れないから、何とか欺して芝まで送り届けて来よう。どうも全くやり切れない。」

私は妻に云い訳をして、彼と一緒に又しても自動車に乗った。

深夜の街は静かであった。自動車は白山上から一直線に高等学校の前へ出て、本郷通りの電車の石畳の上を、快く滑走して行った。私はまだ、夢を見て居るような気持ちであった。入梅前の初夏の空は、半面がどんよりとした雨雲に暗澹と包まれて、半面にチラチラと睡そうな星が瞬いて居た。

「もう十七分！　十七分しかない！」

と、松住町の停留場を通り過ぎる時、園村は懐中電灯で腕時計を照らしながら云った。

「もう十二分！」

と、彼が再び叫んだ時、自動車は彼の頭のように気違いじみた速力で、急激なカーヴを作りながら、和泉橋の角を人形町通りの方へ曲って行った。

私たちは、わざと竈《へッつい》河岸《がし》の近所で自動車を捨てて、交番の前を避ける為めに、そこからぐるぐると細い路次をいくつも潜った。あの辺の地理に精しくない私は、園村の跡について真暗な狭い道路を、すたすたと出たり這入ったりしたので、未だに其処がどの方角のどう云う地点に方《あた》って居るか、はっきりとは覚えて居ない。

「おい、もう直ぐ其処だから、足音を静かにし給え！　それ！　その五六軒先の家だ。」

黙って急ぎ足で歩いて居た園村が、こう云って私にひそひそと耳打ちをしたのは、むさくろしい長屋の両側に並んで居る、溝板《どぶいた》のある行き止まりの路次の奥であった。

「どれ、どこの家だ、どこに鱗の目印が附いて居るんだ。」

すると、私のこの質問には答えずに、園村は立ち止まってじっと腕時計を視詰めて居たが、忽ち低いかすれた声に力を入れて、

「しまった！」

と云った。

「しまった！　しまった事をした！　時間が二分過ぎちまった。もう三十八分だ。」

「まあいいから目印は何処にあるんだ。その目印を僕に教え給え。」

私は、彼がこんなに熱中して居る以上、せめて鱗形に似通ったようなものが、何か知ら其処にあるのだろうと思ったので、こう追究したのであった。

「目印なんぞはどうでもいい。後でゆっくり教えてやるからぐずぐずしてないで此方《こっち》へ来給え。此方だ此方だ。」

彼は遮二無二私の肩を捕えて、右側にある平屋と平屋との間隙の、殆んど辛うじて体が這入れるくらいな窮屈な廂合《ひあわい》へ、ぐいぐいと私を引っ張って行った。と、何処かに五味溜《ごみため》の箱

があるものと見えて、真暗な中でいろいろな物の醱酵した不快な臭が、ぷーんと私の鼻を衝いた。それから耳朶《みみたぼ》の周りに蜘蛛の巣が引絡まって、かすかにぷすぷすと破れたようであった。私より五六歩先に進んで行った園村は、いつの間にか其処に佇んで、息を凝らしつつ、左側の雨戸の節穴へ顔を押しつけて居た。

廂合の右側の方は一面の下見《したみ》であって、左側の、――園村が今しも顔を押しあてて居る所には成る程彼が先刻話した通りに、大きな肘掛窓があって、節穴や隙間だらけの雨戸が嵌まって居るらしく、其処から室内の明りがちらちらと洩れて輝いて居た。その光線の強さから判断すると、家の中には極めて明るい眩い電灯が煌々《こうこう》と灯って居るかの如く想像された。私は何の気もなく近寄って行って、園村と肩を並べながら、一つの節穴に眼をあてがって見た。節穴の大きさは、ちょうど拇指《おやゆび》が這入るぐらいなものであったろう。今まで戸外の闇に馴れて居た私の瞳は、其処から中を覗き込んだ瞬間に、度ぎつい電灯の光に射られたので、暫く視力が馬鹿になって、ただ眼前に二三の物影がちらつくのを、ぼんやり眺めただけであった。私にはむしろ、自分の傍に立って居る園村の、激しい息づかいがよく分った。そうして死んだような静かさの中に、彼れの腕時計のチクタクと鳴るのが、さながら昂奮した動悸のように感ぜられた。

が、一二分の間に、だんだん私の視力は恢復しつつあるらしかった。最初に私の見たものは、縦に真直にするすると伸びて居る、恐ろしく真白な柱のようなものであった。それが此方へ背中を向けて据わって居る一人の女の、美しい襟足の下に続く長い項《うなじ》の肉の線であると気がつく迄には、更に数秒の経過があったかと覚えて居る。実を云うと、その女の位置があまりに窓際近く迫って居て、殆んど節穴を蔽わんばかりになって居たので、それを人間の後姿だと識別するのは、可なり困難な訳であった。私は纔《わずか》に、潰し島田に結った彼女の頭部から、黒っぽい絽お召の夏羽織を纏うた背筋の一部分を見たばかりで、腰から以下の状態は私の視界の外に逸して居たのである。

さまで広くもない部屋の中には、どう云う訳か非常に強力な、少くとも五十燭光以上かと思われる電球が灯って居る。私が始めに、女の項を真白な柱のように感じたのは無理もないので、少し俯向き加減に据わって居る彼女の襟頸から抜き衣紋の背筋の方へかけて、濃い白粉をこってりと塗り着けた漆喰《しっくい》のような肌が煌々たる電灯の下に曝されながら燃ゆるが如く反射して居るのである。私と彼女との距離がいかに近接して居たかは、彼女の衣服に振りかけてあるらしい香水の匂が、甘く柔かく私の鼻を襲いつつあったのでも大凡想像する事が出来る。私は実際、彼女の髪の毛の一本一本を数え得るほどに思ったのであった。その髪の毛はたった今結ったばかりかと訝《あや》しまれるくらいな水々しい色光沢《いろつや》を帯びて、鳥の腹部のようにふっくらと張った両鬢にも、すっきりとした、慄《ふる》いつきたいような意気な恰好をした髱《たぼ》にも、一と筋の乱れさえなく、まるで鬘《かずら》のように黒くてかてかと輝いて居る。彼女の顔を見る事の出来ないのは残念であるが、しかし其の撫で肩のなよなよとした優しい曲線と云い、首人形の首のようにほっそりと衣紋から抜けでて居る襟足と云い、耳朶《みみたぼ》の裏側から生え際を縫うて背中へ続いて行くなまめかしい筋肉と云い、単に後姿だけでも、彼女が驚くべき艶冶《えんや》な嬌態を備えた婦人である事は、推量するに難くなかった。こんな意外な場所で、こんな美しい女の姿に会っただけでも、此の節穴を覗いた事は徒労でなかったと私は思った。

ここで私はもう少し、彼女を見た刹那の印象と、最初の一二分間の光景とを記載して置く必要がある。たとえ園村の抱いて居る予想が間違いであるにもせよ、真夜半の今時分に、こう云う女がこう云う風をして、こんな所にじっとして居ると云う事実は、兎に角不思議であらねばならない。彼女の頭が潰し島田である事から判断すると、彼女は決して白人《しろうと》の女ではないらしく、芸者か、さもなければ其れに近い職業の者である事は明かである。髪の飾りや衣裳の好みが派手で贅沢で、近頃の花柳界の流行を追うて居る点から察するに、芸者にしても場末の者ではなく、新橋か赤坂辺の一流の女であろう。それにしても彼女は、其処にそうやったまま全体何をして居るのか、私にはまるきり見当が付かない。私は先《さつき》、「こんな所でじっとして居る」と書いたが、彼女は全く活人画のように身動きもしないで、文字通り「じっとして居る」のである。恰も私が節穴を覗き込んだ瞬間に凝結してしまった如く、項《うなじ》を伸ばしてうつむいたなり、化石のように静まって居るのである。——事に依ったら、彼女は戸外の足音に気が付いて、俄に息を凝らしつつ、耳を澄まして居るのではなかろうか。——私はふとそう考えたので、慌てて節穴から眼を放しながら、園村の方を顧ると、彼は依然として熱心に顔をあてがって居る。

とたんに、今までひっそりとして居た家の中でたしかに何者かが動いたらしく、みしり、みしり、と、根太《ねだ》の弛んだ畳を踏み着ける音が、微かに響いたようであった。園村の狂気を嘲りながらも、いつの間にか好奇心に囚われて居た私は、その物音を聞きつけるや否や、再びふらふらと誘い込まれて眼を節穴へ持って行った。

ほんのちょいとの間――たった一秒か二秒の間であるが、その隙に女の位置と姿勢とは多少の変化を来たして居た。恐らく今の物音は其為であったのだろう。節穴の前に塞がって居た彼女は、斜に畳一畳ほどを隔てて、部屋の中央に進み出た結果、私の眼界は余程拡げられて、室内の様子が殆んど残らず見えるようになって居る。ちょうど私の佇んで居る窓の反対の側、――向って正面の所は、普通の長屋にあるような、腰張りの紙がぼろぼろに剝げかかった黄色い壁であって、左側は簾、右側は葭簀の向うに縁側が附いて居て、外には雨戸が締めてあるらしい。先から、彼女の頭の蔭に何か白い物がちらつくように感じたが、今になって見ると、それは手拭い浴衣を着た一人の男が、彼女の左の方に、ぺったりと壁に寄り添うて、此方を向きながら立って居るのである。男の年頃は十八九、多くも二十を越えては居ないだろう。髪を角刈りにした、色の浅黒い、背の高い、何処となく先代菊五郎を若くしたような俤を持った青年である。私が特に先代菊五郎に比《たと》えた所以は、その青年の容貌が昔の江戸っ子の美男子を見るようにきりりと引き緊まって居るばかりでなく、涼しい眸と稍々受け口に突き出て居る下唇の辺りに、妙に狡猾な、髪結新三だの鼠小僧だのを聯想させる下品さと奸黠《かんかつ》さとが、遺憾なく露われて居たからである。男の顔には怒るとも笑うとも付かない、落ち着いて居るようで而も何事をか焦慮して居るような、不可解な表情がありありと浮かんで居る。が、それよりも更に不可解なのは、彼の場所から一二尺離れた、左の隅に立ててある真黒な案山子《かかし》のような恰好の物体である。私は暫らく案山子の正体を極める為にいろいろに体をひねらせて眼球の位置を変えなければならなかった。

よくよく注意すると、案山子は黒い天鵞絨《びろうど》の布を頭から被って、三本の脚で立って居るのである。——どうしても其れは写真の機械であるように思われる。此の狭い室内に強力な電灯が灯されて居る事や、女が身動きもせずに居る事から考えると、或は男が彼女の姿を写真に取ろうとして居るのであるらしい。けれども彼等は何の必要があって、わざわざこんな夜更けに、こんな薄穢い部屋の中で、写真を取ろうとするのだろう。何か秘密に写さなければならない理由があるのだろうか？

私は当然、此の男が、或る忌まわしい密売品の製造者であって、今しも此の女をモデルにして、それを作ろうとして居る最中である事を想像した。それで始めて此の場の光景が解釈された。

「何だ馬鹿々々しい。園村の奴、己を大変な所へ引っ張って来たものだ。もう好い加減に彼奴《あいつ》も気が付いただろう。」

私は園村の肩をたたいて「飛んだ人殺しが始まるぜ」と云ってやりたいような気がした。事件の真相が分って見れば、彼の予想の全然外れて居たことは明かになったものの、私の好奇心は更に新な方面へ向ってむらむらと湧き上るのであった。昨日の午後から名探偵のお供を云い付かって東京市中を散々引き擦り廻された揚句、こんな滑稽な場面に打つかったかと思うとおかしくもあるが、一概に笑ってしまう訳には行かなかった。人殺しではない迄も、やっぱり其れは一種の小さな犯罪である。その光景が将に演ぜられんとするのを、夜陰に乗じて戸の隙間から窃み視ると云う事は、私をして殺人の惨劇に対すると同様な、名状し難い恐怖を覚えしめ、緊張した期待の感情を味わせるのに十分であった。私は普通の潔癖からでなく、むしろ全身に襲い来る戦慄の為に、危く顔を背けようとしたくらいであった。

しかし、写真の機械は其処にぽつねんと据えてあるばかりで、男は容易に手を下しそうもない。彼は相変らず突き当りの壁に凭《もた》れて、女の方を意味ありげに視詰めて居るのである。そうして私が此れだけの観察をする間、彼も女と同じように身動きをする様子がなく、じっと立ったまま、例の佞悪な狡《ずる》そうな瞳を、活人形のガラスの眼玉の如くぎらぎらと光らせて居る。女の姿勢は、以前の通りの後ろ向きではあるが、今度は膝を崩して横倒しに据わった腰から下がよく見えて居る。畳に垂れて居る羽織の裾の隅から、投げ出した右の足の先の、汚れ目のない白足袋の裏が半分ばかり露われて、其上に長い袂の端がだらりと懸って居る。

先《さつき》、纔《わずか》に彼女の上半身を窺っただけであった私は、全身を見るに及んでいよいよ彼女の凄艶な体つきが自分を欺かなかった事を感じた。何と云うなまめかしい、何と云うしなやかな姿であろう。寂然と身に纏うた柔かい羅衣《うすもの》の皺一つ揺がせずに据わって居るにも拘わらず、そのなまめかしさとしなやかさとは体中の曲線のあらゆる部分に行き亙って居て、何か斯う、蛇がするするとのた打ってでも居るような滑らかな波が這《は》って居るのである。驚愕の眼を睜《みは》りながら眺めて居れば眺めて居るほど、私の胸には、嫋々《じようじよう》たる音楽の余韻が沁み込むように、恍惚とした感覚が一杯に溢れて来るのであった。

私の瞳がどれ程執拗に、どれ程夢中に、彼女の嬌態へ吸い着いて居たかと云う事は、部屋の右の方にある図抜けて大きな金盥《かなだらい》が、その時まで私の注意を惹かなかったのでも明かであろう。実際、此の部屋にこんな大きな金盥が置いてあるのは、写真の機械よりも一層不可思議な謎であって、此の女さえ居なかったら、私は疾うに気が付いて居る筈であった。金盥とは云うものの其れは西洋風呂のタッブ程の容積を持った、深い細長い、瀬戸引きの楕円形の入れ物で、縁側に近い葭簀の前の畳の上に、直《じか》にどっしりと据えられて居るのである。

彼等は一体、此の盥を何に使おうとするのだろう。こう云う場所に据え附けてある以上、勿論沐浴の用に供するのでない事はたしかである。………一方に写真の機械があって一方に金盥がある。そうして真ん中に女が据わって居る。全体何を意味するのだろう?………斯う考えて来ると私にはだんだん盥の用途が判然して来るような心地がした。つまり彼等は、「美人沐浴之図」とでも云うような場面を写そうとして居るのに違いない。それにしては、女が着物を着て居るのは変であるが、今にそろそろ支度に取りかかるのだろう。彼等が先《さつき》から黙ってじっとして居るのは、大方写真の位置を考えて居るのだろう。そうだ、きっとそうに違いない。そう断定するより外に、此の場の謎を解く道はない。……

私は独りで合点しながら、猶も彼等の態度を見守って居た。が、彼等はなかなか用意にかかりそうな風もない。女はいつ迄もいつまでも元の通りに据わったまま俯向《うつむ》いて居る。男も棒のように突ッ立ったきり女の姿を睨んで居る。しんとした、水を打ったような深夜の静かさの中に、此の室内で音もなく動いて居るたった一つの物は、男の瞳だけである。その瞳も、一途に女の胸の辺から膝の周囲へじろじろと注がれるだけで、決して外を見ようとはしないらしい。写真を写す為めに位置を選定して居るにしては、あまりに奇怪な眼の動き方である。

私は一応念の為めに、その瞳から放たれる鋭い毒々しい視線を伝わって、男の注意が何処に集まって居るのかを検べて見た。

何度見直しても、どう考えても、男の視線は疑いもなく女の胸から膝の上に彷徨《さまよ》うて居るのである。のみならず、項垂《うなだ》れて居る彼女自身も、自分の胸と膝の上とを視詰めて居るらしく感ぜられる。後つきから判断すると、彼女は左右の肘を少し張って、恰も裁縫をする時のような形で両手を膝の上に持って行きつつ、其処に載せてある何物かをいじくって居るのである。そう気が付いて見るせいか、彼女の膝の上には何か黒い塊のような物がもくもくして居て、それが彼女の体の蔭にある前方の畳の方にまで、ずうッと伸びて居るらしい。

「……誰か、男が彼女の膝を枕にして寝て居るのではないか知らん？……」

ふと、私が斯う思った瞬間に、突然、ずしん！　と、重い物体を引き擦るような地響きを立てて、彼女は写真の機械の方に向き直った。彼女の膝の上には、一人の男が首を載せたまま仰向けに、屍骸になって倒れて居たのである。

私がそれを目撃した刹那の気持ちは、何と形容したらいいか、兎に角未だ嘗て経験した覚えのない、息の詰まるような、体中に血の気がなくなって次第に意識がぼけて行くような、恐怖の境を通り越して、寧ろ一種のエクスタシーに近いくらいの、縹渺とした無感覚に陥ったのであった。――屍骸であると云う事が分ったのは、その男が寝て居る癖に眼を明いて居るのみならず、瀟洒とした燕尾服を着て居ながら、カラアが乱暴に毟《むし》り取られて居て、真紅な女の扱《しご》きのような縮緬の紐が、ぐるぐると頸部に絡まって居た為めである。そうして、断末魔の苦悶の状態を留めたまま、逃げ去った自分の魂を追いかけるが如く空を摑んで居る両手の先が、ちょうど女の胸元の、青磁色にきらびやかな藤の花の刺繍を施した半襟の辺にとどいて居る。彼女は屍骸の脇の下に手を挿し入れて、鮪のように横わって居るものを、自分の体をひねらせると同時にぐっと向き直らせたのであるが、向き直ったのは胴から上だけで、でっぷりと太った、白いチョッキが丘の如く膨れて居る下腹から以下の部分は、くの字なりに曲ったまま以前の方に投げ出されて居る。彼女の繊細な腕の力では、大方その便々たる腹の重味を、どうにも処置する事が出来なかったのであろう。――そう思われる程、その男は小柄な割に著しく肥満して居るのである。顔はハッキリとは分らないけれど、鼻の低い、額の飛び出た、酒に酔ったような赤黒い皮膚を持った、三十歳前後の醜い容貌である事だけは、横から見ても大凡そ想像する事が出来る。

此処に至って、私は今の今迄気違いであると信じて居た園村の予言が、確実に的中した事を認めない訳には行かなかった。ふと、私は心付いて、殺されて居る男の頭を見ると、銀の鱗の模様の附いた女の帯に接触して居る其の髪の毛は、果して園村の推測の如く、綺麗に真ん中から分けられて、てかてかと油で固めてあったのである。

新しく私の眼に映じたものは単に男の屍骸ばかりではない。首を垂れて、膝の上の屍骸の表情を打ち眺めて居る女の、頰の豊かな、彫刻のようにくっきりとした横顔も、今や歴々と私の視野の内に現われて来た。天井に燃えて居る白昼のような電灯が、その美しい皮膚を照らすのを喜ぶが如く光を投げて居る女の輪廓は、櫛の歯のように整った睫毛の端までも数えられるほど、刻明に精細に一点一劃の陰翳もなく浮かんで居るのである。その伏目がちに薄く開いて居る眼球の上の、ふっくらと持ち上った眼瞼の上品さ、その下に続いて心持ち険しいくらい高くなって居る鼻の曲線の立派さ、其処からだらだらと降りて下膨れのした愛らしい両頰の間に挟まりながら、際立って紅い段々を刻んで居る唇の貴さ、下唇の突端から滑らかに落ちて、顔全体の皮膚を曳き締めつつ長い襟頸に連なろうとする頤《おとがい》の優しさ、――それ等の物の一つ一つに私の心は貪るが如く停滞した。

恐らく、彼女の容貌が斯く迄美しく感ぜられたのは、此の室内の極めて異常な情景が効果を助けたのであったかも知れない。だが、それ等の事情を割引きしても、彼女が十人並以上の美人であることは疑うべくもなかった。近頃の私は、純日本式の、芸者風の美しさには飽き飽きして居た一人であるが、その女の輪廓は必ずしも草双紙流の瓜実顔ではなく、ぽっちゃりとした若々しい円味を含みながら、水の滴るような柔軟さの中に、氷の如き冷たさを帯びた目鼻立ちが物凄く整頓して居て、媚びと驕りとが怪しく入り錯《まじ》って居るのであった。そうして若し、その女の容貌の内に強いて欠点を求めるならば、寸の詰まった狭い富士額が全体の調和を破って些か卑しい感じを与えるのと、太過ぎるくらい太い眉毛の、左右から迫って来る眉間の辺に、いかにも意地の悪そうな、癇癖の強そうな微かな雲が懸って居るのと、こぼれ落ちる愛嬌を無理に抑え付けるようにして堅く締まって居る唇の閉じ目が、渋い薬を飲んだ後の如く憂鬱な潤味《うるみ》を含んで、胸の悪そうな、苦々《にがにが》しい襞《ひだ》を縫って居るのと、――先ずそれくらいなものであろう。しかし其れ等の欠点さえも此の場の悽惨な光景には却って生き生きと当て嵌《は》まって居て、一層彼女の美を深め、妖艶な風情を添えて居るに過ぎなかった。

思うに私たちは、此の男が殺された直ぐ後から室内を覗き込んだのであったろう。或は私が最初に節穴へ眼をあてがった時分には、まだ其の男の最期の息が通って居たかも知れなかった。壁に沿うて立って居る角刈の男と其の女とが、長い間黙々として控えて居たのは、犯罪を遂行した結果暫らく茫然として、失心して居たのに違いない。………

「姐《ねえ》さん、もうようござんすかね。」

角刈の男は、やがて我に復ったようにパチパチと眼瞬きをして、低い声で斯う囁いたようであった。

「ああ、もういいのよ。――――さあ、写して頂戴。」

と、女が云って、剃刀の刃が光るような冷たい笑い方をした。その時まで下を向いて居た彼女の眼は、急にぱっちりと上の方へ瞬《みひら》かれて、黒曜石のように黒い大きい眸《まなざし》の、不思議に落ち着き払った、静かに溢れる泉にも似た、底の知れない深味のある光が、始めて私に分ったのである。

「それじゃもう少し後へ退《さが》っておくんなさい。………」

男が斯う云ったかと思うと、二人は急に動き出した。女はずるずると屍骸を引き擦って、部屋の右手の金盥の近くまで後退《あとずさ》りをして再び正面を向き直る。男は例の写真器の傍へ寄って、女の方へレンズを向けつつ頻りにピントを合わせて居る。女はまた、凜々しい眉根を更に凜々しく吊り上げながら、ややともすれば膝の上から擦り落ちようとする太鼓腹の屍骸を、羽がい絞めにして一生懸命に支えて居る。屍骸の上半身は前よりも高く抱き起されて、ちょうど頭の頂辺が彼女の頤の先とすれすれに、がっくりと顔を仰向けたままである。その様子から判断すると、男が写真に取ろうとして居るのは潰し島田の女の艶姿ではなく、奇怪にも絞殺された人間の死顔であるらしい。

「どうです、もうちっと高く差し上げて貰えませんかね。あんまりぶくぶく太って居るので、腹が邪魔になって、上の方が写りませんよ。」

「だって重くってとても此れ以上持ち上りゃしない。ほんとうに何て大きなお腹《なか》なんだろう。何しろ二十貫目もあった人なんだからね。」

こんな平気な会話を交しながら、男は種板を入れて、レンズの蓋を取った。

写真が写されて、レンズの蓋が締まるまでは可なり長かった。その間、燕尾服を纏うた屍骸は両腕を蛙のように伸ばして、首をぐんにゃりと左の方へ傾けて、恰も泣き喚いて居るだだッ児が母親に抱き起されて居るような塩梅に、だらしなく手足を垂れて居た。頸部に巻き着いて居る緋縮緬の扱《しご》きも、一緒にだらりと吊り下って居たことは云う迄もない。

「写りました。もうよござんす。」

男がそう云った時、彼女はほっと息をついて、屍骸を横倒しに寝かせて、帯の間から小さな手鏡を出しながら、――――こう云う場合にも其の美しい髪形《かみかたち》の崩れるのを恐れるが如く、真珠とダイヤモンドの指輪を鏤《ちりば》めた象牙色の掌を伸べて、島田の鬢の上を二三遍丁寧に撫でた。

男は簾の向うの勝手口の方へ行って、水道の栓をひねって居るらしく、バケツか何かへ水を注ぎ込まれる音がちょろちょろと聞えて居た。それから間もなく、一種異様な、医師の薬局へでも行ったような、嗅ぎ馴れない薬の匂が鋭く私の鼻を襲って来た。私は始め、男が写真を現像して居るのだろうかとも思ったけれど、それにしては余りに奇妙な薬の匂で、嗅いで居るうちに涙が出るほどの刺戟性を持って居る工合が、何処か知ら硫黄の燻《くすぶ》るのに似て居るようであった。

するとと、男は簾の蔭から両手にガラスの試験管を提げて出て来て、

「ようよう調合が出来たようですが、どんなもんでしょう。此のくらい色が附いたら大丈夫でしょうな。」

と云いながら、電灯の真下に立って、ガラスの中の液体を振って見たり透かして見たりして居る。

不幸にして化学の知識の乏しい私には、二つの試験管に入れてある液体が、いかなる性質の薬であるか分らなかったが、奇妙な匂は明かに其処から発散するのであるらしかった。男の右の手にある方の薬液は澄んだ紫色を帯び、左の手の方のはペパアミントのように青く透き徹って居て、それ等が電灯の眩い光線の漲る中に、玲瓏として輝く様子は、真に美しいものであった。

「まあ、なんて云う綺麗な色をしてるんだろう。まるで紫水晶とエメラルドのようだわね。……その色が出れば大丈夫だよ。」

こう云って女がにっこり笑った。今度は以前のような物凄い笑い方ではなく、大きく口を明いて、声こそ立てないが花やかに笑ったのである。上顎の右の方の糸切歯に金を被せてあって、左の隅に一本の八重歯の出て居るのが、花やかな笑いに一段の愛嬌を加えて居る。

「全く綺麗ですな。此の色を見ると、とても恐ろしい薬だとは思えませんな。」

男は猶もガラスの管を眼よりも高く差し上げて、うっとりと見惚れて居る。

「恐ろしい薬だから綺麗なんだわ。悪魔は神様と同じように美しいッて云うじゃないの。」

「………だが、もう此れさえあれば安心だ。此の薬で溶かしてしまえば何も跡に残りッこはない。証拠になる物はみんな消えてなくなるのだ。………」

此の言葉を男は独語《ひとりごと》の如くに云いながら、つかつかと金盥の前へ進んだかと思うと、その中へ試験管の薬液を徐かに一滴一滴と注ぎ込んだ後、再び勝手口へ戻って、バケツの水を五六杯運んで来て、盥へ波々と汲み入れるのであった。

それから彼等は何をしたか？　その薬液で何を溶かしたか？　そうして又、あの硫黄に似た異臭を発する宝玉のような麗しい色を持った薬は、何から製造されて居るのか？　全体そんな薬が世の中にあるのか？――今になって考えて見ても、私はただ夢のような気がするばかりである。

やや暫くして、

「こうして置けば、明日の朝までには大概溶けてしまうでしょう。」

男が斯う云ったのに対して、

「だけどこんなに太って居るから、日外《いつぞや》の松村さんのような訳には行きはしない。体がすっかりなくなる迄には大分時間がかかるだろうよ。」

と、女が従容として答えたのは、その死骸が二人の手に依って掻き抱かれて、――依然として燕尾服を着けたままで、――どんぶりと薬を湛えた盥の中へ浸されてから後の事である。

死骸を漬ける時、彼女はかいがいしく襷がけになって、真白な二の腕を露わして居たが、投げ込んでしまってからも襷を取ろうとはせず、井戸の中のヨカナアンの首を見て居るサロメのように、両手をタッブの縁につけて、一心に水の面を眺めて居た。その左の手の、手頸から七八寸上のところには、ルビーの眼を持った黄金の蛇の腕輪が、大理石のような肉の柱にとぐろを巻いて、二重に絡み着いて居るのを、私はありありと看取することが出来た。

しかし、殺された男の体がどう云う風にして薬に溶解しつつあるのか、残念ながら私は其れを精しくは見届ける訳に行かなかった。前にも断って置いた通り、盥は西洋風呂のような形をした背の高いものなので、纔かに表面に浮き上って居る死骸の太鼓腹と、その周囲にぶつぶつと湯の沸《たぎ》る如く結ぼれて居る細かい泡とが窺われるに過ぎなかったのである。

「はは、今日の薬は非常によく利くようじゃありませんか。御覧なさい、此の大きな腹がどんどん溶けて行きますぜ。此の工合じゃあ明日の朝までもかかりゃしますまい。」

角刈の男が斯う云って居るのに気が付いて、更に注意を凝らして見ると、驚くべし、腹は刻々に、極めて少しずつ、風船玉の萎むように縮まって、遂には白いチョッキの端が全く水に沈んでしまった。

「うまく行ったね。あとは明日の事にしてもう好い加減に寝るとしよう。」

女はがっかりしたようにぺったりと畳へ据わって、懐から金口の煙草を出してマッチを擦った。

角刈の男は彼女の云うがままに、縁側の方にある押入れから恐ろしく立派な夜具を出して来て、それを部屋の中央に敷いた。どっしりとした、綿の厚い二枚の敷布団の、下の方のは猫の毛皮のように艶々とした黒い天鵞絨《びろうど》で、上の方のは純白の緞子《どんす》であった。軽い、肌触りの涼しそうな麻の搔巻には薄桃色の薔薇の花の更紗模様が附いて居た。女の夜具を延べてしまうと、男は次の間の玄関へ行って、別に自分の寝床を設けて居るらしかった。

女は白羽二重の寝間着に着換えて、ぼっくりと沼のように凹む柔かい布団の上に足を運んだ。そうして、雪女郎のような姿で立ち上りながら、手を上げて電灯のスウィッチをひねった。

もし其の際に女が明りを消さなかったら、………あの晩の私たちは、危険な地位にある事をも忘れて果てしもなく其の光景に魂を奪われて居た私達は、多分夜の明けるまで節穴に眼をあてがって居たであろう。急に室内が真暗になったので、私はやっと、自分が一時間も前から、狭苦しい路次の奥に立ち続けて居た事を思い出したのであった。いや、正直な話をすると、暗くなってからも未だ私たちは何か知らを期待するものの如く、半ば茫然として窓の前に佇《たたず》んで居た。

夢から覚めたような私の胸の中に、続いて襲って来たものは、いかにして彼等に足音を悟られないように、此の路次を抜け出す事が出来るかと云う不安であった。此の窮屈な、一人の体が辛うじて挟まるくらいな庇合《ひあわい》の中で、万一靴の音がカタリとでも響いたら、それが彼等に聞えないと云う筈はない。先からひそひそと囁き交して居る彼等の私語が、一つ残らず、私の耳へ這入った事実に徴しても、彼等とわれわれとの距離がいかに近いかは明かである。若しも彼等が、われわれに依って自分等の罪状を目撃されたと気が附いた場合に、私たちの運命はどうなるであろう。彼等が悪事にかけてどれ程大胆な人間であり、どれ程巧慧な手段を有し、どれ程緻密な計画を備え、どれ程執念深い性質を持って居るかは、今夜の出来事で大概想像する事が出来る。たとえ私たちが此の場を無事に逃れたとしても、彼等に一旦附け狙われた以上、われわれの生命はいつ何時脅かされるか分らない。あの、金盥に放り込まれて五体を薬で溶かされてしまった燕尾服の男の運命が、いつ我々を待ち構えて居るかも測られない。――少くとも私たちは、それだけの覚悟を持って、昼も夜も戦々兢々として生きて行かなければならなくなる。それを思うと迂闊に此処を動く訳には行かなかった。

私は自分が、今や絶体絶命の境地に陥って居るような気がした。私は兎に角もう二三十分もじっとして居て、彼等が眠りに落ちた時分に、こっそりと立ち退くのが一番安全の策であろうと、咄嗟の間に考えを極めた。私よりももっと路次の奥に這入って居る園村は、私が動かなければ勿論其処を出る事は出来なかったが、彼もやっぱり同じような事を考えたと見えて、寧ろ私の軽挙妄動を戒めるが如く、私の右の手をしっかりと握り緊めたまま、息を殺して立ち竦《すく》んで居た。

私にしても園村にしても、よくあの場合にあれだけの分別と沈着とを維持して居られたものだと思う。歯の根も合わずに戦《おのの》いて居た癖に、よく此の両脚が体を支えて居られたものだと思う。仮りにあの時、私たちの戦慄が今少し激しかったとしたら、私の胴や、私の腕や、私の膝頭の顫え方が、もう少し強かったとしたら、あんなに迄完全に、針程の音も立てずに居られたろうか？　私のような臆病な人間でも、九死一生の場合には奇蹟に類する勇気が出て来るものだと云う事を、今更しみじみと感ぜずには居られない。

だが、仕合せにも私たちはそんなに長く立ち竦んで居る必要がなかったのである。なぜかと云うのに、電灯が消えてから多くも十分と過ぎないうちに、程なく室内から安らかな熟睡を貪るらしい女の寝息と、角刈の男の大きな鼾とが、――何と云う大胆な奴等であろう！――さも気楽そうに聞えて来たからである。私たちは其れで始めて命拾いをしたような心地になって、注意深く靴の爪先を立てて路次を抜け出た。

表へ出ると、園村は私の肩を叩いて、

「ちょいと待ち給え。僕はまだ鱗《うろこ》の印を君に紹介しなかった筈だ。――ほら、彼処を見給え。彼処に白い三角の印が附いて居るだろう。」

こう云って、其の家の軒下を指した。成る程其処には、ちょうど標札《ひょうさつ》の貼ってある辺に、白墨で書いたらしい鱗の印が、夜目にも著く附いて居るのを私は見た。

考えれば考えるほど、凡てが謎の如く幻の如く感ぜられた。謎にしても余りに不思議な謎であり、幻にしても余りに明かな幻であった。私はたしかに、その光景を自分の肉眼で目撃したには相違ないが、それでもどうしても、未だに欺かれて居るような気持ちを禁ずる事が出来なかった。

「もう二三分早く駈けつければ、僕等はあの男が殺される所から見られたんだね。惜しい事をした。」

と、園村が云った。二人は期せずして再びうねうねと曲りくねった新路を辿りながら、人形町通りへ出て江戸橋の方角へ歩いて行った。私の頬には、湿っぽい気持ちの悪い風が冷え冷えとあたった。半分ばかり晴れて居た空にはいつの間にか星がすっかり見えなくなって、今にも降り出しそうな、古布団の綿のような雲が一面に懸って居る。

「園村君、………たとえ低い声にもせよ、往来でそんな話をするのは止した方がいいだろう。そうしてわれわれは、此れから何処を通って何方《どっち》の方へ帰るんだね。夜半にこんな所をうろうろして、係り合いにでもなったら厄介じゃないか。」

私は苦々しい顔をして、たしなめるように云った。私の方が園村よりも余計昂奮して、常軌を逸して居るらしく見えた。

「係り合いになる？　そんな事はないさ。それは君の取り越し苦労と云うものさ。君はあの犯罪が明日の朝の新聞にでも発表されて、世間に暴露するとでも思って居るのかい？　あれ程巧妙な手段を心得て居る奴等が、跡に証拠を残したり、刑事問題を惹き起したりするような、ヘマな真似をする筈がないじゃないか。殺された男は、恐らく単に行方不明になった人間として、当分の間捜索されて、やがて忘れられてしまうに過ぎないだろう。僕はきっとそうに違いないと思う。だからよしんば我れ我れが彼奴等の仲間であったとしても、われわれの罪は永久に社会から睨まれる恐れはないのだ。僕が心配したのは、社会に睨まれる事ではなくて、彼奴等に睨まれやしないかと云う事だったのだ。あの男とあの女とに睨まれたが最後、僕等は到底生きて居られる筈はないから、其の方がいくら恐しいか知れなかった。しかしまあ、好い塩梅に彼奴等の目を逃れる事が出来た以上、僕等はもう絶対に安全だ。何も心配する事はないのだ。そこで、僕等の生命の危険が確実に除かれたとなると、僕は此れからいろいろやって見たい仕事がある。……………」

「どんな仕事があるんだい？　今夜の事件はもうあれでおしまいじゃないか？」

私には園村の言葉の意味がよく分らなかったので、こう云いながら、にやにやと笑って居る彼の表情を不審そうに覗き込んだ。

「いや、なかなかおしまいどころじゃない。此れから大いに面白くなるのだ。僕は彼奴等に気取られて居ないのを利用して、わざと空惚《そらとぼ》けて接近してやるのだ。まあ何をやり出すか見て居給え。」

「そんな危険な真似はほんとうに止めてくれ給え。君の探偵としてのお手並はもう十分に分ったのだから。」

私は彼の酔興に驚くと云うよりも寧ろ腹立たしかった。

「探偵としての仕事が済んだから、今度は別の仕事をやるんだ。……まあ精しい話は自動車の中でしよう。どうせ遅くなったのだから君も今夜は僕の内へ泊り給え。」

こう云って、彼は今しも魚河岸の方から疾駆して来る一台のタクシーを呼び止めた。

自動車は我れ我れを載せて、中央郵便局の前から日本橋の袂へ出て、寝静まった深夜の大通りの電車の軌道の上を一直線に走って行った。

「………ところで今の続きを話そう。」

と、園村が私の顔の方へ乗り出して云った。その時分から、彼はだんだん活気づいて来て、何か知ら尋常でない輝きが其の瞳に充ちて居た。私はやっぱり、彼の精神状態を全くの気違いではない迄も多少狂って居るものと認めざるを得なかった。彼の神経が妙な所で鋭くなったり鈍くなったりする様子や、頭脳が気味の悪い程明晰に働くかと思うと、急に子供のように無邪気になったりする工合は、どうしても病的であるとしか思われなかった。病的になって居ればこそ、今夜のような恐ろしい事件を予覚する事が出来たのに違いない。

「僕が此れからどんな事をやろうとして居るか、僕にどんな計画があるか、それは話して居るうちに自然と分って来るだろうと思うが、それよりも先ず、君は今夜の彼《あ》の犯罪の光景を、どう云う風な感じを以て見て居たかね？　無論恐ろしいと感じたには違いないだろう。しかしただ恐ろしいだけだったかね？　恐ろしいと感ずる以外に、たとえばあの女の素振なり容貌なりに対して、何か不思議な気持ちを味わいはしなかったかね？」

こう畳みかけて、園村は私に尋ねた。

しかし私は、それ等の質問に応答すべく余りに気分が重々しくなって居た。私の頭の奥に刻み付けられた彼《あ》の場の光景、――恐らくは一生忘れることの出来ない、彼の光景を想い出すと、私はまるで幽霊に取り憑《つ》かれたようになって、ぼんやりと園村の顔を見返すだけの力しかなかった。

「……君は多分、あの節穴から室内を覗いて見るまで、僕の予想を疑って居たのだろう。君は始めから、人殺しなどが見られる筈はないと思って居たのだろう？……」

と、園村は私に構わずしゃべり続けた。

「君は昨日から僕を気違いだと思って居た、気違いの看護をする積りで、あの路次の奥まで附いて来たのだろう。君が僕に対して、腹の中では迷惑に感じながら、いい加減な合槌を打って居る様子は、僕にはちゃんと分って居た。僕は君から気違い扱いにされて居るのをよく知って居た。いや、事に依ると、君は未だに僕を気違いだと思って居るのかも知れない。けれども僕が気違いであってもなくっても、あの節穴から見た光景は、もはや疑う余地のない事実なのだ。君にしたって其れを否む事は出来ないのだ。そうして君は、僕と違って彼の光景を予め覚悟して居なかっただけ、それだけ僕よりも驚愕と恐怖の度が強かったに違いない。少くとも僕の方が君よりも冷静にあの光景を観察したと僕は思う。あの、女の膝に転げて居た屍骸が始めて我れ我れの眼に這入った時、僕の驚きは恐らく君に譲らなかったかも知れないが、僕が驚いた理由は、君とは全く違って居ただろうと思う。………

………君は大方、あの女がまだ後向きで居た時分には、膝の上に何が載っかって居るのだか気が付かずに居ただろう。従って、あの女と角刈の男とが、何をしようとして居るのだかも分らずに居ただろう。ところが僕は早くからその蔭に屍骸が隠れて居ることを信じて居たのだ。君も覚えて居るだろうが、女は最初節穴を一杯に塞ぐくらいに僕等の側近く据わって居た。おまけに僕の覗いて居た節穴の位置は、君のよりも一尺ばかり低い所に附いて居たので、僕は暫くの間、女の背中から右の肩の先と、その向うの壁の一部分と、金盥の側面とを見たに過ぎなかったのだ。それから中途で、女が一間ばかり前へにじり出ただろう。君はあの時、ちょいと穴から眼を放したようだったが、女は膝で歩きながら畳を一畳ほど前へ擦り出て行ったのだ。けれども依然として僕等の方へ真後を向けたままで一直線に擦り出て行ったのだから、無論その蔭に何があるか見えはしなかった。ただわれわれは、その時始めて、あの女の後姿を完全に見る事が出来るようになっただけだった。女は体を左の方へ少し傾《かし》げて、両手を膝の上に載せてちょうどお針をして居るような恰好で据わって居ただろう。……ねえ君そうだったろう？……あの恰好を一と目見ると、僕は其の膝の間に絞め殺された首のあることを直覚したのだ。ちょいと見れば何でもないようだが、あの恰好は決して、普通の物を膝の上に載せて居る場合の姿勢ではないのだ。君は気が附いたかどうか知らないが、女は背骨と腰の骨をぐっと伸ばして、頸から上だけを前の方へ屈めて、何となく不自然な俯向《うつむ》き方をして居ただろう。あの女は体つきが非常に意気でしなしなして居たし、それに柔かいお召しの着物を着て居たから、余程よく注意しないと其の不自然さは分らないけれど、兎に角何か重い物を膝に載せて、全身の力でじっと其れを堪えて居るような塩梅式だった。そうして其の力は、殊に彼女の両方の腕に集まって居たらしく、左右の肩から肘へかけて、一生懸命で力んで居る為めに、筋肉のぶるぶると顫えて居る様子が、微かではあるが僕にはハッキリ感ぜられた。而も其の戦慄は折々彼女の長い袂に伝わって大きく波打った事さえあるのだ。それで僕の考えるのは、女はあの時、既に殺されて倒れて居る男の傍へ擦り寄って、屍骸の上半身を自分の膝へ凭れさせて、ほんとうに息が絶えたかどうか試して見ながら、念の為にもう一遍首を絞付けて居たのだろうと思う。それでなければあんな恰好をする筈がないのだ。腕が顫えるほど力を入れて居たのは、両手でしっかりと縮緬の扱きを引っ張って居た為めなのだ。そう云う訳で、僕はあの時から女の蔭に屍骸のある事に気が附いて居たので、其れがいよいよ僕等の眼に這入った際には、格別驚きもしなかった。僕が驚いたのは、寧ろ彼の女の容貌の美しさだった。あの時まだ犯罪の方にばかり注意を奪われて居た僕は、あの女の顔が見えた瞬間にどんなにびっくりしただろう。……」

「そりゃ僕だってあの女の器量は認めるさ。」

私はその時、何となく園村が癪に触って、突然意地悪く口を挟んだ。

「……認めることは認めるが、君が今更あの女の容貌を讃美するのは変じゃないか。成る程非常な美人には違いないけれど、あの位の器量の女なら一流の芸者の中にいくらも居るだろうと思う。君が以前新橋や赤坂で遊んだ時分に、あれ程の女は居なかったかね。」

私が斯う云ったのは可なり皮肉の積りであった。なぜかと云うのに、園村は近頃、「芸者なんぞに美人は一人も居ない。」と称して、ふっつり道楽を止めてしまって、西洋物の活動写真にばかり凝って居たからである。そうして時々女が欲しくなると、わざと吉原の小格子だの六区の銘酒屋などへ行って、簡単に性慾の満足を購って居たのである。一時は随分、親譲りの財産を蕩尽しそうな勢で待合這入りをして居た癖に、此の頃の彼の芸者に対する反感は非常なもので、「浅草公園の銘酒屋の女の方が彼奴等より余程綺麗だ。」などと屢々私の前で公言して居た。それ程趣味が廃頽的になって居るのに、今夜の女を褒めると云うのは、少し辻褄が合わないように感ぜられた。

「そりゃ、単に器量から云ったらあのくらいなのは新橋にも赤坂にも居るだろう。……しかし君、あの女は必ずしも芸者ではないらしいぜ。」

と、園村は少し狼狽して苦しい言い訳をした。

「けれども潰し島田に結ってああ云う風をして居れば芸者と認めるのが至当じゃないか。少くともあの女の持って居る美しさは、芸者の持って居る美しさで、それ以上には出て居ないじゃないか。」

「いや、まあそう云わないで僕の話を聞いてくれ給え。成る程風采や着物の好みなどから見れば、あの女は芸者らしくも思われる。それから又、あの顔立も、芸者の絵葉書などによくあるタイプだと云う事は僕も認める。しかし君は、あの女の太い眉毛から眼の周囲に漂って居る不思議な表情――あの物凄い、獣のような残忍さと強さとを持った表情に、気が付かなかっただろうか。あの唇のいかにも冷酷な、底の知れない奸智を持って居るような、そうして而も悔恨に悩んで居るような、妙に憂鬱な潤いを帯びた線と色とを、君はどう感じただろうか。芸者の中に一人でもあのような病的な美を持って居る者があるだろうか。一つ一つの造作《ぞうさく》から云えばもっと整った顔の女はいくらもあるだろう。だがあれ程の深みを持った美しさが、芸者の中に見られるだろうか。ねえ君、君はそう思わないだろうか？」

「僕はそう思わんよ。………」

と、私は極めて冷淡に云った。

「………あの顔は綺麗には綺麗だけれど、やっぱり在り来りの美人のタイプに過ぎないと思う。君はあの場合をよく考えて見なければいけない。あの女はあの時人を殺して居たのだぜ。

ああ云う恐ろしい悪事を行って居る場合には、どんな人間だって物凄い顔つきをするじゃないか。その表情に深みが加わって、病的になるのは当り前じゃないか。ただ彼《あ》の女は、非常な美人である為めに、病的な美しさが一層よく発揮されて、一種の鬼気を含んで居るように見えただけの事なんだ。若しも君が彼の女に待合の座敷か何かで会ったとしたら、普通の芸者と選ぶ所はなくなってしまうさ。………」

私たちがこんな議論をして居る間に、自動車は芝公園の園村の家の前に停った。

もう四時に近く、短い夏の夜はほのぼのと白みかかって居たが、私たちは一と晩中の奔走に疲れた体を休ませようと云う気にもならなかった。二人は再び、昨日の夕方のように、書斎のソオファに腰をかけてブランデーの杯を挙げつつ、盛んに煙草の煙を吐き、盛んに意見を闘わして居るのであった。

「それはそうとして、君はあの女の器量をなぜそんなに詮議するのだね。それよりもあの犯罪の性質の方が、僕には余程不思議な気がする。」

私が斯う云うと、園村は唇へあてて居た杯をぐっと一と息に飲み乾して、それをテエブルの上に置きながら、

「僕はあの女と近附きになりたいのだ。」

と、半分は焼け糞のような、その癖妙に思い余ったような、低い調子でこっそりと云って、長い溜息を引いた。

「又始まったね、君の病気が。」

と、私は腹の中で思うと同時に、それを口へ出さずには居られなかった。

「………悪い事は云わないから、酔興な真似は好い加減に止めたらいいだろう。君はあの女に接近して、燕尾服の男のような目に会ってもいいのかね。いくら君が物好きでも、絞め殺されて薬漬けにされたら往生じゃないか。まあ命が惜しくなかったら近附きになるのも悪くはあるまい。」

「近附きになったからって何も殺されると極まった訳はないさ。始めから用心してかかれば大丈夫さ。それに君、先《さつき》も云った通り、あの女は我れ我れに秘密を摑まれて居る事を知らないのだから、無闇に僕を殺す筈はない。其処が大いに面白い所なんだ。」

「君はほんとうにどうかして居る。気違いでないまでも余程激しい神経衰弱に罹って居る。実際気を附けた方がいいぜ。」

「ああ有り難う、君の忠告には感謝するが何卒僕の勝手にさせて置いてくれ給え。僕は此の頃、何となく生活に興味がなくなって体を持て余して居た所なんだ。何か斯う、変った刺戟でもなければ生きて居られないような気がして居たんだ。今夜のような面白い事件でもなかったら、それこそ却って単調に悩まされて気が違ってしまうだろう。」

こう云ううちにも、園村は我れと我が狂気を祝福するが如く続けざまに杯の数を重ねた。平生から酒に親んで居る彼は、軽微なアルコオル中毒を起して、しらふの時には手の先を顫わせて居るくらいだのに、だんだん酔が循るにつれて顔色が真青になり、瞳が深い洞穴のように澄み渡って、奇妙に落ち着いて来るのであった。

「殺される恐れがないと云う確信があるのなら、近附きになるのもいいだろう。――しかし君、君はあの女にどう云う風にして接近するのだね。あの女の身分や境遇が分って居るのかね。仮りにあの女の商売が芸者だとしても、無論一と通りの芸者でない事は極まり切って居る。あの女は何の為めに人を殺したのか、何処からああ云う恐ろしい薬を手に入れたのか、それから又あの角刈の男とはどう云う関係に立って居るのか、そう云う事をよく調べてから接近した方が安全だろうと思う。せめて其の位は僕の忠告を聴いてくれ給え。」

私は心から園村の様子が心配で溜らなくなって来た。

「ふふん」

と、園村は鼻の先であしらうような笑い方をして、

「その点は僕も気が附いて居る。あの女と角刈の男とが、どう云う人間だかと云う事も大凡見当がついて居る。目下の僕は、いかなる手段で、いかなる機会を利用したらば、最も自然に彼等に近附くことが出来るかと云う、その方法に就いて考えて居るところなのだ。若しあの女が君の云うように芸者であるとしたら接近するのに雑作はないのだが、僕にはどうもそうは信じられない。」

「僕にしたって芸者であると断言した訳ではないさ。ああ云う風をして居る女は、芸者の外

には、あまりないと思って居るだけさ。僕には其れ以上の解釈は付かないのだから、あの女が芸者でないとしたならどう云う種類の人間なのだか君の考えを話してくれ給え。いや、そればかりでなくあの犯罪の動機も、わざわざ屍骸を写真に取った訳も、その屍骸を薬で溶かしてしまった理由も、それからあの恐ろしい薬の名も、君に若し解釈が出来るのなら教えてくれ給え。僕にはあの不思議な出来事の一つ一つが、まるで謎のように感じられるばかりで殆ど説明が付かないのだ。僕は先から、あれに就ての君の考えを聴きたいと思って居たのだ。」

私は斯う云う問題を提供して、気違いじみた彼の頭の働きをいよいよ妙な方面へ引き入れる事が、園村の為めによくないだろうとは思って居た。にも拘らず、こんな質問を試みないでは居られないほどあの犯罪の光景は私の好奇心を煽り立てて居たのである。

「それは僕にも分らない点がいろいろある。しかしまあ、大体僕の観察したところを話して見よう。――――」

こう云って、彼は教師が生徒に物を教えるような口吻で、諄々と説き始めた。

「実は僕も、それ等の疑問をどう解いたらいいか、今現に考えて居る最中なので、ハッキリとした断案に到達した訳ではないのだが、先ず第一に、あの女が芸者でないことだけは確かだと思う。僕が此の間活動写真館で会った時には、あの女は庇髪に結って居た。そうして少くとも片仮名の文字を書いて居た左の手には、今夜着けて居たような指輪を嵌めては居なかった。それから又、先《さつき》我れ我れが節穴へ眼をつけた瞬間に、あの女の着物から、甘味のある芳ばしい香《こう》の匂がわれわれの鼻を襲って来ただろう。ところが此の間の晩は、僕とあの女との距離がもっと近かったにも拘らず、且僕の嗅覚《きゅうかく》は特に鋭敏であるにも拘らず、何の匂もしなかったのだ。けれども此の間の女と今夜の女とが別人であると云う訳はない。屍骸を薬で溶解して迄も、完全に証拠を湮滅させようとして居る人間が、ああ云う重要な相談を他人に任して置く筈はないだろう。あの晩の女が、片仮名だの暗号文字だのを使って、角刈の男と重大な打ち合わせをして居た様子から判断しても、必ず彼女は今夜の女と同一人でなければならない。そうだとすると、あの女は日に依って衣裳だの持物だのを取り換える癖のある人間なのだ。あの女が犯罪を常習とする悪人だとすれば、ますます変装の必要がある訳なのだ。場合に依っては、芸者の真似をして潰し島田に結う事もあろうし、束髪に結って女学生と見せかける事もあろうと云うものだ。もしあの女が芸者だとすれば、此の間の晩だって指輪を嵌めて居てもよさそうなものだし、香水ぐらいは着けて居そうなものじゃないか。それに、今夜の着物に着いて居たあの匂は、普通の芸者が使うような香水の匂ではない。

………」

「………あの匂が何の匂だか君には分ったかね?………あれは香水ではないのだよ。あれは古風な伽羅《きやら》の匂だよ。あの女の今夜の着物に伽羅が焚きしめてあったのだ。まあ考えて見給え。今時の芸者で衣服に伽羅を焚きしめて居るような女はめったにないだろう。あの女が余程変った物好きな人間だと云う事は明かだろう。いかに物好きであるかと云う証拠には、襷がけになって屍骸を運んだ時、左の腕に素晴らしい腕輪が嵌まって居たのを君は見なかったかね。あの腕輪は普通の芸者が着けるものにしては、あまりに趣味の毒々しい、あくどいものだ。それをあの女が、潰し島田に結って伽羅の香の沁みた衣裳をつけながら、腕へ嵌めて居ると云うのは、随分突飛な、不調和な話じゃないか。つまり何と云う事もなく、ただもう無闇に変った真似をする事が好きな女なのだ。それから君は、あの女に殺された男が、燕尾服を着て居たと云う事も、考慮の内に加えて見なければいけない。あの場合の燕尾服は何にしても奇抜千万で、ますます此の事件を迷宮へ引き入れてしまうが、燕尾服と芸者とは少し対照が妙じゃないか。それから又あの女は、角刈の男に向ってこんな事を云って居たね。『恐ろしい物は凡べて美しい。悪魔は神様と同じように美しい。』とか何とか云ったね。あの文句は、芸者が云うにしては生意気過ぎる。それに此の間の暗号文字の通信などを考えると――あの英文を彼女自身で作ったのだとすると、とても芸者なんかに出来る仕事ではない。尤もそう云う教育のある女が、芸者になる事も絶無ではないが、もしあれ程の器量と才智とを持った芸者が居るとしたら、それを我れ我れが今迄知らずに居る筈がない。第一芸者などが、あの恐ろしい薬液をどうして手に入れる事が出来るだろうか？　のみならずあの女は、あの薬の調合法までも心得て居て、角刈の男に指図《さしず》して居たようじゃないか？――こう云ういろいろの理由から、僕は彼女を芸者ではないと信ずるのだが、最後にもう一つ、僕の推定をたしかめる有力な根拠があるのだ。と云うのは、女が先、屍骸を薬液の中へ漬けた時、『此の男は太って居るから体が溶けてなくなる迄には時間がかかる。此の間の松村さんのような訳には行かない。』と云っただろう。そう云ったのを君は覚えて居るだろう。………ところで君は、あの松村と云う名前に就いて、何か思い出した事はないかね。」

「そうだ、松村と云ったようだった。――しかし、別に思い中る事もないけれど、その松村が何だと云うのだね。」

「君は先達《せんだって》、――ちょうど今から二た月ばかり前の新聞に、麹町の松村子爵が行方不明になったと云う記事の出て居たのを、読んだか知らん？」

「成る程、ハッキリとは記憶して居ないが、読んだような覚えもある。」

「その記事は朝の新聞と前の日の夕刊とに出て居て、当人の写真が掲載されて居た。そうして夕刊の方には可なり精しく、家族の談話までも載せてあった。それで見ると子爵は行方不明になる一週間ばかり前に、欧米を漫遊して帰って来たのだが、洋行中に憂鬱症に罹ったらしく、東京へ帰っても毎日家に閉じ籠った切り誰にも人に会わなかったそうだ。で、或る日余り気が塞いで仕様がないから一月ばかり旅行をして来ると云って邸を出たなり、行き方《ゆきがた》が知れずになったのだと云う。

………子爵は京都から奈良へ行って、それから道後の温泉へ廻ると云って居たそうだ。誰も供をつれては行かなかったが、家令の一人は中央停車場まで見送りに行って、現に京都までの切符を買って汽車に乗り込んだところを見届けて来たのだと云う。要するに家族の意見では、旅行の途中でいよいよ気が変になって、自殺でもしたのではないだろうか。出発の際には多額の旅費を用意して行ったし、別段遺書らしいものも発見されないから、覚悟の自殺ではないまでも、ふらふらとそんな気になったのではないだろうか。と云う事だった。それから十日ばかりの間、松村家では毎日子爵の肖像を新聞へ出して、懸賞附きで行方を捜索して居たようだが、何等の有力な手がかりも得られなかった。尤も、子爵が東京を出発した明くる日の朝、京都の七条の停車場で子爵の肖像にそっくりの紳士が、年の若い貴婦人風の女とつれ立ってプラットフォームを出て来るところを、ちらりと見たという者があった。が、家令の話では子爵は長い間欧羅巴へ行って居られた上に、帰朝されてからも孤独の生活を送って居られたので、社交界に一人の顔馴染もある筈はなく、そうかと云って、勿論花柳社会などへも足を入れられた事はない。だから子爵が若い貴婦人を同伴して居たと云うのは、有り得べからざる事実であって、多分人違いか何かであろう。と云う事だった。その後もう二月にもなるけれど、子爵の消息が分ったと云う記事も出なければ、屍骸が発見されたと云う報道も伝わらない。結局未だに、子爵は死んでしまったとも生きて居るとも分って居ないのだ。僕はあの新聞を読んだ時には、それ程気に止めても居なかったけれど、先女《さつき》の口から『松村さん』と云う名前を聞いた時、ふと、其れが子爵の事に違いないように感ぜられた。あの女に殺された松村と云う男が、もしや子爵ではあるまいか知らん？　いや、たしかに子爵に相違ない、きっとそうだ。と云うような気がした。………いいかね、君もよく考えて見てくれ給え。子爵は東京から京都までの間で生死不明になって居る。若しも京都へ着く前に汽車の中で何等かの変事があったとすれば、それが分らずに居る筈はない。そうして見ると、やっぱり京都へ着く迄は何事もなかったのだ。子爵の身の上に異変があったとすれば、それは京都へついてから後の事なのだ。のみならず、七条の停車場で見たと云う人があるばかりで、その後子爵の姿が何処の停車場にも、何処の宿屋にも見えないのだとすると、子爵は京都の中で、自殺したか、殺されたかに違いない。ところで自殺にもせよ他殺にもせよ、其れが普通の方法を以てしたのならば、而も京都の市中で行われたとしたならば、今日まで屍骸が発見されずに居る道理はないだろう。………いいかね、そこで僕は考えたのだ。先あの女は、燕尾服の男の屍骸を指さして、『此の男は松村さんと違って太って居るから。』と云ったね、して見ると女が殺した松村と云う男は痩せて居たのだと云う事が分る。そうして、子爵の松村なる人も写真で見ると、非常に痩せて居る。………

………女はまた、松村なる人の名前を呼ぶのに、『松村さん』と云って特にさん附けにして居る。それは女が其の男と余り親密な仲でない事を示すと同時に、或る意味に於ける尊敬を払って居るのだと考える事は出来ないだろうか。たとえば我れ我れが、自分に何等の関係もない人の名を呼ぶ場合に、普通は誰々と云って呼び捨てにするけれど、其れが社交界の知名の士であるとか華族の名前である場合には、大概誰々さんと云ってさん附けにする。女が特に松村さんと云ったのは、松村なる人が華族であって、且自分とは深い馴染でないからではあるまいか。男が彼女の情夫であるとか、旦那であるとか、兎に角親しい仲の者であったなら、其奴を殺してしまった場合に、何もさん付けにする筈はないだろう。『松村の奴は』とか、『あの野郎は』とか云うべきところだろう。単に此れだけの理由を以て、あの女に殺された松村と子爵の松村とが同一人であると推定するのは、或は早計であるかも知れない。しかし此処にもう一つ、その推定に根拠を与える有力な事実がある。それは東京を独りで出立した子爵が、七条停車場へ着いた際には、若い貴婦人を同伴して居たと云う噂のある事だ。子爵家の家令は、子爵が如何なる種類の婦人とも交際がないと云う理由を以て、その噂を否認して居るけれど、かりにその婦人が汽車の中で子爵と懇意になったとしたらどうだろう。交際嫌いな子爵の平生から推《お》して見て、そんな事は絶無であると云えるかも知れない。しかしその女が、奸智に長けた婦人であって、最初から子爵を籠絡する目的で、巧妙な、用心深い手管を以て接近して行ったとしたら、而も其れが身なりの卑しくない、容貌の美しい婦人であるとしたら、子爵が其の女に気を許す事がないだろうか。子爵は多額の旅費を用意して居たそうであるから、その金を巻上げる為めに女が東京から子爵の跡を付け狙って居たのではないだろうか。………こう考えて来ると、どうも僕にはその貴婦人が昨夜の女であって、子爵はたしかに京都の町の何処か知らで、あの女に殺された揚句、体を溶かされてしまったのではないかと思う。………」

「すると君の意見では、あの女は汽車の中で悪事を働く箱師の一種だと云うのだね。」

「うん、まあそうだ。………子爵の所在が未だに発見されない所を見ると、あの女に殺されて薬液の中へ消え失せてしまった松村なる人が、子爵であると考えるのは最も自然じゃないだろうか。そこで子爵とあの女とが以前からの馴染でないとすれば、無論子爵は所持して居た金の為めに命を落したのだろう。あの女はたしかに箱師には違いないが、しかし一と通りの箱師ではなく、何か大規模な悪徒の団員の一人であって、それが片手間にそう云う仕事をしたのだと見る方が至当ではないだろうか。あの女は、東京と上方と両方で同じような犯罪を行って居る。あの薬液やあの西洋風呂を据え付けた家が、京都にもあるに違いない。此れにはきっと東海道を股にかけて盛んに例の暗号通信を交換しつつ、頻々とあらゆる悪事を行って居る兇賊の集団があるのだ。………」

「成る程、だんだん説明を聞いて見ると君の観察は中って居るようにも思われる。そうして今夜殺された燕尾服の男も、やっぱり華族か何かだろうか。」

こう云って私は更に園村に尋ねた。正直に白状するが、私はもういつの間にかすっかり園村の探偵眼に敬服して、一から十まで彼の意見を問い質さなければ気が済まないようになって居た。

「いや、あれは華族じゃないだろう。僕の想像するところでは、今夜の殺人は松村子爵の場合とは大分趣を異にして居る。」

と云いながら園村は椅子から立って、洋館の東側の窓を明けて、煙草の煙の濛々と籠った蒸し暑い部屋の中へ、爽かな朝の外気を冷え冷えと流れ込ませた。

「僕は或る理由に依って、今夜の男は彼等悪漢の団員の一人であろうと推定する。」

園村は先ずこう云って、再び元の席へ戻りながら、不審そうに眼瞬きをして居る私の顔をまじまじと眺めた。

「あの男は此の間活動写真を見て居た時の様子から判断すると、あの女の情夫か亭主でなければならない。君はあの男が燕尾服を着て居た為めに、貴族であると思うのかも知れないが、今夜のような、ああ云うむさくろしい路次の奥へ、貴族ともあろう者が燕尾服を着て来るだろうか。それよりは寧ろ、貴族に変装して何処かの夜会へ出席した悪漢が、自分の住居へ帰って来たところだと観察する方が、余計事実に近くはなかろうか。あの男が女の情夫であるとすれば、どうしたってそう解釈するより外に道はない。殊に女は、先《さつき》写真を写す時にこんなことを云って居た。『………ほんとうに何て大きなお腹なんだろう。何しろ二十貫目もあった人なんだからね。』と云って居たじゃないか。『何しろ二十貫目もあった人なんだからね。』と云う一語は、彼女と其の男との関係を説明して余りあると僕は思う。」

「ふん、それも君の観察が中って居るような気がする。そうだとすると、つまり女は角刈の男に惚れた為めに、あの男を邪魔にして殺したと云う訳なんだね。」

「さあ、当然其処へ落ちて来なければならないのだが、何だかそうでないようなところもある。君も見て居ただろうけれど、屍骸が盥へ放り込まれてから、角刈の男は最初に女の布団を敷いて、それから次ぎの間へ別に自分の床を取って寝たようだったね。のみならず、男は始終女の命令に服従して、女を『姐さん』と呼んで居たね。二人が惚れ合って居るのだとしては、あの様子はどうも腑に落ちないじゃないか。そうして更に不思議なのはあの写真の一件だ。屍骸を溶かしてしまって迄も証跡を晦まそうとするものが、何の為めに写真なんぞを取って置くんだろう。自分の手で以て殺した男の俤などは、夢に見てさえ恐ろしい筈だのに、何の必要があってあんな真似をしたんだろう。いずれにしてもあの殺人は、余程奇妙な性質のもので、案外なところに其の原因が潜んで居るのじゃないか知らん？」

「案外な所に潜んで居る？　と云うと、たとえばまあどんな事なんだ。」

「たとえばね、——此れは僕の突飛な想像に基いて居るのだけれど、——あの女は何か性的に異常な特質があって、人を殺すと云う事に、或る秘密な愉快を感じて居るのではないだろうか。そうして、さほどの必要もないのに、ただ殺したい為めに殺すと云うような癖があるのではないだろうか。あの女の行動をよく考えて見ると、此の想像を許す余地は十分にある。いいかね君、最初子爵は汽車の中で近づきになっただけで、彼女に殺されてしまったのだ。此の場合の殺人は、金を盗んで其の犯跡を晦ます為めであったかも分らない。だが、子爵の所持金はどれほどあったか知れないが、たかが旅行の費用に過ぎないのだから、多くも千円には達しないだろう。それんばかりの金を盗むのに、命までも取らないだって済みそうなものじゃないか。たとえば子爵に魔睡薬を嗅がせるとか、仲間の男を使って自分以外の者の手で仕事をやらせるとか、あれほどの女なら外に犯跡を晦ます方法はいくらもあるじゃないか。而も其の殺し方が一と通りの方法ではないのだ。わざわざ子爵を京都の市中へおびき出して、彼等の巣へ連れ込んだ上、殺した揚句に薬漬にしたり、頗る面倒な手段に訴えて居る。それが昨夜の殺人になると一層不思議だ。金銭の為めでもなく、そうかと云って必しも痴情の果てでもないらしく、燕尾服の男は殆んど無意味に殺されて、おまけに屍骸を写真に取ると云う厄介な手数までもかけられて居る。此の一事だけでも、あの殺人には女の道楽が、病的な興味が手伝って居るのだと云う事は明かじゃないか。僕が思うのに、恐らく子爵も其の屍骸を写真に取られたのじゃないか知らん。いや、もっと想像を逞しくすれば、彼女は今迄に同じ手段で何人となく男を殺して居て、それ等の屍骸は悉く写真に写されて居るのではないだろうか。自分の色香に迷わされて命を捨てた無数の男の死顔を見ることが、ちょうど恋人の俤に接するように、狂暴な彼女の心を満足させるのではないだろうか。少くともそう云う変態性慾を持った女が、世の中に存在しないとは限らないだろう。………」

「そう云う女がある事は、僕にも想像出来ない事はない。けれども、たまたまあの燕尾服の男が彼女の慾望の犠牲に挙げられたのには、何か外にも原因がなければなるまい。彼女が君の云うような物好きな女だとしても、男と見れば手あたり次第に殺したくなる筈はなかろう。たとえば彼の角刈の男が殺されないで、特に燕尾服が殺されたのは、どう云う訳なんだろう。」

「それは斯うなんだ。——あの燕尾服の男は彼女の情夫である上に、多分あの悪漢の集団の団長だったからなのだ。つまり彼女は、自分よりも優勢の地位にある意外な人間を殺す事に興味を持ったのだ。角刈の男は彼等夫婦の子分であるから、殺そうと思えばいつでも殺せる。そんな人間を犠牲にしても面白くはない。松村子爵を狙ったのも、子爵が社会の上流の貴族であると云う事が、きっと彼女の好奇心を唆かしたのに違いない。それに、団長の場合には、彼を殺せば自分が代って団長の地位を得られると云う利益が伴って居る。現に角刈の男は彼女の命令を奉じて女団長の指揮の通りに働いて居たではないか。」

「成る程」

と、私は園村の説明にすっかり感心して云った。

「そう云う風に解釈すれば、どうやら謎が解けて来るようだ。つまりあの女は恐るべき殺人鬼なんだね。」

「恐るべき殺人鬼、………そうだ。であると同時に美しい魔女でもある。そうして僕の頭の中には、恐るべきだと云う事は理窟の上から考えられるばかりで、あの女の美しい方面ばかりが際立って居る。ゆうべの光景を想い浮べて見ても、ただ素晴らしい怪美人だ、此の世の中の物としも思われないほどの妖艶な女だ、と云うような感情のみが湧き上って来る。昨夜節穴から覗き込んだ室内の様子は、たしかに殺人の光景でありながら、其れが一向物凄い印象や忌まわしい記憶を留めては居ない。其処には人が殺されて居たにも拘らず、一滴の血も流れては居ず、一度の格闘も演ぜられず、微かな呻き声すらも聞えたのではない。その犯罪はひそやかになまめかしく、まるで恋の睦言《むつごと》のように優しく成し遂げられたのだ。僕は少しも寝覚めの悪い心地がしないで、却って反対に、眩い明るい、極彩色の絵のようにチラチラした綺麗なものを、じっと視詰めて居たような気持ちがする。恐しい物は凡べて美しい、悪魔は神様と同じように荘厳な姿を持って居ると云った彼女の言葉は、単にあの宝玉に似た色を湛えた薬液の形容ばかりでなく、彼女自身をも形容して居る。あの女こそ生きた探偵小説のヒロインであり、真に悪魔の化身であるように感ぜられる。あの女こそ、長い間僕の頭の中の妄想の世界に巣を喰って居た鬼なのだ。僕の絶え間なく恋い焦れて居た幻が、かりに此の世に姿を現わして、僕の孤独を慰めてくれるのではないだろうかと、云うようにさえ思われてならない。あの女は僕の為めに、結局僕と出で会う為めに、此の世に存在して居るのではないだろうか。いや其れどころか、昨夜のあの犯罪も、事に依ると僕に見せる為めに演じてくれたのではないだろうか。――そんな風にまでも考えられる。僕はどうしても、たとえ自分の命を賭しても、あの女と会わずには居られない。僕は此れから彼女を捜し出して、彼女に接近する事に全力を傾ける積りで居る。………君が心配してくれるのは有り難いが、どうぞ何も云わないで勝手にさせて置いてくれ給え。前にも云った通り、僕はあの女の秘密を探るのが目的ではない。僕は彼女を恋いして居るのだ。或いは崇拝して居るのだ、と云った方が適当かも知れない。」

こう云って園村は、両手を後頭部にあててぐったりと椅子に反り返りながら、眼を潰ったきり暫くの間沈思して居た。

それほどに云うものを、何と云って諫めていいか言葉も分らず、おまけにもう、口をきくだけの気力が失せてしまったので、私も同じように椅子に仰向いたまま沈黙して居た。そのうちに燃え上るような酔が体中に弥蔓した疲労を蕩《とろ》かして、二人は深い快い綿のような睡りの雲に朦朧と包まれて行った。此のまま二日も三日も打っ通しに寝てしまいはせぬかと、半分眠りかけた意識の底で考えながら、………

私は、あの殺人の事件があった明くる日一日を園村の家に寝通して、夜遅く小石川の家に帰った。心配して待って居た妻は、私の顔を見ると直ぐに、

「園村さんはどうなすって、やっぱり気違いにおなんなすったの?」

こう云って尋ねた。

「気違いと云うほどでもないが、兎に角非常に昂奮して居る。」

「それで一体ゆうべの騒ぎは何だったの? 人殺しがあるなんて、まあ何を感違いしたんでしょう。」

「何を感違いしたんだか、正気を失って居るんだから分りゃしないさ。」

「だってあれから水天宮の近所までいらしったんでしょう。」

私はぎっくりとしながら、さあらぬ体で云った。

「なあに、あれから欺したり賺《すか》したりして、やっと芝の内まで送り込んでやったのさ。誰があの時刻に水天宮なんぞへ行く奴があるものか。ほんとうに人殺しがあったのなら新聞に出るだろうじゃないか。」

「そりゃそうだわね。だけどまあ、どうしてそんな事を考えたんだか、気が違うと云うものは変なものなのねえ。」

こう云ったきり、妻は別段疑っても居ないようであった。

私は二日振でようよう自分の家の寝床の上に身を横えながら、もう一遍昨日からの出来事を回想して見た。抑も昨日の午前中、ちょうど自分が約束の原稿を書きかけて居た際に、園村から電話がかかって来たのが此の出来事の発端である。若しもあの出来事が夢であったとすれば、夢と事実との繋がりはあの電話の時である。あれから自分はだんだんと迷宮の中へ引き込まれ出したのである。園村の気違いが自分に移ったのだとすれば、たしかにあの時が始まりである。何かあの辺で自分はチョイとした思い違いをして、それからとうとう本物になってしまったのらしい。………そんなら何処で思い違いをしたのだろう。

だが、いくら考え直して見ても、私には思い違いをしたらしい箇所が見付からなかった。私が昨夜見た事は、やはりどうしても真実に相違なかった。昨夜の午前一時過ぎに、水天宮の裏の方で、殺人罪が犯された事は、現在自分の肉眼を以て目撃した事実であった。たとえ私は狂者と呼ばれても、その事実を否定することは出来ない。すると、その事実に就いて園村が下したところの判断は、大体中って居るのだろうか。あの犯罪の性質や、あの女や、角刈と燕尾服の男や、それ等に関する園村の意見は正鵠を得て居るだろうか。――それを私が説破するだけの反証を挙げる事が出来ない以上は、やはり正当と認めるより外に仕方があるまい………。

私の此の不安と疑惑とは五六日続いた。その間に二三度園村の邸を尋ねたが、いつも彼は不在であった。何か用事があると見えて、此の頃は毎日朝早くから外出して、夜おそくでなければお帰りがないと、留守番の者が不思議そうに語った。

ちょうど私が一週間目の日に尋ねて行くと、彼は珍しくも在宅して居た。そうして機嫌よく玄関へ迎えに出ながら、

「おい君、大変都合のいいところへ来てくれた。」

こう云って俄に声をひそめて、

「今、僕の書斎へあの女が来て居るんだ。」

と、喜ばしそうに私の耳へ口を寄せて云った。

「あの女が?………」

そう云ったきり、私は次ぎの言葉を発する事が出来なかった。よもやと思って居たのに、彼

はやっぱり彼女を摑まえて来たのである。いや、或は摑まえられたのかも知れない。そうして酔興にも私を紹介しようと云うのである。

「そうだ、あの女が来て居るのだ。……此の五六日僕は始終家を明けて、水天宮の近所を徘徊して、あの女を附け狙って居たのだが、こんなに早く近づきになれようとは予期して居なかった。僕が如何にして、如何なる順序で彼女と懇意になったかは、いずれ後で精しく報告する。まあ兎に角君も会って見たらいいだろう。」

こう云っても、私がまだ躊躇して居るので、彼は私の臆病を笑うように、

「まあ会って見給えよ君、別に危険な事はないから、会ったって大丈夫だよ。」

と云った。

「そりゃ、君の書斎で会う分には危険な事はなかろうけれど、此れを機会にしてだんだん懇意になったりすると、……」

「懇意になったっていいじゃないか。僕とは既に友達になってしまったのだから。」

「君は自分の物好きで友達になったのだから、今更止めたって仕様がない。しかし僕は物好きのお附き合いだけは御免蒙る。」

「じゃ、折角内へ呼んで置いたのに、君は会ってくれないんだね。」

「会って見たいと云うような好奇心は十分にある。だが、表向きは紹介されるのは少し困るから、成るべくならば蔭へ隠れてそうッと見せて貰いたいものだ。……どうだろう君、書

斎では隙見をするのに不便だから、日本間の方へ連れて行って貰えないだろうか。そうしてくれると、僕は庭の植え込みの間から見てやるが。」

「そうかね、それじゃそうして上げよう。成るべく君の見いいように、客間の縁側へ寄った方で話をして居るから、君はあの袖垣の蔭にしゃがんで居るがいい。彼処《あすこ》ならきっと話声まで聞えるだろう。その様子を見た上で、若し気が向いたらいつでも紹介して上げるから、女中を取り次ぎに寄越し給え。」

「はは、まあ有り難う。恐らく取り次ぎを煩わす必要はないだろう。」

こう云いかけて、私は急に或る心配な事を思い出したので、ぐっと園村の手を引捕えて念を押した。

「だが君、いくら友達になったからと言って、我れ我れが彼女の秘密を知って居ると云う事を、君はまさかしゃべりはしないだろうね。その為めに君は殺されてもいいとしても、僕まで が飛ばっ塵を受けるのは迷惑だからね。」

「安心し給え。その点は僕も心得て居る。女は僕等に覗かれた事を、夢にも知りはしないのだ。勿論今後とても僕は決して口外しやしないから。」

「そんならいいが、ほんとうに用心してくれ給え。あれは彼女の秘密であると同時に僕等の秘密だと云う事を、忘れずに居てくれ給え。二人の生命に関する秘密を、僕に断りなしに勝手に口外する権利はないのだから。」

私は非常に気に懸ったので、わざと恐い顔つきをして、こんな言葉で特に彼の軽挙を戒めて置いた。

私はその日、庭の袖垣の蔭にかくれて再びあの女を窃み視る事になったが、その様子をここにくだくだしく書き記す必要はない。ただ、女が紛う方なき彼の晩の婦人であった事と、その日は割前髪に結って一見女優らしい服装をして居た事と、腕には相変らず例の腕輪が光って居た事と、最後に容貌の美しさは節穴から覗いた時に少しも異らなかった事を、附け加えて置けば十分である。

園村は既に彼女と余程親密になって居るらしかった。何でも二三日前に、浅草の清遊軒の球場で知り合いになったのだそうであるが、彼女は球を百ぐらいは衝くと云う話であった。

「あたしの身の上は秘密です。誰にも話す訳には行きません。ですからどうぞ其の積りで附き合って下さい。」

彼女はこう云って、其れを条件にして園村と交際し出したのだと云う。で、園村はいよいよ自分の推察が中って居たことを心中にたしかめながら、わざと彼女の住所や境遇を知らない体裁を装って、毎日毎夜、東京市中のバアだの料理屋だの旅館だので落ち合って居た。昨日は新橋の停車場で待ち合わせて、箱根の温泉へ一と晩泊りで遊びに行って、ちょうど其の帰りに、芝公園の自分の家へ連れて来たところなのであった。

＊　＊　＊　＊　＊　＊　＊　＊　＊　＊

こんな工合にして園村と纓子《えいこ》――女は自分をそう呼んで居た。――との関係は、一日一日に濃くなって行くらしかった。たまたま私が訪問しても彼は殆んど家に居る事はなかったが、彼と彼女とが連れ立って自動車を走らせて居たり、劇場のボックスに陣取って居たり、銀座通りを手を取り合って散歩したりして居るのを、私は屢々見ることがあった。その度毎に彼女の服装は変って居て、或る時は縮緬浴衣に羽織を引懸け、或る時は女優髷にマントを纏い、或る時は白いリンネルの洋服を着て踵の高い靴を穿いて居た。そうして、その美しさに変りはなくとも、日に依って彼女の表情はまるで別人のように見えた。

そのうちに、或る日、――多分二人がそう云う仲になってから一と月も過ぎた時分であったろう。――非常に私を驚かした事件が持ち上った。と云うのは外でもない、園村の周囲には纓子ばかりでなく、いつの間にか例の角刈の男までが附き纏って居る事を、私は偶然発見したのである。それを見たのは三越の陳列場であって、私が其処に開かれて居る展覧会へ出かけて行った時、園村は纓子の外に角刈の男を連れて、意気揚々と三階の階段を降りて来た。園村の方でも私を避けたようであったが、私は思わずギョッとして立ち竦んだまま声をかける気にもならなかった。角刈の男は滑稽にも大学生の制服を着けて、書生が主人の供をするように、鞠躬如《きっきゅうじょ》として二人の跡に随行して居たのである。

「あの男が出て来る以上は、園村はどんな目に会うか分らない。もう好い加減に捨てて置くべき事態ではない。」

私はそう思ったので、今度こそは是非とも彼の酔興を止めさせようと決心して、明くる日の朝早く山内の彼の住居へ押しかけて行った。ところが更に驚くべき事には、玄関へ出た取り次ぎの書生を見ると、それが角刈の男であった。今日は久留米絣の単衣物を着て小倉の袴を穿いて居る。私が主人の在否を尋ねると、彼は慇懃に両手を衝いて、

「おいででございます。」

と云いながら、愛嬌のある、しかし賤しい笑い方をした。

園村は書斎のテエブルに凭れて、ひどく機嫌が悪そうに塞ぎ込んで居た。私は話声が洩れないようにドーアを堅く締めてから、つかつかと彼の傍へ寄って、

「君、君、角刈の男が内へ入り込んで居るじゃないか。あれは全体どうした訳なんだ。」

こう云って、激しく詰問すると、

「うむ。」

と云ったなり、園村はじろりと私を横眼で睨んで、ますます機嫌の悪い顔つきをする。多分私に尋ねられたのが恥しいので、そんな風を装って居たのかも知れない。

「黙って居ちゃあ分らないじゃないか。あの男は書生に住み込んででも居るようだが、そう

あ
じゃないのかね。」

「………まだハッキリと極まった訳でもないんだけれど、学費に困って居ると云うから、当分内へ置いてやろうかとも思って居る。」

園村は大儀らしく口をもぐもぐと動かして、不承々々に漸くこんな返辞をする。

「学費に困って居る？　するとあの男は何処かの学校へでも行って居るのかね。」

「法科大学の学生なんだそうだ。」

「そりゃ、当人はそう云って居ても、君は其れを真に受けて居るのかね。ほんとうに法科大学の学生だと云う事をたしかめたのかね。」

私は畳みかけて斯う詰った。

「ほんとか嘘か知らないけれど、兎に角当人は法科大学の制服を附けて表を歩いて居る。あの男は纓子の親戚の者で、あの女の従兄《いとこ》にあたるのだそうだ。そう云って紹介されたから、僕も其の積りで附き合って居るのだ。」

何も不思議はないだろうと云わんばかりに、平気な態度で斯う答える園村の様子は、寧ろ私に反感を抱いて、うるさがって居るようにしか思われなかった。私は暫らくあっけに取られてぼんやりと彼の眼つきを見守って居たが、やがて気を取り直して声を励ましながら、

「君、しっかりしないじゃ困るじゃないか。」

こう云って、彼の背中をいきなり一つ叩いてやった。

「君はまさか真面目でそんな事を云って居るのじゃあるまいね。あの男や女の云うことを、一々信用して居る訳じゃないだろうね。」

「だけど君、彼等がそう云うのだからそう思って居たっていいだろう。何も殊更に彼等の身の上を詮索する必要はない。もともと彼の連中と附き合う以上は、そのくらいの覚悟がなくっちゃ仕様がないんだ。」

「しかし、殊更に詮索しないでも、あの男とあの女とが寄る処には、如何なる危険が発生するかと云う事は、既に分って居るじゃないか。君が纓子に恋して居るのなら、女の方は已むを得ないとして、せめて彼の男だけは近づけないようにするのが当然じゃないか。」

私がこう云うと、園村はまた横を向いて黙ってしまう。

「ねえ君、僕は今日、君に最後の忠告をしに来たのだ。僕は此の間、君があの男を連れて三越へ行ったところを見たので、余計なおせっかいかも知れないけれど、捨てて置かれなくなったからやって来たのだ。僕を唯一の親友だと思ってくれるのなら、どうか彼の男だけは遠ざけるようにし給え。」

「僕にしても彼の男の危険な事はよく知って居る。けれども僕は彼の男の面倒を見てやるように、纓子からくれぐれも頼まれたのだ。……僕はもう、纓子の言葉に背く事が出来なくなって居る。……」

そう云って園村は、私に憐れみを乞うが如く、伏目がちに項《うなじ》を垂れた。

「君はそれでも済むかも知れない。しかし此の間も云ったように、あんまり無謀な事をされると、結局僕までも危険に瀕するのだから、僕はどうしても黙って居る訳には行かないのだ。已むを得ない場合には、彼奴等を警察へ訴えるかも知れないから、そう思ってくれ給え。」

私が気色ばんで見せても、彼は一向狼狽する様子もなく、却って妙に落ち着き払いながら、

「訴えたところで警察に臀尾を押さえられるような連中ではないのだから、つまり僕等が彼奴等に恨まれるばかりだよ。そうなったら猶更君は困りゃしないかね。――まあそんな事は止したらよかろう。ほんとうに心配しないでも大丈夫だよ。僕だって命は惜しいのだから、迂闊な事はしゃべりゃしないよ。」

「それじゃ、何と云っても君は僕の忠告を聴いてくれないんだね。そうなれば自然、僕は自分の安全を謀る為めにも、此の後君には近付かないようにする積りだが、君は勿論そのくらいな事は覚悟して居るのだろうね。」

「さあ、どうも今更仕方がない。………」

それでも園村は驚いた風もなく、折々じろじろと私の顔に流眄《ながしめ》を与えるばかりであった。――恋愛の為めならば命をも捨てる。況んや一人の友人ぐらいには換えられない。――彼の眼つきは斯う云う意味を暗示して居るようであった。

「よし、そんなら僕は此れで失敬する。もう此の内には用のない人間なのだから、………」

こう云い捨てて、すたすたとドーアの外へ出て行く私の後姿を、彼は格別止めようともしな

いで、悠然と椅子に凭れたまま見送って居た。

＊　＊　＊　＊　＊　＊　＊

こうして私は園村と絶交してしまったのである。気紛れな男の事であるから、そのうちには又淋しくなって、何とか彼とかあやまって来るだろう。きっと私を怒らせた事を後悔して居るに違いない。――そう思いながら、私は空しく一と月ばかり過したが、其の後ふっつりと電話も懸らなければ手紙も届かなかった。あの時はああ云うハメになったので、ついムカムカと腹を立てたようなものの、私にしても心から園村を疎んじて居た訳ではなし、余り音信の途絶えて居るのが、しまいには何だか心配で溜らなくなって来た。

「事に依ると、園村は殺されてしまったのじゃないか知らん？　燕尾服の男のような目に会わされやしないか知らん？　さもなかったらこんなにいつ迄も私を放って置く筈がない。」

私は始終其れを気に懸けて居た。且私には、友情以外の好奇心もまだ幾分かは残って居た。纓子と称する女と角刈の男とは、あれからどうなったであろう。不思議な彼等の内幕が、少しは園村にも分っただろうか。……

待ちに待って居た園村からの書信が、それでもとうとう私の手元へ届いたのは、九月の上旬であった。

「ふん、先生やっぱり我慢が出来なくなったと見える。」

私は急に彼の男が可愛くなったような気がして、忙しく封を切って見た。が、手紙の最初の一行が眼に這入ると同時に、私の顔は忽ち真青になった。なぜかと云うのに、其の一行には、――「此れを僕の遺書だと思って読んでくれ給え。」――こう書いてあったからである。

「此れを僕の遺書だと思って読んでくれ給え。僕は最近に、多分今夜のうちに、纓子の為めに殺される事を予期して居る。彼等は恐らく例の方法で、僕の命を取ろうとして居る。――そうして其れは、いかに逃れようとしても逃れられない運命でもあり、また僕としても、其れ程逃れたいとは思って居ない。要するに僕が死ぬことはたしかだと思ってくれ給え。こう云ったら君は嘸《さぞ》かしびっくりするだろう。僕の殆んど方途のない物好きと酔興とを、憫笑もすれば慨嘆もするだろう。だがどうか僕を憎むことだけは、若しも憎んで居たとしたら、――考え直してくれ給え。命を捨ててまでも飛び込んで行く僕の物好きを、ただ単純な物好きとのみ思わないでくれ給え。僕は此の間、明かに君に対して無礼だった。あの時の僕の態度は君に絶交されるだけの価値は十分にあった。正直を云うと、僕はあの時、恋しい恋しい纓子の為めならば、僕の最後の友人たる君を失っても、惜くはないと云う覚悟だった。寧ろ余計なおせっかいを焼く君なんかは、此の後来てくれない方がいいとさえ思って居た。そんな気持ちで僕はわざわざ君を怒らせるように仕向けたのだった。命をさえも惜まない僕に、どうして君との友情を惜んで居る余裕が有り得よう。それもこれも、みんな僕の物狂おしい恋愛の結果なのだから、何卒悪く思わないでくれ給え。僕の性格を知り抜いて居る君の事だから、今になればあの時の無礼を赦してくれるに違いないと僕は堅く信じて居る。平素から理解に富み、同情に富んで居る君が今夜限り此の世を去って行く僕を、憐みこそすれ憎んで居よう筈はない。そう思って僕は安心して死ぬ積りで居る。

しかし、どうして僕は死ななければならなくなったか、いかにして事件が其処まで進行したか、その経過を今生《いまわ》の際に一応君に報告して、君の無用の心配を除くのは、僕の義務であらねばならない。僕は此の手紙に依って、自分の義務を果すと同時に、改めて僕の最愛の友たる君に、自分の死後に関する事件をお頼みしたいのだ。

その後の事件の経過に就いては、精しく書けば殆んど際限はないのだが、ただ極めて簡単に書き記して、あとは大凡そ君の推察に任せて置こう。――つまり、彼等が僕を殺そうとして居る第一の原因は、纓子に取って僕と云う者の存在がもう今日では邪魔にこそなれ何等の愉快をも利益をも与えなくなってしまったからだ。なぜかと云うに、僕は既に自分の全財産を残らず彼女に巻き上げられてしまったからだ。彼女が僕と懇親になったのは、思うに始めから僕の家の財産がめあてであったらしい。………

………僕には其れがよく分って居ながら、やっぱり彼女を愛せずには居られなかったのだ。そうして第二の原因は、彼等の秘密が追い追い僕に知れ渡るようになった事で、此れが僕を殺そうとする最も重大な動機であるらしい。彼等は自衛上、僕を生かして置く訳には行かなくなったのだ。

彼等が僕を殺そうとする計画のある事を、僕はどうして感付いたか、それは精しく説明する迄もなく、此手紙に封入してある別紙の暗号文字を読めば、君にも自ら合点が行くだろう。此の暗号文字は、内の庭先に落ちて居たのを、ゆうべ僕が拾ったので、疑いもなく纓子と角刈の男との間に交された秘密通信である。彼等は例の符号を用いて僕を暗殺する相談を廻らして居る。此の通信の内容がどう云う意味を含んで居るか、此の間の方法に依って翻訳して見れば直ちに明白になる。要するに彼等は今夜の十二時五十分に、又しても例の場所で例の手段に訴えて僕を殺そうとして居るのだ。僕は定めし彼女に首を絞められた揚句、屍骸を写真に写されるのだろう。そうしてあの薬液を湛えた桶の中に浸されるのだろう。斯くて明日の朝までには、僕の肉体は永遠に此の地球上から影を消してしまうのだ。考えて見れば、脳卒中で頓死するよりも、大砲の弾丸で粉微塵になるよりも、もっと気持ちのいい死に方だ。況んや其れが自分の一命を捧げて居る女の手に依って行われるに於いてをや。僕はそう云う風にして自分の生涯を終る事を、何等の誇張もなしに、此の上もない幸福だと思って居る。しかし纓子は、どう云う風にして僕を水天宮の裏まで連れ出す積りか、それはまだ明かでない、尤も僕は今日彼女と一緒に帝劇へ行く約束になって居るから、その帰り路に、何とか僕を欺いて彼処へ引っ張り込む計略なのだろう。大概そんな事であろうと、僕は見当をつけて居る。

僕の物好きは、最初はただ彼女に接近して見たいと云うのに過ぎなかった。けれども今では自分の全身を犠牲にしなければ已み難くなって居る。僕にしても命が惜しければ、今夜の運命を避ける方法がないでもなかろうが、そんな事をしたいとは夢にも思わない。それに又、彼等から一旦睨まれた以上、今夜だけは逃れたにしても到底いつまでも無事で居られる筈はない。いずれにしても今夜の運命は、とうから僕の望んで居たところなのだ。

だが、君を安心させる為めに僕は特に断って置く。彼等は自分たちの秘密の一部が僕に嗅ぎ出された事を内々感付いては居るものの、君と僕とが彼の晩に節穴から覗いた事や、暗号通信を拾われて読まれた事や、其れ等の事件は未だに気が付かずに居るらしい。少くとも僕以外に彼等の秘密を知って居る君と云う者があることは、全然彼等の想像にも上って居ない。だから僕が殺された後、君にして自ら進んで彼等の罪状を発くような行為に出でない限り、君の位置は絶対に安全な訳である。此処に封入した暗号通信の紙片は、ただ僕の記念として永く君の手許に秘蔵して貰いたい。此の紙片を証拠として彼等を訴えるような軽率な真似は、返す返すも慎んでくれるようにお願いして置く。僕も勿論、君の迷惑を慮《おもんぱか》って、節穴の一件は最後まで口外しない覚悟で居る。僕は何処までも、彼女の色香に迷わされ、彼女の計略に乗せられて死んだ者だと、纓子に思い込ませてやりたい。彼女を恋いし、崇拝して居る僕としては、その方が彼女に対して余計に親切であり、フェイスフルであると思う。

そこで、僕が君への頼みと云うのは外でもない。今夜の十二時五十分に、君は例の水天宮の裏の路次へ忍び込んで、再び此の間の晩のように、窓の節穴から僕の最期を見届けてはくれないだろうか。いかにして僕と云うものが此の世から失われて行くか、その様子を蔭ながら検分してはくれないだろうか。既に話した通り、纓子の為めに有るだけの物を巻き上げられてしまった僕は、此の世に遺すべき一文の財産もなく、あったところで其れを譲るべき子孫もなく、又君のように芸術上の著述があると云うのでもない。その上屍骸をまでも薬液で溶かされてしまったら、僕が此の世に嘗て存在した痕跡は、完全に影も形もなくなってしまうのだ。僕が生きて居たと云う事実は、ただ君の頭の中に記憶となって留まるだけなのだ。そう思うと、僕は何だか淋しいような心地がする。せめては僕の生前の印象を、少しでも深く君の頭へ刻み付けて置きたいような気持ちがする。それには君に僕の死にざまを見て貰うのが一番いい。君が節穴から覗いて居てくれるかと思うと、僕も意を安んじて心おきなく死ねるような気がする。此れまでにも散々我儘な仕打をして君に迷惑をかけた揚句、最後にこんなお願いをするのは、重ね重ね勝手な奴だと思われるかも知れないが、此れも何かの因縁だとしてあきらめてくれ給え、そうして是非、僕の此の頼みを聴き届けてくれ給え。死ぬ前に、一遍君に会いたいと思って居たのだけれど、此の頃は絶えず彼の二人が僕の身辺に附き纏うて居るので、此の手紙をしたためるのさえ容易ではなかったのだ。首尾よく今日のうちに此れが君の手もとまで届いてくれるかどうか、そうして今夜の十二時五十分に君が間に会ってくれるかどうか、僕は今そればかりを心配して居る。

それから、もう一つの肝腎なお願いは、決して僕の一命を救ってやろうなどと云う親切気を起してくれない事だ。僕が彼女に殺される事を祈って居るのは、断じて負惜しみではないのだ。若しも君が、余計な奔走や干渉をしてくれたら、たとえ其の動機が友情に出でて居るにもせよ、僕は却って君を恨まずには居られない。その時にこそ、僕はほんとうに君と絶交するかも知れない。僕の性情を理解してくれないような人なら、友人として附き合う必要はないのだから。」

園村の手紙は、此れでぽつりと終って居る。それが私の家に届いたのは、ちょうど其の日の夕方のことであった。

さて、私は其の晩どうしたか。彼の切なる頼みを斥《しりぞ》けて、彼の危急を救わんが為に悪徒の一団を警察へ密告したか。それとも彼の希望を容れて、何処までも彼の唯一の友人としての義務を尽したか。――勿論、私としては後者を選ぶより外はなかったのである。

私は、その晩例の節穴から覗き込んだ光景を、到底ここに詳細に物語る勇気はない。同じ殺人の惨劇にしても、此の前の時は自分に何の関係もない一人の燕尾服の男に過ぎなかったのに、今度は自分の親友がむごたらしく殺されるところをまざまざと見せられたのである。どうして私に、それを精しく描写するだけの冷静を持つ事が出来よう。………

嘗て園村に暗い横丁をぐるぐると引き廻された私は、あの家の位置がどの方角にあったか忘れてしまったので、それを捜しあてる迄には一時間ばかり近所の路次をうろうろしなければならなかった。そうして漸う彼の家を見附け出したのは、指定の時間の十二時五十分よりも五六分早い時であった。――云う迄もなく、鱗の目印は其の晩も門口に施されてあった。もしも目印が附いて居なかったら、私は大方捜し出す事が出来なかったかも知れない。――かくて私は彼が彼女に絞め殺される刹那から、写真を取られてタップへ投げ込まれる時分迄、始終の様子を一つ残らず目撃したのである。おまけに、此の前の時は凡てが後向きに行われたようであったが、その晩は加害者も被害者も節穴の方へ正面を向いて、恰も私の観覧に供するが如き姿勢を取って居た。園村の眼は、屍骸になってから後も、じっと節穴の此方にある私の瞳を睨んで居るようであった。

彼が、頸部へ縮緬の扱《しご》きを巻きつけられながら、死に物狂いに藻掻き廻って、いよいよ息を引き取ろうとする瞬間の、重い、苦しい、世にも悲しげな切ない呻き声。同時ににっこりと纓子の頰を彩った冷やかな薄笑い。――角刈の男の残忍な嘲りを含んだ白い眼玉。それ等の物がどんなに私を脅かしたかは、読者の想像に任せて置くより仕方がない。

死体の撮影や、薬の調合や、万事が此の前通りの順序で行われた。最後に傷ましい彼の亡骸が西洋風呂へだぶりと浸されると、

「此奴も松村さんのように痩せて居るから、溶かしてしまうのに造作はないね。」

こんな事を纓子が云った。

「ですが此の男は仕合せですよ。惚れた女の手にかかって命を捨てれば、まあ本望じゃありませんか。」

こう云って、角刈は低い声でせせら笑った。

室内の電灯が消えるのを待って、忍び足に路次を抜け出した私は、茫然とした足どりで人形町通りを馬喰町の方へ歩いて行った。

「此れでおしまいか、此れで園村と云う人間はおしまいになったのか。」

そう考えると、悲しいよりは何だか馬鹿にあっけないように感ぜられた。平素から気紛れな、つむじ曲りの男であっただけに死に方までがひねくれて居る。酔興も彼処まで行けば寧ろ壮烈であると私は思った。

すると、それから二日目の朝になって、私の所へ一葉の写真を郵送して来た者がある。開いて見ると、それは紛う方もなく一昨日の晩の、園村の死に顔を写したもので、発送人は無論誰とも書いてはなかった。

写真の裏を返すと、見覚えのない筆蹟で、下の如き長い文句が認めてある。――

「われわれは、足下が園村氏の親友であったと云う話を聞いて、この写真を記念の為めに足下に贈る。足下は或いは、園村氏の不可思議なる行方不明に就いて、多少の消息に通じて居られるかも知れない。しかし此の傷ましい写真を御覧になったならば、その間の秘密を一層明かにせられるであろうと思う。兎にも角にも、園村氏は某月某日某所に於いて横死を遂げたのである。

なお我れ我れは、園村氏から足下への遺言を委託されて居る。其れは、芝山内なる同氏邸宅の書斎の机の抽き出しに、若干の金子が入れてあるから、どうか其れを足下の自由に使用して貰いたい。此れは同氏がいよいよ自己の運命の避け難きを悟った時、我れ我れに云い残された言葉であるから、我れ我れはただ正直に其れを足下に取り次ぐ迄である。足下にして其の信頼に背かない限り、我れ我れも亦決して足下に迷惑をかける者でないと云う事を、茲に一言附け加えて置く。」

此の文句を読むや否や、私はそっと写真を手文庫の底に収めて堅く錠を卸した後、直ちに芝の園村の家に向った。

ところがどうであろう、彼の邸の玄関には、今日も依然として、角刈の男が書生の役を勤めて居る。そうして、私が何とも云わないうちに、彼はいそいそと私を案内して奥の書斎へ案内するのであった。

するとまた、どうであろう、書斎の中央の安楽椅子には、一昨日の晩殺された筈の園村が、ちゃんと腰をかけて、悠々と煙草をくゆらして居るのである。私はハッと思った途端に、

「畜生！　さては園村の奴め！　長い間己を担いで居たのだな。」

そう気が付いたので、つかつかと彼の傍へ寄って、

「何だい君、一体どうしたと云うんだい。今迄の事はみんなあれは嘘だったんだね。僕は担がれたとも知らずに、飛んだ心配をしたじゃないか。」

こう云いながら、穴の明くほど彼の顔を覗き込んだ。実際、外の人間なら格別、相手が園村

では私にしても怒る訳には行かなかった。

「いや、どうも君には済まなかった。――」

と、園村は遠くの方を見詰めながら、徐《おもむろ》に口を開いた。その表情は例の如く憂鬱で、「一杯喰わせてやった。」と云うような得意らしい色は、毛頭も現れて居なかった。

「いかにも君は担がれたに相違ない。しかし此の事件は、最初から僕が担いだ訳ではないのだ。前半は僕が纓子に担がれ、後半は君が僕に担がれたのだ。それも決して一時の慰みで担いだ訳ではないのだから、どうか其の点は十分に諒解してくれ給え。」

彼は斯う云って、その理由を下のように説明した。――

纓子と云う女は、嘗て某劇団の女優を勤めた事もあって、その容貌と才智とを売り物にして居たが、先天的の背徳狂である上に性慾的にも残忍な特質を持って居るので、間もなく劇団から排斥されて不良少年の群に投じ、此の頃では専ら金の有りそうな男を欺す事ばかり常習として居た。ところが茲に、以前園村の邸の書生を勤めて居たSと云う男があって、其の後堕落をした結果纓子と知り合いになった為めに、彼女は園村の噂をSから度び度び聞かされるようになった。園村と云う人は、金があって、暇があって、始終変った女を捜し求めて居る物好きな男だ。気むずかしい代りには、多少気違いじみた性質があって、惚れた女になら自分の全財産は愚か、命までも投げ出しかねない人間だから、あなたの智慧と器量とで欺してかかれば、きっと成功するに違いない。あなたを一と目見たばかりで、忽ち釣り込まれてしまうようなウマイ計略を授けて上げるから、是非一つ試して御覧なさい。——こう云ってSは纓子にすすめた。

園村が例の暗号文字の紙片を拾った活動写真館の事件から、水天宮の裏の長屋で燕尾服の男が殺されるまで、それ等は凡て纓子が仲間の男を使って、Sの案出した方策の下に、園村をわざわざ節穴へおびき寄せる手段だったのである。暗号文字の文章は、Sが面白半分に考えたので、角刈の男はそれを殊更園村に拾わせるように落したのであった。人体を溶かすと云う青と紫との薬液も、勿論出鱈目のいたずらなので、燕尾服の男はただ殺された真似をしたのに過ぎなかった。松村さん云々と云った言葉も、偶然彼女が新聞に出て居た松村子爵の事件を思い出して巧に応用したのであった。こうして園村の趣味や性癖を知悉して居るSの策略は見事に的中して、彼は忽ち纓子に魅せられてしまった。

さて此処までは園村が纓子に欺されたので、此れから先は私が彼に欺されたのである。彼は纓子と懇意になってから、程なく自分が担がれて居たと云う事を悟ったにも拘らず、それ程までにして男を欺そうとする彼女の物好きを、——彼自身にも劣らないほどの物好きを、寧ろ喜ばずには居られなかった。彼の彼女に対する愛着はその為めに一層募るばかりであった。担がれたのだとは知りながらも、彼はあの晩路次の節穴から見せられた光景を、嘘のようには思えなかった。自分もどうかしてあの燕尾服の男のように、纓子の手に依って命を絶たれたい。そう云う願望のむらむらと湧き上るのを禁じ得なかった。

彼は纓子の思いのままに翻弄された。金でも品物でも欲するままに与えた。そうして最後に、「私の財産は残らずお前に上げるから、何卒私をお前の手で、此の間のようにして本当に殺してくれ。此れが私の、お前に対するたった一つのお願いだ。」こう云って、熱心に頼んだのであった。しかし、纓子がいかに物好きな不良少女でも、まさかに其の願いばかりは承知する訳に行かなかった。

「そんならせめて、私を殺す真似だけでもやってくれ。私は其の光景を、私の友達に見せてやりたいのだから。」

そこで園村は斯う云って頼んだ。――思うに園村がこんな真似をしたがるのは、単に好奇心ばかりでなく、何か彼に独得な、異常な性慾の衝動が加わって居るのであろう。――

「ここまで話をすれば、もう大概分っただろう。君を担ぎたくって担いだのではない。園村と云う人間が彼女に殺された事実を、僕も出来るだけ君と同様に真に受けて居たかったのだ。君に節穴から覗いて居て貰ったら、あの晩の気分や光景が、余計真に迫るだろうと考えたのだ。纓子さえ承知してくれれば、僕はいつでも本当に死んで見せる。」

と、園村は云った。

やがて扉の外に軽いスリッパアの足音が聞えて、其処へ纓子が這入って来た。彼女は度び度び恐ろしい悪戯に用いた縮緬の扱きを、両手で弄びながら、私へ紹介して貰いたそうに二人の男の間に立って、悪びれた様子もなく莞爾《かんじ》として微笑した。

柳湯の事件

その青年が上野の山下にある弁護士S博士の事務所を訪れたのは、或る夏の夜の九時半ごろの事であった。――ちょうど折よく、私は其の時階上の老博士の部屋にあって、大型のデスクに向い合いながら、何か小説の種にでもなりそうな最近の犯罪事件を、博士の口から聞こうとして居る最中であった。こう書いて来れば大概読者は推量するであろうが、博士は古くからの私の小説の愛読者で、私が訪問するといつも喜んで耳新しい材料を提供してくれる人であった。私がなまじの探偵小説を読むよりも、刑事の弁護士として令名の高い、法律学は勿論文学や心理学や精神病学の造詣の深い老博士から、彼が長年取り扱って居る種々雑多な罪人の秘密を、遥かに多大の興味を持って傾聴したことは云うまでもなかろう。――

そこで、その青年が部屋のドーアをノックした時は、前にも記した通り或る夏の晩の九時過ぎであった。部屋の中には博士と私と二人だけしか居なかった。博士は例の白い頰鬚のある温顔に愛嬌に富んだ微笑を浮かべ、ゆったりと太ったリンネルの服の背中を煽風器に吹かせながら、私は又、遠く上野の山の常盤花壇の灯を臨む窓際に肘をかけて、御馳走に出されたアイスクリームをすすりながら、つい先達て新聞の三面記事を賑わせた龍泉寺町の殺人事件に就いて、いろいろと世間に知れない細かい事柄を語り合って居たところであった。二人は最初、話の方に気を取られて居たせいか、その青年が階段を上《あが》って来る際に、聞えた筈の足音を、全然聞き洩らして居たので、扉《ドーア》の板戸が不意にコツコツと叩かれた時には、ちょいと意外の感がした。が、博士はちらりと戸の方を見て、

「お這入り」

と簡単にそう云ったきり、再び話を続けようとしたらしかった。多分博士は、何かの用事で給仕が上って来たのだと思ったものであろう。私にしてもやっぱりそうであった。此の事務所に通勤して居る人々は、夕方になれば大概帰ってしまうので、階下の部屋に住んで居る給仕より外に、今時分案内もなく二階へ上って来るものはない訳である。然るに、ドーアの把手《ハンドル》がぐるりと廻転したかと思うと、ドシン！　と重い物を引き擦るような靴の音が響いて、一人の見知らぬ青年がよろける如く室内へ足を運んだのであった。

「あ、此れは何か、余程の罪人だな」

と、その瞬間に私ですら直覚したくらいであるから、博士は無論、私よりももっと早く気が付いたに違いあるまい。実際、その時の青年の表情は芝居や活動写真で見るよりもずっと凄惨を極めて居た。その、飛び出るように大きく瞠《みは》った黒味がちの眼の色だけでも、たしかに異常な犯罪者に相違ない事を、どんな素人にでも頷かせるだけのものはあった。博士と私と

は期せずして顔の色を変えた。しかも斯う云う場合に馴れ切って居る博士は、慌てて椅子から飛び立とうとする私を軽く手真似で制しながら、沈着な、同時に、少しも油断のない態度で、じっと其の青年の方に警戒するような凝視を向けた。

青年は、二人が、相対して居るデスクから二三歩手前まで進んで来て、そこでぴたりと立ち止まったまま、暫く黙然として此方を睨み返して居た。

「お前は誰だね、何の用があって此処へ来たんだね」

と、博士が柔和な口調で尋ねたけれども、青年は依然として眼を剝いたきり、直ぐには何事をも答えようともしなかった。いや、直ぐに何事をか答えようとしたらしかったが、余りに呼吸がせいせいと弾んで居るので口を利くことすら出来ないようであった。その激しい胸の喘《あえ》ぎ方や、紫になった唇の色や、無上に掻き乱されて居る髪の毛の様子から判断するのに、恐らく彼は往来を一目散に駈け続けて、やっと今此処まで逃げ伸びて来たのであろう。彼はやがて眼を潰《つぶ》って、片手を心臓の鼓動の上にあてて、猶もはっはっと息を切らせながら、二三分の間一生懸命に、神経の興奮を取り鎮めようと努力して居るらしく見えた。

青年の年ごろは二十七八歳、――なりが穢らしい為めにふけては見えるが、多くも三十を超えては居なかったであろう。痩せた、細長い体に古い霜降の背広服を着て、帽子も被らず、散々に挘《むし》り散らした藁屑のような毛髪を、青白い額の上に振りかけて、垢じみたカラアにはボヘミアン・ネクタイを結んで居た。私は始め、青年の上衣の肩のあたりに点々と附着して居る絵の具のしみに依って、多分ペンキ屋の職工であろうと推察したけれども、職工にしては何処かその顔だちに上品なところのあるのを、間もなく発見せずには居なかった。それに、長く伸ばした髪の毛の様子と云い、ボヘミアン・ネクタイの工合と云い、やはり職工よりは美術家に近い風采である事をも、見逃す訳には行かなかった。青年は、動悸が次第に収まって、その唇の紫色がだんだん生きた血の色を帯びて来るのを感じた時、再び漸く眼を開いたが、瞳の表情はまだ何か知ら夢を見て居るようであった。彼は博士の顔を見ないで、少しく首をうなだれながら、じいッとデスクの上に稍々長い間視線を向けて居た。デスクの上には、今しがた私が手にして居たアイスクリームの飲みかけのコップと、卓上電話とが置いてあるばかりなのである。で、彼はそのアイスクリームのコップの方を、いかにも珍しそうな眼つきで、いつ迄もいつ迄も眺めて居た。彼はきっと息を切らせて喉が渇いて居るのであろう、それで此のアイスクリームを飲ませて貰いたいのだろう。――私がそう考えたのは咄嗟《とっさ》の間である。そうして次の瞬間には、私の此の推察は非常な誤まりであった事が明かになった。なぜかと云うのに、アイスクリームを見詰めて居る青年の眼つきは、「珍しそう」と云うよりも、寧ろ「疑い深そう」な色を帯びて来て、見る見るうちに彼の顔には名状し難い恐怖の情が瀰漫《びまん》したのであった。たとえて云えば、彼は恰も化け物の正体をでも見究めるような臆病な眼つきで、さも不審そうに、どろどろしたアイスクリームの塊を睨んで居たのである。それから彼は更に一歩前へ進んで一層入念にアイスクリームのコップの中をと見こう見した後、始めて安心したようにほっとかすかな溜息をついた。その、少くとも私にだけは合点《がてん》の行かない不思議な素振りを、先《さつき》から静かに観察して居た博士は、此の時を待ち構えて居たように、やさしい語気で再び質問の言葉を云った。

「君は誰だね、そうして何の用事があって来たんだね」

博士は先「お前」と云う代名詞を使ったにも拘わらず、今度は「君」と改めたのである。此の青年が卑しい職工ではないらしい事を、博士も私と同様に後で気が付いたのだろう。するると青年は、ぐっと一と息唾を飲んで、大きい眼の上を二三度パチパチと眼瞬《まばた》きした。それから、急に自分の身に危険の迫っているのを感じたように、今這入って来た戸口の方に注意深い瞳を配って、居ても立っても溜らないような、うしろから恐い物に追い縋られて居るような風を示した。

「いや、突然、案内もなくこんな所へ上って参りまして、大変失礼いたしました。………」

こう云って、青年はやっとその時あたふたと頭を下げてぞんざいなお辞儀をした。

「あなたは、――失礼ですがあなたは、S博士でいらっしゃいますか。僕は車坂町に住んで居るKと云う絵かきなんですが、今、此の先の湯屋へ行って、その帰り道に此処をお尋ねしたのです。………」

成る程、青年は右の手にタオルとシャボンの箱とを持って居た。洋服を着て湯屋へ行くところを見ると、彼は此の一張羅より外に、着換えの浴衣《ゆかた》をすら持って居ないのであろう。が、それにしても、例の長い髪の毛の先が、びっしょりと湯気を含んで居るだけで、手にも顔にも、湯上りらしい晴れ晴れとした色つやは浮かんで居なかったのである。

「………僕は今、是非先生にお目にかかりたくって、その湯屋から一生懸命に駈けて来たのです。実は取次をお願いしようと思ったんですが、生憎下には誰も見えなかったものですから、………それに非常に慌てて居たものですから、つい無断で此処へ飛び込んでしまいました。失礼の段は重々お詫びを申します」

青年の言葉は少しずつ落ち着いて来たものの、その眼の中に漂って居る不安の表情は、決して消え去っては居なかった。むしろ、彼が落ち着こうと焦れば焦るほど、一層彼の精神の興奮は明かに看取された。彼は右の手に持って居たシャボンの箱をポッケットに入れて、濡れたタオルを両手で絞りながら、極めて早口に、どうかすると聞えないくらいな嗄《かす》れた声で、以上の挨拶を云い終った。

「そうすると君は、何か私に急な用事でもあるのかね。――まあ、其処へ腰をかけて、ゆっくりと話したらよかろう」

こう云って、博士は彼に椅子を勧めて、ちょいと私の方を顧みながら、

「此処に居る此の人は、私の極く信頼して居る人だから、決して心配する必要はない。何か話があるならば遠慮なく云って聞かせ給え」

「ええ、有難うございます。実は折入って先生に聴いて戴きたい事件があるのですけれど、

その前に是非ともお願い申さなければならないことがあるのです。僕は今夜、事に依ると、人殺しの大罪を犯して居るかも知れません。かも知れませんと云うのは、自分でも果して人を殺したかどうか、ハッキリとした判断が附かないのです。僕は今しがた、多勢の人々が、僕を指して口々に『人殺し人殺し』と呼んで居る声を聞きました。僕はその声を聞き捨てて急いで此処まで逃げて来たのですが、或はこうして居るうちにも、後から追手が追いかけて来るかも知れません。しかし又考え直して見ると、それ等は全部跡形もない夢であって、僕の幻覚に過ぎないのかとも思われます。今夜の人殺しが事実だとするには、あまり辻褄《つじつま》の合わない事だらけですし、それに僕は以前から、たびたび幻覚を見る癖のある人間ですから、今夜の出来事も何処までが本当なのか、自分では全く分らないのです。人殺しがあったのはほんとうで、下手人は僕でないのかも知れません。それとも或は初めから、人殺しなんぞ全然なかったのかも知れません。『人殺し人殺し』と云う呼び声が聞えたのも、後から追手が追いかけて来たのも、みんな僕の錯覚に過ぎないのかも知れません。僕は決して、自分の罪を逃れたい為めに、こんな事を云うのではないのです。僕は先生の前で、今夜の事件を何も彼も白状して、私が果して忌まわしい罪人であるかどうかを判断して戴きたいと思うのです。で、もしや今夜の殺人が事実であり、その下手人が僕であった場合にも、僕が心からの悪人ではなかった事を、僕の犯した罪は僕の幻覚の祟《たた》りであったことを、先生によって証明して戴きとうございます。ですからどうか、万一此の二階へ追手が迫って来るような事があっても、僕の話が済んでしまうまでは、僕を警官の手へお渡し下さらないように、それを前以てお願い申して置きたいのです。――僕は、僕のような病的な人間が或る不可抗力に脅やかされて罪を犯した場合に、その心理を理解して弁護して下さる方は、先生より外にはないと信じて居ます。今夜の事件がなくっても、僕は一遍先生をお訪ねしようかと、とうから考えて居たくらいでした。そこで、先生は僕の只今お願いしたことを聞き届けて下さるでしょうか。話は可なり長くなるかと思いますが、それが済むまで僕を此の部屋へ匿まって戴く事は出来ますまいか。勿論話が済んだ上で、自分の罪が明かになった場合には、僕は潔く自首する事を誓って置きますが。………」

青年は息もつかずに此れだけの事を云って、温和なうちにも鋭い眼光を備えて居る老博士の容貌を恐る恐る仰ぎ視るのであった。その一刹那の博士の顔には、例になく峻厳な、いかにも頭脳明晰な学者にふさわしい品格と権威とが溢れて居るように見えた。そうしてじっと熱心に相手の様子を眺めて居たが、たといその青年は忌まわしい罪人であるにもせよないにもせよ、彼が兎に角正直な若者である事だけは、疑うべくもないと考えたのであろう。博士は間もなく寛大な態度を示して、次のように云った。

「よろしい、君の話が済むまでは、君の体は私が引き受ける事にしよう。君は非常にのぼせて居るようだから、気を落ち着けて、よく分るように話をするがいい」

「ああ、有難うございます」

と青年は感傷的な口調で云った。それからやっと勧められた椅子に腰を卸して、私と共に都合三人デスクの周囲をかこみながら、さて徐ろに左の如く語り出した。

「今夜の出来事を述べるに先だって、僕はどこから此の話の緒《いとぐち》を切ってよいか、此の出来事の始まりは何処なのか、いつからなのか、考えれば考える程それは複雑になって来て、殆ど際限もなく過去の問題に溯《さかのぼ》らなければならないような気がします。今夜の事件の性質を、ほんとうに委しく説明する為めには、恐らく僕の今日までの生涯を、残らず此処に披瀝《ひれき》する必要があるかも知れません。或は僕の生い立ちや、両親の特徴までも、詳細にお話しなければ十分でないとも云えるでしょう。しかしそんな事をくだくだしく陳述する余裕もありませんから、僕はただ、自分には気違いの血統があると云う事と、十七八の時分から可なり激しい神経衰弱に罹り通して来た事と、現在では油絵を職業にしては居るものの、職業と云うのもお恥かしいほど技術が拙劣で、極めて貧乏な生活を営んで居る事とを、簡単に申し述べて置きましょう。それだけを予め承知して戴いて、僕の此れから話す事柄をよく聞いて下されば、少くとも先生にだけは、僕の目撃した不思議な世界や、経験した苦悶の性質が、どんなものであるかお分りになるだろうと思うのです。

僕の住まいは先《さつき》もお話したように、車坂町にあって、電車通りの一つうしろの、正念寺と云う浄土宗のお寺の境内にあるんです。僕は其処の長屋を借りて、去年の暮れから或る女と同棲して居ました。或る女、――そうです、親密の程度から云えば、妻と呼んでも差支えはないようなものですが、しかし彼女と僕との関係は、普通の夫婦関係とは大分違ったものですから、やはり或る女と呼んで置きましょう。いや、それよりも瑠璃子《るりこ》と云う彼女の名前で呼ぶことにしましょう。此の話が進むにつれて、彼女の事は屢々口に上らなければならないのですから。

あり体に云うと、僕は瑠璃子のお蔭で、それから瑠璃子は僕のお蔭で、今日のような貧困な境涯に落ちたのです。僕はそれを今更悔んでも居ませんが、瑠璃子の方には随分いろいろな不平があるようでした。彼女は日本橋の芸者をして居た時分、僕のようなヤクザな人間と駈落などをしなかったら、今頃は定めし立派な人に引かされて、何不自由なく暮らす事が出来ただろうと、そんな考が年中彼女の胸の中にモシャクシャと蟠《わだかま》って居るのでした。僕は今でも気違いのように彼女を可愛がって居るのですけれど、根が淫奔で多情な彼女は、とうから僕に愛憎をつかして居るらしく見えました。彼女は折々わざと喧嘩を吹きかけてプイと家を飛び出したり、用もないのに男の友達を訪問して夜おそくまで帰って来なかったり、それでなくても嫉妬深い僕の神経を、いやが上にも昂ぶらせる様な真似ばかりしました。そんな時には、僕は殆ど正真正銘の狂人でした。自分でも自分の気の狂って行く塩梅が、恐ろしいほどよく分りました。カッと一時に逆上して彼女の襟髪を摑むや否や、彼女の体を独楽《こま》のようにぐるぐると引き擦り廻し、打ったり叩いたり、果ては夢中で、何度彼女を殺そうとしたか分りません。ですが瑠璃子はそんな事で怯《ひる》むような弱い女ではありませんでした。どうかると、僕は彼女の前に手を合わせて、額を畳に擦りつけて、和睦してくれるように哀願する事もありました。けれども、僕のそう云う態度は、結局彼女の驕慢と我が儘とを募《つの》らせるに過ぎなかったのです。勿論彼女をそんな風にさせたのには、僕の方にも罪がないとは云えません。僕は去年あたりから神経衰弱の上に重い糖尿病を患って居ました。で、その為めに、彼女の肉体に愛溺する心はありながら、彼女の生理的慾望に十分な満足を与える事が出来なくなったのも、二人の不和を増大させる有力な原因だったに相違ないと思います。実際それは、彼女のような健康な、そうして多情な女に取っては、堪え得られない苦悩であったかも知れません。そうしていつの間にか、健康を誇って居た彼女もだんだんと激しいヒステリーになり、矢鱈に怒りっぽく、苛ら立たしくなって行きました。桜色に活き活きと輝いて居た瑠璃子の顔が次第に青白く痩せ衰えて行く様子を見ることは、僕に取っては傷ましくもあると同時に愉快でもあったのです。僕の気分はそれほど廃頽的になり、病的になって居ました。瑠璃子のヒステリーは更に二倍の勢いを以て、僕の神経衰弱の上に悪い影響を及ぼさずには居ませんでした。先生は多分、糖尿病と云う病気が、神経衰弱とどれ程密接な関係があるかと云うことを御存じでしょう。それからまた、太った人の糖尿病はさほど恐るるに足らないけれども、僕のように痩せた人間の糖尿病は、極めて悪性なものであると云う事も御存じでしょう。僕の場合には糖尿病が神経衰弱を重くさせたのか、或は其の反対であったのか、孰方《どっち》が先だか分りませんが、兎に角此の二つの病気は互に連絡を取り足並みを揃えて、僕の心身を一日々々に腐らせて行くばかりでした。僕は絶えず瑠璃子の事を思い詰めていろいろな妄想を描き、幻覚に襲われ通しました。寝ても覚めても奇怪な夢ばかりを見るようになりました。中でも一番苦しかったのは、自分が瑠璃子に殺されはしないかと云う恐怖だったのです。僕は此れでも、まだ芸術に対して全然望みを絶って居る人間ではありません。現在では瑠璃子の愛に溺れ切っては居るものの、せめて此の世に生れたかいには、立派な芸術の一つぐらいは残して死にたいと、不断から願って居たのでした。いかに堕落した、デカダンな生活を送って居ても、芸術の生命が不朽であると云う事だけは、固く信じて居る人間なのです。もしも僕が、今不幸にしてあの女に殺されるような事があったら、僕の此の世の中に存在した足跡は、永劫《えいごう》に葬られてしまいます。僕にはそれが何よりも恐ろしい事でした。『今日殺されるか、明日殺されるか』そう思って居るせいか、僕は始終物凄い幻に脅かされました。夜半に眼をさますと、瑠璃子がそっと僕の体へ馬乗りに跨って、ヒヤリとする剃刀《かみそり》を喉元へあてがって居たり、僕の眉間から血がたらたらと流れて居たり、不思議な麻酔薬が夜具の襟に塗りつけてあったり、そんな光景を実際に見たり感じたりして、卒倒しそうになった事が屢々でした。其の癖瑠璃子は僕に対して、腕力を以て抵抗することなどは一度もなかったのです。根性のねじくれた、邪慳な女ではあるけれど、僕に折檻される時はまるで死人のようにぐたぐたに疲れ切って、唇に皮肉な微笑を浮べながら、蹴られ放題打たれ放題に身を投げ出して居るのでした。しかしそう云う彼女の態度は、一層僕の心を狂暴にさせ残忍にさせずには措かなかったのです。彼女がじっと我慢をして、平気の平左で擲られて居る不敵な面つきを見れば見るほど、僕は一層恐怖に駆られました。たまたま彼女が例《れい》になく優しい態度を示したりすれば、僕は却って警戒しました。彼女がすすめる一杯の酒、一杯の湯水さえも、迂闊に口へ入れようとはしませんでした。で、結局彼女に殺されるくらいなら、寧ろ此方から進んで彼女を殺してしまった方が安全だとも思いました。僕が殺されるか彼女が殺されるか、いずれにしても二人の間に血腥い犯罪が醸《かも》されつつあることは、それは余りにも明かな事実のように感ぜられました。

僕は此の秋の展覧会に、彼女をモデルにした裸体画を出品するつもりだったのですが、そんな工合で仕事は無論捗《はかど》りませんでした。ちょうど先月の末あたりから二人は毎日喧嘩ばかりして居たので、僕はまるっきり筆を取る暇はなかったのです。僕の病的な頭には更に仕事の不満足から来る自暴自棄が加わって、ますます僕の生活を絶望的なものにしてしまいました。そうして、此の半月ばかりの間、僕の毎日の日課と云うものはただ瑠璃子を折檻し、愛溺し、崇拝し、哀願する事を繰り返すばかりでした。一日のうちに、彼女に対する僕の感情は、猫の目のように変りました。彼女を力任せに擲《なぐ》ったかと思うと、次の瞬間にはいきなり彼女に武者振りついてさめざめと涙を流します。それでも彼女が聞き入れないと、再び打ったり蹴ったりします。そう云う騒ぎがあった後には、必ず彼女はプイと姿を晦《くら》まして、半日も一日も、どうかすると明くる朝まで、家《うち》を明けるのが常でした。僕はひとりぽつ然《ねん》と家の中に取り残されたまま、もう泣いたり怒ったりする元気もなく、痺れた頭を抱えながら、失心したように身を横えて、うつらうつらと時の過ぎて行くのを見守って居るばかりなのです。ちょうど今から四五日前にも、そう云う騒ぎが持ち上りました。尤も、その時は又いつもよりは格別な大喧嘩で、僕は此のまま気違いになるならなれと云うような捨て鉢な料簡で暴れ廻ったのです。喧嘩が始まったのは何でも夕方からでしたが、それが晩の九時頃までも続いて、僕は彼女を半死半生の目に会わせました。そうして彼女が髪を振り乱して、バッタリ縁側の板の間に打ッ倒れるのを尻目にかけながら、一目散に往来へ飛び出して、其処らじゅうを歩き廻りました。なぜ家を飛び出したかと云うと、今に必ず瑠璃子が飛び出すだろうと思ったので、それを見るのが嫌さに、自分の方から機先を制してやる積りだったのです。何処をどう云う風に歩いて行ったのか、未だにハッキリとは覚えて居ませんが、上野の森の暗い中を抜けて、動物園のうしろから池の端の方へ降りて行った時に、僕は漸く我に復《かえ》ってホッと溜息をつきました。多分僕は熱した頭に冷たい空気の触れるのが快いので、知らず識らず人通りの少い、淋しい方角へ辿って行ったのでしょう。彼処から納涼博覧会の前を通り過ぎて、観月橋を上野の方へ渡って来た時分には、いくらか僕も正気附いて、自分が今どんな場合に立って居るのかと云う事が、ぼんやり分るようになって居ました。それと同時に、あまり乱暴をしたせいか、高い所から落されでもしたような工合に、体の節々の痛むのが感ぜられました。が、僕の意識は、まだ半分は夢を見て居るように朦朧と曇って居て、頭の中には、何も彼も嵐で吹き飛ばされてしまったように、人間らしい感情は少しも残って居ませんでした。たった今喧嘩をして非道《ひど》い目に会わせた女の姿が、折々遠い物音のようにチラチラと思い浮べられはしたものの、その俤をじっと見詰めても、別段恋しくも悲しくもありませんでした。そのうちに僕は、或る賑やかな、人がぞろぞろと沢山に通って居る、灯影の明るい往来の方へ出て行きました。ハテ、己は何処へ来たんだろうと思って見ると、其処は広小路の電車通りで、夜店が一杯に並んで、涼み客の雑沓して居る間を、右往左往に揉《も》まれながら、あてどもなく歩いて居るのでした。――多分あの晩は摩利支天《まりしてん》の縁日か、でなければ土曜日の晩か何かで、博覧会の見物人が大勢出歩いて居たのでしょう。彼処はいつも賑やかな所ですけれど、しかしあの晩の人ごみは特別のように思われました。――何しろ僕の眼には、あの時のあの町の光景が非常に賑やかに映りました。その賑やかさは多少めまぐるしくはあるが、決して自分の脳髄を掻き乱すようなものではなく、何か音楽のシンフォニーでも聞いて居るような、花やかな、そうして晴れ晴れとした美しい快感でした。僕は一体に人ごみの町を好かない方の性分なのですが、その晩に限って、神経が馬鹿になっている為めに、そんな感じを起したのでしょう。自分の左右に騒々しく動揺して居る種々雑多な通行人や、色彩や、音響や、光線などが、僕の頭に一つも明瞭な印象を止めないで、ただ幻灯の絵のようにポウッと霞んで通り過ぎるのが、僕にそう云う滑かな気分を抱かせたのに相違ありません。たとえば僕は、自分独りが恐ろしく高い所に居て、下界の雑沓を瞰下して居るような心持になって居たのです。子供の時分に、母親に叱られたり何かして泣きながら表を通って居ると、涙の為めに往来がボンヤリと曇って、大変遠い景色に見えることがあるでしょう。あの晩の僕はちょうど其のような光景を見たのでした。

それから、――そうです、それから三十分ばかりも立った後でしょうか、僕は広小路の通りから次第に車坂の家の方へ引き返して来ましたが、勿論家へ帰ろうと云うハッキリとした意志があったのではなく、事に依ればそれから又浅草公園の方へ行く気があったのかも知れません。で、あの車坂の停留場の所から右へ曲って電車通りを五六間も行くと、左側に柳湯と云う湯屋があるのを、先生は御存じでしょう。僕はあの湯屋の前まで来た時に、風呂へ這入ろうと云う気になりました。断って置きますが、僕は以前から頭がモシャクシャした時は、湯へ這入る習慣になって居たのです。僕に取っては、精神の憂鬱と肉体の不潔とは全く一つの感覚でした。心が沈んで居る時は、体中に垢が溜って悪臭を放って居るように感ぜられました。そうして、心の沈み方の激しい折は、いくら湯へ這入って洗っても洗っても、その垢と悪臭とが容易に落ちないような気がするのです。こう云うと何だか年中湯へばかり這入って居る、潔癖な人間のように聞えますけれど、実は大概湯へ這入る元気がないほど沈滞しきって居る時の方が多かったのです。長い間、精神の憂鬱に慣れ切ってしまった結果、肉体の不潔をも寧ろ楽しむ様な心持、――何とも云えないだらけた、不精な、溝泥《どぶどろ》の様に濁った心持、――その心持に対して、僕は一種の懐しみさえ感じて居たくらいだったのです。が、その晩恰も柳湯の前まで来た時に湯へ這入ったらば半月以来の暗澹たる気分が、一時なりとも少しは明るくなるだろうと、ふとそんな風に考えました。

僕は一体、湯屋にしても、床屋にしても、何処と云って極まった所はありませんでした。いつでも往来を歩いて居て、その気になれば見つけ次第に飛び込むのが癖でした。ですからその晩も、ちょうどポッケットに十銭銀貨があったのを幸い、ふらりと柳湯へ這入ったのだと思って下さい。ところで、中へ這入って見ると、僕が今まで一遍も来たことのない湯屋であることが分りました。いや、正直を云うと、僕はあの晩あすこを通りかかった際まで、あんな場所に湯屋のある事は、つい気が附かずに居たのでした。或は気が附いては居たのかも知れないが、しかし全く其の時まで忘れて居ました。ここでもう一つ断って置かなければならないのは、僕がさっき家を飛び出したのは九時々分で、それからもう何時間くらいたったか、少くとも三時間は経過したろうと思われるのに、なんぼ夏の晩だとは云いながら、湯殿はまるで宵の口のようにゴタゴタとこみ合って居るのです。非常に夥しい湯気が一面に濛々と籠って居るので、風呂場の広さはハッキリとは分りませんでしたが、流しの板や桶などがヒドクぬるぬるした、あまり清潔な湯屋ではありませんでした。尤も大分夜更けの事で、多勢の人が這入った跡ですから、そんなに汚れて居たのかも知れません。何にしても余り客がこんでいる為めに、小桶を一つ手に入れるのさえ、なかなか手間が懸ったほどでした。そうして、湯船の中の混雑と来たら、更に一層甚だしく、芋を洗うようにぎっしりと詰まって居る裸体の浴客の、肩と肩との隙間を狙いながら、何とかして割り込もうと待ち構えて居る連中が、僕の周囲に五六人も並んで、湯船の縁に摑まって居ました。僕は暫くあっけに取られて、貸し手拭でざぶざぶと湯を掻い出しては背中へ浴びせて居ましたが、そのうちにやっと真ん中の方に少しばかり空きが出来たのを見附け出して、そこへ無理やりに割り込みました。漬かって居ると湯は生温く唾吐《つばき》のようにのろのろして居て、垢じみた、臭い匂がぷーんと鼻を打つのでした。僕の前後に居る浴客の顔や肌は、ちょうどカリエールの絵を思い出させるようにぼうッと霞んで、何だか無数の幻影が其処に漂って居るような感じを僕に起させました。今も云った通り、僕の割り込んだ場所は恰も湯船の真ん中だったので、僕には濛々たる湯気より他には、殆ど何も見えませんでした。天井を見ても湯気、前を見ても湯気、右も左も湯気、そうして纔かに近所に居る五六人の輪郭が、幽霊のようにボヤケて見えただけなんです。若しもあの場合、女湯と男湯と両方の湯殿に充ち満ちて居るガヤガヤと云う人声や、それが水蒸気の立ち罩《こ》めた高い天井のドームに反響する擾音《じようおん》や、ならびに僕の五体を包んで居る生暖かい湯の感覚や、それ等の物がなかったら、僕は深山の谷間の霧の中に這入って居るのと少しも変りはなかったでしょう。実際僕は、その時も広小路の人ごみをうろついて居た時と同じように、妙に孤独な、而も夢のように快い、不思議な気分に誘い込まれました。

此処の風呂場が不潔であることは、湯船の中に漬かって見ると、一層其の感じを強くしました。湯船の縁も湯船の底も、そうして其処に湛えられて居る湯も、総べてがぬるぬると、口でしゃぶった物のようにどろついて居るのです。こう云うと、僕がいかにも其れを不愉快に感じたようですけれど、実はそれ程イヤな気持はしませんでした。ここで僕は、僕の異常な性癖の一端を白状しなければなりませんが、どう云う訳か僕は生来ぬらぬらした物質に触《さわ》られることが大好きなのです。

たとえばあの蒟蒻《こんにゃく》ですね、僕は子供の時分から馬鹿に蒟蒻が好きでしたが、それは必ずしも味がうまいからではありませんでした。僕は蒟蒻を口へ入れないでも、ただ手で触って見るだけでも、或は単にあのブルブルと顫える工合を眺めるだけでも、それが一つの快感だったのです。それから心太《ところてん》、水飴、チューブ入りの煉歯磨、蛇、水銀、蛞蝓《なめくじ》、とろろ、肥えた女の肉体、――それ等は総べて、喰い物であろうが何であろうが、皆一様に僕の快感を挑発せずには措かなかったものです。僕が絵が好きになったのも、恐らくはそう云う物質に対する愛着の念が、次第に昂じて来た結果だろうと思います。僕の画いた静物を見ればお分りになるだろうと思いますが、何でも溝泥のようにどろどろした物体や、飴のようにぬらぬらした物体を画く事だけが非常に上手で、その為めに友達からヌラヌラ派と云う名称をさえ貰って居るくらいなんです。で、ヌラヌラした物体に対する僕の触覚は特別に発達して居て、里芋のヌラヌラ、水洟のヌラヌラ、腐ったバナナのヌラヌラ、そう云う物には、眼を潰って触って見ただけでも、直ぐに其れを中てる事が出来ました。ですからその晩も、その薄穢ないヌラヌラした湯に漬かって、ヌラヌラした湯船の底に足を触れて居ることが、寧ろ一種の快感を覚えさせたのです。そのうちにだんだん自分の体までが妙にぬらぬらして来て、僕の近所に漬かって居る人たちの肌までも、みんな此の湯のようにぬらぬらと光って居るらしく思われ、何だかちょいと触って見たいような気になりました。すると、そう思ったとたんに、僕の足の裏は何か知らぬが生海苔《なまのり》のようにこってりとした、鰻のようににょろにょろした、一層濃いヌラヌラの物体をぬるりと踏んづけたようでした。ちょうど古沼の中へ足を突っ込んで蛙の死骸を踏んだような気持でした。そのぬらぬらを足の先で探って見ると、それが斯う、海の藻が絡みつくような塩梅に両方の脛へ粘り着いて来て、やがて今度は更に一層こってりとした、流動物の塊らしいものが、不意にくちゃりと足の甲を撫でたのです。僕は最初、皮膚病患者の膏薬とか練薬とか云うようなものが、繃帯と一緒に湯船の底に沈んで蕩《とろ》けて居るのだろうと思いましたが、暫くそうして探って居るうちに、そんな小さな物ではない事が分って来ました。のみならず、その流動物を踏んづけながら二た足三足歩いて行くと、ぬらぬらの度はますます濃くなって来て、遂にはゴムのようにもくもくした重たい物体がヌラリクラリと足の下に持ち上って来るのです。そのゴムに似た物体の表面は、一面に痰のような粘液に包まれて居て、力まかせに踏んづけようとしても、ツルリと滑ってしまいます。それでも構わずに踏んづけて行くと、もくもくとした物は一層高く膨れ上がり、ところどころにぽくんと凹んだ部分があって、それから又もくもくと持ち上り始め、何でも一間ぐらいな長さにうねうねとのたうちながら、湯水の底にどんより漂うて居るのです。あまり様子が変なので、僕は手で以て其の物体を引き上げて見ようと思いましたが、その一刹那、突然、ある物凄い聯想がふいと脳裡を掠めたので、覚えず慄然《ぞっ》として手を引っ込めてしまいました。ひょっとしたら、僕の脛に絡み着いて居る藻のような物体は、女の髪の毛ではあるまいかと云う考が、急に其の時僕の胸に閃めいたのです。………女の髪の毛？　そうです、それはたしかに長い女の髪の毛がもつれ合って居るのです。そうして、あのゴムのようにもくもくとした重たい物は、人間の肉体に違いないのです。湯船の底には女の死体がただよって居るのです。………

いや、そんな馬鹿な事がある訳はない。現に此の湯船の中には、自分以外にも多勢の人が漬かって居るじゃないか。そうして皆平気な顔をして居るじゃないか。と、考え直して見ましたけれど、依然として脛にはぬらぬらした物が絡み着き、足の下にはもくもくした物がぷっくり膨れ上って居ます。僕の異常に鋭敏な触覚は、たとい足の裏に於いても、どうして其の物体の判断を誤まりましょう、――それが人間の、而もある女の死骸である事は、最早僕に取って一点の疑う余地もないのでした。それでも僕はもう一遍、念の為めに頭の方から爪先まで踏み直して見ましたが、やはりそうに違いありません。首のように円い形をした物の次には、細長く凹んだ頸部があり、その次には又高く高く、さながら丘のように持ち上って居る胸板の先が、乳房になり、腹部になり、両脚になり、紛う方なき人間の形を備えて居るのです。僕は当然、自分は今夢を見て居るのじゃないだろうかと思いました。夢でなければこんな不思議な事がある筈はない。自分は今何処に居るのだろう、布団を被って寝て居るのじゃないか知らん。そう考えて周囲を見廻すと、其処には相変らず湯気が濛々と立ち罩め、ガヤガヤと云う人声がうるさく聞えて、自分の前後には二三の浴客の輪郭が、ボウッと霞んで幻の如く浮かんで居ます。そのもやもやした湯気の世界が、ぼんやりと淡くかすれて居る工合は、全く夢のようにしか思われませんでした。夢だ、夢だ、きっと夢に違いないんだと、僕は思いました。いや、実を云うと多少は半信半疑だったのですが、僕は狡猾にも、無理やりに夢にしてしまったのです。夢ならば覚めないで居てくれろ、もっと夢らしい不思議な光景を見せてくれろ、もっと面白い、もっと途方もない夢になってくれろ、そう云う風に僕は心に念じました。夢ならば覚めよと祈るのが人情ですけれど、僕の場合は反対でした。僕はそれ程夢と云うものに価値を置き、信頼を繋いで居る人間なんです。極端に云えば現実よりも夢を土台にして生活して居る男なんです。ですから其れが夢であったと悟ったからと云って、急に実感を失うような事はありません。夢を見ることは、うまい物を食ったり、いい着物を着たりするのと同じような、或る現実の快楽なのです。

僕は、夢の面白さを貪るような心持で、猶も其の死骸を足でいじくり廻しました。が、不幸にも其の面白さは決して長くは続きませんでした。なぜかと云うのに、僕はやがて、それを一場の夢だとするには余りに恐ろしい事実を発見したからです！　僕の足の裏の鋭敏なる触覚は、――ああ、何と云う呪わしい、フェエタルな触覚でしょう！――啻《ただ》に其れが女の死体である事を感付いたばかりでなく、その女が誰であるかと云う事までも、僕に教えずには措きませんでした！　あの昆布のようにぬらぬらと脛に巻き着いて居る髪の毛、――恐ろしく多量な、ふっさりとした、而も風のようにふわふわした髪の毛は、彼女の物でなくて何でしょう？　僕が彼女を愛するようになったのも、最初は実に此の髪の毛の為めだったのです。それを僕がどうして忘れる事が出来るでしょう。そればかりか、あの綿のように軟弱な、蛇体《じゃたい》のように滑かな全身の肉づき、――たとえば其れは葛湯を塗りつけたように粘っこく光って居る肌ざわり、――それが彼女の物でなくて何でしょう？　やがて僕の足の先には、鼻の恰好、額の形、眼のありどころ、唇の位置までが、見るが如くにありありと感ぜられて来るのでした。そうです、何と云っても、いかに胡麻化そうとしても、それは瑠璃子に違いないのです。瑠璃子が此処に死んで居るのです。

その時僕には、此の湯の不思議が一時に解決されました。僕はやっぱり夢を見て居るのではなかったのです。僕は瑠璃子の幽霊に会って居るのです。普通、幽霊と云うものは人間の視覚を脅やかすものですが、それが僕の場合にあっては触覚を脅やかして居るのだ。僕は彼女の幽霊に触れて居るのだ、てっきりそうに違いないと思いました。僕は先《さつき》、家を飛び出す時、彼女を半死半生の目に会わせました。僕はきっとあの時に誤まって彼女を殺してしまったのに相違ない。彼女は縁側にぐったりと倒れたきり起き上ろうともしなかったが、実はもうあの時に死んで居たのだ。そうして今、此の風呂場の中へ幽霊になって現れたのだ。幽霊でなければ客がこんで居るのに、誰も気が附かないと云う筈がない。僕はとうとう人殺しをした！　いつか一度はしなければならない犯罪が、とうとう今夜行われたのだ！――此の考が湧き上ると同時に、僕はぞっとして湯船の中を飛び出すや否や、体もロクロク洗わずに往来へ逃げ伸びました。外は依然として賑やかでした。涼みの客がいまだにぞろぞろと其の辺を繋がり歩き、電車が幾台も幾台も威勢よく走って居ます。僕以外の世界には何等の変化もないことを証するかのように、――

僕の頭には、縁側にぐったりと倒れて居る瑠璃子の姿と、湯船の底に澱んで居たぬらぬらの死体の触感とが、一つに結び着いて焼き付けられて居ました。それから二三時間の間、深夜の往来がひっそりと寝鎮まってしまう頃まで、僕がどんな惨憺たる気持を抱いてあてどもなく路上をうろうろとさ迷うて居たか、それは委《くわ》しく説明する迄もなく、大概お分りになるだろうと思います。僕は兎に角、一旦自分の住まいへ帰って此の忌まわしい事件の真相をたしかめた上、いよいよ殺人罪を犯したと極まったら、明日にも潔く自首して出ようと決心しました。僕以外の世界には何等の変化がないにもせよ、少くとも瑠璃子だけはもう此の世に生きて居ない事を、僕は信ぜずには居られませんでした。実際、その時の僕には、そう信じることが極めて自然だったのです。瑠璃子が生きて居るとしたら、湯船の底に沈んで居た死骸が彼女の幽霊でないとしたら、一層それは不自然になって来るんです。

然るに、其の晩おそく家へ帰って見ると、不思議にも瑠璃子はちゃんと生きて居ました。いつもならば、喧嘩の後で家を飛び出すのが彼女の癖ですのに、その晩はあんまりひどく擲られたので体を動かす気力すらなかったのでしょう。やはり先と同じように縁側に突っ伏して、正体もなく体を投げ出しながら、例の房々した髪の毛を振り乱したまま、――しかし立派に生きて居たのです。実はそれさえも幽霊ではないかと思いましたが、その夜が明けて、朝になっても瑠璃子はちゃんと僕の傍に控えて居ます。勿論僕は湯屋の事件を彼女にも誰にも話しませんでした。若しも世の中に生霊《いきりょう》と云うものがあるならば、昨夜のはきっと生霊に違いない。僕はそうも考えました。僕も随分今までに奇怪な幻覚を見るには見ましたが、ゆうべの死骸を、単なる幻覚だと極めてしまうのには余りに不思議過ぎたからです。全く僕以外に嘗て一人でもあんな不思議な幻覚に出会った人があるでしょうか？

僕はそれから今夜まで、此れでちょうど四晩つづけて、同じ時刻にあの柳湯へ行って見ました。ところがどうでしょう！　その死骸は毎晩あの湯船の底の真ん中あたりに、いつもぬらぬらと漂うて居て僕の足の裏を舐めるのです。そうして常に人がガヤガヤとこみ合って居て、流しには湯気が濛々と籠って居ます。それだけならばまだいいのですが、とうとう僕は我慢がし切れなくなって、今までは足の先だけで触って居たのに、今夜は一と思いに両手を死骸の脇の下に突っ込み、ぐうッと湯船の底から引き上げて見ました。すると――やっぱり僕の想像は誤まっては居なかったのです。それは正しく彼女の生霊だったのです。ぬるぬるとした水垢に光りながら、眼と口とをぽかんと開けて、濡れた髪の毛を荒布のように引き擦って、湯の面へ浮び出た死顔は、紛う方なき瑠璃子の俤だったのです。………僕は慌てて再び死骸を湯船の底へ押しやりました。そうして、殆ど無我夢中で湯から上ると、大急ぎで着物を着換えて表へ逃げ伸びようとしました。その瞬間に、俄かに湯殿の方が騒々しくなったかと思うと、それまで平気で体を洗って居た多勢の浴客が総立ちになって『人殺し、人殺し！』と叫び始めたようでした。『彼奴だ、彼奴だ、今洋服を着て出て行った奴だ』そう云う声も聞えました。僕は驚いて、横丁をいくつもいくつもぐるぐると曲って、ようよう此処まで一目散に駈けて来たのです。………

僕の話は此れだけですが、僕は決して嘘を云うのではありません。僕はその死骸を、最初には夢だと思い、次には幽霊かと疑い、最後には生霊だと信じて居ましたのに、今夜多勢の連中が騒ぎ出したところを見ると、やっぱり生霊でも幽霊でもなく、ほんとうに彼女の死骸なのでしょうか。僕は皆が云うように『人殺し』をしたのでしょうか。そうだとすると、僕はいついかなる手段で彼女を殺したのでしょう。僕は夢遊病者のように、自分で知らない間にそんな大罪を犯してしまったのでしょうか。それにしても彼女の死骸が、湯船の底に沈んで居るのはどう云う訳でしょう。その死骸は此の間から彼処にあったのに、どうして其れが今夜まで、外の人には分らなかったのでしょう。それとも此の間から今夜までの出来事は、悉く僕の幻覚に過ぎないのでしょうか。僕は立派な気違いなのでしょうか。――先生、どうぞ此の不思議な事実を僕の為めに説明して下さい。僕が罪人であった場合にも、僕の中立てが偽りでない事を、裁判官に証明して下さい。僕は今夜湯屋から飛び出した瞬間に、先生ならばきっと僕の不思議な立場を諒解して下さるだろうと、ふいと考えついたので、こうして突然お願いに上った訳なんです」

その青年の告白は此れで終ったのである。S博士は其れを聞き取ると、兎に角青年を連れて柳湯へ行って見なければ真相が分らないと云う事を答えた。が、そんな面倒を見るまでもなく、やがて青年の行くえを探索して居た数人の警官がどやどやと事務所へ追跡して来て、直ちに彼を引き立てて行った。警官が博士に語った所によると、その青年は其の晩柳湯の湯船の中で、不意に一人の男の急所を摑んで死に到らしめたのだそうである。殺された男は、あッと云う間に声をも立てず絶息して、湯船の底に沈んで行った。その死に方があまりあっけなかったのと、湯殿が非常に混雑して湯気が籠って居たのとで、人々は暫く其れに気が附かなかった。そうして青年が死骸を引き擦り上げた時に、一人の浴客が眼を附けて、其れから追い追いに騒ぎ出したのだそうである。

青年の情婦の瑠璃子は、勿論殺されては居なかった。彼女は其の後証人として法廷へ呼び出されたが、その事件の弁護に任じたS博士から私が聞いたところでは、法廷に於ける彼女の陳述は、青年が奇怪な狂人であることを証明するに十分な根拠となった。

即ち、彼女は青年の平素の行動に就いて次のように語った。

「私があの人を嫌ったのは、決してあの人に働きがないからではなく、そうかと云って外に男が出来たからでもありません。実は年々に激しくなるあの人の狂気が恐ろしかったのです。あの人は此の頃、私に対して無理な奇態な要求ばかりをしました。そうして、ありもしない事を事実に見たと云って私を困らせ、虐待し、折檻しました。その折檻の仕方が又非常に妙でした。たとえば私を圧さえつけて置いて、ゴムのスポンジへシャボンをとっぷりと含ませて、それで私の目鼻の上をぬるぬると擦ったり、体中へどろどろした布海苔を打っかけて足蹴にしたり、鼻の孔へ油絵具をべっとりと押し込んだり、始終そんな馬鹿げた真似をしては私をいじめました。私がじっと大人しく玩具《おもちゃ》にされて居ると機嫌がいいのですけれど、若し少しでも嫌がったり何かすれば忽ち腹を立てて乱暴を働きました。そんなこんなで、私はあの人と一緒に居るのが厭で厭で溜りませんでした」――

彼女は青年が考えて居たほど淫奔な、多情な女ではないらしかった。S博士の観察では、寧ろ少しくお人好しの、ぐずで正直な女らしいと云う事であった。

青年は間もなく、監獄へ入れられる代りに瘋癲《ふうてん》病院へ収容された。

クラフト・エビングに依って「マゾヒスト」と名づけられた一種の変態性慾者は、云う迄もなく異性に虐待されることに快感を覚える人々である。従ってそう云う男は、――仮りにそれが男であるとして、――女に殺されることを望もうとも、女を殺すことはなさそうに思える。しかしながら、一見奇異ではあるけれども、マゾヒストにして彼の細君又は情婦を、殺した実例がないことはない。たとえば英国に於いて一千九百十年の二月一日に、マゾヒストの夫《おっと》ホーレー・ハーヴィー・クリップンは、彼が渇仰の的であったところの、女優で彼の細君なるコーラを殺した。コーラは舞台名をベル・エルモーアと呼ばれ、総べてのマゾヒストが理想とする、浮気で、我が儘で、非常なる贅沢屋で、常に多数の崇拝者を左右に近づけ、女王の如く夫《おっと》を頤使《いし》し、彼に奴隷的奉仕を強いる女であった。その犯罪が行われた正確な時刻は今日もなお明かでないが、前記一千九百十年の二月一日午前一時以後、コーラは所在不明になり、誰も彼女を見た者がない。夫《おっと》クリップンは人に聞かれると、妻は転地先で病死した旨を答えていた。が、五箇月を経てからスコットランド・ヤードの嗅ぎつける所となり、刑事が彼に説明を求めると、彼は極めて淡白に、「死んだと云ったのは嘘《うそ》なんです。

実は一月三十一日の晩に夫婦喧嘩をしましてね、それをキッカケに妻は怒って家出をしちまったんですが、多分亜米利加へ行ったんだろうと思うんです。亜米利加は妻の生国で、いい男があったらしいから、きっとその男の所へ行ったんでしょう。アレが死んだと云い触らしたのは、そうでも云って置かないでは世間体が悪いものですからね」と、直ちに澱《よど》みなく陳述した。そうして刑事をヒルドロップ・クレセント三十九番地の自宅へ案内し、家じゅうを隈なく捜索するに任せた。此れで事件は曖昧の裡に葬られ、彼の嫌疑は一往晴れたにも拘わらず、クリップンは何に慌てたか、翌日急に何処かへ姿を晦《くら》ましてしまった。それが七月十二日で、同十五日に刑事が再び彼の留守宅を捜索したところ、石炭を貯蔵してある地下室の床の煉瓦の下から、首と手足のない一個の人間の胴であろうと思われる肉塊を発見した。コーラが見えなくなってから、実に五箇月半の後であった。

私は茲にホーレー・ハーヴィー・クリップン事件を叙述するのが目的でない。だから成るべく簡単にして置くが、彼に就いて特筆すべきは、此のクリップンこそ、無線電信の利用に依って逮捕せられた最初の犯罪者であった。彼は一旦アントワープに逃げ、七月二十日亜米利加へ向って同港を出帆する汽船モントロス号へ、ミスタア・ジョン・ロビンソンなる仮名の下に乗船した。然るに此のロビンソン氏には彼の息子と称する一人の美少年の同行者があって、それがどうも、男装をした女らしいと云うところから、遂に船長ケンダル氏の疑いを招き、ケンダル氏より無線電信を以てその筋へ紹介するに至った。斯くして同月三十一日、リヴァプールより跡を追いかけた警官のために、船中に於いて彼と男装をした女とは捕縛せられた。ではその女は何者であるかと云うに、エセル・ル・ネーヴと云う者で、クリップンが可愛がっていたタイピストであった。即ち彼はだんだん細君に飽きが来ていて、此のタイピストを情婦に持っていたのである。

私は読者諸君に向って、此の事に注意を促したい。と云うのは、マゾヒストは女性に虐待されることを喜ぶけれども、その喜びは何処までも肉体的、官能的のものであって、毫末も精神的の要素を含まない。人或は云わん、ではマゾヒストは単に心で軽蔑され、翻弄されただけでは快感を覚えないの乎《か》。手を以て打たれ、足を以て蹴られなければ嬉しくないの乎と。それは勿論そうとは限らない。しかしながら、心で軽蔑されると云っても、実のところはそう云う関係を仮りに拵え、恰もそれを事実である如く空想して喜ぶのであって、云い換えれば一種の芝居、狂言に過ぎない。何人と雖、真に尊敬に値いする女、心から彼を軽蔑する程の高貴な女なら、全然彼を相手にする筈がないことを知っているだろう。つまりマゾヒストは、実際に女の奴隷になるのでなく、そう見えるのを喜ぶのである。見える以上に、ほんとうに奴隷にされたらば、彼等は迷惑するのである。故に彼等は利己主義者であって、たまたま狂言に深入りをし過ぎ、誤まって死ぬことはあろうけれども、自ら進んで、殉教者の如く女の前に身命を投げ出すことは絶対にない。彼等の享楽する快感は、間接又は直接に官能を刺戟する結果で、精神的の何物でもない。彼等は彼等の妻や情婦を、女神の如く崇拝し、暴君の如く仰ぎ見ているようであって、その真相は彼等の特殊なる性慾に愉悦を与うる一つの人形、一つの器具としているのである。人形であり器具であるからして、飽きの来ることも当然であり、より良き人形、より良き器具に出遇った場合には、その方を使いたくなるでもあろう。芝居や狂言はいつも同じ所作《しよさ》を演じたのでは面白くない。絶えず新奇な筋を仕組み、俳優を変え、目先を変えて、やって見たい気にもなるであろう。マゾヒストが一とたびそう云う願望に燃え、何とかして古き相手役、古き人形を遠ざける必要に迫られた時には、マゾヒストであるがために、却って恐ろしい犯罪に引き込まれがちであり、そうして又、普通の人より一層容易にそれを為し遂げ得ることは、読者にも想像が出来るであろう。なぜなら彼は彼の病的な本能の故に、たとえ内心では相手を嫌うようになっても、嫌忌の情を男らしく、堂々と表白することを欲しない。欲しないのみならず、彼の性質としては先天的にそれが出来ない。もう此の女はイヤだと思いながら、女が依然として暴威を振って、彼を叱ったり殴ったりすると、矢張その刹那は、その快感に負かされて誘惑される。彼の弱点を握っている女は、全く油断をし、心を許し、いよいよ傲慢な態度を続ける。男はセッパ詰まる所まで誘惑に引き擦られて行き、そのためになお胸中に憎悪を貯え、だんだんあがきがつかなくなって、結局何か陰険な方法で、相手の女を除き去るより外に手段がなくなってしまう。(散々人形をいじくり廻して、使えるだけ使ってから、それをごみ溜めへ捨てるのである。)相手は油断しているのだから、乗ずる隙は幾らでもある。そのことは訳なく実行される。そうして世間は、彼の如く女に柔順であった男に、何等の疑いをも挟まない。現にクリップンがそうであった。あのように細君の我が儘を大人しく怺《こら》えた紳士が、恐ろしい罪を犯す筈はないと云う風に、一時は思われたのであった。

クリップンは最後まで自白しなかったので、彼がいかなる時と場合に、いかなる手段でコーラを殺したかは、遂に今日に至るまで知られていないが、ただ英国の法廷は、コーラが見えなくなったこと、地下室の床下から一箇の肉塊が現われたこと、クリップンが突然情婦を男装させて逃亡を企てたこと、彼が知り合いの薬種商から、性慾昂進剤として徐々に多量の劇薬を買い求めつつあったこと、及び肉塊の内臓にそれと同じ劇薬が含有されていたことなどから、コーラを毒殺したものとして彼に死刑の判決を与えた。しかしながら当時の科学の程度では、地下室の肉塊がコーラの死屍の一部分であることを学問的に立証することは至難であった。その肉塊はそれほど損傷し、腐爛《ふらん》していた。そうして胴体から切り離された首と手足とが、いつ家から運び出され、何処へ遺棄されたかに就いては、多分犯罪の露顕する前、復活祭の休暇を利用して彼が情婦のエセル・ル・ネーヴとディエップへ旅行した時に、船の甲板から英吉利海峡へ投じたものであろうと云う推測以外に、確たる事は分らないでしまった。

クリップン事件のあらましはざっと上述の如くである。そこで私は、読者諸君に今一つ此れと似た事件、——日本に於けるクリップン事件とでも云うべきものを、以下に紹介しようと思う。その事件とは外でもなく、二三年前に京阪地方の新聞紙を騒がしたところの、兵庫県武庫郡○○村字××に於ける、会社員小栗由次郎なる者の私宅に起ったあの出来事を指すのである。私がそれを再び取り上げて読者の興味に訴える所以は、当時新聞にはいろいろの記事が現われたけれども、孰れもあの事件を正当に観察していなかった、徒らに誇張した形容詞を並べ、その血なまぐさい光景や、「凶暴を極め、惨虐を極め」た「奸佞なる」犯罪を書き立てたのみで、あの事件が第二のクリップン事件であり、マゾヒストの殺人であると云う点に、特別な注意と理解を向けた新聞紙はなかったように、考えられるからである。それに事件が関西でのことであるから、東京の新聞は軽く取り扱っていたので、知らない人も多いに違いない。私はそれを探偵小説的に書くのが目的ではなく、記録に基いて事実を集め、既に知られた材料を私一流の見方に依って整理して見る、つまり与えられた事柄の中心を置き換えて見る、そうして出来るだけ簡結に、要約的に諸君の前へ列べて見ようと云うのである。

それは大正十三年の三月二十五日午前二時頃のことであった。阪急電車蘆屋川の停車場から五六丁東北にあるBと云う農家の主人は、隣家の小栗由次郎方と覚しき方角から、番犬の呻るらしい響きと、人の叫ぶような声とを聞いた。あの辺の地理を知らない人のために記して置くが、大阪と神戸とを連絡する電車に二線あって、一線は海岸に沿うて走り、他の一線は六甲山脈の麓を縫うて、高台の方を走っている。阪急電車とは後者を云うので、その沿線はつい最近にこそ急激な発展をしたものの、当時は今の半分も人家がなかった。殊に線路から上の方、――山手の方は、その時分は至って淋しい場所であって、昔から村に居住している百姓以外には、去年の地震で関東を落ち延びた罹災民をあてこみの借家が、やっと二軒建っていたのみであった。此の二軒のうち一軒はまだ借り手がなく、他の一軒に、約二箇月程以前から小栗由次郎が住んでいた。前記のB家はそこから四五間東寄りにあって、小栗の住宅に最も近かったのである。が、B家の主人はその夜そう云う物音を聞いても、余り怪しみはしなかった。彼は小栗が大きな番犬を飼っていることを知っていたし、近頃毎夜今時分にその犬が「ウー」と牛のように呻るのを、しばしば聞いたことがあった。人の叫び声に就いても、それが小栗の家からなら不思議はなかった。なぜかと云うのに、小栗の家では時々奥さんがヒステリーを起して、亭主を打ったり蹴ったりして大乱痴気をやると云うので、その噂はもう、越して来てからまたたくうちに村中に知れていたからであった。

いったいそう云う昔ながらの土地へ赤い瓦の文化住宅が建てられて、都会人らしい若い夫婦が移って来れば、それでなくても村民の注意を惹くのは必然であるが、殊に此の夫婦は、彼等の噂の種になるのに甚だ恰好な材料であった。村民たちの見たところでは、夫婦は一匹の犬を飼っている以外には、女中も置かず、二人きりで住んでいた。亭主は大阪の船場にあるBC棉花株式会社の社員だそうで、三十五六の男であった。細君と云うのは、実際の歳は二十四五かも知れないけれど、ようよう二十前後にしか見えない若さで、此の女が真っ先に村民の眼を驚かした。彼女は毎日午頃になると、留守宅に鍵をかけて、太い鎖で犬を曳きながら、散歩に出かける。その時の服装が異様であって、此の近所には珍しい断髪の頭に、派手なメリンス友禅の、それも色の褪めかかった、ひどく古ぼけた振袖を着て、紫のコール天の足袋を穿いた風つきはなかなかの美人であるだけに、どう考えても瘋狂院のしろものであった。そして彼女は、犬を連れて一と廻りすると、一旦家へ帰って来て、それから大概、午後二時々分に、今度は恐ろしくハイカラな、キビキビとした洋服を着、鞭のような細いステッキを振りながら、電車で何処かへ出かけて行った。あの奥さんは亭主の留守に家を空けて、毎日何処へ行くのだろうと、久しく問題にされたものだが、間もなく彼女は、大阪の千日前や神戸の新開地へ出演する歌劇女優であることが分った。つまり夫婦は共稼ぎをしているのであった。細君は夜が遅くなるものだから、朝のうちは床の中で眠っているらしく、亭主はいつも、会社へ出勤する時刻、——午前七時頃に、表や裏口へ鍵をかけて出るのが見られた。亭主の帰りは、午後六時頃に会社から真っ直ぐ戻る場合もあり、細君の出ている小屋へ廻って、十一時前後に、仲好く腕を組みながら帰宅する場合もあった。従って、昼間はめったに顔を合わせる暇のない夫婦であるから、家へ帰ると、夜が更けるまで話し合っているのに不思議はないのだが、どう云う訳か三日にあげず喧嘩が始まって、夜半の一時二時頃になると、夫婦の激しい掴み合いや格闘の響きが、平和な村の眠りを破った。そればかりでなく、その喧嘩の内幕に就いても、奇妙なことが発見された。と云うのは、最初村の人たちは、亭主がやきもち焼きなので、細君をいじめているのであろうと想像していたのに、だんだん様子を探って見ると、怒鳴りつけたり殴ったりするのは細君の方で、亭主はあべこべにひいひい泣きながら、赦しを乞うているのであった。さてこそ「あの女はヒステリーだ、何ぼ女優でも変だと思ったが、やっぱり幾らか気がおかしいんだ」と云うような噂が、ぱっとひろまってしまったのである。

そう云う訳だから、その晩前記のB家の主人は、その犬の声や物音を聞いても、別に気にかける筈はなく、「又やっているな」と思っただけで、直ぐに寝入ってしまったのだが、それから三時間ばかり過ぎた明け方の五時近く、主人が再び眼を覚ますと、隣家の物音は微かながらもまだ続いていた。しかし今度は、犬の吼えるのは聞えないで、多分亭主が例のひいひい悲鳴を挙げているのであろう、「堪忍《かに》してくれエ！」とか、「御免よう！」とか云うらしい声が、途切れ途切れに、さも哀れッぽく、力なく響いた。主人はその時、今迄喧嘩が明け方迄も続いたことは一度もないので、此れは少し変だと思った。そうしてなおよく聞いて見ると、どうもいつもの喧嘩ではないような気がした。喧嘩なら細君の罵る声や、ぴしゃりぴしゃりと亭主の横ッ面を張り倒すような音がするのに、それがちっとも聞えて来ない。ただしーんとした静かさの中に、亭主の悲鳴ばかりが聞える。その悲鳴がまた、じっと耳を澄ましていると、「堪忍《かに》してくれエ！」と云うのではなく、「助けてくれエ！」と云うようである。

………

B家の主人が、後に証人として出廷した時に述べたところは右の如くで、彼は此れ以上此の事件には関係がない。彼は第一に小栗由次郎の叫び声を聞いたが、それがハッキリしなかったので、現場へ駆けつけることを躊躇していた。するとたまたま、小栗の家の前を通りかかった第二の男が、此れは明瞭に「助けてくれエ！」と云う声を聞いた。以下は主として第二の男の証言に基く事実である。――

その男は、小栗の家から更に五六丁東北の方の小山から切り出す石を、車に積んで魚崎の海岸へ運ぶ馬方であった。彼はその朝の五時少し過ぎに同家の前へさしかかった時、「助けてくれエ！」と云う声が二階の窓から聞えたので、思わず立ち止まってその方を見上げた。窓には何の異状もなく、更紗《さらさ》の窓かけが垂れ下っており、締まりのしてあるガラス障子には、朝日が赤くキラキラと反射していた。にも拘わらず、助けを呼ぶ声は頻りに繰り返されるので、彼は直ちに家の中へ踏み込もうとしたけれど、表口にも裏口にも厳重に鍵が懸っていた。拠んどころなく、彼は台所のガラス障子を破って這入り、階段を駈け上って、声のする部屋と思われる方へ走って行った。と、その部屋の襖が一枚外れて、三尺ばかり開いていたので、覗き込もうとすると、中からいきなり狼のような巨大な犬が「ウー」と呻って飛び着いて来たので、馬方は「あっ」と云ったまま、仰天して後ろへ退った。とたんに彼は、誰か室内に居る男が、「エス！　エス！　エス！」と、一生懸命に声を張り上げて、犬を制するのを聞いた。犬はそれきり大人しくなって、敵対行動を止めはしたものの、猶且警戒するように、馬方の体に附き纏いながらヒクヒク臭いを嗅いでいた。

次の瞬間に室内を見廻した馬方は、寝台の上に、一人の男が赤裸にされ、鎖を以て両手と両足を縛られているのを認めた。彼は体じゅうを滅多矢鱈に打たれたものらしく、ところどころにみみず脹れが出来、血が流れていた。疑いもなく助けを求めたのは此の男で、そうして又、たった今犬を叱ったのも此の男に違いなかった。が、それよりもなお悲惨なのは、寝台の脚下に仰向けになって倒れている、一人の若い断髪の女の屍骸であった。女は派手な刺繍のあるパジャマを着て、——馬方の言葉に従えば「支那服を着て、」——右の手に革の鞭を持ったまま、むごたらしく頸部を抉られ、傷口から流れる血の海の中に死んでいた。馬方の混乱した頭には、咄嗟の場合、此の物凄い光景がぼんやりと瞳に映ったのみで、此れらの事が何を意味するか、とんと解釈がつかなかったが、間もなく彼は、さっきのエスという犬が同じように血を浴びて、その唇から生生しい赤いすじを滴らしているのを発見した。

「犬が女を喰い殺したのだ、」——彼にはやっとそれだけが分った。何となれば、エスはその時馬方に対する警戒を解いて、再び屍骸を嬲り始めた。その屍骸には、——始めて彼は気が付いたのだが、——頸ばかりでなく、至る所に喰いちぎったような傷痕があった。

程なく警官と警察医の臨検となり、縛られていた男、即ち小栗由次郎と、証人の馬方とは、一往警察署へ引致されたが、そこで図らずも、小栗の説明で此の不可解なる惨劇の内容がすっかり分った。小栗の云うには、死んだ女は芸名を尾形巴里子という歌劇女優で、自分の内縁の妻である。そしてその晩も、彼はいつものように巴里子に折檻されていた。巴里子は彼を素裸にさせてから、寝台の上へ臥ることを命じ、然る後にその手と足とを犬の鎖で緊縛した上、革の鞭をしごいて体じゅうをぴしぴしと殴った。彼は苦痛に堪えられないでひいひいと悲鳴を挙げつつあった。ところが一方、此の十日程前に、わざわざ上海から取り寄せたジャアマン・ウォルフドッグ（独逸種狼犬）があったが、体量十三四貫もある猛犬であるから、階下の一室へ繋いで置いたのに、それが悲鳴を聞くや否や、主人の危急の場合と見て、突然綱を引きちぎって扉を蹴破り、二階の部屋へ駈け込んで来て巴里子に躍りかかったかと思うと、一撃の下に彼女の喉笛を喰い切ってしまった。

巴里子が何故に彼を折檻したかに就いては、小栗は自分が浅ましい変態性慾者、――マゾヒストであることを包まず語った。巴里子は決してヒステリーの女ではなく、寧ろ小栗を喜ばすために暴威を振っていたのであった。尚又、何の必要があってそんな猛犬を飼ったかと云うのに、自分（小栗）は元来犬好きの方ではなかったけれども、巴里子の感化で、今では夫婦とも犬気違いになっていた。犬に対する巴里子の嗜好はなかなか専門的であって、犬と云うものは、婦人が戸外を散歩する時の欠く可からざる装飾である。犬を連れて歩かない婦人は、美人の資格がないのである。その目的に添うためには、小さな繊弱な犬よりも、大きな頑健な犬の方がいい。成るべく剽悍《ひょうかん》な、獰猛《どうもう》な犬であればある程、それに護衛されながら行く婦人の容姿が、一と際引き立って魅惑的な印象を与える。と、そう云うのが巴里子の持論であった。そして彼女は、小栗と同棲するようになってから、早速土佐犬と狼との混血犬を買い込んだが、それがディステンパーで斃れたので、今度はグレート・デンを買った。ところがそのグレート・デンは、毛の色合や体つきが彼女の皮膚や服装と調和しないことに気が付き、最近に至ってそれを神戸の犬屋へ売って、代りに独逸の狼犬を取り寄せることにしたのであった。村の人たちが、彼女が連れて歩いているのを屢々見たと云う犬は、即ちグレート・デンのことで、巴里子は狼犬の方が到着する前に、歌劇の一座に加わって半月ばかり九州へ巡業に出かけ、帰って来たのが事件のあった前日の午後であった。そうして実に此の一事こそ、犬好きの彼女が犬に喰い殺されると云う惨禍を齎した原因であった。巴里子も小栗もたびたび猛犬を手がけていた結果、犬を恐れる観念が乏しく、油断していた。それでも小栗は、今度の犬は取り分け性質が荒々しいことを知っていたから、彼女の留守中にそれを自宅へ引き取って以来、毎日毎夜馴らす練習を続けていた。特に彼女の帰宅する日は、万一の事を慮って、階下の一室へ押し込めにしたくらいであった。が、それが却って悪かったのか、犬は事件の突発するまで彼女に親しむ機会がなく、主人を虐げる悪魔であると視たのであった。

警官は念のために小栗の家の間取りを調べた。それは前にも云う如く文化住宅式の借家で、中は二階が日本座敷、階下が西洋間になっていた。当夜惨劇の起った部屋は、八畳敷の畳の上に鉄製の寝台（ダブルベッド）が据えてあり、そこが夫婦の寝室――と云うよりも、巴里子が夜な夜な彼女の哀れなる奴隷の上に、有らゆる拷問と体刑を科する仕置場であった。犬は階下の西洋間の方に、鎖を以て繋がれていたので、その鎖の一端は、窓の格子に絡ませてあった。しかしながら、狼犬が狂い立った場合に、その鎖を絶ち格子を捩じ曲げることは困難でないと断定された。況んやその部屋には鍵をかける設備がなかった。そして扉のハンドルも十分廻してあったかどうか疑わしく、ここらが小栗の油断であった。要するに其処を飛び出した犬は、二階へ上って、訳なく日本間の襖を外した。

馬方の外にB家の主人、歌劇団の俳優、神戸の犬屋、その他村の人たちが証人として調べられたが、彼等の陳述は小栗の言葉と一致していた。小栗はせめて、自分の手を以て最愛の女の仇を報じたいと云う希望を述べた。彼の願いは同情を以て聴き届けられ、彼は警官のピストルを借りて、その場で犬を射殺してしまった。事件は斯くの如くにして落着を告げ、その日の夕刊には、「犬に食い殺された女」、「歌劇女優犬に殺さる」、「夫は変態性慾者」等の数段に亙った記事が現われて、此の驚くべき夫婦の秘密が明るみへ曝し出されたけれども、それもほんの五六日世間の視聴を集めただけで、次第に忘れられたのであった。

ところで、読者諸君のうちには、その後約五箇月を経た同年八月中頃の二三の新聞に、「人形を入れた不思議な行李」と云うような記事が隅ッこの方に小さく出ていたのを、読まれた方もあるであろう。その行李は相州鎌倉扇ケ谷某氏所有地の雑草の中に遺棄されていて、発見されたのは八月十五日の朝であった。届出に依って警官が中を改めると、一箇の等身の人形が出て来た。それは針線や木の心《しん》の上に紙や布を巻きつけた、しろうとが作った拙い人形で、案山子《かかし》に近いものであったが、顔だけは念入りに出来ており、断髪の鬘《かつら》を冠っていた。警官はその顔だちと、断髪の頭と、着せられてある派手なパジャマの模様とで、女の人形であることを知った。そうして最初は、多分横須賀の水兵か何かが、船中の慰みに使ったのだろうと見当をつけた。なぜかと云うのに、その人形にはなまめかしい香水とお白粉の匂いが沁み込ませてあり、行李の蓋を開けたとたんにそれがぷーんと警官の鼻を打ったのであった。けれども一つおかしいことは、人形の頸部に、何等かの凶器で深く喉笛を抉ったらしい傷痕があった。而も一度でなく、抉っては又その穴を直し直しして、幾度もそれを繰り返したものに違いなかった。警官がそこを更に綿密に調べるに及んで、ほんの刺身の一と切れぐらいな、乾燥した肉の塊が傷痕に附着していた。試験の結果、それは牛肉であることが分った。

私は読者に、此れ以上説明する必要はあるまい。ただ何故に小栗由次郎は、その行李を自宅の床下に長く隠して置かなかったか、それをわざわざ運び出して、遺棄したのはなぜであるか、と云うに、彼はその行李の中の物が人形でなく、巴里子の死体であるかの如き恐怖を感じた。その人形が家にある限り、彼は安眠が出来なかった。第一に彼が考えたのは、それを床下へ置き去りにしたまま、他へ移転する策であった。しかし此れには非常な危険が予想せられた。第二に彼は、それを密かに解体して、部分々々を、徐々に、少しずつ、粉々に砕いてしまうか、或は捨ててしまおうと思った。実際彼はそうしようとして、或る時床下からその荷物を取り出し、行李の蓋を開けたのであったが、彼にはとても、その人形の顔を正視し、それに手を触れる勇気がなかった。彼は何よりもそこから発する香水の匂いを怖れた。それはコティーのパリスであって、死んだ女の体臭と云ってもいいくらい、彼女に特有な匂いであった。その人形を粉々にするには、もう一度彼女を殺す胆力を要した。而も今度は自分の手を以て、直接にその事をしなければならない。

——彼は慌てて行李の蓋を締めてしまった。

犯罪が発覚した当時、彼は大阪のカフェエ・ナポリの踊り児と同棲していた。即ち日本のクリップンにもエセル・ル・ネーヴがあったのである。

編者解説

日下《くさか》三蔵《さんぞう》
（文芸評論家）

光文社文庫から新シリーズ《探偵くらぶ》をお届けする。その名の通り、ミステリが探偵小説と呼ばれていた時代（大正期から昭和二十年代まで）に活躍した作家の作品を、ひとり一冊ないし二冊の作品集にまとめていこうというものである。

近年、昭和三十年代以降の、いわゆる「清張以後」に活躍した作家については、代表的な短篇集が、かなり読めるようになってきた。

山前譲《やままえゆずる》さんのセレクトによる光文社文庫の《昭和ミステリールネサンス》枠では結城昌治《ゆうきしょうじ》、梶山季之《かじやまとしゆき》、新章文子《しんしょうふみこ》、河野典生《こうのてんせい》、黒岩重吾《くろいわじゅうご》、仁木悦子《にきえつこ》、天藤真《てんどうしん》の作品集が出ている。私も中公文庫から小泉喜美子《こいずみきみこ》、仁木悦子、皆川博子《みながわひろこ》、夏樹静子《なつきしずこ》、ちくま文庫から結城昌治、仁木悦子、多岐川恭《たきがわきょう》、戸川昌子《とがわまさこ》、陳舜臣《ちんしゅんしん》、都筑道夫《つづきみちお》、竹書房文庫から山村正夫《やまむらまさお》、戸川昌子、生島治郎《いくしまじろう》らの作品を復刊した。

この路線の復刊は今後も続けていくつもりだし、他社にもぜひ追随して欲しいと思っているが、気になるのは先出の「大正から昭和二十年代まで」に活躍した作家の作品が、手に入りにくくなっていることだ。

特に戦前の探偵作家については、一九八〇年代からのロングセラーである創元推理文庫の《日本探偵小説全集》くらいしか手軽な入門書がないのが現状である。かつては社会思想社の現代教養文庫から夢野久作《ゆめのきゅうさく》、小栗虫太郎《おぐりむしたろう》、久生十蘭《ひさおじゅうらん》、橘外男《たちばなそとお》、香山滋《かやましげる》、牧逸馬《まきいつま》といった異色作家の傑作選が出ていたが、二〇〇二年に同社が倒産して、すべてなくなってしまった。

私は二〇〇〇年ごろ、ちくま文庫で《怪奇探偵小説傑作選》《怪奇探偵小説名作選》のふたつのシリーズを編んで、通算で十五冊を刊行したが、いずれも品切れになって久しい。長篇が中心だった《日本探偵小説全集》を補完できるような短篇集メインのシリーズが、そろそろ必要な時期に来たのではないかと思う。

その第一弾である本書が、谷崎潤一郎《たにざきじゅんいちろう》の傑作選であることに、驚かれる方もいるかもしれない。『痴人の愛』『春琴抄』『細雪』などの耽美的な作品や『源氏物語』の現代語訳で知られる文豪が探偵小説なんか書いてたの？　と。

谷崎は怪奇幻想ものを中心としたミステリ系の作品を数多く手がけており、江戸川乱歩らにも多大な影響を与えているのだ。本書には代表的な中・短篇を優先的に収めたが、短めの長篇や戯曲まで含めれば、本書と同じ分量の傑作集が、あと二冊は作れるくらいのミステリ作品が谷崎にはある。

江戸川乱歩は、編集委員として参加した東都書房版の『日本推理小説大系1　明治大正集』（一九六〇年十二月）の解説で、谷崎潤一郎について、こう述べている。

谷崎潤一郎の初期の作品には、エドガー・ポーなどの影響による怪奇と探偵の作品が多く、大正七年の作「白昼鬼語」の中にはポーの「黄金虫」の暗号をそのまま取り入れているほどである。明治末から大正十年ごろまでに発表されたこの種の作品を、思い出すままにあげてみると、「秘密」「魔術師」「ハッサン・カンの妖術」「人面疽」「白昼鬼語」「二人の芸術家の話」「柳湯の事件」「金と銀」「呪はれた戯曲」「ある少年の怯れ」「途上」「私」「AとBの話」「ある調書の一節」など非常に多くの作品があり、私たち初期の探偵作家はこれらを耽読し、強くその影響を受けたものである。

（中略）

さて谷崎潤一郎の四つの作品であるが、「途上」は私が探偵小説を書きはじめたころの随筆で、日本の誇るべき探偵小説として「途上」をあげ、その「プロパビ《原文ママ》リティの犯罪」の着想は、海外作品にも例がないといって創意を称えたものである。そして、後に私自身も同じトリックによる「赤い部屋」を書いたほどである。

「私」という短篇は手癖の悪い青年の卑屈な自己弁護の心理を取扱ったもので、その犯行が徐々に発覚して行く経路が描かれている点が探偵小説的であり、「友田と松永の話」は同じ人間が全くの別人となって遠い土地に現われるという、ポーの「ウイリアム・ウイルソン」を裏返しにしたようなテーマで、そのサスペンスの烈しさは、今に忘れがたいものがある。「日本におけるクリップン事件」は淡々たる筆致で東西相似たる事件を描きながら、マゾヒストの複雑な心理を分析したものである。

後半部分でタイトルのあがっている四篇が、この大部のアンソロジーに採られたものだが、このうちやや長い（文庫版で百二十ページを超える）「友田と松永の話」以外の三篇は、本書にも収めてある。

谷崎潤一郎のミステリ作品集としては、以下の刊本があげられる。

1 潤一郎犯罪小説集 一九二九年五月 新潮社（新潮文庫）
2 谷崎潤一郎集 一九二九年五月 改造社（日本探偵小説全集5）
3 前科者 谷崎潤一郎推理小説集 一九五一年六月 三才社
4 途上・人面疽・私 一九七三年七月 六興出版（谷崎潤一郎文庫5）
5 恐怖時代・人魚の嘆き 一九七三年九月 六興出版（谷崎潤一郎文庫2）
6 美食倶楽部 谷崎潤一郎大正作品集 一九八九年七月 筑摩書房（ちくま文庫）

7　谷崎潤一郎犯罪小説集　一九九一年八月　集英社（集英社文庫）
8　怪奇幻想倶楽部　一九九八年十一月　中央公論新社（中公文庫／潤一郎ラビリンス7）
9　犯罪小説集　一九九八年十二月　中央公論新社（中公文庫／潤一郎ラビリンス8）
10　分身物語　一九九九年二月　中央公論新社（中公文庫／潤一郎ラビリンス10）

1の新潮文庫は現在も出ている文庫サイズのシリーズではなく、四六判のペイパーバックで日本文学を刊行していた時期のもの。長篇『黒白』以外の収録作六篇は、すべて本書にも収めた。

2を含む《日本探偵小説全集》（全20巻）は文庫版ハードカバーで刊行された国産ミステリ初の本格的な全集。『谷崎潤一郎集』は中でもひときわ分厚い一巻で、初期の日本探偵小説界において谷崎が重要な位置を占めていたことが分かる。「或る少年の怯れ」「金と銀」「青塚氏の話」以外の収録作六篇は、すべて本書にも収めた。

戦後に刊行された3は、フランス装・函入りの瀟洒な単行本で、収録作七篇は、すべて本書にも収めた。ここまでが著者生前の刊本だが、1が「犯罪小説」、2が「探偵小説」、3が「推理小説」と銘打たれていることからも分かるように、谷崎潤一郎はこの傾向の作品をミステリとして書き、ミステリとして扱われることを当然と考えていた訳だ。

六興出版の《谷崎潤一郎文庫》（全12巻）は著者の作品を傾向別、テーマ別にまとめた函

1

2

3

4

5

7

7（二〇〇七年版）

7（二〇〇七年異装版）

※数字はP473～P474の番号です。

入りの堅牢な単行本。後にカバー装の新装版も出ている。ここでは怪奇幻想・ミステリ系の作品を蒐《あつ》めた4と5のデータを掲げておく。4の月報に掲載された谷崎松子夫人の回想エッセイ「谷崎の趣味」には、こんな一節がある。

テレビにも相当熱をあげ、取り分け推理物が好きで、ヒッチコック劇場等、幼児がテレビの前に乗り出して行くように真近に席を取って終うのであった。その頃よく推理を視聴者の方でさせるストーリーがあった。そんな時には、テレビのゲストの解答者より速く正確な推理をした。其の他、怪奇映画、空想科学が好きで時間を待ち兼ねた。

文豪が根っからのミステリ好き、ホラー好きである様子がうかがえてうれしくなってくる。種村季弘氏の編による6は、大正期の作品を対象にした傑作選。私は大学生の時に出たこの本で谷崎のミステリ作家としての側面を知った。「小さな王国」「美食倶楽部」「友田と松永の話」「青塚氏の話」以外の収録作四篇は本書にも収録。

「柳湯の事件」「途上」「私」「白昼鬼語」の四篇を収めた7は、二〇〇七年十二月に新装版が出ている。代表作が厳選されていて、内容的には申し分ないものの、二百ページほどしかないのがもの足りない。千葉俊二氏の編んだ《潤一郎ラビリンス》（全16巻）はテーマ別の作品集で、8〜10はその中でも特にミステリ色の強い巻である。

このように、谷崎には自他ともに認めるミステリ作家としての顔があることがお分かりいただけたと思う。本書には、代表的な短篇に重点を置いて作品を選んでみた。各篇の初出は、以下の通りである。

秘密　「中央公論」明治44年11月号
前科者　「読売新聞」大正7年2月21日～3月19日
人面疽　「新小説」大正7年3月号
呪はれたる戯曲　「中央公論」大正8年5月号
ハッサン・カンの妖術　「中央公論」大正6年11月号
途上　「改造」大正9年1月号
私　「改造」大正10年3月号
或る調書の一節　「中央公論」大正10年11月号
或る罪の動機　「改造」大正11年1月号
病褥の幻想　「中央公論」大正5年11月号
白昼鬼語　「大阪毎日新聞」大正7年5月23日～7月10日
柳湯の事件　「中外」大正7年10月号
日本に於けるクリップン事件　「文藝春秋」昭和2年1月号

このうち「呪はれたる戯曲」は「呪はれた戯曲」「呪われた戯曲」として収録されている本もあるが、本書では底本の表記に従った。

また、世文社のミステリ専門誌「探偵実話」は、しばしば二十人前後の旧作を一挙に再録した増刊号を発行していたが、谷崎作品も何度も採られている。本書収録作品だと「人面疽」が一九五二年九月増刊、「柳湯の事件」が一九五六年七月増刊、「白昼鬼語」が一九五九年七月増刊に、それぞれ再録されていた。

私は「白昼鬼語」や「柳湯の事件」を初めて読んだ時、なんだか江戸川乱歩の小説を読んでいるみたいだな、と思ったことを覚えている。スピーディーで意外性に満ちた展開、登場人物の心の奥まで暴き出すような濃厚な心理描写、それらを可能にする卓越した構成力と文章力。まるっきり乱歩のベスト級の作品と同じ味わいだ、と思ったのだが、もちろんこれは話が逆で、乱歩が谷崎に心酔して、谷崎が書いたような探偵趣味横溢の小説を書いたのである。

文豪の持つ筆力や小説技術が、ミステリの分野に使われた時、どれだけ妖しく、どれだけ刺激的な作品が生まれるのか。ここに蒐めた作品群は、その問いに対する何よりの答えになっているはずである。

本書には、身体的、精神的障害について、あるいは性別、職業、人種、疾病などを表す描写に於いて、現代では望ましくないとされる表現が散見される。これは社会が良い方向に変化してきたことの証明でもあるだろう。フィクションには良くも悪くも発表された当時の価値観、用語、考え方が写し込まれている訳だが、これを現代の基準で書き換えてしまうと、作品の時代的な資料としての価値が失われてしまう。そこで、語句の改変などは基本的に行わず、原文のまま刊行する。読者諸兄姉は各篇の発表年を念頭に置いたうえで、作品自体をお楽しみいただきたいと思っている。

◎底本

秘密　谷崎潤一郎全集第一巻　一九六六年十一月刊
前科者　谷崎潤一郎全集第五巻　一九八一年九月刊
人面疽　谷崎潤一郎全集第五巻　一九八一年九月刊
呪われた戯曲　谷崎潤一郎全集第六巻　一九五八年六月刊
ハッサン・カンの妖術　谷崎潤一郎全集第六巻　一九五八年六月刊
途上　谷崎潤一郎全集第七巻　一九八一年十一月刊
私　谷崎潤一郎全集第七巻　一九八一年十一月刊
或る調書の一節　谷崎潤一郎全集第七巻　一九八一年十一月刊
或る罪の動機　谷崎潤一郎全集第八巻　一九八一年十二月刊
病褥の幻想　谷崎潤一郎全集第四巻　一九八一年八月刊
白昼鬼語　谷崎潤一郎全集第五巻　一九八一年九月刊
柳湯の事件　谷崎潤一郎全集第六巻　一九八一年十月刊
日本に於けるクリップン事件　谷崎潤一郎全集第十二巻　一九五九年三月刊

全て、中央公論社

本文中に、「車夫」「職工」「下女」「女中」「妾」「後家」「乞食」「支那」「土人」などの呼称や、ある登場人物の肌の色について「真っ黒な、触ると埃が手につきそうな」といった今日の観点からすると不快・不適切とされる表現が使用されています。

また、人格的に問題があることを指して「不具者」、目隠しされた状態を「盲目」とするほか、「吃り」「盲目的」「神経も何も聾にさせられて」など身体障害に関して、許容されるべきではない不適切な用語や比喩表現、「瘋癲病院」「癲狂院」「狂人」「狂気」「気違い」「気違いの血統」「気が狂う」「気が変になる」「気がおかしい」など精神障害への偏見や差別を助長するような記述も多用されています。

しかしながら編集部では、本作が成立した一九一一年〜一九二七年当時の時代背景、および作者がすでに故人であることを考慮した上で、これらの表現についても底本のままとしました。それが今日ある人権侵害や差別問題を考える手がかりになり、ひいては作品の歴史的価値および文学的価値を尊重することにつながると判断したものです。差別の助長を意図するものではないということを、ご理解ください。

【編集部】

光文社文庫

白《はく》昼《ちゅう》鬼《き》語《ご》　探偵《たんてい》くらぶ

著者　谷《たに》崎《ざき》潤《じゅん》一《いち》郎《ろう》

2021年6月20日　初版1刷発行

発行者　鈴木広和
印刷　豊国印刷
製本　ナショナル製本

発行所　株式会社 光文社
〒112-8011　東京都文京区音羽1-16-6
電話（03）5395-8149　編集部
8116　書籍販売部
8125　業務部

落丁本・乱丁本は業務部にご連絡くだされば、お取替えいたします。
ISBN978-4-334-77964-1　Printed in Japan

組版　萩原印刷

光文社文庫最新刊

出《で》絞《しぼ》と花かんざし	佐伯泰英
ランチタイムのぶたぶた	矢崎存《あり》美《み》
鎮《ちん》憎《ぞう》師《し》	石《いし》持《もち》浅《あさ》海《み》
緑のなかで	椰《や》月《づき》美智子
ブレイン・ドレイン	関 俊介
ちびねこ亭の思い出ごはん　キジトラ猫と菜の花づくし	高橋由太
秘密　異形コレクションLI	井上雅彦・監修